Destiny - Ein Hauch Schicksal

Eden Wa

Impressum

1.Auflage 2019

c/o Autoren.Services
Herr Reiner Dieterich
Zerrespfad 9 53332 Bornheim
Imprint: Independently published
ISBN: 9781073824779

Eden Walker
Destiny
Ein Hauch Schicksal
Liebesroman

Prolog

Die meisten von uns hatten ein bestimmtes Bild von ihrer Zukunft im Kopf. Wenn wir acht Jahre alt waren, stellten wir uns vor, wie wir unseren ersten Kuss bekommen würden. Mit elf wünschten wir uns, zu den beliebten Kids zu gehören. Oder, überhaupt irgendwohin zu gehören. Mit fünfzehn küssten wir dann endlich unseren Schwarm, den Jungen von nebenan oder den Nerd aus dem Mathekurs, weil wir uns einbildeten, sonst zu spät zu sein. Und niemand wollte was mit einem Spätzünder anfangen, der es in der Highschool nicht geschafft hatte, seine Jungfräulichkeit zu verlieren, nicht wahr?

Ab diesem Moment drehte sich alles nur noch um diese Dinge: Sex, Status, ein möglichst guter Abschluss und schließlich ein guter Platz am College, auf dem man dann seinen finalen Traumpartner traf, sich unsterblich verliebte und bis ans Ende aller Tage mit ihm zusammenblieb. Bis dass der Tod ... Na, dieser ganze Teeniemist eben.

Die Realität holte uns viel zu schnell ein. Jedes Mal.

Wir fanden selbst heraus, dass Händchenhalten eigentlich uncool war, dass der Nerd vielleicht besser küssen konnte als der Quarterback und dass die heiße Ballkönigin zwar schon ewig keine Jungfrau mehr war, aber trotzdem keinen Schimmer davon hatte, wie das Ganze mit der Verhütung so funktionierte. Wir gingen davon aus, dass sie schon wusste, wie das lief. Wir gingen auch automatisch davon aus, dass Mr. Superstar-Quarterback garantiert wusste, wie man ein Kondom benutzte. Und ganz, ganz bestimmt dachten wir keine Sekunde lang darüber nach, dass es echt eine verdammt blöde Idee war, sturzbesoffen in der Nacht des Abschlussballs zu vögeln, kein Kondom dabei zu benutzen und auch nicht darüber nachzudenken, dass so etwas Dummes unter Umständen Konsequenzen nach sich ziehen konnte.

Überraschung!

Jede Aktion zog immer eine Reaktion nach sich. Auf eine Handlung folgte also eine unausweichliche Konsequenz, auch wenn sicherlich jeder von uns wusste, dass manche Dinge eben kleine Folgen haben und andere ... eben große.

Aber es ging hier nicht um mich und ich reagierte auch nicht übertrieben theatralisch, wirklich nicht!

Weder war ich Ballkönigin, noch war ich in dem Moment, in dem das Drama meines Lebens begann, überhaupt ein Teil davon.

Ich war eigentlich selbst nur immer ein Zuschauer. Jemand, der an der Seitenlinie stand und unbeteiligt zusah, wie ihre beste Freundin zur Ballkönigin gekrönt wurde. Die Unsichtbare, aber nicht Unbeliebte. Die, die genau wusste, dass besagte beste Freundin in dieser magischen Nacht nicht ihre Jungfräulichkeit an den Star der Footballmannschaft verlieren würde, weil das schon drei Jahre zuvor geschehen war und die - ja, so verständnisvoll und nett war ich - den beiden auch noch ihr Auto dafür zur Verfügung stellte!

Oh, ich hatte nicht daneben gestanden, womöglich meine Nase ans Fenster gedrückt und zugesehen. Oder alternativ wie eine überkorrekte, pedantische Zicke noch eine oder drei SMS getippt, damit meine beste Freundin an das Scheißkondom dachte, das ich ihr vorausschauend in die goldglitzernde Clutch gesteckt hatte, um zu vermeiden, was letztlich wohl unvermeidlich war.

So viel zu den Konsequenzen unserer Handlungen.

Meine beste Freundin Lola Adams, Ballkönigin, das beliebteste Mädchen der Schule, Cheerleaderin und leidenschaftliche Kaffeetrinkerin - wurde in dieser Nacht ohne Tabus, irgendwelche Vorsichtsmaßnahmen oder kluge Gedanken an Verhütung mangels Nüchternheit geschwängert.

Wenn das Mal kein Jackpot war, was?

Nicht, dass ich eine Zynikerin oder so wäre. Nein. Ich war eine gute beste Freundin. Die, bei der man sich im Anschluss an den doch nicht ganz so tollen Sex ausheulte, weil der Idiot so besoffen war, dass er nach fünf Minuten schon fertig war. Die, die einem dann später die Haare zurückhielt, wenn die mit Alkohol versetzte Bowle über dem Klo im Gästebad ihres Hauses ausgekotzt werden musste. Und die, die auch dann noch lächelte, wenn das Make-up verschmiert und der Gestank nach Erbrochenem kaum noch auszuhalten war.

Und ich war auch diejenige, die ungefähr acht Wochen später neben meiner besten Freundin im Untersuchungszimmer bei einem steinalten, glatzköpfigen Gynäkologen gesessen und ihre Hand gehalten hatte. Während wir beide voll Entsetzen, Fassungslosigkeit und Verzückung auf den gruseligen Monitor gestarrt hatten, auf dem das Unvermeidliche zutage getreten war.

Streichen wir das Letzte. Das traf eindeutig nicht auf mich zu.

Jap. Schöne Scheiße. Und was sollte ich sagen ... es kam, wie es kommen musste.

Josh Groban - nein, nicht der Sänger und Schauspieler, das war ein anderer - weigerte sich, die Verantwortung für die Existenz der Schwarzweiß-Bohne im Uterus seiner Freundin - Pardon, ab diesem Zeitpunkt Ex-Freundin - zu übernehmen.

Falls das jemanden entsetzen sollte und derjenige nun den Kopf schüttelte - das war ja noch nicht einmal die Pointe.

Sollte man denn nicht eigentlich davon ausgehen, dass man, wenn man schon ungeschützten Geschlechtsverkehr in

Zeiten von Filzläusen und HI-Viren praktizierte, dann wenigstens in der Lage war, zu seinem offensichtlichen Fehlverhalten zu stehen? Sollte man nicht hinter der Frau stehen, die man da so besoffen und idiotisch im Auto ihrer besten Freundin gevögelt und dabei geschwängert hatte?

Ja-ha, das sollte man.

Zu dumm, dass Josh Groban ein Stipendium für die UCLA und den Intelligenzquotienten einer Blattlaus besaß. Ohne das Stipendium hätte er jedenfalls nie eine Uni von innen gesehen, so viel stand für mich fest.

Kurz gesagt: Diese Baby-Nummer passte nicht in sein Lebenskonzept. Er verspürte einzig und allein die ziemlich ausgeprägte Ambition, die Beziehung zu seiner Freundin mit einem stumpfen »Sorry, war ein Fehler« zu beenden, noch bevor die Tinte auf dem ausgedruckten Ultraschallfoto überhaupt trocken war. Er weigerte sich sogar, seinen Eltern zu beichten, was er angerichtet hatte. Immerhin wäre das deutlich besser betuchte Ehepaar Gordon wenigstens in der Lage gewesen, die ausgestoßene zukünftige Mutter ihres Enkelkindes finanziell zu unterstützen. Geld gegen Schweigen. Zugegeben ... kein sonderlich netter Deal, aber es wäre verdammt noch mal besser für Lola gewesen, wenn sie nicht so verflucht viel Stolz gehabt hätte.

Ja, darüber konnte man nur den Kopf schütteln. Oder sich fragen, wo denn das Problem war, schließlich hatte Lola ja eine Wahl, oder?

Abtreiben, zum Beispiel.

Ja, die Abtreibungsgegner warfen jetzt laut oder stumm mit Flüchen und Beschimpfungen um sich. Nieder mit der gotteslästerlichen Schlampe! Nieder mit ihrem gottlosen Treiben. Nieder mit - na ihr, eben.

Um die Gemüter zu beruhigen: Lola hatte nicht abgetrieben und tatsächlich nicht einmal eine Sekunde darüber nachgedacht, es zu tun.

Adoption, könnte man an dieser Stelle weiter überlegen. Ginge ja auch.

Ja. Das ginge vielleicht. Wenn man nie in derselben Situation gewesen war, wie meine beste Freundin, lag dieser Schluss sicherlich nahe.

Aber Lola war ... eben Lola. Sie sah die schwarzweiße Bohne, hörte das gruselige Rauschen des Ultraschallkopfes und fing an zu heulen. Nicht, weil sie ihre Situation zwingend als traurig oder gar ausweglos betrachtete. Sondern viel mehr, weil für meine romantische, in die Illusion einer intakten Familie verliebte und eindeutig hormongesteuerte beste Freundin die Vorstellung einer eigenen Familie, das größte Glück bedeutete.

Mehr Glück, als jede Krone für einen Ball zu bekommen, auf den sie nur gegangen war, um mit Josh Groban auf dem Rücksitz meines Autos zu vögeln.

Welch Ironie ...

All ihre Versuche, den Mann ihrer Träume dazu zu bringen, seine Meinung doch noch in letzter Minute zu ändern, scheiterten also grandios.

Zugegeben ... es hatte schon was episch Depressives an sich, meiner besten Freundin dabei zuzugucken, wie sie ihrem Angebeteten nachsah, als er im silbernen Benz seiner Eltern gen Westen in den Sonnenuntergang fuhr, als der Sommer vorbei war.

Leider ohne melodramatische Hintergrundmusik, niedlich romantisierte Lichteffekte oder Tauben, die im passenden Moment in die Höhe flogen, wenn der Protagonist seine Meinung änderte und einsah, dass seine Entscheidung schlichtweg scheiße war.

An diesem episch-depressiven Nachmittag gab es kein Happy End für meine schwangere beste Freundin. Kein Trommelwirbel, keine Fanfaren, keine Harfe spielenden Engel, denen kleine Regenbögen aus den Hintern schossen.

Nur Tränen, literweise Orangensaft und eine Kartoffelchipsorgie bei einem *Gilmore Girls*-Marathon.

Ging es denn für die tragische Heldin Lola danach wenigstens wieder bergauf? Lola hatte doch bestimmt liebevolle Eltern, die ihre Tochter unterstützten, nicht wahr? Das würde schon alles irgendwie funktionieren. Schließlich lebten wir ja im 21. Jahrhundert und mal ehrlich ... heute brauchte doch niemand mehr einen Mann, um ein Kind großzuziehen und überhaupt ...

Tja. Leider hatte Lola keine Eltern mehr, weil die bei einem ziemlich blutigen und alles andere als ansehnlichen Verkehrsunfall ums Leben gekommen waren, als meine beste Freundin acht war. Seitdem lebte sie bei ihrer Grandma, einer herzensguten aber leider tüdeligen alten Frau, die geboren wurde, als Harry Truman Präsident war und die verbliebenen Nazis in Deutschland allesamt vor Gericht gestellt wurden. Grandma Adams war also nicht gerade das, was man als hyperengagierten Vaterersatz bezeichnen konnte. Nicht, dass sie sich nicht bemüht hätte. Aber die Hüfte, das Knie, der Tinnitus, das Kreuz, die Blase und das, was ihre Hände ständig zittern ließ und wofür mir leider der Begriff entfallen war, hinderten sie an allzu überschwänglicher tatkräftiger Unterstützung.

Aber hey, meine beste Freundin wäre nicht sie selbst gewesen, wenn sie ihren hübschen Kopf nicht aus ihrem schwangeren Astralhintern gezogen und nach vorn gesehen hätte.

Lola war ein Steh-auf-Männchen. So war sie schon in der Grundschule gewesen und nichts und niemand - erst recht kein Niemand wie Josh Groban - würden ihr diese Fähigkeit nehmen. Die, bei der man in der größten Scheiße steckte und trotzdem seine Krone richtete, weil man vielleicht keine Prinzessin, dafür aber ein stolzes Mädchen aus Fountain City war. Niemand in Wisconsin steckte seinen Kopf in seinen Arsch und vergaß, ihn wieder rauszuziehen. Wir Kleinstädter taten das schon gar nicht. So etwas gehörte sich nicht. Man fiel auf die Fresse, schlug sich die Knie oder den Dickschädel auf und dann rappelte man sich gefälligst schleunigst wieder hoch.

Ja, ja. So ein unerschütterliches Gemüt besaß Lola auch. Ihr vielleicht einziger Anker. Neben mir, natürlich.

Die folgenden Monate waren geprägt von Kotzerei, Unwohlsein, Wasser in den Beinen und den sonst so üblichen Wehwehchen einer schwangeren Frau - achtzehn oder nicht. Wer sich schwängern ließ, war erwachsen. So sahen das jedenfalls die Einwohner unserer wunderschönen Vorzeigekleinstadt.

Und weil all das eben so war, wie es war und wir uns irgendwie mit den Umständen anfreundeten, funktionierte es auch.

Mangels Alternativen nahm Lola einen Job bei einem Reisebüro an. Dort saß sie Tag für Tag vor dem Computer und verkaufte durchschnittlich 3,5 Reisen pro Woche. Nicht phänomenal oder geistig erhebend, aber ein Job war ein Job.

Wir konnten jedenfalls zusehen, wie sie dicker und dicker wurde, was ja unweigerlich geschah, wenn man in ihrem Zustand war. Sie war sogar einigermaßen glücklich und zufrieden, nachdem sie ihren Schmerz über Joshs Verrat runtergeschluckt hatte. Aber natürlich reichte das Geld vorne und hinten nicht, selbst mit der Rente ihrer Grandma.

Ja, ich weiß. Spätestens jetzt fragte man sich, warum *ich* das erzählte und was eigentlich meine Rolle in dieser Geschichte sein sollte, schließlich war es ja gar nicht meine, oder?

Eins nach dem anderen, Geduld!

Während sich meine beste Freundin in ihr unausweichliches Schicksal ergab und akzeptierte, dass sie bald eine dieser alleinerziehenden Mütter sein würde, ging mein Leben genauso weiter, wie geplant.

Aha, gut. Und was war geplant? College? Karriere? Aus der Kleinstadt am Mississippi wegziehen und vielleicht groß in

Hollywood rauskommen? Den eigenen Traumprinzen finden?

Ja. Schön wär's.

Nein, ich machte denselben Job wie schon zu Highschoolzeiten und arbeitete im Restaurant meiner Eltern. Vollzeit, natürlich. Es hieß *Zum goldenen Frosch*, was leider auch kein Scherz war. Meine Ur-Urgroßeltern hatten jedenfalls einen seltsamen Sinn für Humor, denn so lange wurde das Restaurant nun schon von meiner Familie geführt. Das stand sogar auf dem riesigen vergilbtem Schild über dem Eingang. Man musste den Touristen schließlich zeigen, dass Tradition und unumstößliche Tugenden in Fountain City großgeschrieben wurden. Buchstäblich.

Ich vermute, damit erübrigt sich zumindest die Frage nach meinen karrieremäßigen Ambitionen, oder? Als einzige Tochter ist es seit meiner Geburt meine heilige Pflicht, das Restaurant eines Tages selbst zu führen. Eine Bewerbung für ein College hatte ich nie geschrieben. Nicht, weil ich dumm war oder so. Es wäre einfach reine Zeitverschwendung gewesen.

Jetzt bitte nicht den Kopf schütteln. So schlimm war das gar nicht, wirklich. Ich mochte meinen Job, ich liebte meine Eltern und so übel war das auch alles gar nicht. Ich war zufrieden. Ich wollte nie weg. Echt jetzt.

Der Ausblick aus den riesigen Fenstern unseres Restaurants war herrlich. Man konnte direkt runter auf den Fluss sehen. Wenn man sich auf die Zehenspitzen oder einen Stuhl stellte. Aber immerhin.

Da das Restaurant im Erdgeschoss des zweistöckigen, rotgeklinkerten Backsteingebäudes untergebracht war, lag der Schluss nahe, dass meine Familie zeit ihres Daseins in der Wohnung darüber gelebt hatte. Und genau so war es.

Mein Zimmer war ein winzig kleines Kabuff mit einem einfach verglasten Fenster, in das gerade mal ein Bett und ein

Schrank passten. Im Sommer war es brütend heiß in der Wohnung und im Winter waren wir froh, wenn der Ofen nicht ausfiel. Die Renovierung des Badezimmers stand sechs Jahre infolge auf der To-do-Liste meines Vaters, aber wie das eben so war, kam eben manchmal etwas dazwischen.

Wir Harpers ließen uns davon aber nicht die Laune verderben. Weder von Hochwassern, noch der einen oder anderen schlechten Saison oder gar so einem Desaster wie der Wahl von Donald Trump zum Präsidenten.

Ja, wir waren eingefleischte Demokraten, meine Eltern und ich, aber meine politische Gesinnung tat ja eigentlich gar nichts zur Sache.

Jedenfalls passierten in diesem Winter nach dem Ende unserer Highschoolzeit viele Dinge auf einmal. Die New England Patriots gewannen den Superbowl zum vierten Mal. In New York City wurde das One World Trade Center eröffnet. Donald Trump war noch nicht Präsident, Gott sei Dank. Lolas Grandma starb eine Woche nach Neujahr überraschend an einem Herzinfarkt. Und Lola brachte einen wunderschönen blonden Jungen zur Welt. Jake kam fast drei Wochen zu früh und herzlose Zungen im Krankenhaus behaupteten, der kleine rosafarbene Fleischklumpen sehe seinem Daddy gar nicht ähnlich. Tratschtanten und Waschweiber. Nieder mit ihnen!

Obwohl ich bis zu diesem Tage nie etwas mit Babys hatte anfangen können, war ich absolut hingerissen und bis über beide Ohren verliebt, dabei war es nicht mal mein Eigenes.

Ja, auch Zynikerinnen wie ich besaßen Gebärmütter und die Natur zwang uns gewissermaßen automatisch diese rosarote Wolke in die Köpfe, wenn wir ein Neugeborenes sahen. Das musste so sein. Evolution, ihr wisst schon.

Jake war zerknautscht, fühlte sich ein bisschen glibberig an und war so winzig klein, dass ich eine Scheißangst davor hatte, seine winzigen Finger zu brechen, als Lola die Krankenschwester nach der Entbindung bat, ihn mir zu geben.

Selbstverständlich hatte ich ihre Hand gehalten. Besser gesagt, in Kauf genommen, dass meine, in den Wehen liegende, beste Freundin mein Handgelenk zerquetschte. Ihrem Geschrei nach zu urteilen, mussten die Schmerzen jedenfalls mörderisch sein, wenn man etwas von der Größe einer kleinen Melone aus seiner Vagina presste.

Lola erholte sich gut. Nach drei Tagen durfte sie das Krankenhaus verlassen und natürlich holte ich sie mit der nagelneuen Babyschale auf dem Rücksitz meines alten Volvos ab, in dem mein Patenkind gezeugt worden war.

Okay, das klang jetzt ein bisschen schräg.

Überspringen wir das und spulen ein paar Jahre vor.

Entgegen der allgemein vorherrschenden Kleinstädtererwartung meisterte Lola ihr Schicksal als alleinstehende Mutter hervorragend! Im ersten Jahr ging sie halbtags arbeiten. Ich überzeugte meine Eltern davon, dass es eine große Geste war, meiner besten Freundin beizustehen und weil Mom und Dad gerührt darüber waren, dass ihre Tochter so ein netter Mensch war, ließen sie mich bei Lola einziehen. Wie praktisch, dass das Haus von Lolas Grandma - das nach ihrem Tod selbstredend in Lolas Besitz überging -, nur einen Steinwurf vom *Goldenen Frosch* entfernt war.

Aber zu behaupten, dass ich gar nichts von diesem Umzugsdeal gehabt hätte, wäre ja auch gelogen. Ich hatte mehr Platz, mehr Freiraum, mehr Möglichkeiten, mich in meiner freien Zeit zurückzuziehen.

Der Spruch »Kleine Kinder, kleine Sorgen - große Kinder, große Sorgen« passte jedenfalls wie die Faust aufs Auge. Jake war ein Traum-Baby. Er schlief und schlief und schlief und wenn er mal wach war, war er einfach ... lieb. Und süß. Und niedlich.

Vormittags arbeitete Lola und ich versorgte Jake. Mit allem, was so dazu gehörte. Fläschchen, Spielen, alberne Einschlaflieder singen und natürlich übernahm ich auch die nicht ganz so coole Aufgabe des Windelwechsels. Nachmittags tauschten wir dann die Rollen und ich ging rüber ins Restaurant, während meine beste Freundin das tat, wozu sie offenbar geboren war: ihr Kind zu lieben.

Lola war die beste Mom der Welt - abgesehen von meiner eigenen vielleicht. Sie vergötterte Jake. Manchmal verwöhnte sie ihn für meinen Geschmack ein bisschen zu sehr, aber hey, ich war ja bloß die Patentante. Was wusste ich schon?

Das war schon eine ziemlich merkwürdige Konstellation, die wir da hatten. Zwei Frauen, die beide keine lesbischen Ambitionen hatten, zogen gemeinsam ein Kind groß, das nur ohne Vater aufwachsen musste, weil der sich nach Los Angeles verpisst und keinen Bock hatte, Verantwortung zu übernehmen.

Wir arrangierten uns und kamen gut miteinander aus.

Mit der Zeit begriff Jake, dass Lola seine Mommy und ich Tante Grey war, auch wenn er den Unterschied vermutlich noch nicht wirklich verstand.

Als er vier wurde, brachte ich ihm im Hinterhof unseres Restaurants Fahrradfahren bei. Das fanden wir beide ziemlich cool, nur Lola irgendwie nicht. Dabei hatte er doch einen Helm getragen. Als wenn ich so verantwortungslos war ...

Überhaupt führte sie sich immer merkwürdiger auf. Sie war ständig übermüdet. Nachts schlief sie unruhig, wenn überhaupt. Ich hörte sie. Ständig. Wie sie die Treppe nach unten schlich und wieder rauf. Wie sie auf die Toilette ging. Sich hin und wieder übergab. Sich über Kopfschmerzen beklagte, sich aber weigerte, zum Arzt zu gehen ...

Kurzum: Ich wusste, dass irgendetwas nicht mit ihr in Ordnung war, aber jedes Mal, wenn ich sie darauf ansprach, fauchte sie mich an und beharrte darauf, dass sie erwachsen sei und genau wüsste, was sie tat. Sie bräuchte keinen Arzt. Es ginge ihr gut.

Hm, ja. Normalerweise hätte ich ihr das geglaubt, weil Lola mich noch nie belogen hatte. Dachte ich jedenfalls.

Es war der sechste Juni, der mich eines besseren belehrte. Ein Tag, den ich nie wieder vergessen würde, weil er mein ohnehin schon durcheinandergeratenes Leben in das reinste Chaos verwandelte.

Es war ein Dienstag. Dienstags war ich an der Reihe, Jake in den Kindergarten zu bringen und Lola, die inzwischen auch wieder Vollzeit arbeitete, holte ihn ab. Es wäre mein freier Abend gewesen. Jede von uns bekam jedes zweite Wochenende für sich. Unter der Woche arbeitete ich meistens lange, aber wenn ich doch mal frei hatte, verbrachte ich die Zeit mit Kevin Maxwell, mit dem ich inzwischen fast ein Jahr zusammen war.

Ja, ich hatte ein Sexleben, oh Wunder. Und meistens funktionierte das auch ganz gut. Mein Lebensstil unterschied sich kaum von jemandem, der in einer stinknormalen Studenten-WG lebte. Nur, dass es so etwas natürlich nicht in Fountain City gab, weil wir kein College hatten. In den meisten WGs gab es vermutlich auch keine Kleinkinder, aber was soll's. Kevin hatte das nie gestört.

Wir kannten uns aus der Highschool, auch wenn er ein Jahr vor mir den Abschluss gemacht hatte. Er arbeitete im Sanitäranlagengeschäft seines Dads mit. Ein Familienunternehmen, genau wie bei mir. Praktisch, oder? So musste ich mir wenigstens keine Sorgen machen, dass er eines Tages einfach auf und davon verschwinden würde.

Dachte ich jedenfalls. Aber an diesem Tag am sechsten Juni wurde eben alles anders.

Auf die Minute genau um zwölf Uhr mittags betrat ein Fahrradkurier den *Goldenen Frosch*. Er überreichte mir einen dicken braunen Umschlag aus biologisch nachhaltiger

Produktion. Ohne einen Blick auf den Namen des Absenders werfen zu müssen, wusste ich, von wem der Umschlag stammte.

Lola war seit ungefähr acht Monaten auf diesem gruseligen Ökotrip. Sie kaufte nur gesunde Lebensmittel, gab sich alle erdenkliche Mühe, das alte Gewächshaus im Garten zum Leben zu erwecken und meckerte jedes Mal, wenn sie mich mit einem unökologischen Burger aus *Tom's Diner* die Straße runter erwischte.

Nun, es stellte sich selbstverständlich heraus, dass der Umschlag von ihr stammte. An mich adressiert, zum Restaurant meiner Eltern geschickt.

Das klang irre, oder? Immerhin lebten wir seit vier Jahren im selben Haus und erzogen gemeinsam ihr Kind, weil beste Freunde nun mal füreinander da waren, sich gegenseitig unterstützten und immer, immer, immer ehrlich zueinander waren.

Ich wünschte, ich wäre nicht die Einzige in unserer Beste-Freundin-Beziehung gewesen, die diesen Standpunkt vertrat. Wie sehr ich mich doch geirrt hatte.

Seit diesem Tag grübelte ich ununterbrochen darüber nach, wie ich an ihrer Stelle gehandelt hätte.

Wäre ich wohl auch so egoistisch gewesen, die traurige Tatsache für mich zu behalten, dass ich an einem inoperablen Gehirntumor erkrankt und mit an Sicherheit grenzender Wahrscheinlichkeit daran sterben würde? Hätte ich es sechs Monate für mich behalten, dass es keine Chance auf Heilung oder wenigstens Besserung gab? Hätte ich einfach geschwiegen, wenn ich gewusst hätte, dass ich am Morgen des sechsten Junis meine beste Freundin mit meinem Kind zum Kindergarten schickte - in dem Wissen, dass ich beide nie wieder sehen würde? Wäre ich vielleicht auch auf die Idee gekommen, mir eine Jumbopackung Schlaftabletten reinzuziehen?

Mir dann in aller Seelenruhe ein Bad einzulassen, den teuersten Rotwein aus unserem Gemeinschaftskeller zu nehmen, mich bei lautstarker Musik von Marilyn Manson zu betrinken und auf diese Weise die letzten Minuten meines Lebens zu verbringen?

Vielleicht. Vielleicht auch nicht.

Woher zum Teufel sollte ich das wissen?

Ich war nicht diejenige, die sich klammheimlich aus dem Leben gestohlen hatte. Ich war die, die zurückgelassen wurde! Mit einem Haufen Papieren und Unterlagen, die mir das ganze Ausmaß der Geheimnisse meiner besten Freundin doch nur zu einem Teil offenbarten. Nur ein Teil ... das musste man sich mal vorstellen!

Später konnte ich mich nicht einmal daran erinnern, den Umschlag geöffnet zu haben. Nur am Rande meines offensichtlich paralysierten Verstandes hatte ich registriert, dass mein Dad die wenigen Gäste gebeten hatte, zu gehen. Er hatte den Laden geschlossen. Hatte sich mit Mom und mir an den Tisch in der Ecke hinter der Tür gesetzt. Und er hatte mich in den Arm genommen, als mir nach einer Ewigkeit klar geworden war, was ich da eigentlich in den Händen hielt.

Als Erstes fiel mir ein Zettel in die Hände. Mit der Nummer des Büros des County-Sheriffs. Und einem Hinweis darauf, dass ich auf keinen - gar keinen - Fall allein ins Haus gehen durfte. Erst recht nicht mit Jake.

Es war meine Mutter, die dort anrief und die Cops zu Lolas Haus schickte.

Während wir auf ihren Rückruf warteten, breiteten wir die Unterlagen auf dem Tisch aus. Meine Eltern schwiegen. Ich versuchte, nicht hysterisch zu werden. Oder alternativ in Ohnmacht zu fallen.

Ich wusste, was all das hier zu bedeuten hatte. Wie eine unheimliche Vorahnung oder so. Ich spürte es.

Meine beste Freundin Lola hatte gewusst, dass sie sterben

würde. So oder so. Die ärztlichen Befunde bescheinigten ihr ein inoperables Glioblastom. Einen Hirntumor, der sie in spätestens sechs Monaten getötet hätte. Die Diagnose war nach einer Vielzahl von Untersuchungen bereits vor sieben Monaten gestellt worden. Sieben Monate mit unzähligen Gelegenheiten, die beste Freundin, Patentante des Sohnes und den verdammt noch mal einzigen Menschen, der immer hinter ihr gestanden hatte, darüber zu informieren.

Aber nein. Nein, Lola hatte geschwiegen. Sieben Monate lang.

Und nicht nur das - sie hatte auch gleich *vorgesorgt* ohne mir ein Sterbenswörtchen von ihren Plänen zu erzählen.

Das spärliche Erbe ihrer Grandma hatte sie auf ein Sparkonto für Jake gepackt. Das Haus hatte sie auf mich überschrieben. Sämtliche Versicherungen waren auch auf meinen Namen überschrieben worden. Irgendwo zwischen all den Verträgen und Policen steckte die Visitenkarte einer Notarin aus der Stadt. Die Einzige, die es hier überhaupt gab.

Und ganz unten in dem großen, braunen Umschlag steckte ein weiterer Umschlag. Klein und dick. Mein Name stand drauf. Ich hatte den Abschiedsbrief meiner besten Freundin vor mir auf dem Tisch liegen, doch ich schaffte es nicht, ihn zu öffnen oder auch nur zu berühren. Etwas, das ich erst viele Wochen später tun würde.

Der Tag zog wie ein ganz besonders mieser Film an mir vorbei. Einer von der Sorte, bei der man das Kino vorzeitig verließ, weil die Augenkrebs erregenden Bilder auf der Leinwand und die grauenhaft schlechte Aufmachung die Lebenszeit nicht wert waren, die man verschwendet hätte, wenn man bis zum Abspann sitzengeblieben wäre.

Meine Mutter holte Jake aus dem Kindergarten.

Mein Dad redete mit den Cops, als sie herkamen, um uns zu berichten, dass sie die Leiche von Lola Adams in der Badewanne gefunden hatten.

Auf dem winzigen Tisch, auf dem wir sonst Jakes Badespielzeug lagerten, stand ein CD-Player. Eingelegt war das letzte Album von Marylin Manson. Daneben befanden sich ein Glas und eine geleerte Flasche Rotwein. Die Dose mit den Schlaftabletten lag auf dem Fußboden. Lola hatte es sich hübsch gemacht. Mit Kerzen und der Duftlampe, die ihre Grandma ihr zum fünfzehnten Geburtstag geschenkt hatte. Lola liebte den Duft von Lavendel.

All die schlaflosen Nächte zuvor hatte sie wohl damit verbracht, Briefe zu schreiben. Man fand sie in einem Karton neben der Toilette. Jakes Name stand darauf. Er enthielt zu jedem Geburtstag bis zu seinem achtzehnten einen Brief. Zum Abschlussball, zur ersten schlechten Zeugnisnote, zur ersten Sportauszeichnung, zum ersten Date, zur Hochzeit.

An alles hatte meine beste Freundin vor ihrem Selbstmord gedacht. Aber nicht daran, wie es mir damit ging, nun ohne sie dazustehen - mit ihrem Kind, für das sie mir ohne mein Wissen die Vormundschaft aber nicht das Sorgerecht übertragen hatte.

Ja, klar. Was auch sonst ...

Also. Ihr fragt euch jetzt vermutlich, warum ich so aushole und die Geschichte quasi vorwegnehme. Dass es das jetzt war und dass ich eben nun mal Pech gehabt habe. Oder es ist euch egal, auch möglich. Kann ich euch nicht verübeln.

Dummerweise fing sie mit dem Tod meiner besten Freundin erst an. Und zwar an der Stelle, an der das Vormundschaftsgericht auf den Plan trat und ich feststellte, dass ich nicht die Einzige war, die am sechsten Juni einen großen braunen Umschlag zugeschickt bekommen hatte. Eine Vormundschaft und das Sorgerecht - das sind offensichtlich zwei Paar Schuhe. Interessant, oder?

Wohin der andere Umschlag ging? *Wer* das Sorgerecht übernehmen sollte?

Ratet mal!

Josh

»Erstens«, sagte ich ungerührt und schaute mein Gegenüber so finster an wie möglich, »ist das nicht mein Kind. Absolut unmöglich. Zweitens frage ich mich gerade, wie so ein Termin wie dieser zustande kommen kann, ohne, dass irgendwer auf die geniale Idee kommt, einen DNS-Test machen zu lassen. Und drittens würde es mich wirklich interessieren, wieso zur verfluchten Hölle diese Frau in ihrem Brief behauptet, ich sei der Vater des Jungen!«

Meine Kehle war trocken und mein Hals kratzte. Mir war übel. Und zwar seit vier geschlagenen Tagen ununterbrochen. Ziemlich genau seit dem Moment, in dem dieser Kurier mir den braunen Umschlag in die Hand gedrückt hatte. Er kam aus Wisconsin. Zunächst hatte ich noch gedacht, meine Eltern würden sich einen schlechten Scherz erlauben. Dass sie vielleicht herausbekommen hatten, dass ich sie seit Monaten belog ...

Aber das, was ich schließlich aus diesem Umschlag zog, wäre selbst für meine Eltern ein ziemlich mieser Scherz gewesen. Bei ihren Strafen waren sie noch nie sonderlich kreativ gewesen. Dad hatte bloß rumgeschrien wie ein Verrückter, oft genug zugeschlagen und mich am Ende nur noch ignoriert. Und Mom ... war eben Mom. Sie bekam nicht wirklich mit, was um sie herum geschah, weil sie viel mehr in ihrer eigenen Welt lebte. Darin war ihr Mann kein Tyrann, der sie seit Jahren ignorierte, ihr Sohn kein Versager und ihre Ehe war perfekt. Sie hätte es nicht einmal gewusst, wenn ich es ihr aufgeschrieben und vor die Nase gelegt hätte.

Seit ein paar Jahren funktionierte im Kopf meiner Mutter vieles nicht mehr so, wie es sollte. Die Diagnose kam überraschend, denn wer rechnete schon damit, dass eine Frau Ende dreißig an einer neurodegenerativen Erkrankung leiden könnte, die sich *Lewy-Body-Demenz* schimpfte? Einfach so - von einem Tag auf den anderen?

Für Mom war ich nur ... im Urlaub. Vier Jahre lang.

Wozu hätten meine Eltern - speziell mein Vater - gefälschte Papiere und Unterlagen über Vormundschafts- und Sorgerechtsregelungen notariell beglaubigen lassen sollen?

Ein solches Vorgehen erforderte Kreativität und setzte die Tatsache voraus, dass er herausgefunden hatte, dass ich nicht vorhatte, den Abschluss zu machen. Beides war nicht möglich, daher hatte ich am nächsten Morgen die Nummer auf der Visitenkarte gewählt, die zum Büro einer Notarin aus meiner Heimatstadt gehörte.

Vielleicht hätte ich das Sixpack in der Nacht vor diesem Gespräch aus dem Hals lassen sollen. Möglicherweise wäre mir dann etwas passenderes auf ihre Frage nach einem möglichen Termin eingefallen, an dem man die Angelegenheit mit allen Beteiligten bereden könnte. Wie ... *Ficken Sie sich ins Knie, das ist auf gar keinen verfluchten Fall mein Kind* - zum Beispiel.

Dummerweise war mir so ein schlauer Satz nicht eingefallen, als ich den Telefonhörer in der Hand gehalten hatte.

»Du hast Lola auf dem Rücksitz meines verdammten Autos geschwängert!«, brüllte mich Grey Harper an, an deren Gesicht ich mich immerhin vage aus der Schulzeit erinnerte. Ich hatte Chemie mit ihr zusammen gehabt. Jedenfalls glaubte ich das. Ansonsten war sie nur die beste Freundin des Mädchens gewesen, die ich bis zum Abschluss eben nun mal gedatet hatte. Des Mädchens, das mir im Laufe des Sommers weismachen wollte, ich wäre derjenige, der ihr die Sache mit der Schwangerschaft eingebrockt hatte. So ein Quatsch!

»Lola hat *behauptet,* dass ich es getan habe. Aber wer sagt, dass es nicht eines der anderen Arschlöcher war, mit denen sie es getrieben hat, hm?«

Grey sah mich an, als hätte ich die Beulenpest. So verächtlich und angewidert, als hätte ich gerade den Papst beleidigt, oder behauptet, es würde den Weihnachtsmann nicht geben.

Sie wusste es nicht. Natürlich nicht.

Na klasse. Jetzt war es nicht mehr nur meine Aufgabe, diese Anwältin und die Furie vor mir davon zu überzeugen, dass ich mit Sicherheit nicht an der Zeugung dieses Kindes auf dem Foto in meinen Unterlagen beteiligt gewesen war, sondern auch, dass die Mutter besagten Kindes in Wahrheit keine Heilige war, wie hier offenbar jeder so unbeirrbar annahm.

»Lola hat in der Schule mehr Zeit auf irgendwelchen Jungenklos damit verbracht, Schwänze zu lutschen, als im Unterricht, Schätzchen. Du willst mir doch wohl nicht weismachen, du wüsstest nichts davon, oder?«

Grey lief puterrot an. Für einen Moment sah sie aus, als könnte sie sich nicht entscheiden, ob sie gleich explodieren oder doch erst in Ohnmacht fallen sollte.

Die Anwältin, eine bieder und langweilig gekleidete Frau in den Fünfzigern, schnappte pikiert nach Luft.

»Ich verbitte mir diese Ausdrucksweise, Mr. Groban! Bleiben Sie bitte sachlich!«

Ich schnaufte. »Wie Sie wollen, Ma'am. Ganz sachlich. Ihre Mandantin, die Ihnen und offenbar der ganzen Stadt erzählt hat, ich sei der Leibhaftige, der sie ihrem Schicksal überlassen hat, war eine kleine Hure.«

»Lola war keine Hure!« Greys Stimme war eiskalt und leise. Wahrscheinlich war sie wirklich kurz vorm Platzen, hielt sich aber zurück. Zweifellos, um den Schein zu wahren. Das konnten in dieser Drecksstadt ja alle so wunderbar perfekt. »Sie hatte ... Affären. Aber nicht in der Zeit, in der sie mit dir zusammen war. Sie hat dich bis über beide Ohren geliebt, Josh!«

Jetzt war es an mir, ein trockenes Lachen auszustoßen. Kopfschüttelnd sah ich die Kleine mit den haselnussbraunen Haaren an. »Das kann unmöglich dein Ernst sein. Du gibst zu, dass deine beste Freundin im Grunde ein Flittchen war, weigerst dich aber, die Möglichkeit zu akzeptieren, dass sie dich einfach angelogen hat?«

»Sie war kein Flittchen!«, brüllte Grey deutlich hysterischer. »Was fällt dir ein? Du widerliches, ungehobeltes A-«

»Schluss jetzt!« Die Anwältin schlug mit der flachen Hand auf die Schreibtischplatte. Dabei erwischte sie den Stifthalter an der Kante, der klappernd zu Boden fiel.

Grey zuckte zusammen, bückte sich aber nach einem Atemzug und sammelte die Stifte ein. Unerheblich zu erwähnen, dass ich einem Reflex folgend dasselbe machte. Blöd nur, dass sie das als Anlass zu nehmen schien, mich derart hasserfüllt anzustarren, dass ich förmlich spürte, wie ich in den Flammen der Hölle brannte.

»Ich hoffe, du erstickst an deinem Zynismus, Josh! Lola ist tot. *Tot!* Und sie kommt verdammt noch mal nicht wieder! Ist es so schwer, einfach zuzugeben, was du damals für ein mieser Drecksack warst? Du hast dich vier Jahre lang aus deiner Verantwortung gest-«

»Halt die Luft an!«, unterbrach ich sie nicht weniger wütend und stierte zurück. Etwa auf Höhe unserer Knie, die sich Gott sei Dank nicht berührten. Ich hatte nämlich nicht übel Lust, ihr den Hals umzudrehen! »Ich habe mich nicht aus meiner Verantwortung gestohlen! Sie rief mich an. Ungefähr drei Wochen nachdem sie auf Knien vor mir gesessen und mich angefleht hat, bei ihr zu bleiben, obwohl sie gerade erst zugegeben hatte, noch mit zig anderen Typen was gehabt zu haben. Woraufhin ich übrigens sofort Schluss gemacht habe! Sie hat behauptet, dass sie abgetrieben hat, und hat mir sehr charmant nahegelegt, dorthin zu verschwinden, wo die Sonne nie scheint. Wie gut, dass ich meinen Platz an der UCLA schon hatte, was?«

Grey sah aus, als hätte ihr jemand einen Eimer Eiswasser über den Kopf geschüttet. In der Bewegung erstarrt, mit aufgerissenen Augen, und ich ging jede Wette ein, dass sie nicht mehr atmete.

»Können Sie das bitte laut sagen, Mr. Groban? Mir scheint, Sie haben doch etwas Nützliches zum Thema beizutragen«, mischte sich die Anwältin ungebeten ein.

»Miss Adams hat mir gegenüber damals zugegeben, eine ganze Reihe paralleler Affären unterhalten zu haben«, wiederholte ich, nachdem ich mich wieder aufgesetzt hatte. Allerdings ohne Grey aus den Augen zu lassen, die sich offensichtlich nicht entscheiden konnte, ob sie an ihrer falschverstandenen Loyalität festhalten oder nachgeben sollte. »Ich werde hier jedenfalls überhaupt nichts tun, ehe kein Vaterschaftstest gemacht wurde.«

Mrs. Jenkins räusperte sich und kramte einen Moment in ihren Unterlagen herum. Die Brille würde ihr gleich von der Nase rutschen, so tief saß sie.

»Nun. Ich würde vorschlagen, wir nehmen das Prozedere direkt morgen früh in Angriff. Sie werden eine Speichelprobe abgeben, Mr. Groban. Miss Harper, Sie kommen bitte ebenfalls mit Jake ins Krankenhaus. Wenn die Proben im Labor sind, dauert es im Normalfall drei bis fünf Tage, dann haben wir Gewissheit.«

Ich schnaufte verächtlich. »Von mir aus. Ich bleibe dabei. Ich bin nicht der Erzeuger dieses Kindes und wenn das auch endlich jeder andere eingesehen hat, kann ich mich wieder vom Acker machen.«

»Zurück nach L.A., ja? Zurück in dein großartiges verkacktes Leben?«, höhnte Grey. »Ist es wahr, dass du den Abschluss vermasselt hast? Und dass du dir das mit der Profikarriere auch abschminken kannst? Oh, Josh. Du bist sowas von erbärmlich, weißt du das?«

»Sag mal, spinnst du? Was fällt dir eigentlich ein, so mit mir zu reden? Du kennst mich doch überhaupt nicht! Du weißt nichts über mich! Wie kommst du auf die Idee, dir ein Urteil anzumaßen?«

»Aber du bist besser? Du würdest alles sagen, um die Konsequenzen deiner grenzenlosen Dummheit nicht ausbaden zu müssen! Du hast nicht einmal gefragt, wie er so ist, wann er Geburtstag hat, wie sein Name ist ... Nichts! Du platzt hier rein und -«

»Können Sie Ihre Streitigkeiten dann bitte außerhalb meiner Büroräume fortsetzen? Ich wäre Ihnen zutiefst verbunden.« Die Anwältin schien am Ende ihrer Geduld angelangt zu sein. Sie stand auf, knallte die Mappe mit den Unterlagen auf den Schreibtisch und funkelte Grey und mich an.

Wir sprangen gleichzeitig von unseren Stühlen auf. Ich hatte keine Ahnung, wann ich zuletzt derart hasserfüllt von einer Frau angestarrt worden war, aber diese offensichtlich gestörte Frau vor mir, schien mich wirklich zutiefst zu verachten.

»Warte!«, herrschte ich sie an, als wir vor die Tür traten und packte sie am Arm. »Es ist nicht meine Schuld, was passiert ist! Ich habe nicht darum gebeten, dass mir hier ungerechtfertigt Verantwortung aufgehalst werden soll. Ja, ich hatte eine Beziehung mit Lola, aber nur bis zu dieser Nacht. Nur bis zum Abschlussball! Es mag irre witzig klingen, aber ich steh auf Mädchen, für die Treue kein Fremdwort ist. Und Lola wusste definitiv nicht, wie man dieses Wort schreibt!«

Fuck! Warum rechtfertigte ich mich hier eigentlich? Und wofür? Das alles war eine Farce! Ein bedauerlicher Irrtum und das einzige bedauernswerte Opfer hier war ich!

»Lass mich los!« Grey war so wütend, dass ich sie tatsächlich losließ und einen kleinen Schritt zurücktrat, auch wenn ich mindestens genauso aufgebracht war. Es schien sie jedenfalls nicht zu kümmern, dass die Passanten um uns herum jedes Wort verstehen konnten.

Mich kümmerte es aber. Und zwar sehr, weil mich in dieser Stadt nur der Falsche sehen musste und meine Eltern würden sofort wissen, dass ich hier war. Und damit würde für sie klar sein, dass ich versagt hatte. Das konnte ich nun wirklich nicht auch noch gebrauchen.

Ich mahlte mit den Zähnen und atmete tief und langsam ein. »Weißt du was? Vergiss es einfach! Der Test morgen wird beweisen, dass ich nicht der Vater bin. Ich verschwinde und dann musst du mich nie wiedersehen.«

Ich ließ Grey an der Straßenecke stehen und machte mich zu Fuß auf den Weg zu Miles.

Miles Goodman war der Einzige, dem ich hier vertraute, weil ich wusste, dass er meine Eltern fast so wenig leiden konnte wie ich.

Ich hatte es immer schräg gefunden, dass mein bester Freund zwar bloß ein paar Straßen weiter lebte, dass unsere Welten aber nicht verschiedener hätten sein können. Verließ man die Birch und die Oak Street und damit das nobelste Viertel der Stadt, war es, als würde man eine Grenze überschreiten. Auf meiner Seite standen die Villen und riesigen Häuser derer, für die Status und Geld alles war, was im Leben zählte. Auf Miles Seite dieser Grenze war man froh, wenn man jeden Monat die Miete für die schäbigen, größtenteils runtergekommenen Holzkästen bezahlen konnte, die man mit viel gutem Willen überhaupt als Haus bezeichnen konnte.

Grey warf mir Arroganz und Großspurigkeit vor, dabei war es nun echt kein Geheimnis, dass ich mich noch nie wirklich mit dem Leben hatte identifizieren können, das meine Eltern führten. Es war nicht so, dass ich meine Eltern hasste, das nicht. Jedenfalls meine Mom nicht. Aber das war ein anderes Thema.

Miles war vor zwei Jahren bei seinen Eltern ausgezogen und mit seiner Freundin Britany Sweet in ein eigenes Haus am anderen Ende der Siedlung gezogen. Er arbeitete in der Autowerkstatt seines Onkels, Britany war - wenn ich das richtig verstanden hatte - im vierten Monat schwanger.

Miles war eindeutig der Richtige für diese Vaternummer. Er und Britany waren schon in der Highschool zusammen gewesen. Ehrlichgesagt wunderte es mich ein bisschen, dass sie sich so viel Zeit mit der Familienplanung ließen, aber gut. Nicht meine Sache.

Er war jedenfalls der Erste gewesen, den ich angerufen hatte, nachdem feststand, dass ich herkommen würde und er hatte mir angeboten, dass ich für ein paar Tage bei ihm pennen konnte. Solange ich nicht wusste, was all das hier zu bedeuten hatte.

Selbstverständlich hatte ich das Angebot angenommen.

Es machte mir nichts aus, ein paar Nächte auf einer Couch schlafen zu müssen. Außerdem konnte ich nicht ins Hotel, wenn ich nicht riskieren wollte, dass mein Vater Wind davon bekam, dass ich überhaupt wieder in der Stadt war. Wenn ich im Hotel schlief, würde er es wissen. Er überwachte die Aktivitäten meiner Kreditkarte. Deswegen hatte ich den Flug auch bar bezahlt.

»Und? Wie ist es gelaufen? Was haben sie gesagt? Jetzt erzähl schon!« Schweiß glänzte auf Miles' Stirn, als er mir die Tür aufhielt. Der Schürze und dem Geruch von verkohltem ... Irgendwas ... nach zu urteilen, hatte er mal wieder versucht, irgendetwas zu kochen. Miles konnte nicht kochen und würde es in diesem Leben vermutlich auch nicht mehr lernen.

»Wann kommt Brit nach Hause?«, grinste ich und wich

seinen Fragen zumindest für einen Moment galant aus, indem ich ihm die Schürze aus der Hand nahm, die er hastig abmachte und mir unaufgefordert überreichte.

»In einer halben Stunde! Der verdammte Auflauf ist angebrannt und ich kann mir wirklich nicht erklären, wie das passieren konnte«, stöhnte mein bester Freund. »Sie sagt, wenn ich ein guter Vater sein will, muss ich kochen lernen! Brit geht aber selbst immer noch Vollzeit arbeiten - ist das zu fassen?«

Ich lachte. Tatsächlich war es das erste Mal, dass ich überhaupt mehr als ein falsches Grinsen zustande brachte, seit ich diesen verfluchten Umschlag in der Hand gehalten hatte.

»Wir leben im 21. Jahrhundert. Deine zukünftige Frau kann ja wohl erwarten, dass ihr Göttergatte weiß, wie man einen Herd bedient, oder?«

»Auch nach den zwanzig Jahren, die ich dich jetzt kenne, finde ich es immer noch schräg, dass *du* das weißt. Immerhin hattet ihr zu Hause eine Haushälterin.« Miles und ich waren schon zusammen im Kindergarten gewesen, ja.

»Und du hast dich von deiner Mom verwöhnen lassen«, erwiderte ich schulterzuckend. »Wo ist das Desaster?«

Miles deutete auf den Durchgang zur winzigen Küche links. »Da.«

Besagtes Desaster entpuppte sich als verkohlter Klumpen geschmolzenen Käses auf einem Sammelsurium bunt durcheinandergemischten Gemüses. Zucchini und Paprika konnte ich noch einigermaßen zweifelsfrei identifizieren, beim Rest müsste ich raten.

»Tomate und Kartoffel?«

»Äh, nein. Nudeln.« Miles grinste schief. »Ich dachte, das schmeckt. Erst wollte ich noch tiefgekühlte Chicken-Nuggets dazutun, aber Brit kann Hühnchen nicht mehr riechen, seit sie schwanger ist.«

Einen Moment überlegte ich, ob ich die Augen verdrehen

oder wenigstens so tun sollte, als wäre ich amüsiert. Ich entschied mich für Letzteres, schließlich ließen mich die beiden auf ihrer Couch nebenan pennen.

»Ich bringe das in Ordnung, okay?«

Miles nickte begeistert, schaffte es aber nicht, das zutiefst erleichterte Seufzen zu unterdrücken. »Ich wäre dir dankbar, wenn wir das für uns behalten könnten, Mann.«

Grinsend rollte ich die Hemdsärmel hoch und wusch mir die Hände. »Aber klar. Und wie machst du das dann in Zukunft, wenn du mein Essen nicht mehr für deins ausgeben kannst?«

Miles zuckte mit den Schultern. Seine strahlend weißen Zähne waren ein krasser Kontrast zu seiner schokoladenfarbenen Haut, aber immerhin schwitzte er sich vor Panik und Stress nicht mehr halb tot.

»Ich werde behaupten, es war ein einmaliger Geistesblitz. Ein Anflug von Genialität, doch dann ist irgendetwas passiert und mein gerade erst entdecktes Kochtalent hat sich einfach wieder vom Acker gemacht. Schicksal.«

Wir fingen beide an zu lachen, während sich mein bester Freund daran machte, sein total verkohltes Essen zu entsorgen. Er stopfte das Zeug in eine schwarze Plastiktüte. »Ich bringe das drei Häuser weiter zu Larry Freeman in die Tonne«, erklärte er mir. »Dann wird Brit das nie erfahren.«

Miles' Wort im Gehörgang des Allmächtigen.

Ehrlichgesagt war ich froh über eine derartige Ablenkung, auch wenn ich nicht den geringsten Appetit verspürte. Dabei hatte ich den ganzen Tag lang noch nichts gegessen, weil mir diese ganze Scheiße so gehörig gegen den Strich ging, dass ich kotzen könnte. Ein Blick auf die tickende Holzuhr an der Wand neben dem Durchgang verriet mir, dass es schon fast achtzehn Uhr war. Irgendwie war der Tag doch schneller vorübergegangen, als ich befürchtet hatte ...

»Also, jetzt erzähl schon. Was habt ihr da bei eurem Gespräch mit der Anwältin gemacht? Wie hat Grey reagiert, als sie dich gesehen hat? Weiß sie von Lolas Affären?«

»Da sind sich alle hundertprozentig sicher, dass ich der Vater des Jungen bin«, antwortete ich tonlos, ohne vom Schneidebrett aufzusehen. Das übrige Gemüse schnitt ich schnell klein, warf alles zusammen in einen Topf, um Zeit zu sparen, und stellte es auf eine Herdplatte, damit es vor sich hindünsten konnte, während ich mich um die Soße kümmerte. »Können wir ... das Thema auf später verschieben? Ich brauche ein paar Minuten Lebenszeit, um nicht darüber nachzudenken, in was für einer Scheiße ich hier möglicherweise stecke.«

»Klingt, als hältst du es immerhin für möglich, dass du als Vater infrage kommst«, kommentierte Miles, tat mir dann aber den Gefallen und schwieg.

Er reichte mir Gewürze, Zwiebeln und Käse für die Soße und fing irgendwann an, den Tisch im winzigen Essbereich der Küche leerzuräumen, damit er ihn decken konnte.

Weil ich mich beeilen musste, konzentrierte ich mich aufs Kochen. Schließlich hatte Miles recht: Es war schräg, dass ich das konnte, und sogar ziemlich gut. Der Auflauf, den ich eine halbe Stunde später aus dem Ofen holte - pünktlich auf die Minute, denn Britany steckte ihren von wilden Kräusellocken umrahmten Kopf im selben Moment durch die Tür - war vielleicht kein Meisterwerk an Kochkunst, aber er roch gut, sah auch so aus und schmeckte hoffentlich besser als das, was Miles uns aufgetischt hätte, wenn ich nicht gekommen wäre, um ihn zu retten.

»Wow!« Anerkennend hob Miles' schwangere Freundin die Brauen und starrte uns nacheinander an. »Also ich würde normalerweise ja vor Ehrfurcht vor meinem zukünftigen Gatten in die Knie gehen, weil er offenbar einen Entwicklungssprung auf der Leiter der Evolution vollführt hat, aber eigentlich ... Wie viel hat er dir gezahlt, damit du seinen Kopf aus der Schlinge ziehst?« Ein gigantisches Grinsen zierte ihr hübsches Gesicht.

Da Leugnen offensichtlich keinen Zweck hatte, zuckte ich mit den Schultern und hoffte, dass ich unter Miles' Todesblick nicht einfach in Flammen aufging. »Er lässt mich auf eurer Couch pennen. Auf meinem Konto liegen fast fünfhunderttausend Dollar, ich finde, anstatt mich für einen popligen Auflauf bezahlen zu lassen, sollte ich euch lieber Miete zahlen.«

Meine Freunde rissen gleichzeitig den Mund auf.

»Sag mal, spinnst du? Wir hatten das doch geklärt! Es ist selbstverständlich, dass du hier pennst, damit deine Eltern-«

»Auch, wenn ich dich früher in der Schule echt ätzend fand«, unterbrach Brit Miles, »du bist wirklich in Ordnung, Josh. Und so weit kommt es noch, dass wir unser Sofa-«

»An einen Freund vermieten!«, ergänzten sie sich gegenseitig und grinsten sich dann an.

Wie schön, dass es anscheinend Beziehungen gab, die funktionierten. Nett.

»Wie auch immer. Kochen ist das Mindeste, was ich für euch tun kann.«

Miles verdrehte schuldbewusst die Augen, als Britany ihm einen scharfen Seitenblick zuwarf.

Ich beobachtete sie von der Seite, als ich den Auflauf auf die drei gedeckten Teller schaufelte. Dafür, dass sie erst im vierten Monat war, hatte sie ganz schön viel ... Bauch. Fand ich jedenfalls, aber hey. Was wusste ich schon davon? Ich hatte in der Abschlussklasse eine Freundin gehabt, die es nebenher mit zig anderen Typen hinter meinem Rücken getrieben und die dann auch noch behauptet hatte, ich sei der Vater. Aber sicher doch ...

»Also, jetzt erzähl schon!« Brit riss mich aus meinen deutlich trüberen Gedanken, als wir anfingen, zu essen. Es schmeckte. Nicht grandios, aber immerhin. »Was ist denn jetzt los? Ist Jake von dir?«

»Nein«, wiederholte ich mechanisch, was ich heute schon gefühlte hundert Mal getan hatte. »Dieser Junge kann unmöglich von mir sein! Lola hat verhütet.«

Wieder tauschten sie einen von ihren gruseligen Pärchenblicken, ehe sie mich zweifelnd ansahen.

»Wenn sie das getan hätte, würdest du jetzt nicht hier an meinem Esstisch sitzen, auf meinem Sofa pennen und dich hier vor deinen Eltern verstecken, während irgendwo in dieser Stadt ein Junge lebt, der aussieht wie du, mein Freund.«

»Tut er das denn?«, knurrte ich entnervt, aber mir war bewusst, dass ich dem Thema nicht ewig aus dem Weg gehen konnte. »Kinder sehen doch alle gleich aus. Außerdem dachte ich, du hättest seit dem Abschluss nichts mehr mit ihr zu tun gehabt.«

Miles nickte. »Stimmt auch. Einmal war sie bei uns in der Werkstatt. Mit Greys Wagen, weil er Öl verloren hat. Da war der Junge vielleicht zwei, oder so. Was ich damit sagen will ... es ist möglich und wenn du nicht auch der Meinung wärst, dass es sein könnte, wärst du gar nicht hier, sondern in Los Angeles.«

»Also, ich finde, er sieht aus wie du«, mischte sich Brit ein und stach mit der Gabel ein paar Gemüsestücke auf. »Grey und ich sind befreundet. Ich habe Jake öfter gesehen als Miles.«

»Stimmt.« Miles nickte.

Ich wusste nichts darauf zu sagen, also hielt ich lieber die Klappe.

»Hast du inzwischen eigentlich einen Job?«, wollte Britany irgendwann wissen. »Ich weiß, du hast die Kohle und so, aber früher oder später werden deine Eltern kapieren, dass du das Studium geschmissen hast. Und deine Tante erst! Die ist damals schon sowas von ausgerastet, als du den Abschluss um ein Jahr aufgeschoben hast, dass ich echt Schiss hatte, sie würde uns den Laden auseinandernehmen.« Sie imitierte Anführungszeichen mit der Gabel in der Hand.

Das Wort *Abschluss* klang aus ihrem Mund höhnisch, fast verächtlich. Dem nicht ganz so gleichgültigen Teil von mir führte es vor Augen, dass ich mit der Einzige war, der es aus unserem Abschlussjahrgang überhaupt auf eine Uni geschafft hatte. Und damit raus aus der Stadt. Das Leben hier war einfach, oft langweilig und für meinen Geschmack eindeutig zu banal, aber den meisten hier gefiel es. Sie hatten keine Ambitionen, die Stadt zu verlassen und woanders hinzugehen. Keine Ahnung, wieso das so war. Finanziell ging es der Stadt gut, Touristen kamen regelmäßig und brachten selbstverständlich ihre Kohle her.

Aber ich hatte immer nur weggehen wollen. Schon verrückt, wenn man bedachte, dass meiner Familie die halbe Stadt gehörte und man vermutlich automatisch davon ausging, dass ich es irregeil fand, eines Tages in ihre Fußstapfen zu treten. Ja, so hatte ich nach Außen auch immer wirken wollen. Aber eigentlich ...

Brit schüttelte sich, als sie weitererzählte. »Ich hatte eine Scheißangst davor, ihr die Haare aus Versehen zu kurz zu schneiden, weil sie an diesem Tag gar nicht stillsitzen konnte. Sie hat gezappelt, gestikuliert und den Salon mit ihrer - sorry - ätzenden Stimme beschallt, bis ich Kopfschmerzen hatte. Was für eine Schande du doch wärst, was dir einfiele, den Abschluss nicht in der vorgegebenen Zeit zu machen und überhaupt ...«

»Macht nichts«, winkte ich ab. »Ich kann mir vorstellen, wie meine Tante euch terrorisiert hat.«

Und wie ich das konnte.

Tiffany Groban, die Schwester meines Vaters, war die wandelnde Perfektion. Nach außen zumindest. Jedes Haar auf ihrem Kopf war akkurat gelegt, der blondierte Ansatz nie breiter als einen Zentimeter, ihre Nägel waren stets manikürt und meine Tante verließ ihr Haus, direkt neben unserem, nicht einmal ungeschminkt, um die Post reinzuholen. Sie war Vorsitzende des Tierschutzvereins - pro forma, denn Tante Tiff aß für ihr Leben gern Steak, auch wenn sie das niemals zugeben würde -, Mitglied im Countyclub von Buffalo County und sie richtete jedes Jahr Benefizgalas zu unterschiedlichen Anlässen in der Stadthalle aus.

Ja, solche Dinge musste man tun, wenn man die Schwester des Bürgermeisters war, weil dessen eigene Frau diese Dinge eben nicht mehr so bewältigen konnte. Wie auch? Die Krankheit meiner Mutter zerstörte nicht nur ihr eigenes Leben, sondern auch das von allen anderen um sie herum. Dass man als Schwester des Bürgermeisters und Geschäftsführerin des landwirtschaftlichen Familienunternehmens mit einem vollgestopften Zeitplan und einem missratenen Neffen aber auch jeden Abend Valium nehmen und mindestens drei Gläser Wein trinken musste, um überhaupt schlafen zu können, wusste niemand. Und am nächsten Morgen drehte sich das Mühlrad eines Mitglieds der gehobenen Gesellschaft einfach weiter. Es gab keinen Ausstieg. Es gab keine Alternativen. Man musste funktionieren, schließlich wollte und konnte man es sich nicht erlauben, seinen Status oder sein Ansehen innerhalb der Stadtgrenzen zu verlieren, nicht wahr?

Wehe dem, der aus der Reihe tanzte - in diesem Fall mir.

Manchmal beneidete ich meine Mom, weil sie nichts mehr mitbekam. Weil sie diese Spielchen nicht mehr spielen musste und weil es ihr auch niemand übelnahm, dass das so war. Schließlich war sie ja krank. Nicht unbedingt schwachsinnig, aber wenn man auf einer Party oder einer Gesellschaft niveauvoll über die Wirtschaft oder das aktuelle Weltgeschehen debattieren wollte, ging man nicht zu Mary Groban. Da war man seit ein paar Jahren an der falschen Adresse ...

»Um deine Frage zu beantworten«, sagte ich, nachdem ich

mich kurz geräuspert hatte, um den ekeligen Frosch in meinem Hals loszuwerden. »Nein. Ich habe noch keinen Job. Ich habe keinen Schimmer, was ich eigentlich machen will, aber hierher werde ich ganz sicher nicht zurückkommen. Eher hacke ich mir selbst den Fuß ab.«

Zweifelnd legte Brit den Kopf schief. Ihr Blick hatte etwas Mitfühlendes und gleichzeitig Mitleidiges. Letzteres hätte sie sich gern sparen können.

»Ich sag das ja nur ungern. Aber wenn der Zwerg wirklich von dir ist ...« Den Rest des Satzes ließ sie bedeutungsschwer in der Luft hängen. Es war nicht nötig, ihn auszuführen. Wir wussten alle, was dann passierte - so unmöglich das auch erschien.

Grey

Ich war nicht nervös. Nein. *Ich* doch nicht.

Ich starb innerlich tausend Tode, weil ich letzte Nacht kein verdammtes Auge zugemacht, mich stundenlang herumgewälzt und zum ersten Mal in meinem erbärmlichen Leben gebetet hatte.

Das musste man sich mal vorstellen - ich und beten! Das war lächerlich! Und ich und schlaflose Nächte? Ebenfalls eine total absurde Vorstellung.

Ich konnte immer schlafen. Immer! Sogar als Jake geboren wurde und alle zwei Stunden lauthals nach seiner Flasche geschrien hatte.

Nachts war das nie meine Aufgabe gewesen. Wozu auch? Ich war bloß die Patentante und seine Mutter hatte sich darum gekümmert. Lola war alle zwei Stunden aufgestanden, im Halbschlaf durchs Haus getigert und hatte dem kleinen brüllenden Fleischklumpen die Milch gegeben. Nicht ich. Ich war ja bloß ... unwichtig genug!

Ja-ha. Ich war nicht nur nervös. Je mehr Dinge auf einmal passierten, desto näher geriet ich an den Rand eines ausgewachsenen Nervenzusammenbruchs. Ein völlig untypischer und eindeutig unangenehmer Geisteszustand, der mir nicht besonders gut gefiel.

Ich hatte mich, mein Leben und die Situation immer im Griff. Ich verlor die Kontrolle nicht. Grundsätzlich nicht.

Aber seit meine beste Freundin sich umgebracht und mich allein mit diesem riesigen Berg Verantwortung zurückgelassen hatte, geriet mein Leben völlig aus den Fugen.

Schlimm genug, dass ich mich um die Beerdigung kümmern musste, die morgen stattfand. Jetzt saß ich hier - im Krankenhaus - mit einem ziemlich verstörten Vierjährigen auf dem Schoß - und hatte keinen verfluchten Schimmer, wie ich ihm erklären sollte, dass seine Mommy nie wieder kommen würde und sein vermutlicher Daddy keinen Bock auf ihn hatte. Und, dass er aller Wahrscheinlichkeit nach nicht einmal bei mir bleiben durfte ...

Als Josh gestern gegangen war, hatte ich noch allein mit der Anwältin gesprochen. Darüber, was Lolas Vermächtnis nun für mich und vor allem für meine Beziehung zu Jake bedeutete.

Es war genau so, wie ich befürchtet hatte. Nur schlimmer.

Wenn Josh sich wider Erwarten nicht als Jakes leiblicher Vater herausstellen sollte, würde das Jugendamt eingeschaltet werden. So lange, bis ein Gerichtstermin feststand, an dem entschieden werden könnte, ob ich die von Lola festgesetzte Vormundschaft wirklich übernehmen durfte. Ich war nicht blutsverwandt mit ihm, ich war bloß die Patentante.

Es lag allein im Ermessen des Gerichts, ob sie gestatteten, dass ich mich ab jetzt um Jake kümmerte, sofern Josh nicht als Vater infrage kam und kein weiterer potentieller Vater auf den Plan trat. Da Lola außer ihrer verstorbenen Grandma niemanden gehabt hatte, könnte es auch passieren, dass ich Jake gar nicht behalten durfte. Man könnte ihn einfach so in ein Heim stecken. Oder in eine Pflegefamilie. Oder ihn adoptieren lassen.

Verdammt!

Warum? Warum, warum, warum war Lola so bescheuert gewesen und hatte - wenn sie sich schon umbringen und vorher all diesen Scheiß planen musste - dann nicht wenigstens so geplant, dass es am besten für ihr Kind war? Es war nicht zu Jakes Besten, dass er eventuell zu einem Vater kam, der sich vier Jahre lang nicht um seine Existenz gekümmert hatte und der ihn auch jetzt nicht wollte.

Josh wollte nichts von Jake wissen. Das hatte er nicht nur klar und deutlich geäußert - ich hatte es auch in seinen Augen gesehen, als er bei der Notarin gesessen und das Sexleben meiner besten Freundin derart detailliert geschildert hatte, dass mir übel geworden war.

Dieses blöde, überhebliche, feige Stück Dreck!

Josh Groban war ein verachtenswerter Mensch, nicht mehr und nicht weniger. Und ganz sicher würde ich nicht zulassen, dass man einem verantwortungslosen Feigling wie ihm, Jake überließ. Ich wollte mir gar nicht ausmalen, was aus Lolas Sohn wurde, wenn er bei so einem Mann aufwachsen würde. Gedanken und Fantasien, die Brechreize und Mordgedanken in mir hervorriefen, obwohl ich eigentlich ein friedlicher Mensch war.

Wirklich!

Aber Josh ... Keine Ahnung. Ich musste ihn bloß ansehen und hatte verdammt große Lust, ihm die Eier abzureißen, damit er nie, nie, nie wieder eine Frau schwängern und sie dann einfach ihrem Schicksal überlassen konnte.

Er hatte Lola damals schon nicht verdient und Jake verdiente er erst recht nicht. Es gehörte mehr dazu, ein Vater zu sein, als bloß die Gene.

Ja, genau. Das würde ich dem Gericht erklären und notfalls würde ich wie eine Löwin dafür kämpfen, Jake vor Joshs Einfluss zu bewahren, so viel stand für mich fest.

Heute Vormittag musste ich mich zwingen, ruhig zu bleiben. Nicht meinetwegen, aber Jake sollte nicht merken, wie es mir ging. Meinetwegen müsste er gar nicht hier sein. Wenn es nach mir ginge, würde seine Mom noch leben. Alles würde für immer so weitergehen.

Aber Jake war erst vier und er hatte noch nicht begriffen, dass seine Mutter nicht mehr da war. Ich hatte versucht, es ihm zu erklären, aber irgendwie ... Ich wusste nicht wie. Ich wusste nicht, was ich sagen sollte, damit so ein kleines Kind tatsächlich verstand, dass es jetzt im Grunde allein auf der Welt war. Dass seine Mom ihn morgens nicht mehr wecken, zum Kindergarten bringen, mit ihm spielen und ihn abends ins Bett bringen konnte ...

Ganz ehrlich ... ich wollte mir das nicht eingestehen, aber die Situation überforderte mich. Es überforderte mich, dass meine beste Freundin tot war. Es brachte mich um den Verstand, dass ich keine Gewissheit darüber hatte, wie es ab jetzt weitergehen sollte. Aber es machte mich absolut wahnsinnig, dass ich keine Ahnung hatte, was aus Jake werden würde, wenn all das hier schiefging. So schief, dass er nicht bei mir bleiben konnte.

Bisher hatte ich alles getan, um diese Gedanken zu verdrängen. Mit wenig Erfolg, offensichtlich.

Ging dieses unnötige, fürchterliche Drama wirklich spurlos an Jake vorbei? Er hatte seitdem kaum ein Wort gesagt, also ging ich schon davon aus, dass er spürte, dass etwas anders war.

Ob ich daran schuld sein würde, wenn dieses Kind traumatisiert wurde? Weil ich unfähig war, mit der Situation klarzukommen? Weil ich nicht wusste, was ich tun oder wie ich mit ihm umgehen sollte?

Oh, Gott! Bitte nicht ...

»Tante Grey, mir ist langweilig«, sagte der kleine blonde Junge auf dem unbequemen Stuhl neben mir. Er hielt den Spielzeugdinosaurier in der Hand, den seine Mom ihm erst vor zwei Wochen gekauft hatte.

Zwei Wochen war das her. Eine gefühlte Ewigkeit.

Ich schluckte trocken, bevor ich die Hand ausstreckte und Jake durch das feine Haar wuschelte. Mit dem falschesten Lächeln, das ich je im Gesicht gehabt hatte. »Wir sind gleich dran. Noch ein bisschen, ja? Weißt du noch, was ich dir erklärt habe? Was du gleich tun musst?«

Jake sah nicht auf. Er spielte mit dem Dinosaurier, aber ich wusste genau, dass er ihn nicht einmal ansah. Er sah durch das Spielzeug hindurch, wie er schon seit vier Tagen durch alles hindurchsah und einfach ins Leere starrte.

Mommy kommt nicht wieder, mein Schatz. Mommy ist … fort … Das hatte ich in den vergangenen vier Tagen so oft gesagt und wiederholt, dass ich mir schon bescheuert dabei vorkam. Erst recht, weil Jake jedes Mal den Kopf schüttelte und dann wütend in sein Zimmer stürmte. Er wollte oder konnte es nicht glauben. Was davon stärker war, konnte ich nicht sagen, ich wusste nur, dass er sich momentan weigerte, die Information aufzunehmen, zu verarbeiten oder auch nur mit mir darüber zu reden.

Er machte dicht und das gefiel mir nicht. Er war immer so ein offenes, herzliches und glückliches Kind gewesen. Lola war eine gute Mutter gewesen.

Und wie sie das gewesen war …

Als ich plötzlich registrierte, dass meine Augen brannten, wurde mir übel, aber ich unterdrückte den Würgereiz mit aller Macht. Ich wollte nicht, dass Jake es bemerkte. Auf keinen Fall sollte er mitbekommen, wie überfordert ich war.

»Dass ich den Mund aufmachen soll?«, fragte der Knirps leise. Noch immer, ohne sich zu rühren.

»Ja, genau«, antwortete ich mit dem festgeklebten falschen Lächeln. »Du machst den Mund auf, wenn der Doktor uns gleich holt. Dann nimmt er ein Wattestäbchen und steckt es dir in den Mund. Das tut nicht weh, Indianerehrenwort. Und dann sind wir auch schon fertig und dürfen wieder nach Hause. Soll ich … Also soll ich dir vielleicht ein Eis kaufen? Ich habe unten in der Lobby einen Eisverkäufer gesehen, ganz bestimmt.«

Jake zögerte, dann schüttelte er den Kopf. »Ich mag kein Eis. Ich mag nur das Eis, das Mommy mir kauft.«

Als ich den Mund öffnete, ihn mangels passender Erwiderung wieder schloss und gerade zu einem neuen Versuch ansetzen wollte, gingen die automatischen Flügeltüren zu diesem Bereich des Krankenhauses auf. Die Notarin Mrs. Jenkins kam auf mich und Jake zu. Im Schlepptau hatte sie - oh Wunder - Josh. Hatte er sich also immerhin herbequemt, aber *hey*. Er war ja auch derjenige, der auf diesen Vaterschaftstest bestand, da war es wirklich nett und zuvorkommend von ihm, pünktlich zu erscheinen. Pünktlich, um sich den Beweis schwarz auf weiß liefern zu lassen, dieser Bastard!

»Ah, guten Morgen, Miss Harper. Schön, dass Sie es einrichten konnten.«

»Nicht ich bin diejenige, die hier das Problem ist«, zischte ich die Anwältin leise genug an, damit Jake mich nicht verstehen konnte.

Es wunderte mich nicht, dass Josh auf Abstand blieb. Mit den Händen in den Taschen seiner überteuerten Markenjeans stand er gute zwei Meter entfernt an der Wand. Für jemanden, der vier Jahre in Los Angeles gelebt hatte, war er überraschend bleich, jedenfalls im Gesicht. Als hätte ihm irgendwas den Magen verdorben. Hoffentlich ging es ihm richtig schön dreckig! Den gruseligen Rändern unter seinen Augen nach zu urteilen, hatte er auch eine schlaflose Nacht hinter sich. Ich wünschte ihm die grauenvollsten Albträume und die Pest an den Hals und das war noch nicht einmal das Schlimmste davon.

Als hätte er meinen hasserfüllten Blick auf sich gespürt, hob er den Kopf und sah mir direkt in die Augen.

Unwillkürlich schluckte ich, denn irgendwie ... sah ich in seinem Gesicht nicht ganz das, was ich erwartet hatte.

Ich schob den Gedanken rigoros beiseite, ehe er Form in meinem Kopf annehmen konnte. Josh Groban bedauert nicht. Nichts und niemals. Josh Groban war die Wurzel allen

Übels! Wäre er damals nicht gewesen, wäre heute alles anders. Wäre er nicht mit meiner besten toten Freundin in mein Auto gestiegen, um sie auf meiner alten verschlissenen Lederrückbank zu schwängern, könnte ich jetzt ...

Ja, was? Was könnte ich? Allein um Lola trauern, weil sie so oder so gestorben wäre? In ihrem Haus sitzen, mir all ihre alten Sachen, unsere Fotos und gemeinsamen Erinnerungen ansehen und wirklich um sie trauern?

Trauer war ein Luxus, den ich mir angesichts der Umstände nicht leisten konnte. Noch nicht. Erst, wenn alles geklärt und geregelt war und wenn ich absolut sicher sein konnte, dass mir niemand dieses Kind nehmen konnte.

Ich vermisste Lola. Ich vermisste meine beste Freundin. Ihr Lachen, ihr dreckiges Grinsen, wenn sie mir schmutzige Witze erzählt hatte, wenn Jake am Spielen war und uns nicht hörte. Und ich vermisste es, abends mit einem Glas Wein auf der Veranda zu sitzen und die wildesten Fantasien und Träume auszutauschen, obwohl wir beide wussten, dass nichts davon je Wirklichkeit sein würde.

Lola fehlte mir so sehr, dass es mich zerriss, aber das war nichts im Vergleich dazu, was ich empfand, wenn ich Jake ansah.

Was auch immer Lola sich dabei gedacht hatte, Josh einen Brief zu schicken ... Ich musste damit leben, dass ich nicht die alleinige Kontrolle darüber hatte, was ab jetzt geschah.

Es hing alles davon ab, wie das Testergebnis aussah. Und dann - wie konnte ich das vergessen - davon, wie Josh sich damit auseinandersetzen würde.

Ich musste unbedingt herausfinden, was er vorhatte, wenn das Ergebnis positiv war. Er musste sich doch Gedanken dazu gemacht haben, oder? Wir waren keine Teenager mehr. Wir waren erwachsen genug, weiter als bis zur nächsten Party, zum nächsten großen Spiel oder was weiß ich was zu denken. Vielleicht konnte ich ihn dazu bringen, mir die komplette Verantwortung für Jake zu übertragen. Dann könnte er sich zurück nach L.A. verpissen und müsste nie wieder etwas mit diesem Thema zu tun haben.

Vorausgesetzt, Jake entwickelte in den nächsten sechs bis vierzehn Jahren nicht von sich aus das Bedürfnis, sich mit seinem leiblichen Vater auseinanderzusetzen.

Und was, wenn das Testergebnis doch negativ war? Wenn Josh die Wahrheit gesagt und Lola wirklich in der Weltgeschichte rumgevögelt hatte?

Ja, Herrgott. Sie war nie ein Kind von Traurigkeit gewesen und hatte nichts anbrennen lassen, seit sie ihre Jungfräulichkeit mit fünfzehn an irgendeinen Typen aus der Theater-AG verloren hatte. Aber das bedeutete noch lange nicht, dass sie untreu gewesen war. Immerhin war sie zehn Monate in einer Beziehung mit dem Quarterback gewesen. Zehn Monate mit Josh zusammen ... Ich an ihrer Stelle hätte mich vermutlich damals schon umgebracht, wenn ich gewusst hätte, was mir blühte.

Ups. Da waren sie wieder. Die unpassenden, überzogenen und eindeutig deplatzierten Gedanken, aus denen der Zynismus förmlich tropfte.

»Was geschieht, wenn Josh der Vater ist?«, fragte ich die Anwältin leise und zog sie ein Stück von Jake weg, ohne ihn aus den Augen zu lassen. »Kann er mir dann den Umgang verbieten? Kann er ihn mit nach Los Angeles nehmen?«

Mrs. Jenkins sah mich an, als würde ich auf dem Mond leben. Ihre dicken Brillengläser reflektierten das dumpfe Flurlicht über uns, trotzdem konnte ich den fast schon mitleidigen Blick nicht fehlinterpretieren.

»Na ja, ganz so einfach wird es nicht sein. Miss Adams hat verfügt, dass Sie Jakes Patin und sein Vormund sind. Damit obliegt Ihnen theoretisch das gleiche Recht wie dem Erziehungsberechtigten. Nur, dass Sie eben nicht darüber bestimmen können, wo der Lebensmittelpunkt des Kindes ist. Außerdem müssen Sie alle wichtigen Entscheidungen - sollten Sie die Pflege und Erziehung auch weiterhin übernehmen - mit dem Sorgeberechtigten absprechen. Auf welche Schule er gehen wird, ob und inwiefern Operationen durchgeführt werden und so weiter. Sie wissen schon, worauf ich hinaus will, denke ich.«

Ja, das wusste ich. Deswegen wurde mir auch kotzübel, weil ich für einen Sekundenbruchteil vergaß, meine Verdrängungsmechanismen zu aktivieren. Die Vorstellung, Josh könnte - aus welchen absurden Gründen auch immer - auf die Idee kommen, Jake tatsächlich erziehen zu wollen, brachte mich nämlich um den Verstand. Und um den war es seit Lolas Tod ohnehin nicht mehr zum Besten bestellt.

Verdammt!

Ich hatte keinen Schimmer, was ich tun musste, um das zu verhindern, aber ich würde Himmel und Hölle in Bewegung setzen, so viel stand fest. Auf gar keinen Fall würde ich zulassen, dass Josh mir Jake wegnahm. Womöglich mit nach L.A., wo ich ihn mit Glück vielleicht zweimal im Jahr zu Gesicht bekam. Mit Pech gar nicht. Seine ganze Entwicklung, sein Leben würde an mir vorbeiziehen. Ich würde kein Teil davon sein.

»Es war nicht Lolas Wille, dass ihr vierjähriger Sohn aus seinem Leben gerissen wird und von nun an bei einem Fremden aufwachsen muss. Vater oder nicht - Jake kennt Josh nicht! Die beiden haben sich noch nie gesehen und den Preis für den Vater des Jahres wird dieses egoistische Arschloch auch nie bekommen!«

»Mäßigen Sie Ihren Ton, Miss Harper!«, zischte Mrs. Jenkins aufgebracht. »Es steht nicht zur Debatte, Jake ohne irgendwelche Vorkehrungen an einen Fremden zu übergeben. Das sieht das Gericht im Übrigen auch so. Ich komme eben von einer Besprechung mit der ehrenwerten Richterin Beatrice Justin. Sobald die Ergebnisse des Tests vorliegen, werden Sie, Mr. Groban und ich uns dort einfinden, um das weitere Vorgehen im Interesse des Kindes zu diskutieren.«

Den gerade erst aufgerissenen Mund schloss ich schnell, als ich merkte, dass ich tatsächlich keine passende Erwiderung hatte. Ich hatte damit gerechnet, jetzt schon damit anfangen zu müssen, einen Krieg gegen Josh anzuzetteln. Offenbar blieb mir das noch ein paar Tage lang erspart.

Vielleicht war es ja auch noch gar nicht zu spät. Vielleicht ließ Josh mit sich reden. Er wollte diese ganze Daddynummer doch eh nicht abziehen, sonst wäre er damals nicht auf Nimmerwiedersehen verschwunden, oder?

Vielleicht ließ er sich davon überzeugen, dass es das Beste und Einfachste für uns alle war, wenn er wieder verschwand und -

»Wer bist du?«

Oh, verdammt! Ich war so in meine fieberhaften Überlegungen vertieft gewesen, dass ich gar nicht wirklich mitbekommen hatte, dass Jake von seinem Stuhl gerutscht war. Der Knirps hatte sich einfach an mir und der Anwältin vorbeigeschlichen.

Hilflos und perplex starrte ich auf Jakes Hinterkopf, als er auf Josh zuging, der bis jetzt auch in seine eigenen Gedanken vertieft gewesen war.

Als Jake etwa einen Meter vor ihm stehenblieb, tat er etwas, das ich weder erwartet hatte, noch erklären konnte: Er grinste Jake - wenn auch sichtlich müde - an und hielt ihm die Hand hin.

Wehe, wehe, du sagst auch nur ein falsches Wort, dann reiße ich dir die Eier ab und brate sie mit Speck in der Pfanne, ehe ich sie den Kötern zum Fraß vorwerfe!

»Hi, Kumpel. Ich bin Josh. Und wer bist du?«

»Jake«, erwiderte der Junge, ergriff Joshs Hand aber nicht

und umklammerte stattdessen den Dinosaurier fester. »Grey mag dich nicht.«

»Was du nicht sagst«, sagte Josh so leise zwischen den Zähnen, dass ich ihn kaum verstand. »Aber ich bin eigentlich ganz okay, weißt du?«

Jake zuckte mit den Schultern. »Ich bin auch ganz okay.«

Bei dieser Antwort entgleisten mir die Gesichtszüge und nicht nur mir. Ein Seitenblick ins Gesicht der Anwältin verriet mir, dass sie auch verstanden hatte, was Jake gesagt hatte und auch was es bedeutete.

Joshs weit aufgerissene Augen sprachen ebenfalls Bände. Ich sah, dass er ziemlich schwer schluckte, ehe das gequälte Lächeln wieder zurückkam. »Ja, das glaube ich dir. Tut mir leid, was mit deiner Mom passiert ist.«

»Mommy ist jetzt ein Engel, hat Grandma Loreen gesagt. Ich will nicht, dass sie ein Engel ist. Gott braucht sie doch gar nicht, oder?«

Ein hilfloses Seufzen drängte sich meine Kehle hinauf. Es gelang mir nicht, es rechtzeitig zu ersticken. Aber immerhin schaffte ich es, mich in Bewegung zu setzen, Jake in meine Arme zu ziehen und ihn zu drücken.

»Du hast recht, mein Schatz«, flüsterte ich in sein Haar. »Gott braucht Mommy nicht so dringend wie du. Aber weißt du was? Wenn sie jetzt bei Gott ist, dann ist sie auch bei dir. Immer. Jeden Tag, jede Minute, einfach immer. Weil Gott nämlich überall ist.«

Wenn ich diese gequirlte Scheiße doch nur selbst glauben könnte ...

Ich hatte keinen Schimmer, ob es überhaupt richtig war, Jake dieses Zeug zu erzählen. Woher? Vor drei Nächten hatte ich danach gegoogelt, wie man mit kleinen Kindern nach einem Verlust umgehen musste. Natürlich hätte ich auch zu Reverend Hartley in die Kirche gehen können, aber dann hätte ich mich der unangenehmen Tatsache stellen müssen, dass ich seine Kirche seit Jahren nicht mehr betreten hatte. Seit Jakes Taufe, um ganz genau zu sein.

Warum auch, verdammt? Ich war nicht gläubig und das ganze Gerede ums Paradies, Erlösung und so weiter ging mir am Arsch vorbei. Menschen, die in die Kirche gingen, waren für mich bestenfalls eine Herde verwirrter Schafe, die ihre Antworten am falschen Ort suchten.

Es gab keinen Gott, denn sonst hätte er verhindert, dass es soweit kam. Oder das ganze Drama auf der Welt allgemein verhindert, denn was war der Tod meiner besten Freundin schon gegen Seuchen, Kriege und Armut auf der ganzen Welt?

Aber das konnte ich Jake nicht erzählen, denn es kam mir falsch vor, ihm vielleicht jetzt schon Hoffnung und Illusionen zu nehmen, die er brauchte, um mit dem Verlust seiner Mutter umgehen zu können. Jake musste lernen, wie man trauerte, auch wenn ich bestimmt die falsche Person war, ihm das beizubringen. Hätte das nicht irgendwie vorausgesetzt, dass ich selbst wusste, wie man das machte?

Jake antwortete mir nicht. Er drehte den Kopf gerade weit genug, damit er mir einen seiner seltsam leeren Blicke zuwerfen konnte, ehe er sich aus meiner Umarmung befreite. Ziemlich bestimmt für seine Verhältnisse.

Was er dann tat, machte mich erneut sprachlos und wenn ich ehrlich war ... auch wütend. Der kleine Junge streckte Josh die Hand entgegen und Josh, der seine Hand längst wieder zurückgezogen hatte, ergriff Jakes Finger und lächelte ihn an.

Was dieses Lächeln auszusagen hatte, wusste ich nicht. Ich wusste nur, dass es mir ganz und gar gegen den Strich ging, dass dieser Mistkerl sich erdreistete, überhaupt mit Jake zu kommunizieren.

»Was fällt dir ein?«, herrschte ich Josh so leise wie möglich an, als Jake sich mit ausdrucksloser Miene wieder umdrehte und zum mittleren der drei Besucherstühle zurückging. Ich baute mich vor Josh auf, die Hände in die Hüften gestemmt und kurz vorm Platzen. Etwas, das er offensichtlich zu bemerken schien, oh Wunder.

Seine Reaktion bestand darin, auf Abstand zu gehen. Er wich bis zur Wand zurück und starrte mich finster an. »Erstens«, knurrte er leise und vergewisserte sich mit einem Seitenblick, dass Jake uns nicht hörte, »ist der Zwerg auf mich zugekommen und zweitens - entschuldige bitte, dass ich höflich sein wollte! Egal, was bei diesem Scheißtest rauskommt - er hat doch wohl seine Mutter verloren, oder? Darf ich ihm da nicht sagen, dass es mir leidtut?«

»Tut es das denn?«, keifte ich weiter. Mein Gesicht hatte inzwischen Hochofentemperatur angenommen. Von Null auf hundertachtzig in Sekundenbruchteilen. Ja, das konnte ich gut. Bei Arschlöchern wie Josh jedenfalls, die meinten, sie könnten sich alles erlauben. »Tut es dir überhaupt leid? Nicht wirklich, oder? Verpiss dich einfach wieder nach L.A. Josh! Und wag es nicht, auch nur auf die Idee zu kommen, ihn mir wegzunehmen, sonst schwöre ich, dass ich dich umbringe und hinterher auf dein Grab pisse!«

Josh presste die Kiefer so fest zusammen, dass ich fürchtete, er würde sich selbst die Zähne ausbeißen. »Das habe ich nicht vor! Kapierst du das nicht?«

»Oh, doch. Doch, natürlich kapiere ich, dass du ein egoistischer Bastard bist, der -«

»Verzeihen Sie, dass ich Ihren erneuten Streit unterbreche«, mischte sich Mrs. Jenkins ein. »Aber der Arzt ist da. Kommen Sie bitte.«

Äußerst widerwillig klappte ich den Mund wieder zu. Wenn Josh glaubte, das letzte Wort sei gesprochen, dann hatte er sich getäuscht! Ich würde herausfinden, was er eigentlich hier zu suchen hatte und was er sich überhaupt davon versprach. Ich meine ... ich hatte zwar keine Ahnung, ob er sich einfach so über Lolas letzten Willen hinwegsetzen könnte. Immerhin hatte sie ihm das Sorgerecht übertragen. Die Gerichte waren eingeschaltet. Ob es also einfach so möglich wäre, dass Josh die Angelegenheit konsequenzenlos ignorierte, wusste ich nicht.

Aber wenn das der einzige Grund war, aus dem er hier war - weil er Schiss vor Ärger mit dem Gericht hatte - dann sollte er gefälligst dafür sorgen, dass Jake bei mir bleiben konnte und sich wieder verpissen.

»Können wir ... uns nachher treffen und bitte wie vernünftige Menschen darüber reden?«, zischte er mir zu und packte mich am Arm, bevor ich mich nach nebenan ins Untersuchungszimmer begeben konnte, in das der Arzt bereits mit der Anwältin verschwunden war. »Komm schon, Grey! Du bist doch nicht die Einzige, die da drin hängt!«

»Ich kann nicht«, fauchte ich zurück. »Ich muss meine Rede für die Beerdigung noch vorbereiten. Ob du es glaubst oder nicht, Josh, du bist momentan das größte Problem, das ich habe, aber bei Weitem nicht das dringendste. Stell dich also hinten an!«

»Wann ist die Beerdigung?«

»Um zwölf.« Ups. Warum hatte ich überhaupt darauf geantwortet? Er würde weder auf dem Friedhof erscheinen, noch vorher bei der Trauerfeier. Und es ging ihn doch verdammt noch mal auch gar nichts an.

Mist, Mist, Mist!

Ich brauchte dringend Tequila, wenn ich heute Nacht auch nur ein Auge zumachen wollte. Oder den morgigen Tag überstehen. Oder die nächsten Tage, bis wir das Ergebnis des Tests vor uns hatten, den der Arzt wenig später in schweigender Routine durchführte, als würde er das jeden Tag machen.

Die Vaterschaft für ein Kind nachweisen oder widerlegen, dessen Mutter sich selbst getötet und dessen Vater sich verpisst hatte, noch bevor auf dem Ultraschallbild mehr als eine

Schwarz-weiß-Bohne zu sehen gewesen war ...

Ich wusste nur, dass ich langsam aber sicher dem Ende meiner Kräfte näher kam, weil es furchtbar anstrengend war, mich zusammenzureißen. Für Jake, der mich brauchte, weil seine Mutter tot und sein Vater ein verfluchter Idiot war.

Nie zuvor hatte ich meine beste Freundin gehasst. Aber heute tat ich es und ich war sicher, dass ich es noch eine ganze Weile lang tun würde. So lange, bis endlich wieder Ruhe und Frieden in meinem Leben eingekehrt war. Bis ich sicher war, dass Jake bei mir bleiben konnte. Bis ich endlich auch anfangen konnte, wirklich wütend auf Lola zu sein, weil sie sich verdammt noch mal einfach aus dem Leben geschlichen hatte.

Josh

Unter dem Bügel der Sonnenbrille bildeten sich Schweißtropfen auf meiner Nase, so verflucht heiß war mir. Die Sonne knallte erbarmungslos auf die überraschend kleine Trauergemeinde nieder, die sich knapp zwanzig Meter von mir entfernt um das ausgehobene Grab von Lola Adams drängte.

Mir war gar nicht bewusst gewesen, dass Lola im Grunde niemanden gehabt hatte. Niemanden außer Grey und ihren Eltern, nachdem ihre Grandma vor ein paar Jahren gestorben war. Ich wusste, dass ihre Eltern schon vor Jahren bei einem Unfall ums Leben gekommen waren. Auf dem Rückweg von einem Ausflug auf der I-90. Damals das Gesprächsthema Nummer eins in Fountain City. Als hätte man in diesem Drecknest nichts Besseres zu tun, als sich über den Tod anderer Menschen auszulassen. Jedenfalls war das in den Kreisen so gewesen, in denen sich meine Familie bewegte.

Jake stand zwischen Greys Beinen. In den kleinen Händen hielt er den Spielzeugdinosaurier, den er auch gestern im Krankenhaus die ganze Zeit umklammert hatte, als der Arzt ihm das Wattestäbchen in den Mund geschoben hatte. Er trug einen Anzug, wie Greys Dad, der hinter seiner Tochter stand und ihre Schulter drückte. Ihre Mom tat dasselbe mit ihrer anderen Schulter.

Wenn ich es nicht besser gewusst hätte, hätte ich gedacht, die perfekte Familie vor mir zu haben. Nur eben ohne Dad für den Zwerg. Ohne leibliche Mutter, denn die war es ja, die in diesem Sarg lag und -

Ich schob die Gedanken an Lola gewaltsam beiseite. Ich wollte nicht schon wieder wütend sein. Der Hass auf eine Tote brachte mich nicht weiter. Jedenfalls nicht im Moment.

Warum zum Teufel war ich hergekommen?

Letzte Nacht hatte ich kein Auge zugemacht. Schon wieder nicht. Ich hatte mich auf Miles' Sofa hin und her gewälzt. Meine Gedanken kreisten ununterbrochen um das, was ich gestern in Jakes Augen gesehen hatte und um das, was er zu mir gesagt hatte. Nur dieser eine Satz, aber irgendwie ... Ich wurde ihn nicht mehr los, egal wie sehr ich versuchte, es zu verdrängen.

Ich bin auch ganz okay.

Ja, das bezweifelte ich nicht. Ganz und gar nicht, dabei kannte ich ihn ja überhaupt nicht.

Mit Kindern konnte ich nichts anfangen. Für mich waren das kleine Quälgeister. Laut, nervig, impulsiv und eindeutig nicht niedlich.

Deswegen kapierte ich ja auch nicht, wieso ich mich gestern so schräg gefühlt hatte, als ich Jakes Hand geschüttelt hatte ...

Miles und Brit hatten sich nur einen ihrer vielsagenden Pärchenblicke zugeworfen, als ich den beiden die Situation beim Abendessen geschildert hatte.

Als Britany mich gefragt hatte, ob ich nicht vielleicht doch insgeheim annahm, dass Jake von mir sein könnte, hatte ich sie angefahren, war aufgestanden und hatte mir ein Bier aus dem Kühlschrank geholt. Eins, auf das vier weitere gefolgt waren, bis Miles nach mehr als einer Stunde raus in den winzigen Garten gekommen war und sich neben mich auf die Stufen der Veranda gesetzt hatte. Schweigend, was sein Glück gewesen war. Ansonsten hätte ich mir das mit dem Hotel vielleicht doch noch mal überlegt ...

Ja, es gab verflixt noch mal Ähnlichkeiten zwischen diesem Kind und mir, aber traf das nicht auf jedes beliebige Kind auch zu? Hatten nicht alle Kinder in dem Alter irgendwelche vermeintlich niedlichen Grübchen in den Wangen oder am Kinn? Oder irgendwelche anderen Auffälligkeiten, wie ein Muttermal am Hals, dieselbe Haarfarbe wie man selbst in dem Alter oder auffallend seidiges Haar, das in der Mitte akkurat gescheitelt fiel? Die gleichen grünblauen Augen?

Natürlich verglich ich Jake mit mir. Unbewusst. Und selbstverständlich traten dabei auch die Ähnlichkeiten zum Vorschein, die ich lieber schnellstens wieder verdrängt hätte. Aber früher oder später musste ich mich ohnehin damit auseinandersetzen.

Ich kapierte einfach nicht, wieso ich der Einzige war, der so einen Umschlag von Lola bekommen hatte. Sie war ein Flittchen gewesen. Der einzige Grund, aus dem ich sie damals abserviert hatte, weil mir diese Sache zwischen uns - so bescheuert war ich offensichtlich gewesen - nämlich etwas bedeutet hatte. Im Gegensatz zu Lola, die munter in der Gegend rumgehurt und wer weiß wie viele Arschlöcher parallel gevögelt hatte.

Ich hatte Grey und der Anwältin jedenfalls keinen Bären aufgebunden. Warum hätte ich das tun sollen? Es war nicht mein Problem, wenn ich offenbar der einzige potentielle Erzeuger dieses Knirpses war. Wenn der Test - und davon ging ich pauschal aus, seit ich einen Fuß aus dem Flieger gesetzt hatte - negativ war, konnten sie die halbe Stadt zum Gentest einladen. Viel Spaß.

Da ich anscheinend nicht der Einzige war, der die brütende Juni-Hitze nicht aushielt, ging die eigentliche Beerdigung mit Gebet, Ansprache und letzten Abschieds- und Beileidsbekundungen schnell vorbei. Ich hörte noch das letzte gemurmelte »Amen« der Anwesenden und merkte erst da, dass ich unwillkürlich ein paar Schritte auf Lolas letzte Ruhestätte zugegangen war.

Es war nicht meine Absicht gewesen, mich überhaupt hier

aufzuhalten. Ich war ja auch nicht bei der Trauerfeier gewesen. Wenn ich ehrlich war, wusste ich gar nicht, was ich eigentlich hier machte. Ich hatte überhaupt kein Bedürfnis danach, mich von Lola zu verabschieden. Es war Jahre her, seit ich sie zuletzt gesehen hatte und ich konnte nicht gerade behaupten, dass es zwischen uns rosarot und glücklich geendet hatte. Nicht, nachdem sie zugegeben hatte, es außer mir noch parallel mit William Mellark und Max Fenning getrieben zu haben.

Vielleicht war das ja der Grund, überlegte ich, als Greys Eltern die weißen Rosen in das Loch im Boden warfen, nachdem der Kerl neben dem Reverend den Sarg runtergelassen hatte. Unbewusst verspürte ich das Bedürfnis danach, Lola ein letztes Mal anzuschreien, ihr die Pest an den Hals zu wünschen und ihr mitzuteilen, dass sie ein Flittchen war. Und wenn es nur stumm für mich war.

Gedanken, die mich beinahe laut loslachen ließen, weil sie so total verrückt und bekloppt waren.

Mit dieser Unterbewusstsein-Sache kannte ich mich wirklich nicht aus, aber wenn es einen Grund gab, dann vermutlich der. Schließlich hatte ich kein morbides Interesse daran, Beerdigungen von Frauen zu besuchen, die ich mal gevögelt hatte. Oder daran, ihren Angehörigen zuzusehen, wie sie sich die Augen ausheulten. Etwas, das zumindest auf Greys Mom zutraf. Als Einziger da vorne ...

Unwillkürlich wanderte mein Blick zwischen Grey und dem kleinen Jungen hin und her, die seit zwanzig Minuten wie erstarrt am selben Fleck standen. Von meiner Position aus konnte ich ihre Gesichter nicht sehen, aber ich hätte meinen Audi darauf verwettet, dass weder der Zwerg noch die beste Freundin, auch nur eine Träne vergossen hatten.

Ich wartete, bis Mr. und Mrs. Harper die Hände des Reverends geschüttelt hatten. Zwei ältere Frauen taten es dem Ehepaar gleich, dann folgten sie dem in schwarz gekleideten, schwitzenden Mann zurück zur Kapelle, in der wahrscheinlich vorhin der letzte Abschied zelebriert worden war.

Erst als Grey ihre weiße Rose ebenfalls ins Grab ihrer Freundin legte, setzte ich mich in Bewegung. Ich sah, dass sie vor Jake in die Knie ging und leise auf ihn einredete, weil er seine Rose nicht loslassen wollte. Als er sich ihr widerwillig zuwandte, weil sie seine Schultern umfasste und ihn zu sich drehte, sah ich, dass sein kleines rundes Gesicht knallrot angelaufen war. Vor Wut - nicht vor Trauer.

Irritiert blieb ich stehen, als der Zwerg die weiße Rose in seiner Hand hochhielt, den Blütenkopf abriss und aufs Gras warf, ehe er mit dem Fuß ausholte und so fest darauf herumtrampelte, dass mir vom Zusehen schon ganz anders wurde.

Wie musste er sich fühlen?

Wie ging es Grey damit, die sichtlich überfordert und hilflos Jakes Arm losließ, als er sich von ihr losriss und mit einem lautstarken »Ich hasse dich«, davonstürmte.

Sie war blass, die Ringe unter ihren Augen waren echt gruselig und als sich unsere Blicke trafen, presste sie die Lippen so fest zusammen, dass nicht mehr als ein dünner Strich davon übrig blieb.

Ich spürte ihre Ablehnung. Ein Wunder, dass ich unter ihrem hasserfüllten Blick nicht umgehend in Flammen aufging.

Aber ihre Sorge um Jake und ihr Drang danach, ihm zu folgen, schien ihre Abscheu gegen mich zu schlagen, deswegen rappelte sie sich auf, ehe sie oder ich den Mund aufmachen und möglicherweise doch etwas Unverzeihliches sagen konnten.

Ich ließ sie gehen, als sie dem Zwerg nachlief.

Mit ziemlich leergefegtem Schädel stellte ich mich ungefähr an die Stelle, an der Grey und Jake gerade noch gestanden hatten. Ich schaute runter auf den Sargdeckel. Einzelne weiße Rosenblüten lugten noch aus dem Dreck heraus, den der stumme Mann auf der anderen Seite des finsteren Lochs hineinschaufelte. Er beobachtete mich. Vielleicht wusste er, wer ich war. Vielleicht auch nicht. Tatsächlich war es mir scheißegal, weil ich dem urplötzlichen, wahnsinnig tiefen Bedürfnis nur unter Mobilisierung all meiner Willenskraft unterdrücken konnte, in dieses verschissene Grab zu spucken.

Bevor ich etwas wirklich Dummes - wie genau das - tun konnte, stopfte ich die Hände in die Taschen meiner Anzughose und wandte mich ab.

Mir war heiß. So ekelhaft heiß, dass ich das Gefühl hatte, ersticken zu müssen, wenn ich diese beschissene Krawatte nicht lockerte, also tat es. Wenn ich schon dabei war, konnte ich auch gleich das Jackett ausziehen. Lola war ja tot und interessierte sich vermutlich nicht mehr dafür, was ich auf ihrer Beerdigung anzog. Auf der ich ohnehin nicht eingeladen gewesen war.

Tja, Lola. So endet es endgültig ...

In der Nähe der Kapelle hörte ich Grey, die wiederholt Jakes Namen rief und dabei immer panischer klang. Anscheinend hatte sie den Knirps aus den Augen verloren.

Oh, man. So wie der Zwerg vorhin reagiert hatte, war es wohl nicht verwunderlich, wenn er sich nun vor seiner Patentante versteckte.

Aber warum hatte er so reagiert? Weil es seine letzte Möglichkeit gewesen war, sich von seiner Mom zu verabschieden? Wie viel begriff ein Kind in dem Alter überhaupt von solchen Dingen wie Sterben und Tod?

Genug, um tierisch wütend zu werden, so viel stand fest.

Jake hatte jedes Recht der Welt, wütend zu sein. Auf seine Mom, weil sie anscheinend schon lange gewusst hatte, dass sie sterben würde, sich aber wie ein feiges Miststück aus der Affäre und damit aus dem Leben gestohlen hatte. Auf Grey war er scheinbar auch wütend, auch wenn ich das nicht ganz so nachvollziehen konnte. Immerhin schien sie sich verdammt viel Mühe zu geben, sich zu beherrschen und die Situation unter Kontrolle zu behalten, selbst wenn es in ihr vermutlich ganz anders aussah.

Fuck! Wo kam denn dieser Gedanke auf einmal her? War ich bescheuert? Es sollte mir am Arsch vorbeigehen, wie es ausgerechnet der Frau ging, die es sich ganz offensichtlich zur Lebensaufgabe gemacht hatte, mir ans Bein zu pinkeln.

Entweder wollte Grey auf Biegen und Brechen die Wurzel allen Übels in mir sehen oder sie glaubte wirklich, dass ich es darauf anlegte, ihr den Knirps wegzunehmen.

Absurd!

»Psst«, machte jemand ganz in meiner Nähe. Ich wusste zwar genau, wer das war, aber nicht, wieso ich deshalb sofort den Anflug von ungewohnter Erleichterung verspürte. Weil ich gar nicht bemerkt hatte, dass ich mich suchend nach Jake umgesehen hatte, während ich zur Kapelle schlenderte.

Ein Kind, versicherte ich mir. Jake war ein Kind und es war nie gut, wenn ein Kind vermisst wurde, egal wie kurz oder lang oder wie die Umstände waren.

»Psssst«, ertönte es erneut, deutlich nachdrücklicher. Es kam aus einem dornenlosen Busch mit rosafarbenen Blüten.

Unwillkürlich grinste ich, als ich mich davor bückte und durch die dichten Zweige spähte. Jake kauerte hinter dem Busch, zwischen einem Buchsbaum und einem Strauch, der höher war als das ganze andere Gestrüpp.

»Sucht mich Tante Grey?«

»Jap, das tut sie, Kumpel. Ist alles okay bei dir?«

Jake verzog das gerötete Gesicht und schüttelte heftig den Kopf. »Sie will, dass ich Mommy auf Wiedersehen sage. Aber sie antwortet mir doch gar nicht mehr, weil sie tot ist.«

Ich atmete langsam ein, bemüht, jetzt ja nichts Unpassendes oder Falsches zu sagen. Das war es. Einer der unzähligen Gründe, aus denen ich nichts mit Kindern anfangen konnte und auch nicht darüber nachdachte, je solche Geschöpfe in die Welt zu setzen.

»Aber darum geht's doch dabei gar nicht«, antwortete ich schließlich so ruhig wie möglich. »Natürlich kann dir deine Mom nicht antworten. Aber du kannst nicht wissen, ob sie dir nicht doch von irgendwo zusieht und dich hört, oder?«

Jake, der einen Moment darüber nachzudenken schien, hörte auf, sich vor und zurück zu wiegen, ohne den Kopf dabei zu heben. »Denkst du, sie hört mich?«

»Vielleicht? Wenn du daran glaubst, dann kann sie dich ganz bestimmt hören. Und ich denke, dass sie sich sehr freuen würde, wenn du dich verabschiedest.«

»Aber wenn ich das mache«, flüsterte Jake so leise, dass ich in die Knie gehen musste, um ihn zu verstehen, »kann ich bestimmt nie mehr mit ihr reden. Dann hört sie mich nicht mehr. Die machen das Loch zu und dann ... ist sie weg. Für immer.«

Der Knirps stotterte nicht, brauchte aber für jeden Satz mehrere Anläufe, um ihn zu Ende zu bringen. Sein Gesicht war noch immer knallrot, er starrte stur ins Leere und bewegte wieder stetig den Oberkörper vor und zurück, während er seine Knie umklammerte.

Ich hätte nicht gedacht, dass ich so viel Geduld aufbringen konnte, gar nicht auf die Idee zu kommen, ihn zu unterbrechen. Ich hätte auch nicht gedacht, mal derart viel Mitgefühl für einen Menschen zu empfinden, dass ich kurz davor war, dieses Kind einfach in den Arm zu nehmen ...

Ich nahm Jake nicht in den Arm. Ich rührte mich auch nicht vom Fleck, als er bestimmt eine halbe Minute einfach schweigend dahockte, ohne irgendetwas anderes zu tun, als vor und zurück zu wippen.

Lola war wirklich ein Miststück gewesen! Nicht, weil sie krank gewesen war und ohnehin gestorben wäre. Sondern weil sie ihrem Zwerg nicht einmal die Möglichkeit gegeben hatte, sich zu verabschieden.

Was für eine Mutter tat so etwas? Wie egoistisch und dämlich konnte man bitte sein? Hatte sie vor ihrem Selbstmord auch nur einen Gedanken daran verschwendet, wie es ihrem Sohn mit dem Verlust ergehen würde? War sie so felsenfest davon überzeugt gewesen, dass Grey das schon irgendwie auffangen und wie durch ein Wunder dafür sorgen könnte, dass Jake einfach weitermachen konnte, als wäre nichts geschehen?

Meine Fresse!

Diese Überlegungen machten mich schon wieder so wütend, dass ich - hätte ich die Zeit zurückdrehen können - Lola nie auch nur mit der Kneifzange angepackt hätte. Eher hätte ich mir selbst den Schwanz abgehackt, wenn ich damals geahnt hätte, was diese Beziehung nach sich zog.

Aber jetzt sah ich dieses Kind an und spürte seine Verzweiflung, selbst wenn er bisher anscheinend keine Träne vergossen hatte. Ich sah Jake heute zum ersten Mal, aber ich könnte schwören, dass sein Wutausbruch vorhin die erste emotionale Reaktion war, seit Lola sich umgebracht hatte. Keine Ahnung, woher ich das wusste. Nur so ein Gefühl.

Im Augenblick gab es jedenfalls nicht viele Menschen, die der Knirps überhaupt noch hatte und von denen, die ihm geblieben waren, war aktuell keiner anwesend. Was sollte ich machen? Sollte ich Grey suchen und riskieren, dass sich Jake dann noch weniger ernstgenommen oder weggestoßen fühlte?

Man, das war doch echt ... nicht zu fassen!

Ich riss mich zusammen, schluckte meine Verwirrung, meinen Ärger und meine Wut auf Lola runter und streckte langsam eine Hand nach Jake aus.

»Komm schon, Kumpel. Du musst das nicht alleine machen. Ich kann mitkommen, wenn du willst.«

Jake reagierte. Es dauerte, aber schließlich rührte er sich und streckte mir seinerseits die Hand entgegen. Stück für

Stück hob er den Kopf, sodass ich einen Blick in sein nach wie vor gerötetes Gesicht werfen konnte. Als ich die Tränen sah, die dem kleinen Jungen aus den Augen quollen, über seine laufende Nase, seine Wangen und sein Kinn tropften, bildete sich ein Kloß in meinem Hals, der so riesig war, dass ich mich fast daran verschluckte.

Warum erklärte einem im Laufe des Erwachsenwerdens eigentlich niemand, wie beschissen es sich anfühlte, wenn man heulende Kinder sah?

»Ich hab keine ... B- Blume mehr«, schniefte er, ehe er sich die Rotznase mit dem Ärmel seines kleinen Jacketts abwischte. »Sie ist kaputt.«

»Äh, mochte deine Mom nicht rosa?«, entgegnete ich schnell und riss kurzerhand eine große Blüte von dem Busch ab, der nach wie vor zwischen Jake und mir stand. »Hier. Die ist doch hübsch, nicht wahr? Ich bin sicher, dass sie ihr gefallen hätte.«

Jake zog geräuschvoll die Nase hoch. Noch immer liefen ihm bächeweise Tränen übers Gesicht, doch tatsächlich ergriff er nun meine Hand und ließ sich von mir aus dem Gestrüpp ziehen. Kaum dass er wieder auf dem Rasen stand, schlug er sich die Hände vors Gesicht und weinte weiter, protestierte aber nicht, als ich anfing, ihm die Blätter und kleinen gebrochenen Äste aus dem Haar zu zupfen und seine Kleidung abzuklopfen.

Dann zog ich ihn in meine Arme und hielt den winzigen Körper des Kindes fest, das sich erstaunlich widerstandslos umarmen ließ. Immerhin war ich ja faktisch ein Fremder für ihn und würde es aller Wahrscheinlichkeit nach auch bleiben. Aber wahrscheinlich war eine Umarmung - egal von wem - in diesem Moment alles, was der Zwerg wollte. Was für ein Monster wäre ich gewesen, jetzt nicht für ihn da zu sein?

Nein, selbst ich wollte hiernach noch in den Spiegel schauen können. Es war bloß eine Umarmung. Mitgefühl.

Nicht mehr und nicht weniger.

Als Jake nicht mehr ganz so laut schluchzte und nicht mehr ganz so stark zitterte, räusperte ich mich leise und pflasterte mir ein möglichst freundliches Lächeln aufs Gesicht. Mit den Daumen wischte ich die dicken Krokodilstränen von seinen tatsächlich kochend heißen Wangen. Dann sah ich ihm fest in die blaugrünen Augen und nickte ihm aufmunternd zu.

»Na, komm. Du schaffst das, Kumpel. Du bist ein mutiger und tapferer Junge, das weiß ich. Deine Mom ist bestimmt stolz auf dich gewesen.«

»Kennst du sie denn?«, fragte er und schniefte leise.

Ich nickte zögernd. »Ja, ist aber schon lange her, dass ich zuletzt hier war.«

»Wo wohnst du denn?«

»Eigentlich in Los Angeles«, antwortete ich und stand dann langsam auf. Jakes kleine Hand in meiner. In der anderen Hand hielt der Zwerg die rosafarbene Blüte. Ganz vorsichtig, als fürchtete er, er könnte sie auch kaputtmachen, so wie die weiße Rose vorhin.

»Hm.« Mehr sagte er nicht dazu. Stattdessen hob er den Blick und schaute rüber zum Grab seiner Mutter, in das der Friedhofsangestellte weiter munter die Erde schaufelte. In seinem Mundwinkel hing eine Kippe, Schweiß stand ihm auf der Stirn. Sonderlich viel Freude an seiner Arbeit schien er jedenfalls nicht zu haben, aber wer könnte ihm das verübeln.

»Sollen wir?«

Jake nickte.

Zusammen gingen wir zurück zum Grab und ich bat den Mann, einen Moment zu warten, wobei ich tatsächlich darauf achtete, einen möglichst freundlichen Tonfall anzuschlagen.

Jake ließ meine Hand nicht los. Schweigend sah er ins Loch, in dem der Sargdeckel und die weißen Rosen schon nicht mehr zu sehen waren. Von trockener Erde und Staub begraben.

»Ich hab dich lieb, Mommy«, murmelte Jake, dann warf er die Blüte in das tiefe Loch und ehe ich wusste, wie mir geschah, krallte er sich an meinem Bein fest und weinte noch schlimmer als zuvor.

Ich blinzelte hilflos und musste wohl mehr als ein bisschen überfordert hierbei aussehen, denn der Friedhofsangestellte kratzte sich den Hinterkopf und glotzte uns kopfschüttelnd an.

Mangels besserer Ideen oder Alternativen machte ich das Erste, was mir in den Sinn kam: Ich hob das Kind hoch und presste es so fest an mich, dass ich das Zittern seines Körpers bis in die Zehenspitzen spürte.

Jake drückte sein tränennasses Gesicht in meine Halsbeuge. Ich fühlte, wie der Stoff meines ohnehin schon verschwitzten Hemdes noch feuchter wurde, aber das war mir sowas von scheißegal, wenn ich bloß wüsste, wie ich den Zwerg wieder beruhigen konnte.

Er murmelte unentwegt »Mommy« vor sich hin und schien einen regelrechten Zusammenbruch zu erleiden und ich war weiß Gott die falsche Person dafür. Ich musste ihn zu Grey bringen. Sie kannte ihn schließlich sein ganzes Leben lang und würde wissen, was sie tun musste und überhaupt -

WAS ZUR HÖLLE MACHE ICH HIER?

Als ich mich umdrehte und gerade auf die Kapelle zusteuern wollte, tauchte Grey vor mir auf. Wie aufs Stichwort. Sie sah aus, als wollte sie mir an die Gurgel springen. Ihr Gesicht war gerötet, die Wut sprühte mir nur so entgegen und wahrscheinlich wäre sie wirklich auf mich losgegangen, wäre ihr kostbares Patenkind nicht zwischen uns gewesen.

Ich konnte in ihrem Gesicht ablesen, wie kurz sie davor war, zu explodieren. Doch unter all ihrem Zorn und ihrem nach wie vor lodernden Hass auf mich, sah ich vor allem eins: Sorge um Jake, den sie bestimmt minutenlang gesucht hatte.

»Es tut mir leid«, sagte ich. Keine Ahnung, wieso ich das

sagte. Es erschien mir richtig und war das Einzige, das mir dazu überhaupt einfiel.

Sie erwiderte nichts. Stattdessen streckte sie die zitternden Hände nach dem Kind aus, doch als ich Anstalten machte, Jakes Hände von meinem Hals zu lösen, krallte er sich nur fester an mich und zuckte heftig zusammen.

Grey stöhnte gequält, fast schon ein Schluchzen. »Jake ... Bitte. Komm, wir gehen nach Hause.«

Der Knirps schüttelte heftig den Kopf.

Ich schluckte. »Was jetzt?«

Grey zuckte hilflos mit den Schultern. Sie sah erschöpft aus. Müde und todtraurig, was ich ihr kaum verübeln konnte. Es musste anstrengend sein, mit dieser Situation klarzukommen und dabei auch noch ein so kleines Kind versorgen zu müssen, ohne sich die eigene Erschöpfung anmerken zu lassen ...

Ohne es zu wollen, empfand ich Mitleid mit ihr und meine Wut auf sie verrauchte. Jedenfalls zum Großteil.

In Greys Gesicht arbeitete es. Ich sah, dass sie sich auf die Unterlippe biss und bestimmt fieberhaft überlegte, wie sie aus der Nummer herauskam, ohne dabei zwingend auf meine Hilfe angewiesen zu sein. Natürlich hätte sie mir das völlig aufgelöste Kind einfach aus dem Arm reißen können.

Aber das würde sie nicht tun, denn uns beiden war bewusst, dass sie das in Jakes Gunst nicht gerade steigen ließe. Ganz davon abgesehen, dass Grey mir auch nicht wie jemand vorkam, der seinen eigenen Schmerz und Stolz über den eines Kindes stellte, was ihr schon sehr bald zum Verhängnis werden würde. Irgendwie war ich nämlich noch immer sicher, dass sie noch keine Sekunde lang ihre eigene Trauer zugelassen hatte.

»Bring ... Kannst du ihn - *bitte* - hoch an die Straße bringen? Ins Auto?«

Ich nickte, sparte mir aber jedweden Kommentar lieber. Es

war ja wirklich kein Akt, den Knirps zu ihrem Auto zu bringen. Ich musste eh dort hoch.

»Sind deine Eltern schon weg?«

Sie nickte, blieb aber nicht stehen und vermied es auch, mich anzusehen. »Sie müssen das Restaurant wieder aufmachen. Einen kompletten Tag Ausfall können wir uns nicht leisten.«

»Verstehe.«

»Du verstehst gar nichts, Josh. Also spar dir den Scheiß einfach«, knurrte sie mit nicht halb so viel Biss, wie gestern im Krankenhaus.

Normalerweise wäre ich darauf angesprungen. Jetzt hielt ich lieber die Fresse.

Tatsächlich parkte auf dem Besucherparkplatz vor der Kapelle der alte Volvo, den ich angesichts dessen, was ich im Arm hielt, garantiert nie wieder vergessen würde. In diesem Auto hatte meine ganz persönliche Hölle angefangen. Und das potentielle Ergebnis schien absolut keine Lust zu haben, sich von mir in den Kindersitz auf der Rückbank setzen zu lassen, auf der er vor ein paar Jahren gezeugt worden war. Vielleicht.

Oh, man.

Nach einigen erfolglosen Versuchen, Jake dazu zu bringen, ins Auto zu steigen, schlug ich schließlich vor, die beiden einfach bis nach Hause zu begleiten. Sofern Grey zuließ, dass ich überhaupt in ihr Auto stieg, aber ihr schien das Seelenheil des Knirpses wohl nach wie vor wichtiger zu sein, also protestierte sie nicht.

Es war ein bisschen umständlich, mich mit Jake auf dem Schoß auf den Beifahrersitz zu quetschen und den Anschnallgurt dabei um uns beide zu ziehen, aber machbar.

Grey fuhr schweigend los, ohne auch nur einen Blick in meine Richtung zu werfen. Die Röte in ihrem Gesicht war der gruseligen Blässe gewichen, die sie auch gestern und vorgestern schon gehabt hatte.

Jake sagte keinen Ton, schniefte nur hin und wieder leise und nach etwa einer Meile hörte ich, dass sein Atem ruhiger und gleichmäßiger ging.

»Er ist eingeschlafen«, kommentierte ich das Offensichtliche überflüssigerweise, zwang mich aber, ebenso stur nach vorn auf die Straße zu sehen wie Grey.

»Ja«, war alles, was sie dazu zu sagen hatte.

Als sie den Volvo auf die Hofeinfahrt vor dem Haus lenkte, in dem Lola damals mit ihrer Grandma gelebt hatte, stellte sie den Motor ab, rührte aber ansonsten keinen Finger. Sie starrte einfach geradeaus auf die ehemals weiß gestrichenen Hauswände, das Lenkrad so fest umklammert, dass ihre Fingerknöchel weiß hervortraten.

Sekunden verstrichen. Dann Minuten. Es war brütend heiß im Wagen, aber ich wäre mir vorgekommen wie der letzte Arsch, wenn ich jetzt etwas gesagt hätte, deswegen saß ich still da und rührte mich ebenfalls nicht.

Unter Jakes leise Atemgeräusche mischte sich etwas anderes. Es dauerte einen Moment, bis ich begriff, dass es Grey war, die mit aller Macht verhindern wollte, dass sie aus Versehen nicht stumm weinte.

Der Kloß in meinem Hals wuchs, während sich mein Magen ziemlich schmerzhaft zusammenzog. Diese Situation war nicht nur total absurd und verrückt - sie überforderte mich auch und fühlte sich echt beschissen an.

»Ist die Tür auf?«

Sie nickte.

»Gut. Ich ... bringe den Zwerg rein. Komm einfach nach, wenn du soweit bist. Und Grey«, fügte ich leise hinzu, als ich die Beifahrertür aufstieß, »es ist in Ordnung, dass du um deine Freundin trauerst. Du solltest das wirklich machen. Es ist wichtig.«

Dann stieg ich aus, schloss die Tür so leise wie möglich und hob Jake ein bisschen höher, ohne ihn zu wecken.

Hinter mir schluchzte Grey. Ich drehte mich nicht um, als ich die drei Stufen zur maroden Veranda hochstieg, aber das war auch nicht nötig. Ich wusste auch so, dass sie gerade zusammenbrach, aber ich wusste nicht, was ich tun oder sagen sollte, um es besser oder erträglicher für sie zu machen. Jedenfalls nichts, das darüber hinausging, den Sohn ihrer besten Freundin ins Bett zu bringen, um Grey damit wenigstens einen Moment Zeit zu verschaffen. Zeit für sich.

Grey

Als ich das stille und ohne Lola eindeutig zu leere Haus betrat, fühlte ich mich furchtbar. Ausgesaugt und innerlich tot, dabei wollte ich seit ihrem Tod nur eins: Dass der Albtraum endete.

Es kam mir vor, wie ein schlechter Witz, dass ich zugelassen hatte, dass Josh mir half, Jake nach Hause zu bringen. Ausgerechnet er. Es gefiel mir nicht, dass er recht hatte, was meine nicht bewältigte Trauer um meine beste Freundin anging. Aber am Allerwenigsten gefiel mir, wie Jake sich ihm gegenüber verhalten hatte.

Es hatte mir wehgetan, die beiden zu sehen. Weil ich unfähig war. Weil nicht ich es geschafft hatte, Jake zu finden und beinahe ...

Es hatte mir das Herz zerquetscht, zusehen zu müssen, wie ausgerechnet Josh - die Wurzel allen verfluchten Übels - es geschafft hatte, Jake zu beruhigen. Und er hatte das auch noch verdammt gut hinbekommen, aber anstatt ihm das zu sagen, hatte ich ihn angeschrien, weil ich vor lauter Panik nicht wusste, was ich sonst tun sollte.

Es war unverzeihlich, dass ich ihn vorhin auf dem Friedhof aus den Augen verloren hatte. Wenn Lola das gewusst hätte, hätte sie mir den Arsch aufgerissen. Was, wenn jemand vom Jugendamt das mitbekommen hätte? Was, wenn es jemand anderes gesehen hätte und mich beim Gericht anschwärzte, sodass sie mich für einen schlechten Vormund und damit für nicht geeignet fanden, mich in Zukunft um Jake zu kümmern? Was, wenn man ihn mir nur deshalb wegnahm, weil ich für einen Moment nicht aufgepasst hatte? Was, wenn Josh das - aus was für abstrusen Gründen auch immer - gegen mich verwenden und damit verhindern würde, dass ich Jake bei mir behielt?

Ich wollte mir nicht ausmalen, was dann passierte, aber kaum hatte ich den Motor vor Lolas Haus abgestellt, hatten sich diese Überlegungen mit brutaler Gewalt in meinen Verstand gedrängt.

Das Letzte, was ich wollte und gebrauchen konnte, war, schwach oder unfähig zu erscheinen. Und jetzt hatte ich ausgerechnet im Beisein von Josh Groban, der mir das Leben zur Hölle machen konnte, geheult. Nicht nur das ... ich war vollkommen ausgeflippt!

Es fühlte sich jedenfalls alles andere als gut an, aus dem stickigen Wagen zu steigen. Die Tränen waren versiegt, aber mein Gesicht fühlte sich heiß und meine Augen geschwollen an. Ich hatte mich nicht getraut, einen Blick in den Rückspiegel zu werfen. Müßig. Ich wusste auch so, dass ich aussah wie ausgekotzt ...

Ich hatte keine Ahnung, was ich zu Josh sagen sollte, wenn ich das Haus betrat.

Entschuldige, dass ich dich als Transporteur missbraucht habe? Sorry, weil ich gerade in einem vorübergehenden Anflug von Überforderung versäumt habe, mich um meine Pflichten als vorübergehender Vormund zu kümmern, bis du mir das wegnimmst? Es tut mir leid, dass du ein widerlicher, egoistischer Mistkerl bist, aber ich kann dich trotzdem nicht ausstehen?

Hm. Nichts davon erschien mir eine passende Alternative zu Schweigen zu sein, also sollte ich es vielleicht lieber damit probieren.

Aber wahrscheinlich würde er sich eh einfach klammheimlich verpissen, sobald er merkte, dass ich wieder ich selbst war. Einigermaßen jedenfalls. Besser als nichts.

Wenn er ging, wollte ich mir ein Bad - NEIN. Streichen wir den Gedanken. Ich würde in meinem ganzen Leben nie wieder ein Bad in dieser Badewanne nehmen. Eher holte ich mir einen Vorschlaghammer aus dem Keller und legte das ganze Badezimmer in Schutt und Asche. Ich traute mich ja nicht einmal, die Toilette darin zu benutzen. Die Vorstellung, Jake irgendwann darin baden oder duschen zu lassen, gruselte mich zutiefst.

In den letzten Tagen hatte ich immer einen Vorwand gefunden, uns beide bei meinen Eltern zu duschen. Ich war ziemlich sicher, dass meine Mom wusste, wieso ich mit Jake abends zu ihnen kam, aber sie kommentierte diese Tatsache nicht. Sollte mir recht sein.

Vielleicht konnte ich mal mit Kevin reden. Immerhin hatten er und sein Dad ja ein Sanitärgeschäft. Wenn sie keine Unsummen für die Renovierung des Badezimmers verlangten, könnte ich es vielleicht machen lassen ...

Apropos Kevin ...

Innerlich stöhnend machte ich mich auch an dieser Front auf Diskussionen gefasst. Seit Lolas Tod hielt ich ihn auf Abstand. Nicht absichtlich und nicht, weil ich ihn nicht bei mir haben wollte, sondern eigentlich nur, weil ich mich jetzt um Jake kümmern musste.

Wir waren seit fast einem Jahr zusammen, aber warum ... WARUM zur Hölle merkte ich erst jetzt, dass ich in den vergangenen sechs Tagen kaum einen Gedanken an ihn verschwendet hatte? Ja, die Situation war schwierig, forderte und überforderte mich, aber das rechtfertigte doch noch lange nicht, dass ich mich aus allem raus zog!

Verdammt. Ich konnte nicht ewig weglaufen und eigentlich wollte ich das ja auch gar nicht. Bestimmt zerbrach sich Kevin den Kopf und fragte sich, ob es mir gut ging.

Im Gegenzug hätte sich ein zynischer Mensch vielleicht an dieser Stelle gefragt, wieso er sich seinerseits auf ein bis zwei unbeantwortete Anrufe am Tag beschränkte, obwohl er nicht weit entfernt wohnte. Er hätte ja auch von sich aus auf den Gedanken kommen können, dass seine Freundin momentan andere Sachen im Kopf hatte, als ihn oder seine Anrufe zu erwidern. Er hätte ja - aber nur ganz vielleicht - mal herkommen und nach mir sehen können.

Aber hey. Ich war Realistin, alles andere als klammernd und Freiraum innerhalb meiner Beziehung war mir ja auch superwichtig. Deswegen verstand ich irgendwie, dass Kevin es im Grunde nur zu meinem Besten tat. Er respektierte meinen Wunsch eben, jetzt diese Zeit für mich zu brauchen. Das war alles.

Wir waren ja auch noch nie eins von diesen Pärchen gewesen, das ständig und rund um die Uhr aneinanderklebte und das nicht ohne den anderen konnte, oder? Nein. Kevin mochte seinen Freiraum und ich eindeutig auch, was nicht bedeutete, dass wir uns nicht liebten. Nur, dass das Eine eben nichts mit dem Anderen zu tun hatte.

Wenn ich Kevin also gleich mit ein bis drei Gläsern Wein intus anrufen und bitten würde, herzukommen, dann würde er genau das tun. Ohne zu zögern, mir Vorwürfe zu machen oder all zu viel Aufhebens. Er wäre hier. Er wäre für mich da, so wie man für seinen Partner eben da ist, wenn es ihm schlecht geht und er eine schlimme Phase durchmacht. In guten wie in schlechten Zeiten und all das ...

Ich notierte den Punkt »Kevin« auf meiner gedanklichen To-do-Liste. Dann atmete ich tief ein, langsam wieder aus und zwang mich, mich zusammenzureißen.

Der Aussetzer vorhin war vermutlich gut und wahrscheinlich hatte ich das auch gebraucht, aber jetzt gab es vor allem einen Menschen, der mich brauchte, und den hatte Josh hoffentlich die Treppe hoch und in sein Bett gebracht.

Tatsächlich erwartete mich Josh mit den Händen in den Taschen seiner schwarzen Anzughose am Fuß der Holztreppe. Er lehnte mit dem Rücken zum Geländer und betrachtete die Fotos, die Lola und ich im Laufe der Jahre angesammelt und aufgehängt hatten. Hauptsächlich von Jake. Ein paar mit uns allen drei drauf. Beim Spielen auf dem Spielplatz am Flussufer, oder im Restaurant meiner Eltern. Jake beim Fahrradfahren war das Aktuellste. Es war kaum einen Monat alt und wenn ich mir dieses Bild jetzt ansah und versuchte, es in Einklang mit diesem todtraurigen, frustrierten und wahrscheinlich auch wütenden Kind im Obergeschoss zu bringen, stiegen mir schon wieder Tränen in die Augen.

An diesem Nachmittag vor vier Wochen war Jakes Welt noch genauso in Ordnung gewesen wie meine. Wir hatten gelacht, Spaß gehabt, ein Eis beim Eiswagen geholt und uns abends Pooh der Bär angesehen. Ein Tag wie jeder andere. Aber wenn ich da schon gewusst hätte, wie anders alles werden würde ...

»Er schläft«, sagte Josh tonlos, als er mich endlich bemerkt hatte. »Wie geht es dir, Grey?«

»Was?« Ich blinzelte ihn verwirrt an. Dass mir die Kinnlade nicht runterklappte, grenzte an ein Wunder.

Joshs Stirn runzelte sich. »Wie es dir geht, habe ich gefragt. Du siehst ...« Er machte eine Pause und schien seine nächsten Worte abzuwägen, während er mich von Kopf bis Fuß musterte. »Scheiße aus.«

»Wow«, erwiderte ich trocken. »Charmant wie eh und je. Danke Josh, wirklich. Komplimente von dir haben mir gerade noch gefehlt, und dann gleich so schmeichelhaft. Kein Wunder, dass du anscheinend keine Frau abbekommen hast, die es länger mit dir aushält als eine Woche.«

Mit erneut aufkeimender Wut stürmte ich an ihm vorbei

in die Küche. Das Verlangen nach einem Drink nahm ja plötzlich ganz neue Ausmaße an. Mensch. Nicht, dass ich noch mehr Gründe gebraucht hätte, mir heute die Birne wegzuschießen, aber was soll's. Auf einen mehr oder weniger kam es jetzt ja wohl auch nicht mehr an, oder?

Ich riss den Kühlschrank auf. Drei unberührte Auflaufschalen türmten sich im mittleren Fach. Die Nachbarn hatten sie gebracht. Das machte man so, wenn jemand starb - man kümmerte sich in seiner grenzenlosen Nettigkeit um die Hinterbliebenen. Indem man ihnen Essen brachte, das sie nicht wollten, um das sie nicht gebeten hatten und das sie vermutlich auch nicht essen würden, aber das war egal. Weil sich letztlich doch alles nur um eins drehte: Sensationen! Normalerweise starben in Fountain City nämlich nur alte Menschen. Dinosaurier, die ungefähr neunzig Jahre alt wurden und dann friedlich in ihren Betten dahinschieden. Normalerweise brachte sich in Fountain City niemand um - erst recht niemand, der so jung gewesen war wie Lola. Sensationsgeilheit war jedenfalls eine widerwärtige Krankheit, die in ihrer Perversion schon kaum zu toppen war.

Wenn es nach mir gegangen wäre, hätte ich jeden, der in den letzten Tagen hergekommen war, um sich nach Jake - und wenn man schon mal da war, dann auch gleich nach sämtlichen schmutzigen Details von Lolas Tod - zu erkundigen, direkt wieder vor die Tür gesetzt. Aber das ging nicht, weil man in Fountain City nämlich nett und höflich war - selbst in unserem Viertel und selbst dann, wenn man alles sein wollte, aber verflucht noch mal nicht nett und höflich!

Ich verdrängte die Gedanken an die neugierigen Gaffer lieber schnell wieder. Nicht, dass ich noch auf die Idee kam, mir aus lauter Frust und Wut eine Spraydose zu nehmen und an jede Hauswand im Umkreis von hundert Metern ARSCHLOCH sprühte ...

Das restliche Obst im Kühlschrank war bereits angegammelt, gleiches galt für das Gemüse und wie lange der Käse da schon vor sich hin schimmelte, wusste ich gar nicht. In den letzten Tagen hatten Jake und ich bei Mom und Dad im Restaurant gegessen. Also - Jake hatte dort gegessen. Ich hatte nie mehr als einen halben Kinderteller geschafft, weil ich eindeutig keinen Appetit hatte. Etwas, das man mir ja wohl kaum verübeln konnte.

»Woher willst du wissen, ob ich nicht längst verheiratet oder verlobt oder so bin, hm? Wir haben uns immerhin seit dem Abschluss nicht gesehen.«

Joshs fast schon amüsierter Tonfall machte irgendwas mit meinem Kopf, sodass der für eine Millisekunde vergaß, dass er sich längst in den Standby-Modus gestellt hatte.

Ich lachte auf. Trocken und tonlos, aber hey. Was konnte man bei so einem miesen Witz auch erwarten? Beifall?

»Erstens trägst du keinen Ring an deinem Finger«, sagte ich und sah ihn - halb im Kühlschrank steckend - über meine Schulter an. »Und zweitens funktioniert die stille Post hier immer noch so hervorragend wie eh und je. Was sagt denn dein Dad dazu, dass du wieder hier bist, hm? Hat er schon neue Pläne, wie er dich möglichst sofort und unverzüglich auf den Thron eures schicken kleinen Imperiums setzen kann? Deswegen haben sie dich doch weggeschickt, nicht wahr? Damit du ihnen Ehre machst. Mit einem grandiosen Abschluss, Fanfaren und Harfe spielenden Engeln am Himmel zurückkehrst, denen allesamt kleine Regenbögen aus den Hintern purzeln, wenn du das Zepter übernimmst.«

Josh knurrte. »Warst du schon immer so verdammt zynisch und menschenverachtend? Dann ist es echt kein Wunder, dass du auch allein bist.«

»Ich bin aber nicht allein«, antwortete ich mit einem triumphierenden Grinsen. Meine Hand fand den Alkohol wie von Zauberhand und ich schnappte mir den angebrochenen

Tequila im Getränkefach. »Ich habe einen Freund. Da staunst du, was?«

Meine Nasenspitze berührte die Zimmerdecke fast, weil ich so viel falschen Hochmut in meine Worte legte wie möglich. Sollte dieses blöde arrogante Arschloch bloß nicht glauben, er würde bei mir irgendeine Angriffsfläche für seine faulen Scherze finden.

Ja, ich hatte nicht vergessen, was Josh Groban für ein Aufreißer gewesen war, bevor er mit Lola zusammenkam. Und wer sagte eigentlich, dass *er* in dieser Zeit treu gewesen war? Er warf meiner toten besten Freundin im Grunde Hurerei vor - konnte aber auch nicht beweisen, dass er in der Hinsicht besser war. Oder, dass Lola ihn überhaupt betrogen hatte.

Na gut - der Fairness halber ... Es wäre gelogen gewesen, wenn ich mich in den letzten beiden Tagen und den wenigen ruhigen Minuten nicht doch ab und an mit der Frage beschäftigt hatte, ob es nicht vielleicht ... sein könnte. Also, dass Lola vielleicht außer Josh noch den einen oder anderen ... Nebenbuhler gehabt hatte, von dem sie mir nichts erzählt hatte.

Ganz ehrlich ... Lola war wirklich kein Kind von Traurigkeit gewesen und selbstverständlich hatte sie mir immer erzählt, wenn sie eine neue Eroberung gemacht hatte. Oder mal wieder zwanglosen Spaß auf der Schultoilette oder in der Umkleidekabine oder einem leeren Musikzimmer gehabt hatte. Aber irgendwann hatte ich einfach nicht mehr zugehört. Wer wollte das denn auch ständig vor die Nase gerieben bekommen? Wer wollte seiner besten Freundin dabei zusehen, wie sie einen heißen Typen nach dem anderen aufriss, sich amüsierte und man selbst ... stand an der Seitenlinie?

Es war nicht so, als hätte ich Lola darum beneidet. Wirklich nicht. Es war weder meine Art noch mein erklärtes Lebensziel, mit so vielen Kerlen wie möglich im Bett gewesen zu sein, bevor ich vielleicht - vielleicht auch nicht - irgendwann

Mr. Right fand und von da an glücklich bis an mein Lebensende war. Ich hatte die eine oder andere mehr oder weniger dauerhafte Beziehung in der Highschool gehabt, ja. Aber weder waren die so erquickend oder befriedigend gewesen, dass sich daraus mehr als oberflächliche Fickbeziehungen ergeben hatten, noch waren es die richtigen Typen. Irgendwann hatte ich einfach die Lust daran verloren, mich auszuprobieren, um am Ende doch nur zu der Erkenntnis zu gelangen, dass noch nicht erwachsene Typen nicht das Maß aller Dinge waren.

Schlicht und einfach.

Ich war weder prüde noch hässlich, wehe dem, der so einen Scheiß behauptete. Aber ich war auch wirklich nicht scharf darauf, irgendwelche imaginären Listen zu füllen. Oder reale Listen, denn wenn ich mich recht erinnerte, hatte Lola, glaube ich, in der zehnten Klasse tatsächlich mal so eine Liste gehabt ...

Aber egal. Jetzt hatte ich ja Kevin. Ich würde ihn gleich anrufen, wenn Josh sich endlich vom Acker gemacht hatte. Bevor ich den Tequila trinken würde, bis die Flasche leer und ich voll wie ein Eimer war.

Obwohl ... Scheiß drauf.

»Kriege ich auch was ab?« Auffordernd und mit gerunzelter Stirn hielt Josh mir die Hand hin. »Komm schon, Honey. Immerhin hab ich den Zwerg nach oben geschleppt. Ich hätte nicht gedacht, dass Kinder so schwer sind.«

»Ich dachte, du wärst Quarterback. Müsstest du ein fünfjähriges Kind da nicht mit Leichtigkeit auf einem Finger balancieren können?« Ich lachte zynisch, reichte ihm dann aber die Flasche und ließ ihn daraus trinken. Wer brauchte schon Gläser.

»Was meinst du mit der stillen Post?«, wich er aus, bevor er mir die Flasche zurückgab.

Der Alkohol brannte auf meiner Zunge, setzte meine Kehle in Flammen und flutete meinen leeren Magen mit

Hitze. Es fühlte sich gut an. Definitiv. Genau das, was ich jetzt brauchte. Ich musste bloß darauf achten, es nicht zu übertreiben, weil Jake nicht ewig schlafen würde. Ein Wunder, dass er es überhaupt tat ...

»Na, was schon?« Ich zuckte mit den Schultern. »Wenn es schon bis zu mir vorgedrungen ist, dass du dein Studium vergeigt und kein Profi-Arrangement bekommen hast, werden deine Eltern das doch sicherlich auch wissen, oder?«

Mein Nacken tat weh und war völlig verspannt. Ich wollte wirklich, wirklich baden, aber das brachte ich einfach nicht über mich. Vielleicht konnte ich bei Kevins Dad ja notfalls anschreiben lassen ... Oder etwas von Lolas kläglichem Erbe dazu verwenden, das Haus - das sie mir ja irgendwie hinterlassen hatte - ein bisschen zu renovieren.

»Wenn meine Eltern, also vor allem mein Dad und meine Tante, davon wüssten, wäre ich jetzt nicht hier, sondern in ihrem Haus. Ich würde im Wohnzimmer sitzen, mich keinen Millimeter vom Fleck rühren und meinem Vater dabei zuhören, wie er seinem erwachsenen Sohn Vorträge über familiäre Pflichten, Anstand, Gehorsam, Fleiß und noch mehr Mist hält. Ich würde das stumpfsinnige Lächeln im Gesicht meiner Mutter ertragen und wissen, dass sie überhaupt nicht begreift, was um sie herum passiert, weil sie mit ihrer Art von Demenz in einer völlig anderen Realität lebt. Sie hat vier Jahre lang geglaubt, dass ich nur im Urlaub bin. Wenn sie wüsste, was ich wirklich getan und verbockt habe, würde es ihr das Herz brechen! Ich bezweifle, dass sie je mitbekommen hat, wie schlecht das Verhältnis zu meinem Dad in den letzten Jahren geworden ist. Und wenn, dann hatte sie immerhin eine gute Ausrede, um es sich nicht anmerken zu lassen.« Er schnaufte bitter. »Und ganz nebenbei müsste ich auch noch darauf hoffen, dass mir mein Vater wegen meines indiskutabel schrecklichen Verhaltens nicht den Geldhahn zudreht, weil ich dummerweise finanziell von ihm abhängig bin.«

Während Josh mir all das so frei heraus erzählte, als wären wir seit Jahren die besten Kumpels, nahm er mir die Flasche wieder ab und trank zwischen jedem Satz einen kleinen Schluck, bis er sie zum Schluss fast bis zur Hälfte in einem Zug leerte.

Er verzog keine Miene, als er sie mir zurückgab, während mir die Gesichtszüge inzwischen tatsächlich entgleist waren.

»Fuck«, war leider alles, was ich Kluges dazu zu sagen hatte. »Das ... wusste ich nicht. Ich dachte ... Na ja, dein Dad ist immerhin der Bürgermeister, oder?«

Josh schnaufte verächtlich. »Auch erst seit drei Jahren, Honey. Davor war er ein arbeits- und erfolgssüchtiger Irrer, der sieben Tage die Woche arbeitet, nie länger als vier Stunden pro Nacht pennt und von jedem in seinem Umfeld erwartet, dass er genauso ist wie er. Was denkst du denn, was los wäre, wenn er wüsste, dass ich nicht in L.A. bin, sondern hier? In der Küche einer toten Ex-Freundin, die in ihrem Abschiedsbrief behauptet, ich sei der Vater ihres Kindes? Was glaubst du, was geschieht, wenn sich dieser verfluchte Test als positiv entpuppt?«

Also hältst du es immerhin für möglich, dass du der Erzeuger bist. Bravo!

Dieser ziemlich gehässige Spruch lag mir bereits auf der Zunge. Ganz ehrlich ... ich war kurz davor, ihn rauszulassen.

Doch dann warf ich einen verstohlenen Blick in Joshs Gesicht, sah den verbitterten Zug um seine Mundwinkel und schluckte den Satz runter.

Schuldzuweisungen, Verachtung oder Hass ... Nichts davon brachte uns produktiv voran. Im Augenblick konnten wir doch ohnehin nichts tun. Alles, was zu diesem Thema zu sagen war, war gesagt. Es war Spekulation, ob Josh der Vater war oder nicht. Das Ergebnis des Tests würden wir in ein paar Tagen bekommen und dann würde sich zeigen, ob Lola oder Josh die Wahrheit gesagt hatte. Es war jedenfalls nicht meine

Aufgabe, mir ein Urteil zu bilden. Weder über Josh, dem die ganze Situation ja eindeutig auch nicht in den Kram passte, noch über meine beste Freundin.

»Falls das passiert«, sagte ich nach einem Moment betretener Stille leise, »finden wir bestimmt eine Lösung, Josh. Du musst das nicht machen. Du musst die Verantwortung nicht übernehmen und ganz ehrlich ... ich will das auch nicht. Es ist ... Du kennst Jake ja gar nicht. Du wolltest ihn nie und wenn es stimmt, was du sagst, dann kann ich dich sogar ein kleines bisschen verstehen.«

Ja, leider. Leider konnte ich das.

Nur seine Reaktion darauf fiel eindeutig nicht so aus, wie ich erwartet hatte. Unter seinem wütenden, beinahe aggressivem Blick wurde mir mulmig, als er mir den Tequila förmlich aus der Hand riss und mich finster anstarrte.

»Wer sagt, dass ich vorhabe, mich vor meiner Verantwortung zu drücken? Wenn ich Jakes Dad bin - meinst du echt, ich würde mich einfach wieder verpissen und so tun, als wäre nichts? Hältst du mich wirklich für so einen Dreckskerl? Na, danke auch.«

Ich biss die Zähne zusammen und atmete tief ein. Ich wollte nicht ausflippen. Ich wollte ihn nicht angehen, weil er doch verflixt noch mal schon wieder recht hatte. Ich hatte keine Ahnung, was für ein Mensch Josh heute war.

Es war so lange her ... all das. Mit der Zeit veränderten sich die Menschen doch, oder nicht? Ich war auch nicht mehr dieselbe wie damals nach dem Schulabschluss. Ich war erwachsen und das galt auch für Josh. Was, wenn er das ernst meinte? Wenn er sich wirklich seiner Verantwortung stellen würde?

»Wirst du ihn mir wegnehmen, wenn du sein Dad bist?«

Meine eigene, unbedacht laut ausgesprochene Frage schockierte mich, weil ich nicht eine Sekunde darüber nachgedacht hatte. Sie war einfach aus meinem Mund gepurzelt, bevor ich es verhindern konnte.

Mist!

Ich hatte mir so fest vorgenommen, ihm keine Angriffsfläche zu bieten, indem ich ihn unbeabsichtigt wissen ließ, dass Jake mein allergrößter Schwachpunkt war. Dass ich daran wahrscheinlich zugrunde gehen würde, wenn man ihn mir wegnehmen würde ...

Verdammt, war ich dämlich! So dumm, so -

»Ich weiß nicht, was ich dann tun werde. Aber ich habe nicht vor, dir das Kind wegzunehmen, Grey. Warum sollte ich das tun?«

»Warum solltest du nicht?«, antwortete ich mit einer patzigen Gegenfrage. »Wenn du sein Vater bist, hast du jedes Recht der Welt, mit ihm zu machen, was du willst. Natürlich nur, solange du ihn gut behandelst und so, du weißt schon. Nicht schlagen, richtig erziehen, nicht verhungern lassen, waschen und baden und so weiter. Ich meine ... du könntest entscheiden, wieder nach Los Angeles zu gehen und ihn mitzunehmen ... und dann? Was wird dann aus mir? Jake hatte nur seine Mom und mich und jetzt -«

»Grey!«, unterbrach er mich erneut, dieses Mal noch nachdrücklicher. Er war sogar auf mich zugekommen. Jetzt stand er mit nicht einmal einer Armlänge Abstand vor mir, streckte die Hand nach mir aus und -

Oh, verdammt!

Als ich seine warmen Fingerspitzen an meiner Wange spürte, hielt ich so abrupt den Atem an, dass sich meine Nackenhaare aufrichteten. Eine Wolke von Joshs Parfüm stieg mir in die Nase - gemischt mit seinem alles andere als unangenehm riechenden Schweiß, weil es so verflucht heiß war, dass ich selbst hier in der Küche schwitzte. Und das war eigentlich der am besten klimatisierte Raum im ganzen Haus.

Als hätte ich nicht verdammt noch mal genug Probleme an

der Backe, reagierte meine offensichtlich desorientiere Libido darauf - die spielte nämlich im selben Sekundenbruchteil verrückt, als er sich noch ein paar Zentimeter näher an mich schob, ohne den Blick abzuwenden.

Was zum Teufel passierte hier mit mir?

Wieso fühlte es sich gut an, dass er mich berührte? Wieso fand ich, dass er verdammt anziehend roch? Und wieso - die noch wesentlich interessantere Frage - zog es zwischen meinen Beinen, weil ich sicher war, dass es ihm genauso erging wie mir?

Das war verrückt. Absolut verrückt und gestört!

Ich war nie an Josh Groban interessiert gewesen. Nicht, bevor er mit Lola zusammengewesen war, nicht währenddessen und ganz sicher auch nicht danach, denn danach hatte ich schließlich allen Grund gehabt, ihn zu hassen, oder nicht?

Deswegen kapierte ich wirklich nicht, wieso mein treuloser Körper urplötzlich der Meinung zu sein schien, genau dieser Kerl könnte ein adäquater Fortpflanzungspartner sein, denn nichts anderes bedeuteten derartige körperliche Reaktionen normalerweise.

Nur, dass ich nicht vorhatte, mich mit Josh zu paaren. Weder im theoretischen noch im praktischen Sinn. Ich wollte mich nicht von ihm angezogen fühlen. Ich wollte keinen Gefallen daran finden, diesen wirklich merkwürdigen Blick in seinen Augen zu sehen, die er langsam über mein Gesicht, runter zu meinen Lippen und noch tiefer wandern ließ.

Entweder war ihm gar nicht bewusst, dass er es machte, oder er machte es mit voller Absicht.

Um das herausfinden zu können, hätte ich ihn fragen müssen. Was wiederum zur Folge gehabt hätte, dass er seinerseits eine ziemlich genaue Vorstellung davon bekam, was sich in meinem Kopf gerade für ein Film abspulte. Und dafür hatte ich eindeutig noch nicht genug getrunken.

Dieser total verrückte und eindeutig unpassende Moment

schien ewig anzuhalten. Ich rührte keinen Muskel, traute mich nicht, zu atmen oder auch nur darüber nachzudenken, wieso ich nichts davon tat, was ich eigentlich hätte tun müssen. Joshs Hand wegschlagen, zum Beispiel. Oder wenigstens so tun, als wäre es mir absolut zuwider, dass er es wagte, mich anzufassen ...

Tatsache war: Es war mir nicht unangenehm und es fühlte sich auch nicht wirklich falsch an, obwohl es das tun müsste. Tatsache war auch, dass Josh derjenige war, der sich als Erster wieder in den Griff bekam und offenbar bemerkte, dass hier irgendetwas komisch lief.

Seine Augen weiteten sich. Er blinzelte fast ein bisschen gequält, dann ließ er mich so abrupt los, als hätte er sich an meiner Haut verbrannt.

»Sorry«, knurrte er und räusperte sich. »Ich ... wir sind anscheinend beide etwas neben der Spur. Ich wollte dir nicht zu nahe treten.«

»Schon gut«, murmelte ich heiser. Mein Hals kratzte, während mir ein alles andere als unwillkommener Schauer über den Nacken lief.

»Ich sollte jetzt wohl besser gehen.«

Ich nickte.

Josh machte einen weiteren Schritt rückwärts. Brachte auf diese Weise noch ein Stück Abstand zwischen uns. Starrte mich an ...

»Wir sehen uns dann, wenn das Ergebnis vorliegt. Bis dann, Honey.« Er drehte sich um und lief zur Tür.

»Äh, danke«, rief ich hastig. Meine Stimme überschlug sich beinahe. Warum raste mein Puls auf einmal? »Dafür, dass du Jake beruhigt hast. Danke.«

Josh verharrte eine Sekunde um Türrahmen, nickte dann und verschwand, ohne mich noch einmal anzusehen.

Was - zur - Hölle ... war das gerade gewesen?

Verdammt!

Wie lange ich vor dem Kühlschrank gestanden und mich an die fast schon leere Tequilaflasche geklammert hatte, wusste ich nicht. Als ich den schrillen Klingelton meines Handys hörte und mein offensichtlich gestörtes Gehirn an der Melodie erkannte, dass es Kevin war, der mich anrief, zuckte ich zusammen. Ich konnte die kühle Glasflasche gerade noch festhalten, damit sie nicht auf dem Fußboden zerschellte und ich mich auch damit noch hätte herumschlagen müssen.

»Hey, Baby«, begrüßte mich Kevin, als ich das Gespräch deutlich zu widerwillig annahm. »Wie geht es dir? Was machst du gerade?«

Ich starrte runter auf die Flasche in meiner Hand. »Trinken. Und du?«

»Bitte was? Du trinkst?« Kevin sog scharf die Luft zwischen den Zähnen ein. Ich konnte mir seinen missbilligenden Blick dazu gut vorstellen. Warum hatte ich das gesagt? Wie dämlich von mir ... »Es ist noch nicht einmal zwei Uhr nachmittags!«

»Na und? Meine beste Freundin ist tot und wurde vor zwei Stunden beerdigt, Kevin. Wenn du ein Problem damit hast, dass ich mir heute das Recht herausnehme, mich volllaufen zu lassen, dann ist das eindeutig dein Problem!«

»So war das doch nicht gemeint«, ruderte mein toller, stets oberkorrekter Freund zurück. »Natürlich darfst du dich betrinken. Ich meine nur ... was ist mit Jake? Wer kümmert sich um ihn?«

Gar kein so schlechter Einwand, wenn ich ehrlich war. »Ich rufe meine Mom an«, seufzte ich. »Sie kann ihn abholen, wenn er wieder wach ist.«

»Wach? Ich dachte, er pennt mittags nicht mehr?«

»Tut er ja auch nicht.« Ich zucke mit den Schultern. Als ich merkte, wie bescheuert das war, weil Kevin mich ja nicht sehen konnte, schraubte ich den Deckel wieder von der Flasche und nahm einen ordentlichen Zug Tequila. Schon besser.

»War was auf der Beerdigung? Entschuldige, dass ich nicht dabei war. Der Rohrbruch bei der Tankstelle, du weißt schon.«

Klar, was auch sonst. Es gab immer irgendwas zu reparieren ...

»Schon gut.«

Ich seufzte und massierte mit den Fingerspitzen meine Nasenwurzel, doch der stechende Kopfschmerz wollte nicht verschwinden. Seit Josh gegangen war, hatte ich Kopfschmerzen. Natürlich war nicht davon auszugehen, dass diese unterschiedlichen Dinge in irgendeinem nachvollziehbaren Zusammenhang standen. Trotzdem.

»Jake hatte einen Wutanfall am Grab. Er ist völlig ausgeflippt, hat mich angeschrien und gesagt, dass er mich hasst.«

Noch während ich das sagte, spürte ich das plötzlich wiederkehrende Brennen in meinen Augen und schloss sie schnell. Zu spät. Tränen rollten über meine Wangen, meine Nase fing an zu laufen und ich musste mir auf die Zunge beißen, um das überraschte Schluchzen zu unterdrücken.

»Babe - heulst du etwa?«

»Nein!«

»Doch, tust du. Warte, ich komme. Ich sage Dad, dass er eine halbe Stunde Pause machen soll. Ich bin in zwei Minuten bei dir.«

Ja, da war er. Der Kevin, den ich süß fand. Der tatsächlich hin und wieder seine lichten Momente hatte, in denen er mal schöne oder einfach nette Dinge tat. Der Mann, den ich jetzt brauchte. Ohne seine Belehrungen, ohne die Besserwisserei und definitiv ohne das Gestänker, weil es ihm von Anfang an gegen den Strich gegangen war, dass ich mich überhaupt mit Josh abgeben musste.

Wie schade, dass wir es uns beide nicht aussuchen konnten, nicht wahr?

Josh

»Grey!« Ich hämmerte wie ein Irrer auf die Haustür ein und wusste genau, dass sie da war. Sie war da, hatte mich gesehen und gehört und nun versteckte sie sich vor mir! »Mach die verdammte Tür auf, oder ich schlage sie ein!«

»Verpiss dich, Josh!«, ertönte es von drinnen, kaum, dass ich Luft holen und zum nächsten Schlag ausholen konnte. »Muss das verfickt noch mal jetzt sein?«

»Ja, es muss jetzt sein! Jetzt sofort! Wir müssen -«

»Wir müssen gar nichts! Ich hatte recht - Lola hatte recht - und jetzt bist du stinksauer, weil alle außer dir recht hatten, oder?«

»Heulst du etwa schon wieder?«

Ja, oder? Ich hörte das unterdrückte Schluchzen deutlich aus Greys schriller Stimme heraus. Sie schien sich alle Mühe zu geben, so widerlich und fies zu sein wie sie konnte, versagte aber ziemlich kläglich. Außerdem weigerte sie sich tatsächlich, mir die Tür aufzumachen, diese Zicke!

»Ich heule nicht und jetzt verpiss dich endlich, oder ich rufe die Bullen!«

Ich wollte nicht lachen. Echt nicht. Aber es war so brütend heiß, ich war so stinksauer und sie benahm sich dermaßen kindisch, dass ich mich wirklich nicht zurückhalten konnte.

»Das musst du nicht, weil ich sie nämlich als Erster anrufen werde! Immerhin ist das ... Ach Scheiße! Mach die Tür auf, oder ich zeige dich wegen Kindesentführung an!«

Nein, das wollte ich eigentlich nicht sagen. Ich hatte etwa einen Sekundenbruchteil gehabt, um den Gedanken im Keim zu ersticken, bevor er sich unterwegs zu meiner Zunge zu einem Satz transformieren konnte, den ich noch im selben Moment bereute.

»Das wagst du nicht!«, schrie Grey durch die Tür. Ihre Stimme überschlug sich beinahe. Ich hörte ein Poltern, dann ein Fluchen und einen unterdrückten Aufschrei, dann wurde die Tür so schwungvoll aufgerissen, dass ich Grey perplex anblinzelte.

Tatsächlich erweckte sie den Eindruck, mich liebend gern umbringen zu wollen. Kein Zweifel. Wie sonst könnte man die riesige Vase in ihren Händen wohl interpretieren?

»Ganz ruhig, Honey«, presste ich zwischen den Zähnen heraus und wich automatisch einen Schritt zurück. »Du darfst dich jetzt abregen und dann reden wir wie zivilisierte Menschen, ja?«

Grey, deren Gesicht einen ziemlich ungesunden Grünton angenommen hatte, blinzelte ungläubig, dann teilten sich ihre Lippen zu einem teils zynischen, teils hasserfüllten Grinsen. Ein Wunder, dass ich nicht umgehend in Flammen aufging.

»Du und zivilisiert? Dass ich nicht lache! Du tauchst hier auf, benimmst dich wie ein total verrückter Irrer und erwartest, dass ich dir die Tür aufmache und dich ins Haus lasse, wenn du so -«

»Ist ja gut!«, brüllte ich dazwischen. Meine Geduld neigte sich eindeutig ihrem Ende entgegen. »Es tut mir leid, okay? Bitte verzeih mir in deiner unendlichen Gnade, dass ich gerade die Nerven verliere, austicke und nicht weiß, was ich sonst verflucht noch mal tun soll!«

»Wie wär's, wenn du für den Anfang aufhören würdest, hier rumzuschreien?«, schrie sie und dieses Mal überschlug sich ihre Stimme tatsächlich. Der schrille Laut ging nahtlos in ein klägliches Schluchzen und Schniefen über.

Ich starrte Grey an - sie starrte mit verheultem Gesicht und bleich zurück und schien am Rande eines ausgewachsenen Nervenzusammenbruchs zu sein.

Man. Ich dachte, ich wäre angepisst und total durch den Wind, aber Grey schlug all meine Emotionen um Längen.

»Nimm die Vase runter, Honey. Komm schon. Du willst mich damit doch nicht wirklich erschlagen, oder? Ich bin immerhin der Gearschte hier. Vergiss das nicht.«

»Du ... Oh, ja. Der arme, arme, bemitleidenswerte Josh! Seht ihn euch an ... Vögelt und hurt in der Weltgeschichte rum, ohne ein verficktes Kondom dabei zu benutzen, leugnet dann jahrelang seine Beteiligung an dieser Sache, die sich *Schwangerschaft* nennt«, sie zog geräuschvoll die Nase hoch, »und wagt es dann auch noch, mir Vorschriften zu machen! Mir - der einzigen Person auf diesem gottverlassenen Planeten, die überhaupt eine Vertrauensbasis zu *seinem* verschmähten Kind hat!«

»Grey!«, wiederholte ich erneut, dieses Mal deutlich nachdrücklicher. Ich musste all meine Willenskraft aufbringen, um nicht völlig auszuflippen. »Jetzt beruhig dich gefälligst und benimm dich wie ein erwachsener Mensch! Oder muss ich dir erst den Hintern versohlen, damit du mich reinlässt?«

»Fick dich, Josh«, heulte sie nun hemmungslos, ließ aber immerhin die Arme sinken und den Kopf hängen. Und beinahe hätte sie die verdammt hässliche Vase auch fallenlassen, wenn ich nicht rechtzeitig einen Schritt nach vorne gemacht und sie Grey aus den zitternden Fingern genommen hätte.

Aus einem Impuls heraus stellte ich sie rasch auf den Boden, streckte dann die Arme nach Grey aus und zog sie an mich. Eigentlich rechnete ich nicht damit, dass sie das zulassen würde, aber offensichtlich hatte ich mich geirrt. Anscheinend war sie so am Ende - völlig grundlos - dass sie keine Anstalten machte, mich aufzuhalten.

Sie zitterte wie Espenlaub und heulte. Ihr tränennasses Gesicht drückte sie an meine Brust. Ich spürte ihren heißen Atem durch das feuchte Shirt, wagte es aber nicht, auch nur ein kleines bisschen, die angespannten Kiefer zu lockern oder mich zu rühren, damit ich es nicht noch schlimmer machte.

Ich vergrub meine Nase in ihrem ungewaschenen Haar. Ich würde nicht so weit gehen und sagen, dass sie müffelte ... aber eigentlich schon.

»Wo ist er?«, murmelte ich heiser. Sie zuerst danach zu fragen, wann sie das letzte Mal geduscht hatte, erschien mir angesichts der Lage eher unklug zu sein.

»Bei meinen Eltern«, schniefte sie, ohne sich zu bewegen. »Meine Mom war vor einer halben Stunde hier und hat ihn abgeholt, damit er bei ihnen schläft.«

»Du wusstest, dass ich herkommen würde«, stellte ich tonlos fest. Nicht wirklich eine Überraschung, oder? »Du kannst ihn nicht ewig von mir fernhalten.«

Anstelle einer Antwort, krallte sie die Finger fester in die Ärmel meines Shirts. Einen Moment hatte ich das Gefühl, dass sie aufgehört hatte, zu atmen. Ihr Körper fühlte sich an wie ein Brett, aber ich war ziemlich sicher, dass sie einfach wie ein nasser Sack hingeklatscht wäre, wenn ich sie nicht festgehalten hätte.

»Es ist stickig und heiß hier draußen. Warum gehen wir nicht ins Haus und unterhalten uns drin, hm? Du könntest duschen gehen.«

Ein deutlich hysterisches, kurzes Lachen entwich Grey, bevor sie mich abrupt losließ. »Entschuldige, dass ich heute nicht nach Rosen rieche, eure Lordschaft. Ich habe den ganzen Tag geackert und heute noch gar nicht mit ... na damit eben gerechnet.«

Vanille, lag mir auf der Zunge, aber lieber hätte ich sie mir abgebissen und runtergeschluckt, als das laut zu sagen. Sonst roch sie nach Vanille. Also - heutzutage. Ob sie früher auch nach Vanille gerochen hatte, wusste ich nicht. Wahrscheinlich nicht, weil ich sonst vielleicht -

Ich verwarf den Gedanken und hielt die Klappe. Schweigen erschien mir die sicherste Methode zu sein, mein Leben zu retten. Immerhin hatte ich sie ja gerade erst davon abgehalten, mir diese hässliche Vase über die Rübe zu ziehen, oder? Es wäre selbstmörderisch gewesen, sie jetzt darauf hinzuweisen, dass sie wie ein Frettchen roch. Aber noch schlimmer wäre es wahrscheinlich gewesen, zuzugeben, dass ich ihren sauberen Geruch durchaus mochte, mich aber nicht daran erinnern konnte, wie sie in der Highschool gerochen hatte.

»Ich glaube, ich bekomme einen Sonnenstich«, murmelte ich mehr zu mir selbst als an Grey gewandt, die sich bereits zum Haus umgedreht hatte.

»Dann nimm dir aus dem Kühlschrank was zu trinken, aber wehe du fasst irgendwas an! Ich gehe duschen!«, fauchte sie, fast schon so bissig wie vorhin. Als wäre ihr plötzlicher Zusammenbruch gerade nichts weiter als eine kurze Episode entgleisender Selbstbeherrschung gewesen.

Oh, man. War sie schon immer so krass drauf gewesen? Von 0 auf 180 in Sekundenbruchteilen und genauso schnell wieder zurück? Das war gruselig! Wenn ich ihr Freund wäre, würde ich mich entweder schleunigst wieder vom Acker machen oder mir irgendwelche Strategien überlegen, wie ich mit ihr umgehen musste, weil ich sie nämlich sonst wirklich übers Knie gelegt hätte.

Interessante Gedanken, die ich mir auf dem Weg durch den glücklicherweise deutlich kühleren Flur machte. Nicht wirklich. Anscheinend hatte ich doch zu viel Sonne abbekommen, oder der Brief, der zusammengefaltet hinten in meiner Hosentasche steckte, hatte mein Hirn gefickt. Auch möglich.

Die Beerdigung war zwei Tage her und seitdem hatte ich

Miles' Haus weder verlassen, noch war ich auf die Idee gekommen, mich Grey oder gar Jake zu nähern. Achtundvierzig Stunden, die ich mit Grübeln, Rumgammeln und Nichtstun verbracht hatte, sodass Britany mir schon schiefe Blicke zugeworfen hatte, als wäre sie es leid, meinen Anblick zu ertragen.

Klar. Konnte ich ihr nicht verübeln. Ich schaffte es ja nicht einmal, mein eigenes Spiegelbild zu ertragen.

Ich war ein erbärmliches Stück Scheiße. Eine Tatsache, die mir zwar immer bewusst gewesen war, aber nie so deutlich wie vor einer halben Stunde. Ich war verdammt gut im Leugnen unangenehmer Tatsachen, aber hier versagte ich auf ganzer Linie.

... teilen wir Ihnen mit, dass die Vaterschaft mit einer Wahrscheinlichkeit von 99,99 % als erwiesen gilt ...

Ein Satz, den ich nie wieder in meinem Leben vergessen würde.

Fuck, fuck, fuck!

Ich war völlig ausgeflippt, als Miles mir den Briefumschlag in die Hand gedrückt und mich mit einer gruseligen Mischung aus Neugier und Sorge dabei beobachtet hatte, wie ich ihn las. Nicht, dass ich die Beherrschung verloren oder randaliert hätte oder so ... Aber Miles hatte mir nachdrücklich nahegelegt, mich doch eventuell zu Fuß auf den Weg zu Grey zu machen, die in dieser unschönen Angelegenheit ja nun zweifelsfrei die andere Partei war, mit der ich mich in irgendeiner Weise auseinandersetzen und bestenfalls einigen musste.

Auseinandersetzen. Das war schon schwer genug. Aber einigen? Wie zur Hölle sollte das funktionieren? Ich hatte keinen Schimmer von Kindererziehung. Ich wusste nichts über Kinder, ich hatte keine Ahnung, wie Jake so drauf war, was er bisher alles erlebt hatte, wie er erzogen worden und aufgewachsen war und überhaupt ... Ich würde alles falsch machen!

Ich wusste ja noch nicht einmal, was ich jetzt eigentlich tun sollte. Ich wusste überhaupt nichts, nur, dass ich als Erstes an Grey gedacht hatte, als ich den Brief gelesen hatte. Nur, weil sie Jake ja im Gegensatz zu mir kannte und all diese Dinge über ihn wusste, die ich nicht wusste. Nur deshalb ...

Wie sehr ich mich doch selbst an der Nase herumführte.

Als Grey wortlos die Treppe hochging und ich einen Moment später hörte, wie das Wasser in der Dusche angestellt wurde, schlurfte ich nach nebenan in die Küche.

Auf dem Tisch an der Wand lag der gleiche Brief wie der, den ich bekommen hatte. Ich wischte ihn beiseite, ließ mich dann auf einen der drei Stühle fallen und stützte den Kopf in die Handflächen.

Mir war übel. Kotzübel! Mein Schädel dröhnte, ich fühle mich mies und erbärmlich und es gab ungefähr tausend Orte, an denen ich jetzt lieber gewesen wäre.

Die Warterei auf Grey vertrieb ich mir damit, mir die Zeichnungen am Kühlschrank anzusehen, die ich vor zwei Tagen keines Blickes gewürdigt hatte. Kinderzeichnungen. Bunt, durcheinander, alles andere als strukturiert. Entweder hatte Jake keinen Spaß am Malen oder das sah in dem Alter bei allen Kindern so aus.

Ob es Bücher darüber gab? Irgendwelche schlauen Ratgeber, in denen beschrieben wurde, wie man damit umgehen musste, wenn man plötzlich ein vierjähriges Kind hatte und keinen Schimmer, was man nun tun sollte?

Ich war das mieseste Vorbild, das ich mir vorstellen konnte. Ich konnte kein Vater sein, verdammt! Ich bekam mein Leben nicht auf die Reihe, versteckte mich vor meinen Eltern, wusste nicht, was ich mit meiner Zukunft anfangen sollte und überhaupt ...

Ein Kind wie Jake hatte einen richtigen Dad verdient. Jemanden, der das wollte und nicht schon an der Vorstellung scheiterte, sich einen kompletten Tagesablauf auszumalen.

Wann stand der Zwerg auf? Was frühstückte er? Schokopops waren vermutlich kein geeignetes Frühstück, oder? Und dann? Wie gefiel es ihm im Kindergarten? Hatte er dort Freunde? Wie lange blieb er, was machte er am Nachmittag, was aß er gerne, womit spielte er am liebsten ...

Tausend Fragen. Eine folgte auf die Nächste, bis sie in Endlosschleife und völligem Chaos in meinem Schädel herumschwirrten und ich das Gefühl bekam, schon wieder durchzudrehen.

Das war nicht fair. Nichts hiervon. So sollte das nicht laufen. Jake brauchte mich nicht und ich konnte ihm doch verdammt noch mal auch nichts bieten und überhaupt ...

»Alles okay?«, hörte ich Greys heisere Stimme hinter mir und fuhr herum. Sie stand im Türrahmen. Die nassen Haare fielen ihr auf die schmalen Schultern, sie war ungeschminkt und blass. Aber immerhin hatte sie sich frische Kleidung angezogen und stank nicht mehr so fürchterlich, als sie sich mir zögernd näherte, um sich auf den Stuhl mir gegenüber zu setzen.

»Nein«, gestand ich. »Nichts ist okay. Ich habe keinen Schimmer, wie es jetzt weitergehen soll.«

Sie presste die Lippen zusammen und schluckte. »Weswegen du vermutlich hergekommen bist«, stellte sie tonlos fest. »Wegen vorhin ...« Sie biss sich auf die Unterlippe und starrte auf die Tischplatte. »Tut mir leid. Ich wollte dich nicht mit der Vase erschlagen. Glaube ich.«

»Das glaubst du bloß?« Unbeabsichtigt grinste ich. Schwach, aber immerhin. »Wie nett von dir.«

Einen Moment schwiegen wir. Es war kein unangenehmes Schweigen, aber es machte deutlich, dass wir beide darüber nachdachten, wie wir jetzt mit dieser beschissenen Situation umgehen sollten.

»Er wird mich hassen«, gestand ich freiheraus, ohne Luft zu holen. »Er wird denken, dass ich ihn nicht will, ignoriert habe und nicht mag, keine Ahnung. Was, wenn er mich überhaupt nicht akzeptiert?«

Grey hob den Kopf und sah mich lange an, bevor sie antwortete. Ihr Blick war traurig. Sie wirkte müde. Völlig erschöpft und ausgelaugt, was ich ihr wirklich nicht ankreiden konnte. Im Gegensatz zu mir schien sie nie daran gezweifelt zu haben, was wir nun schwarz auf weiß vor uns hatten ...

Meine unbändige Wut auf Lola drängte sich für einen Atemzug nach vorn, doch ich unterdrückte sie hastig. Auf Lola konnte ich später noch wütend sein. Allein. Jetzt musste ich mich zusammenreißen, verdammt noch mal!

»Jake mag dich«, sagte sie schließlich leise. »Ich schwöre, ich habe keinen Schimmer wieso. Aber abends nach der Beerdigung hat er mich gefragt, wer du bist und ob du wieder kommst, um ihn zu besuchen. Er sagt, du wärst sehr nett zu ihm gewesen.«

Ich hob die Schultern und schüttelte den Kopf. »Ich hab doch gar nichts gemacht. Aber ich dachte irgendwie ... Na ja, vielleicht hätte er es irgendwann bereut, wenn er nicht auf Wiedersehen gesagt hätte. Weißt du, was ich meine?«

»Ja«, flüsterte sie traurig. »Ich weiß, was du meinst. Es ist ... schwierig. Mit ihm. Momentan. Er verschließt sich vor mir und macht völlig dicht. Er redet kein Wort mehr mit mir. Er lacht nicht, spielt nicht ... Ich weiß nicht weiter. Ich habe keine Ahnung, wie ich an ihn rankommen soll. So war er noch nie ...«

»Er trauert.« Der Kloß in meinem Hals fühlte sich an, als wäre er gigantisch, aber nicht, weil ich auf die bescheuerte Idee gekommen wäre, mir Gedanken um dieses Miststück Lola zu machen. Anscheinend hatte mein Verstand bereits angefangen, sich mit den nun nicht länger zu leugnenden Tatsachen abzufinden ... »Er braucht bestimmt nur Zeit. Immerhin hat er seine Mutter verloren, Honey.«

»Ich weiß«, stöhnte sie. »Ich weiß das alles, Herrgott! Aber ich war genauso für ihn da wie Lola! Ich war die Einzige, die zu ihr gehalten hat, als sie schwanger wurde. Du hast dich verpisst, nach dem Abschluss haben sich die meisten Leute von früher von ihr abgewendet und überhaupt ... Ich habe Jake ins Bett gebracht, ihm Geschichten erzählt, ihm Fahrradfahren beigebracht ... Ohne die gleichen Gene zu haben wie er, bin ich trotzdem irgendwie wie eine Mutter für ihn, verstehst du das? Ich komme nicht damit klar, dass er mich ignoriert!«

Als sie die Hände vors Gesicht schlug und sich abwandte, zog sich mein Magen noch mehr zusammen. Ich fühlte mich wie der letzte Dreck, obwohl es doch gar nicht meine Schuld gewesen war, dass es überhaupt so weit kommen musste.

»Es war nicht meine Schuld«, sprach ich genau den Gedanken laut aus, der am lautesten in meinem Kopf war. »Sie hat mir gesagt, sie hätte abgetrieben.«

Grey schnaufte verächtlich. Mit den Fingern wischte sie sich verstohlen über die Augen, aber dieses Mal hatte sie ihre Impulse deutlich besser im Griff. Sie heulte nicht. Stattdessen schien sie wieder wütend zu werden. Nicht unbedingt besser für mich.

»Aber sicher, Josh. Kannst du mir ins Gesicht sehen und sagen, dass du nicht gegangen wärst, wenn du damals schon gewusst hättest, was du jetzt nicht mehr abstreiten kannst?«

»Ich wäre nicht gegangen!«, rief ich zornig. Meine Handfläche krachte auf den Tisch. Dann ballte ich die Faust so fest zusammen, dass meine Fingerknöchel weiß hervortraten. »Was für eine Scheiße hat sie denn über mich erzählt, hm? Was hat Lola dir alles über mich erzählt, damit du heute offenbar auf Biegen und Brechen den leibhaftigen Teufel in mir sehen willst? Ich bin kein egoistisches Arschloch, das nicht mit seiner Verantwortung umgehen kann! Deine tolle beste Freundin *ist* mir fremdgegangen! Mehrfach! Ob du mir das glaubst oder nicht geht mir am Arsch vorbei. Aber das war der Grund, wieso ich tatsächlich nicht geglaubt habe, dass dieses Kind - Jake«, verbesserte ich mich schnell selbst, »von mir sein konnte. Ich habe Kondome benutzt, Honey. Ja, ich weiß, wie das geht, stell dir vor!«

»Nicht in dieser Nacht«, konterte sie biestig. »Abschlussball. Vielleicht erinnerst du dich. Lola meinte hinterher, ihr hättet keins benutzt und offensichtlich hatte sie ja recht, oder?«

»Offensichtlich«, antwortete ich kalt. »Weißt du was, Honey? Es ist mir scheißegal, was du über mich denkst und wie lange du dich noch in deinen Hass auf mich reinsteigern willst. Ich bin hergekommen, weil wir uns darüber unterhalten müssen, wie es jetzt weitergeht. Ich war ehrlich zu dir. Ich habe dich nie belogen. Ich bin wirklich davon ausgegangen, dass ich nicht der Vater des Zwerges sein kann. Tja, ich habe mich geirrt, aber jetzt bin ich hier. Also kannst du dich jetzt entweder erwachsen benehmen und wir sehen zu, dass wir diese fette Kuh vom Eis kriegen, oder wir brechen beide bei dem Versuch ein, etwas zu retten, was vielleicht gar nicht zu retten ist.«

»Retten? Was willst du retten, Josh? Es gibt nichts, das gerettet werden kann! Jakes Leben ist im Arsch, weil seine Mom tot und sein Dad ein Idiot ist, der sich tatsächlich einbildet, er könnte wieder gutmachen, was er mit seiner jahrelangen Ignoranz verbockt hat!«

Lodernder Zorn fraß sich in meinen Magen, während Grey mir all das ins Gesicht sagte und dabei aussah, als würde sie wirklich glauben, was sie da vom Stapel ließ. Nicht die Tatsache, dass sie ihre Gedanken aussprach, sondern dass sie wirklich felsenfest davon überzeugt zu sein schien. Es machte mich so stinksauer, dass sie keine Sekunde ihrer Lebenszeit daran verschwendet hatte, mir wenigstens eine Chance zu geben. Sie wollte nicht, dass ich hier war. Sie wollte nicht, dass ich ein Teil von Jakes Leben wurde. Alles, was sie wollte, war mich weiter zu verachten und mich zu vertreiben, damit sie sich nicht mit mir auseinandersetzen musste.

»Steck dir deinen zynischen Hochmut sonst wohin, Grey.« Ich stand auf und starrte auf sie runter, doch Grey weigerte sich offenbar, mich auch nur eines Blickes zu würdigen. »Ich hab allmählich die Schnauze voll von dir. Ich weiß, dass du trauerst, deine Freundin vermisst und wahrscheinlich auch überfordert bist. Alles kein Problem. Nur ist es echt kindisch und erbärmlich, deinen ganzen Frust an mir auszulassen. Als ich herkam, dachte ich, wir könnten wie erwachsene Menschen darüber reden. Anscheinend habe ich mich geirrt, denn du willst mir gar keine Chance geben, hab ich recht? Du willst mich weiter hassen, mich wegstoßen und ich gehe jede verfluchte Wette ein, dass du dir auch schon überlegst, wie du mir den Zwerg vorenthalten kannst. Wenn du allerdings glaubst, damit weit zu kommen, dann hast du dich getäuscht!«

Kurz vorm Explodieren drehte ich mich um und ließ sie einfach sitzen. Der kurze Weg zur Tür erschien mir viel weiter als vorhin. Irgendwie hoffte ich, dass sie darauf reagieren und mich doch zurückhalten würde. Wir mussten das klären - ob wir wollten oder nicht. Wieso kapierte sie nicht, dass ich nicht ihr Feind war?

Verdammt, Lola! Was hast du uns hier für eine Scheiße eingebrockt? Du blödes, dummes -

»Warte!«, rief sie mir tatsächlich nach, als ich bereits die Hand nach der Haustür ausgestreckt hatte. »Wenn du es wagst, mir zu drohen, dann gnade dir Gott, Josh! Hast du vor, das zu behaupten? Bei der Anhörung? Dass ich einen schlechten Einfluss auf Jake habe, weil ich auf meine Weise *trauere*?«

Sie stürzte mir hinterher und schrie mich an, fast genauso hysterisch wie vorhin, als sie mit der Vase auf mich losgegangen war.

»Ich hasse dich, ja! Und wie ich das tue! Du tauchst hier

auf, leugnest deine Beteiligung und jetzt, wo es nichts mehr abzustreiten gibt, wagst du es, mir ins Gesicht zu sehen und mir zu drohen?«

»Ich habe dir nicht gedroht!«, schrie ich zurück und wirbelte herum, was Grey beinahe aus dem Gleichgewicht brachte.

Sie kam taumelnd zum Stehen. Mitten im winzigen Flur, wo an der Garderobe noch immer Lolas Jacke hing und wo auch jetzt wahrscheinlich noch ihre Schuhe standen. Die Lederjacke erkannte ich, weil Lola die schon in der Schule besessen hatte. Bei den Schuhen war ich nicht sicher, aber Grey schien mir eindeutig nicht der Typ für schwarze High Heels zu sein.

»Ich will, dass du dich zusammenreißt! Wenigstens für eine halbe Stunde! Danach kannst du dir meinetwegen die Augen aus dem Kopf heulen, oder dich bei deinem tollen Freund über mich beschweren, das ist mir scheißegal! Aber es geht hier weder um dich noch um mich, schnallst du das nicht?«

»Schnallst du nicht, dass es dich noch lange nicht zum Vater des Jahres macht, ein Kind gezeugt zu haben?«

»Das habe ich doch auch gar nicht behauptet! Aber ich bin wenigstens hier, um mich damit auseinanderzusetzen! Und ohne dich schaffe ich das nicht, verflucht noch mal!«

Fuck! Hatte ich das gerade echt zugegeben? Großartig, wirklich! Da konnte ich mir ja auch gleich selbst die Eier abschneiden und - was noch viel schlimmer war - zugeben, dass ich planlos war und keinen Schimmer hatte, wie und was ich jetzt tun sollte. Es war eine Sache, zu wissen, dass ich auf Greys Hilfe angewiesen sein würde, aber eine ganz andere, das vor ihr auch zuzugeben. Ein gefundenes Fressen für sie, wo sie es sich doch offensichtlich zur Lebensaufgabe gemacht hatte, es mir unnötig schwer zu machen. Sie *wollte* mich hassen, deswegen reagierte sie so. Nur deshalb.

Doch kaum hing mein Geständnis ausgesprochen im

Raum, fiel Grey die Kinnlade runter und sie blinzelte mich ungläubig an. »Wie bitte?«

»Hörst du schlecht?«, knurrte ich angepisst. »Ich hab mich jetzt bestimmt dreißig Mal wiederholt, aber du kapierst es einfach nicht! Niemand will dir Jake wegnehmen! Ich weiß doch selbst nicht, was ich eigentlich hier mache. Aber ich bin hier und ich wollte mit dir darüber reden, weil wir ja wohl irgendwie eine Lösung für den ganzen Mist finden müssen, oder sehe ich das falsch? Ich bin der Gearschte, Grey! Nicht nur, dass ich mich jetzt damit auseinandersetzen muss, dass ich vier Jahre im Leben meines eigenen Sohnes verpasst habe - dass ich *überhaupt* einen Sohn habe - ich muss auch darüber nachdenken, was das Beste für ihn ist. Und ich habe verfickt noch mal nicht vor, mich weiterhin rauszuhalten!«

Grey starrte mich an, als hätte sie eine Fata Morgana vor sich. »Aber ich dachte -« Sie brach ab und biss sich auf die Unterlippe. Kopfschüttelnd.

»Was dachtest du? Du denkst und denkst und denkst dich zu Tode, aber du kommst gar nicht erst auf die Idee, dass das, was du mir auf Teufel komm raus unterstellen willst, gar nicht meine Absicht ist, oder? Ich hab doch recht, verdammt! Du willst mir gar nicht die Möglichkeit geben, überhaupt irgendwas zu tun.«

»Das stimmt nicht«, erwiderte sie, ohne die aggressive Wut von vorhin. »Ich - ich habe Angst, Josh!« Sie schnaufte und lächelte freudlos. »Ja, jetzt hab ich es zugegeben. Toll, nicht wahr? Ich habe eine Scheißangst davor, dass du oder das Gericht ihn mir wegnehmen. Wenn du auf die Idee kommst, Jake mit nach L.A. zu nehmen, weil du nun mal jetzt dort lebst - was wird dann aus mir? Ich liebe Jake! Ich kann mir nicht vorstellen, morgens aufzuwachen, und er ist nicht da. Vielleicht habe ich ihn nicht zur Welt gebracht, aber das ist auch alles, was Lola und mich unterschieden hat. Ich war jeden Tag mit ihm zusammen. Jeden - verfluchten - Tag! Und jetzt ...«

Ein einziger, großer Schritt reichte, um den Abstand zwischen Grey und mir zu überbrücken.

Ich hätte etwas dazu sagen können. Weiter streiten. Auf dass wir uns immer wieder im Kreis drehten und am Ende nur feststellten, dass wir uns in den Abgrund diskutiert hatten. Natürlich hätte ich weitermachen können. Ein Teil von mir wollte das sogar. Der wütende Teil, der noch nie in meinem Leben so viel Raum in Anspruch genommen hatte. Selbst früher nicht, bevor ich von hier weggegangen war und mir so fest vorgenommen hatte, nie wieder zurückzukommen ...

»Ich verspreche, dass ich dich nicht übergehe, Grey«, murmelte ich in ihr feuchtes Haar, als ich sie an mich zog und festhielt. Ohne auch nur einen Gedanken daran zu verschwenden, dass das schon das zweite Mal war. Zweimal an einem Tag, dass ich dabei etwas empfand, das sich angesichts der Umstände echt verrückt und falsch anfühlte. Besser, als es sollte ...

Grey

Ich hatte keine Ahnung, wieso das so war. Wirklich nicht. Aber aus irgendeinem Grund schaffte es Josh, mich rasend schnell und einzig und allein durch seine pure Existenz aus der Fassung zu bringen - aber auch das krasse Gegenteil in derselben Rekordgeschwindigkeit. Ich musste ihm nur gegenüberstehen und die ersten Minuten einer jeden Begegnung mit ihm waren die reinste Achterbahnfahrt an Emotionen.

Ich hatte mich noch nie für einen sonderlich emotionalen Menschen gehalten. Natürlich konnte ich lachen, mich freuen, wütend sein und all das ... Aber noch nie hatte ich mich gefühlt, als würde ich explodieren, nur weil Josh denselben Sauerstoff atmete wie ich. Noch nie hatte ich das penetrante Bedürfnis danach gehabt, einem anderen Menschen die Kehle durchzuschneiden, ihn gleichzeitig zu erwürgen, danach auf seiner kalten, toten Leiche herumzutrampeln und ihn dazwischen zu küssen, weil er so unverschämt gut roch und überhaupt ...

Lola, falls du mich da oben hörst ... Ich hasse dich! Nur, dass du es weißt! Dein Tod hat nicht nur das Leben deines Sohnes zerstört, sondern mein Gehirn auch auf abartige Weise verdreht.

Unvorstellbar, oder?

Als ich mit Josh in der Küche war, ihm den Rücken zudrehte und die Kaffeemaschine anwarf, befasste ich mich zum ersten Mal seit Tagen wieder gedanklich mit Lola. Also - nicht mit der Tatsache, dass sie sich selbst umgebracht hatte, sondern eindeutig mit der Überlegung, was sie wohl dazu sagen würde, dass meine Hormone auf ihren Ex - den Vater ihres Kindes - reagierten. Auf eine Weise, die man von pubertierenden Teeniegören kannte. Oder von Frauen im berüchtigten Eisprungfenster. Oder vielleicht noch von Männern in der Midlife-Crisis, die auf alles ansprangen und bei allem geil wurden, was zwei Beine, einen Arsch und Titten hatte.

Zu dumm, dass ich mir solche Gedanken nicht machen oder erlauben durfte. Ich hatte Kevin. Kevin wäre nicht begeistert, wenn er davon wüsste. Nachvollziehbar, oder? Und Josh würde es als gefundenes Fressen nehmen und gegen mich verwenden, sollte ich mich irgendwann aus Versehen vergessen und ihn vielleicht eine bis drei Sekunden zu lange anstarren. Angeblich spürten Raubtiere, wenn ihre Beute angreifbar und schutzlos war. Für mich war Josh nach wie vor genau das: Ein listiger Löwe, der es kaum erwarten konnte, mich in noch schwächeren Momenten zu erwischen als bisher. Alliterationen waren eigentlich nicht so mein Ding, aber hier durchaus passend. Im Anschluss würde Josh sich jedenfalls auf mich stürzen, mich in der Luft zerreißen und zum Abendessen verspeisen, so viel stand fest. Nicht unbedingt wörtlich zu verstehen.

Was hast du mir hier eingebrockt, Lola? War all das - das ganze Drama - wirklich nötig? Dein Sinn für Humor war wohl nur halb so amüsant, wie ich früher immer gedacht hatte ...

»Also, schieß los«, sagte Josh hinter mir. Seine Wut von vorhin war hörbar verraucht, genau wie meine. »Fangen wir mit den Sachen an, die der Knirps gar nicht mag.«

»Äh ...«

Ich überlegte einen Moment. In Wahrheit brauchte ich nur eine Sekunde, um mich wieder zu fangen, damit er ja nicht mitbekam, dass sich meine Gedanken gerade um alles Mögliche gedreht hatten - aber nicht um den primären Grund dieses Gesprächs.

»Jake hasst Eisenbahnen. Ich habe keinen Schimmer

wieso, also frag nicht. Er ist ein Morgenmuffel. Ganz übel. Schlimmer als ich.« Eine Feststellung, die Josh leise lachen ließ, worüber ich allerdings hinwegging. Wir wollten ja nicht schon wieder einen Streit vom Zaun brechen, oder? »Er findet Käfer ekelig, hat aber aus was für Gründen auch immer einen Narren an Eidechsen gefressen. Jedes Mal, wenn er eine sieht, flippt er aus. Was im Übrigen auch für Hunde gilt. Katzen mag er nicht«, ratterte ich weiter alles runter, was mir so spontan einfiel. »Manchmal hat er Phasen, in denen er sich vor imaginären Gespenstern fürchtet, wenn er ins Bett muss. Aber das lässt sich schnell beheben, weil wir nämlich einen Gespensterfresser haben.«

Unwillkürlich grinste ich, als ich mich daran erinnerte, wie Lola und ich dieses Ding zusammengebastelt hatten. Ein einfacher, alter Müllgreifer, den wir mit Lolas Geschick und jeder Menge Pappmache so präpariert und bemalt hatten, dass er aussah wie ein radioaktiv verstrahlter Bernhardiner. Betätigte man den Hebel am oberen Ende des Stils, ging das Pappmaul auf und wir konnten alle Gespenster auffressen, die Jakes geheiligten Schlaf störten. Das hatte von Anfang an funktioniert. Ziemlich faszinierend, womit Kinder so zufriedenzustellen waren ...

»Ach, echt? Zeigst du mir den bei Gelegenheit?«

Überrascht und leicht verwirrt drehte ich mich um. Die Kaffeemaschine brühte vor sich hin, als ich Josh ansah. Skeptisch. Er hing mehr am Küchentisch, als dass er saß. Das Kinn in seine Handfläche gestützt, ein undefinierbares Grinsen im Gesicht, das mich unwillkürlich schlucken ließ.

Schon wieder diese unpassenden, fast schon instinktiven Gedanken ... Weg damit!

»Das klingt, als wolltest du hier einziehen.«

»Warum denn nicht? Ist doch Platz genug, oder? Ich könnte in Lolas altes Zimmer ziehen.«

Meine Augen weiteten sich, während man den Aufprall

meiner Kinnlade sicherlich noch drei Blocks weiter hören konnte. »Wie bitte?«

Josh runzelte die Stirn. »War nur eine Idee. Krieg dich wieder ein, Mensch. Wir könnten es doch wenigstens versuchen, oder? Du hast mit Lola doch auch schließlich so WG-mäßig zusammengelebt. Wo ist der Unterschied?«

»Wo der Unterschied ist?« Ein fast schon hysterisches Kichern quoll aus meinem Mund. »Das ist nicht dein Ernst, oder?«

Doch, das war es. Ein Blick in sein Gesicht reichte, um das zu verdeutlichen. Josh meinte es todernst, auch wenn ich keine Ahnung hatte, wie er überhaupt auf diese Idee kam. Das war doch verrückt!

»Nur ein Test, Honey. Einen Monat. Wenn es gar nicht funktioniert und wir uns nur in die Haare kriegen, suche ich mir eine Wohnung in der Stadt. Falls es aber doch klappt und wir einigermaßen friedlich koexistieren, wäre das ja wohl die beste Lösung für alle, oder?«

»Und wie stellst du dir das vor?«, fragte ich, vorsichtig darauf bedacht, mir ja nicht anmerken zu lassen, wie gigantisch der Kloß in meinem Hals gerade wurde.

Allein die Vorstellung ... war absurd. Zumindest würde ich das gerne ruhigen Gewissens behaupten. Dummerweise musste ich - also der realistische Teil von mir - zugeben, dass die Idee gar nicht so dumm war.

Er hatte recht. Lola und ich hatten ja auch fast fünf Jahre zusammengewohnt, ohne dass wir große Probleme mit unserem Privatleben gehabt hätten. Unsere Schlafzimmer lagen weit genug auseinander, damit man sich - na ja, bei gewissen Dingen eben - nicht in die Quere kam. Wenn Kevin zu Besuch war, zum Beispiel. Oder eine von Lolas, temporär stark begrenzten, Bekanntschaften. Wo sie die Kerle immer aufgerissen hatte, wusste ich bis heute nicht, aber jetzt war das vermutlich auch egal.

Der einzige Streitpunkt war immer die Benutzung des Badezimmers gewesen. Es gab ja nur eins. Das, in dem meine beste Freundin gestorben war und das ich aus genau diesem Grund nur benutzte, wenn es unumgänglich war. Duschen und Klo und so ... In die Badewanne würden mich keine zehn Pferde mehr bekommen!

»Ich dachte, es wäre vernünftig, Zeit mit Jake zu verbringen, oder nicht?«

»Muss das gleich rund um die Uhr sein?«

»Hey, ich habe vier Jahre aufzuholen. Apropos ... Wir sollten uns noch darüber unterhalten, wie wir das angehen. Mit der ... Wahrheit.«

»Du meinst, wie du deinem Sohn erklärst, dass du sein Daddy bist?«, entgegnete ich trocken mit einer Gegenfrage.

Josh nickte. Sollte ihn mein durchscheinender Sarkasmus stören, ließ er es sich nicht anmerken. »Jap, genau das. Und dann«, fügte er hinzu, seufzte und fuhr sich mit den Fingern durch die hellbraunen Haare, »wird er mich hassen.«

»Das denke ich nicht. Dass er dich hasst, meine ich. Ich glaube wirklich, dass er einen Draht zu dir hat und das von Anfang an. Was meinst du, wie oft das schon vorgekommen ist?«

»Was, dass er mit einem fremden Kerl sympathisiert?«

»Nicht sonderlich oft.«

»Hat Lola viele Affären gehabt? Nach seiner Geburt, meine ich.«

»Ich wüsste nicht, was dich das anginge. Jake ist das Thema, oder?«

Josh verdrehte entnervt die Augen, hakte aber nicht weiter nach. Gut für ihn. »Sag mal, was habt ihr ihm eigentlich erzählt, wer sein Vater ist? Fragen Kinder nicht irgendwann danach?«

Natürlich musste diese Frage kommen. Klar. »Also ernsthaft«, setzte ich zähneknirschend an und fühlte mich plötzlich alles andere als wohl in meiner Haut. »Das war nicht meine Idee! Aber ich bin nur die Patentante und letztlich war es Lolas Entscheidung, was sie Jake für eine Geschichte über seine Entstehung aufgetischt hat. Natürlich nicht detailliert«, fügte ich hastig hinzu, als ich Joshs skeptisch gerunzelte Stirn sah.

»Also - was habt ihr ihm erzählt?«

Ich schnaufte. »Damit kommen wir zum nächsten Punkt auf Jakes Nicht-mögen-Liste und wie gesagt - ich war dagegen!«

Tief Luft holen. Ein- und wieder ausatmen. Reiß dich zusammen!

»Jake hat fast panische Angst vor Tigern, seit Lola ihm weisgemacht hat, sie wäre ... na, von eurem bescheuerten Highschoolfootball-Maskottchen geschwängert worden. Nicht, weil - wegen des Akts an sich, den er natürlich noch nicht versteht.« Verdammt, hätte ich jetzt gerne was zu Trinken. Leider war mein Tequila alle. »Eben weil er es noch nicht versteht, hat sie ihm erzählt, der Kostüm-Tiger hätte sie im Grunde überfallen und wäre dann einfach davongerannt und sie hätte ihn nie wieder gesehen.«

»Wie bitte?« Josh sah aus, als hätte ihm jemand einen Eimer Eiswasser übers Gesicht geschüttet. »Das ist nicht dein Ernst, oder?«

Ich knirschte mit den Zähnen, nickte aber. Was sollte ich auch sonst tun? Die ziemlich hässliche Wahrheit über das Lügenmärchen meiner besten Freundin ließ sich nicht schönreden.

»Wer denkt sich denn bitte so eine Scheiße aus?«

»Ich war -«

»Dagegen, ja! Das sagtest du bereits«, knurrte er, ohne sonderlich viel Verständnis zu heucheln.

Ehrlicherweise musste ich zugeben, dass ich an seiner Stelle vermutlich auch angepisst wäre. Aber er sollte bloß nicht vergessen, dass er bis heute noch so vehement an seiner

Meinung festgehalten hatte, auf keinen Fall Jakes Vater sein zu können. Über den Sinn und Unsinn von Moral und Werten zu streiten, war an dieser Stelle jedenfalls nicht angebracht.

»Na klasse. Dann sollten wir uns am besten schnell eine plausible Erklärung dafür einfallen lassen, wieso der Tiger wieder da ist, was?« Seine Wut war ihm deutlich anzuhören. »Oh, man. Wenn das schon so kompliziert ist ... wie wird es dann erst in Zukunft werden?«

»Zerbrich dir nicht zu sehr den Kopf, Josh«, riet ich, überraschend ruhig und tatsächlich sogar zur Abwechslung sarkasmusfrei. »Es bringt euch nicht weiter, wenn du versuchst, ein Drehbuch für die Zukunft zu schreiben. Lass es auf dich zukommen. Vielleicht fragt Jake gar nicht nach. Vielleicht tut er es, aber ist dann damit zufrieden, dass sein Dad jetzt hier ist.«

»Hoffentlich«, murmelte er, klang aber nicht sonderlich überzeugt, als ich mit zwei Tassen und der Kaffeekanne zu ihm an den Tisch ging. »Was, wenn das schiefgeht?«

»Wird es nicht.« Ich schluckte, als er mich ansah. Ernst, beinahe verzweifelt. »Jake ist ein großartiges Kind, ganz ehrlich. Du wirst gar nicht anders können, als ihn zu lieben, wenn du ihn erst kennst.« Mein Lächeln tat weh, so schief war es. Nicht so richtig falsch, aber echt war eindeutig was anderes.

»Ich will es nicht verbocken.«

»Warum solltest du? Oh, Josh. Niemand ist perfekt, okay? Weißt du was? Wir machen das. Wir probieren es aus. Einen Monat lang. Ihr beide gewöhnt euch langsam aneinander. Wir testen, wie gut ihr im Alltag zurechtkommt und überhaupt. Denk positiv.«

Was zur Hölle ...

Ich starrte auf meine Hand, die sich wie von selbst auf Joshs gelegt hatte, der sie wiederum drückte und ...

Josh starrte ebenfalls auf unsere Hände. Nur, dass er dabei nicht annähernd so entsetzt wie ich und eindeutig interessiert und fast schon amüsiert aussah.

Meine Kehle wurde eng, weil sich sein Blick veränderte. Einfach so. Er sah mich an, als wüsste er haargenau, was in mir vorging, dabei wusste ich das ja nicht einmal selbst, weil es so rasend schnell ging.

»Warum bist du mir in der Schule eigentlich nie aufgefallen?«

»Hältst du diese Frage in Anbetracht der Umstände für angebracht?«

Wie praktisch, dass meine Zunge noch nicht abgestorben war. Etwas, das ich vom Rest meines Körpers nicht gerade behaupten konnte.

»Warum nicht? Es ist bloß eine Frage. Ja ja, du hast einen Freund. Wusstest du, dass Lola mal was mit Kevin Maxwells Bruder Marty hatte?«

»Sehe ich so aus, als würde es mich interessieren, mit wem meine beste tote Freundin geschlafen hat?« Ich zog meine Hand weg. Josh ließ mich nur ungern los. Ich sah und spürte es, aber das war mir sowas von egal ...

Woher auch immer diese verfluchte Spannung zwischen uns auf einmal herkam - sie musste verschwinden! Und zwar sofort, weil das mit der WG sonst auf keinen Fall funktionieren würde! Nicht nur das - wenn Kevin Wind davon bekam, dass ich mich ausgerechnet von Josh auf groteske Weise angezogen fühlte, würde er mir den Laufpass geben.

»Liegt's daran, dass ich mit Lola geschlafen habe?« Seine Stirn runzelte sich.

Aus irgendeinem Grund katapultierten mich der selbstherrliche Tonfall und die hohntriefende Arroganz raus aus der kuscheligen Blase, die sich für einen flüchtigen Moment behaglich angefühlt hatte. *Zu* behaglich.

»Man, du bist wirklich selbstverliebt, was? Unglaublich!« Wütend lehnte ich mich zurück und funkelte Josh an. »Denkst du, die ganze Welt dreht sich um dich? Das ist echt arm, Josh. Ganz arm. Hör auf, mit mir zu flirten, oder ich mache das Angebot rückgängig.«

Einen Augenblick sah er aus, als wollte er noch einen unpassenden Spruch nachdrücken, doch dann fing er sich und verbarg das Gesicht in den Händen.

»Sorry. Ich bin momentan nicht ganz ich selbst.«

Oh, doch!, lag mir auf der Zunge. *Und wie du das bist. Josh Groban - Frauenschwarm, Aufreißer und Arschloch. Wie er leibt und lebt.*

»Okay, ich höre auf damit, wenn du das nicht willst. Ich schlage vor, ich fahre zu Miles und hole mein Zeug her. Dann könnten wir gleich mit dem Experiment beginnen. Wir könnten Jake doch abholen, oder?«

Auf einmal schien er es ziemlich eilig zu haben. Blöd nur, dass ich nicht genau sagen konnte, ob es daran lag, dass ihm die Unterhaltung genauso unangenehm wurde wie mir oder ob es einen anderen Grund gab.

»Miles?«, erwiderte ich überrascht. »Miles Goodman?«

»Ja, wieso?«

»Nichts. Seine Verlobte ist eine Freundin von mir. Wenn die beiden nach der Geburt heiraten, bin ich eine ihrer Brautjungfern. Und Jake soll Blumen streuen.«

»Das wusste ich nicht«, antwortete er nicht weniger überrascht, als hätten seine Freunde ihm nicht erzählt, dass Britany und ich uns so gut kannten.

Vielleicht waren sie davon ausgegangen, dass Josh eh nicht lange genug in der Stadt bleiben würde, damit das irgendwie ins Gewicht fiel ... Wie auch immer.

»Jetzt wundert es mich jedenfalls nicht mehr, wieso sie beide nur in den höchsten Tönen von dir gesprochen haben. Du genießt einen guten Ruf, Honey.«

»Äh, ja. Danke?« Ich war verwirrt, weil ich nicht wusste, was ich darauf sagen sollte.

Josh lächelte schwach. »Gern geschehen.« Er stand auf und

schob seinen Stuhl wieder an den Tisch, bevor er mich zögernd ansah. »Ich fahre jetzt und hole mein Zeug. Ich habe keine Ahnung, ob ich diesen Daddy-Kram schnell oder langsam lerne. Aber bitte sei etwas nachsichtig mit mir, Honey. Ich verspreche, dass ich mich bemühe.«

Als sein Lächeln verrutschte und ein deutlich unsicherer Ausdruck in sein Gesicht trat, wurde mir klar, dass sein ganzes Machogehabe im Grunde nicht viel mehr war als Fassade. Er war nervös, unruhig und wahrscheinlich hatte er tatsächlich Angst davor, was ab jetzt auf ihn zukam. Er spielte den coolen Mistkerl, von dem jeder erwartete, dass er gelassen blieb, aber eigentlich ...

Vielleicht kannten sie ihn einfach nicht wirklich. Das galt auch für mich, denn wenn ich ehrlich war ... diese unsichere Seite an Josh machte ihn mir unerwartet sympathisch.

»Ich werde nachsichtig sein«, versprach ich. »Aber das ändert trotzdem nichts daran, dass ich aufbrausend, impulsiv und meistens eher nicht geduldig bin.« Ich grinste zurück.

Als Josh verschwunden war, schloss ich die Tür hinter ihm, lehnte mich mit dem Rücken dagegen und raufte mir innerlich stöhnend die Haare.

Ich hatte keinen Schimmer, was da vorhin mit mir losgewesen war. Ich wusste nur, dass mir das nicht mehr passieren durfte. Ich musste Josh auf Distanz halten. Ich durfte mich auf gar keinen Fall auf ihn verlassen. Und ganz bestimmt durfte ich mir keine Gedanken über ihn machen, die angesichts der Umstände nicht nur unpassend, sondern irgendwie nuttig wären!

Lola war diejenige gewesen, die sich nie den Kopf darüber zerbrochen hatte, was andere über sie und ihr Liebesleben dachten. Es wäre ihr egal gewesen, ob sie eigentlich einen Freund hatte, wenn sie mit einem anderen Mann flirtete. Und vielleicht - nein, sehr wahrscheinlich - würde sie auch darauf scheißen und machen, wonach ihr gerade der Sinn stand. Genau das, was sie Josh angetan hatte, als sie ihm fremdgegangen war.

Das war laut Josh nun mal Tatsache und verwirrenderweise hörte ich tatsächlich damit auf, seine Geschichte als unwahr abzustempeln, nur weil Lola eben meine beste Freundin gewesen war. Ich kannte sie und wusste es doch eigentlich besser ...

Dass Josh Jakes leiblicher Vater war, war nichts weiter als Zufall, aber sie schien sich da trotz ihrer Fehltritte so sicher gewesen zu sein, dass er der Einzige gewesen war, der einen Brief von ihr bekommen hatte. Vielleicht lagen zwischen den Affären mehrere Tage, sodass sie das Zeugungsdatum so exakt eingrenzen konnte. Vielleicht wusste sie aber auch einfach, dass sie und Josh kein Kondom benutzt hatten, als sie es auf dem Rücksitz meines Autos getrieben hatten. Gut möglich. Lola würde jedenfalls nichts mehr hierzu sagen können und alles dazwischen war reine Spekulation.

*****

»Verrätst du mir, was dein Lieblingsessen ist, Kumpel?«

Josh gab sich alle erdenkliche Mühe, so locker wie möglich mit Jake zu reden. So, als wäre es total normal, dass ab heute ein im Grunde fremder Mann bei uns im Haus leben würde. Als wäre er nur ein alter Freund, der lange weggewesen und nun wieder nach Hause gekommen war.

Es fühlte sich komisch an, die beiden zu beobachten. Es war ein merkwürdiges Gefühl, zu wissen, dass Josh im selben Haus - auf derselben Etage schlafen würde wie ich. Aber das war nichts gegen das Wissen darum, dass ich mich ab jetzt wirklich bemühen musste, mit ihm auszukommen.

Jake zögerte. »Lasagne«, erwiderte er, ohne Josh anzusehen. »Und Pizza.«

Josh grinste schief. »Okay. Wie wär's, wenn ich uns heute Abend eine riesige Lasagne mache und morgen gibt's selbstgemachte Pizza?«

»Du kannst kochen?«, warf ich leicht amüsiert ein.

Ich stand im Türrahmen zum Wohnzimmer und beobachtete die beiden. Sie saßen auf dem Teppich vor dem Couchtisch. Irgendwie hatte Josh Jake dazu gebracht, ihm seine Dino-Sammlung zu zeigen. Die Spielfiguren in unterschiedlichen Größen und Ausfertigungen lagen zwischen ihnen auf dem Boden. Ich hatte versprochen, Josh das allein machen zu lassen, aber darauf bestanden, mich wenigstens im Hintergrund aufzuhalten. Eine reine Vorsichtsmaßnahme. Immerhin war Jake sensibel und nach dem Tod seiner Mom wollte ich nicht riskieren, es für ihn noch komplizierter zu machen.

Josh und ich hatten uns darauf geeinigt, Jake behutsam an die Idee zu gewöhnen, dass er von nun an nicht mehr allein war. Dass seine Mommy zwar nicht wiederkommen würde, er dafür aber jemand anderen, neuen und genauso Coolen hatte - seinen Dad. Joshs Worte, nicht meine.

»Tante Grey sagt, du wohnst jetzt hier«, murmelte Jake, während er ein paar Schritte mit dem Langhals in seiner Hand auf dem Boden galoppierte. »Warum?«

Joshs Blick huschte zu mir. Die Anspannung umgab ihn wie eine zweite Haut, weil er so schrecklich nervös war. Irgendwie süß ...

Ich nickte ihm aufmunternd zu, ohne mich zu rühren.

»Weil ich deine Mom vor langer Zeit sehr gut kannte«, antwortete Josh erstaunlich ruhig dafür, dass er so aufgewühlt war. Etwas, das Jake gar nicht zu bemerken schien, was mir nur recht sein konnte. »Also ... Wir waren so etwas wie Freunde. Und ich bin jetzt hier, weil ich dich gerne kennenlernen würde, Kumpel. Ich dachte, wir könnten vielleicht auch Freunde werden.«

»So, wie Tante Grey Mommys Freundin war? Oder so, wie Kevin Tante Greys Freund ist?«

»So wie bei Tante Grey.«

»Hast du Mommy auch geküsst?«

Eine Frage, die Josh tatsächlich kurz auflachen ließ. »Ja, hab ich.«

»Iiih.«

»In dem Alter ist Küssen uncool«, grinste ich Josh an. »Ich darf ihn nur auf die Wange küssen und er kreischt, wenn ich ihn auf den Mund küssen will.«

Ich entschied, meine steife Haltung an der Tür aufzugeben. Was sollte das auch bringen? Ich ging auf die beiden zu, setzte mich hinter Jake und gab mir Mühe, weder verkrampft noch nervös zu wirken, als ich ihm das blonde Haar zerzauste, ihn spielerisch packte und dann seine Wange mit Küssen zu bedecken.

»Iiiiiiiih«, quiekte der Knirps, strampelte und zappelte und versuchte, sich zu befreien. »Ihh Grey! Hör - auf!« Jake lachte los, als ich anfing, ihn durchzukitzeln. »Hilfe!«

»Lass dir das nicht gefallen, Kumpel«, rief Josh, der anscheinend begriffen hatte, dass er sich ruhig auf das Spiel einlassen konnte. »Kitzel sie zurück! Das mag sie bestimmt nicht und dann hört sie auf.«

Tatsächlich bemühte sich Jake, Joshs Ratschlag umgehend in die Tat umzusetzen. Mit hochrotem Kopf wandt er sich in meinen Armen, schob seine winzige Hand dann an meinen Bauch und kniff mich. Nicht ganz das, was er tun sollte, aber hey - ich improvisierte und tat, als wäre ich kurz davor, an einem Lachanfall zu krepieren.

Als ich möglichst melodramatisch zur Seite kippte und damit meine Kapitulation zum Ausdruck brachte, gaben sich die beiden ein High-Five und voilà - das erste Eis war gebrochen.

Jake kletterte gerade im Eifer des Gefechts auf Joshs

Schoß. Als sich seine und meine Blicke trafen, formte er mit den Lippen ein stummes »Danke«, was wirklich nicht nötig war.

»Du machst das klasse«, sagte ich ehrlich, als ich wieder aufstand. Im Vorbeigehen drückte ich seine Schulter, blieb aber nicht stehen. »Ich lass euch zwei eine Minute allein.«

Seinen fragenden Blick ignorierte ich, als ich das Handy aus meiner Hosentasche zog. Wieso mussten mir immer in den unpassendsten Momenten die unschönen Dinge einfallen?

Als ich gerade eben flüchtig auf die Uhr an der Wand gesehen und registriert hatte, dass ich in einer halben Stunde eigentlich mit Kevin verabredet war, verflüchtigte sich meine unerwartet gute Laune blitzschnell.

Gleichzeitig fand ich mich furchtbar, weil das so war und noch furchtbarer, weil ich total vergessen hatte, ihm Bescheid zu geben, seit wir Jake vorhin bei meinen Eltern wieder abgeholt hatten.

Mom hatte Josh und mich nur etwas schief angestarrt, als ich ihr eine knappe Zusammenfassung der Entscheidung gegeben hatte, die wir getroffen hatten. Zu Jakes Besten, wie ich nicht müde wurde, zu betonen. Vor allem mir selbst gegenüber, denn sonst hätte ich definitiv gar keine plausible Erklärung für all das hier gehabt. Weder dafür, wieso ich mich in Joshs Gegenwart unerwartet wohl und vor allem nicht mehr unsicher fühlte, noch dafür, dass ich schlichtweg vergessen hatte, meinen Freund anzurufen.

Verdammt …

»Hey, Baby«, meldete sich Kevin fast sofort, nachdem der Ruf rausgegangen war. »Alles okay bei dir?«

Atmen!

»Jap, alles klar. Aber wir … Wir müssten das Abendessen heute verschieben. Ich weiß, ich hatte Jake extra zu meinen Eltern gebracht und du hast ja auch recht damit, dass ich mich ablenken muss, aber -«

»Aber?«, unterbrach er mich hörbar gefrustet, bevor ich die Chance hatte, den Satz zu beenden. »Das ist das dritte Mal, Baby. Ich weiß, dass du es momentan nicht leicht hast. Aber warum sagst du mir nicht einfach, was los ist?«

»Weil nichts los ist«, stöhnte ich, bemüht, nicht allzu frustriert zu klingen.

Hinter meiner Stirn setzte der Kopfschmerz ein. Ich schloss die Augen und massierte mit den Fingern meine Nasenwurzel, aber genauso gut hätte ich es auch lassen können. Es half nämlich nicht.

»Es ist einfach im Augenblick schlecht, Kevin. Ich kann im Moment nicht so flexibel sein wie sonst.«

»Ist was mit Jake?«

»Nein.«

»Was ist es dann?«

Atmen, befahl ich mir erneut. »Das Ergebnis des Vaterschaftstests kam heute schon«, gestand ich.

»Heute? Und warum hast du mir das nicht gleich gesagt? Oh, verdammt! Weiß Josh es schon? Was hat der Idiot dazu gesagt? Hat er dich belästigt, Grey?«

»Nein, natürlich nicht«, zischte ich dazwischen. »Warum sollte er mich deswegen belästigen? Und ja, er weiß es und wir haben darüber geredet, wie es jetzt weitergeht.«

»Aha«, machte Kevin am anderen Ende der Leitung gedehnt. »Und? Wie geht es jetzt weiter?«

»Na ja, also vielleicht können wir da morgen drüber reden. Ich habe diese Woche noch nachmittags frei.«

Eine nette, liebevolle Geste meiner Eltern. Dass sie selbst deswegen länger und mehr schuften mussten, machte ihnen nichts aus. Sie wussten, dass es im Augenblick Vorrang hatte, dass Jake und ich irgendwie lernten, mit der neuen Situation umzugehen. Sie wussten im Gegensatz zu Kevin aber auch von Joshs und meinen WG-Plänen.

Dad hatte nur die Stirn gerunzelt und mich gefragt, ob ich ihn für fähig genug hielt, das Ganze einen Monat durchzuziehen - am besten darüber hinaus.

Eine Frage, auf die ich mit einem vorsichtig zuversichtlichen Nicken reagiert hatte. Was wäre mir auch anderes übrig geblieben ...

Mom hingegen hatte mich auf eine Weise angesehen, die mir ganz genau gesagt hatte, dass ihre Überlegungen in weitaus andere Richtungen weiterführten, sie aber unausgesprochen für sich behielt. Sehr nett von ihr. Weil ... Sonst hätte ich mich wohl auch noch damit befassen müssen, wieso es mich so tierisch nervte, meinem Freund am Telefon Rede und Antwort für etwas Selbstverständliches zu stehen, während er, der eigentlich schon seit einer Stunde Feierabend hatte, nicht hier war.

Ja-ha. Aber nein, dazu war ich noch nicht bereit. Eindeutig nicht.

Alles in allem waren meine Eltern aber sehr zuvorkommend und bemühten sich, mich zu unterstützen, wo sie konnten. Die Tatsache, dass ich nun mit gerade mal dreiundzwanzig Jahren allein mit einem Kind dastand, das nicht mein Eigenes war, bereitete ihnen Magenschmerzen. Ich wusste, dass sie Lola insgeheim genauso für ihre Entscheidung verteufelten wie ich, aber sie hatten nichts gesagt, mir geholfen, die Beerdigung zu planen, sie durchzustehen, und ich wusste, dass ich mich jederzeit auf sie verlassen konnte, wenn ich Hilfe brauchte.

Ein Gedanke, der mich daran erinnerte, dass das, was für mich selbstverständlich war, nicht auf jeden zutraf. Auf Josh zum Beispiel. Seine Eltern wussten nicht einmal, dass er sich gerade in der Stadt aufhielt ...

Die Vorstellung, diese ganze Erziehungssache bei Jake so zu versauen, dass er irgendwann nicht mehr mit mir reden und nicht mehr zu mir kommen würde, machte mich ganz krank! Ich glaube, ich würde durchdrehen, wenn ich nicht wüsste, wie es in seinem Leben aussah. Egal, ob er fünf, fünfzehn oder irgendwann dreißig sein würde. Ich hatte immer gedacht, dass das normal war. Wie sehr ich mich anscheinend geirrt hatte ...

Als mir auffiel, dass meine Gedanken unbeabsichtigt schon wieder in Joshs Richtung und nicht in Kevins gedriftet waren, biss ich mir auf die Zungenspitze. Innerlich verpasste ich mir eine Ohrfeige. Dann noch eine und zur Sicherheit kniff ich mich auch noch selbst in den Oberschenkel. Letzteres half, mich wieder zu konzentrieren. Auf das, was gerade Thema war und das war nicht Josh. Jedenfalls nicht primär.

»Vergiss es, Baby. Ich will da jetzt drüber reden. Ich mache mich auf den Weg und bin in zwanzig Minuten bei dir.« Dann legte Kevin einfach auf, ohne auch nur meine Antwort abzuwarten.

Hatte ich mir seinen eisigen Tonfall bloß eingebildet?

Hoffentlich.

Josh

»Sag mal, was soll der Scheiß?«, fuhr ich Grey an, als ich mich möglichst unauffällig aus dem Geschehen im Wohnzimmer gestohlen hatte. »Das kann unmöglich dein Ernst sein, oder?«

Am liebsten wäre ich explodiert. Schon in dem Moment, als es vorhin an der Haustür geklingelt und Kevin Maxwell vor mir gestanden hatte. Genauso offensichtlich entsetzt über meine Anwesenheit wie umgekehrt.

»Was macht er hier? Warum drängt er sich ausgerechnet heute hier rein? Das war meine Chance, mit Jake-«

»Ich weiß, Josh«, stöhnte Grey. Sie wirkte genauso wenig begeistert wie ich. »Ich wollte Kevin abwimmeln, aber er hat einfach aufgelegt und stand nicht mal fünf Minuten später auf der Matte. Es tut mir leid!«

»Aber klar«, knurrte ich angepisst. »Das hattest du von Anfang an vor, oder? Den Nachmittag zu sabotieren, weil du eigentlich gar nicht willst, dass ich hier bin.«

»Das stimmt nicht! Was hätte ich denn davon, hm? Kannst du mir das Mal verraten?«

»Er mischt sich ein!«, fuhr ich sie stocksauer an. »Jake hat gerade erst angefangen, mich nicht mehr so schräg von der Seite anzusehen und kaum taucht dein Macker hier auf, bin ich abgemeldet? Kannst du mir mal erklären, wo dieser beschissene Teddybär herkommt? Macht er das immer? Den Zwerg mit Geschenken bestechen und auf seine Seite ziehen?«

Grey verzog gequält das Gesicht. »So ist das doch gar nicht. Das war bestimmt nicht Kevins Absicht, Josh! Hör auf, dir hier irgendwas zusammenzureimen, okay? Du führst dich auf wie ein Paranoiker!«

»Als wenn ich nicht allen Grund dazu hätte!« Ich schnaufte verächtlich, als ich über meine Schulter einen Blick ins Wohnzimmer riskierte.

Der Mistkerl hockte neben meinem Sohn auf dem Boden, verhätschelte ihn und benahm sich, als wäre es stinknormal, mir ausgerechnet heute die Show zu stehlen! Was bitte hatte das mit Paranoia zu tun? Das war doch nicht normal! Ganz davon abgesehen, dass es auch verdammt unfair mir gegenüber war.

»Warum hast du mir nie gesagt, dass dein Macker so ein großartiges Verhältnis zu meinem Sohn hat?«

Sie folgte meinem Blick, öffnete den Mund, schloss ihn wieder und schüttelte schließlich den Kopf.

Ja, ich sah ihr an, dass es weder ihre Absicht gewesen war, meine noch nicht einmal etablierte Autorität und meine Beziehung zu Jake auf diese Weise zu untergraben, aber - verdammt noch mal! Dann sollte sie zusehen, dass Kevin verschwand!

Seit vier Jahren hatte ich Kevin Maxwell nicht gesehen, weil er mir so egal war wie alle anderen, die ich in dieser Drecksstadt zurückgelassen hatte. Wir waren nie die besten Freunde gewesen. Er war nie Teil der Clique gewesen, mit der ich mich rumgetrieben hatte. Er hatte nie Football gespielt, war nie auf einer unserer Partys gewesen und gehörte eher in die Kategorie Außenseiter. Typen wie Kevin vergaß man eigentlich als Erstes, wenn der Abschluss gemacht und die Schule vorbei war. Sie waren langweilig, nichtssagend ...

Ich konnte nicht einmal nachvollziehen, was Grey an ihm fand!

Kevin war zwar nicht fett oder so, aber attraktiv war irgendwie anders. Der blaue Overall war jedenfalls verdammt eng, wenn ich mir die beginnenden Speckpolster an den Hüften darunter so ansah. Außerdem hatte er eine platte Nase. Fast wie bei einem Schwein. Und eiskalte Augen. Von seinem Geruch wollte ich lieber gar nicht erst anfangen!

»Es tut mir leid, Josh«, setzte Grey hilflos an. Was ich in ihrem Blick sah, gefiel mir nicht, aber es besänftigte mich auch nicht wirklich. Ich war zu wütend und angepisst, aber wahrscheinlich war sie wirklich die Falsche, an die ich mich hier wandte. Der Schuldige saß im Wohnzimmer. Und bespaßte meinen Sohn, obwohl das heute eindeutig einzig und allein meine Aufgabe war.

Fuck!

Grey zuckte zusammen, als ich ein Stück meiner Beherrschung verlor. Meine Faust krachte an die Wand neben dem Türstock. Der einsetzende Schmerz zog sich über meine Handkante bis in den Unterarm, aber wenigstens fühlte ich überhaupt wieder. In den letzten Minuten hatte ich eher das Gefühl gehabt, dass sich alles unterhalb meiner Brust verflüssigt hatte.

»Gibt's hier irgendein Problem?«, mischte sich das *Problem* höchstpersönlich ein und ich fuhr herum, als Kevin hinter mir auftauchte. Er schob sich an mir vorbei und lehnte die Tür an. Immerhin etwas, das der Vollidiot auf die Reihe bekam, schließlich musste Jake nicht mitbekommen, dass ich seinem tollen Onkel Kevin am liebsten die Fresse poliert hätte!

»Ich weiß nicht, Kevin. Gibt es ein Problem?«, knurrte ich ihn an, ohne mir die Mühe zu machen, meine Wut zurückzuhalten. »Was hast du hier zu suchen? Warum mischst du dich ein?«

»Einmischen? Wo rein, Mann? Falls dir das entgangen ist - du warst vier Jahre vom Erdboden verschwunden! Was denkst du, wer Grey unterstützt hat? Und wer sie auch in Zukunft unterstützt, wenn du schnallst, dass das hier Arbeit ist, hm?«

»Das ist nicht deine Aufgabe, sondern -«

Der Mistkerl lachte schallend. »Sondern deine? Dein Ernst, Mann? Du verpisst dich bei der ersten Schwierigkeit doch sofort wieder. Genau wie du es damals bei Lola gemacht hast. Du bist erbärmlich, Josh. So was von armselig! Ich wette, deine Eltern schämen sich schon in Grund und Boden, was? Ihr feiner Sohn hat ein uneheliches Kind gezeugt. Ui! Und dann ist er auch noch abgehauen, ohne zu der Schande zu stehen!«

»Fick dich ins Knie, Kevin!« Ich baute mich vor ihm auf, zitternd vor Wut. Wenn Grey und Jake nicht zufällig in der Nähe gewesen wären ... Kevins hässliche Visage erschien mir wie eine ziemlich gute Möglichkeit, den ganzen angestauten Frust der letzten Tage auf einmal abzubauen. Vielleicht sollte ich es darauf ankommen lassen. Wenn ich Kevin eine verpasste, würde er kapieren, dass er sich den Falschen für seine Scheiße ausgesucht hatte.

»Hört auf!«, fuhr Grey ungehalten dazwischen. »Seid ihr bescheuert? Er hört euch doch, verdammt!«

»Dann soll er hören, was sein Daddy für ein Arschloch ist«, machte Kevin einfach weiter. »Sieh ihn dir doch mal an, Baby! Steht hier in seinen schicken teuren Markenklamotten und will mir erklären, was ich zu tun und zu lassen habe?« Kevin gaffte mich beinahe angewidert an. »Was soll der Scheiß, Josh? Was tust du um diese Uhrzeit in diesem Haus? Spielst dich auf, als wärst du hier zu Hause und -«

Grey gab ein ersticktes Räuspern von sich. Fast schon ein Wimmern. Ein Laut, der mir überhaupt nicht gefiel.

Na klasse. Diesen Punkt schien sie ihrem bescheuerten Macker noch nicht mitgeteilt zu haben. Das konnte ja amüsant werden.

»Warte - was?« Kevin, der endlich geschnallt hatte, was Greys Reaktion und mein gehässiges Grinsen wohl zu bedeuten haben könnte, riss die Schweinsäuglein auf und glotzte.

»Das ist jetzt nicht wahr, oder?«

»Wisst ihr was? Ich lasse euch zwei Turteltäubchen das mal alleine klären und mache einen Spaziergang mit meinem Sohn. Bis gleich!«

Es war arschig und fies von mir, Grey jetzt allein zu lassen. Eindeutig. Aber sorry - diesen Scheiß hatte nicht ich verbockt!

Ich stieß Kevin grob beiseite. Ohne auf Greys Flehen zu reagieren, ich möge um Himmels willen stehenbleiben, ging ich auf Jake zu.

Er saß noch immer am selben Fleck, an dem ich ihn zurückgelassen hatte. In der Hand den Dinosaurier, mit dem er anscheinend am liebsten spielte. Die Tatsache, dass er den blöden Teddybären, den ihm *Onkel* Kevin mitgebracht hatte, keines Blickes würdigte, erfüllte mich mit tiefer Genugtuung.

Ja, verdammt! Vielleicht führte ich mich nicht sonderlich erwachsen auf, aber das war mir im Augenblick so was von scheißegal! Tatsache war, dass ich ausrasten würde, wenn ich nicht raus kam. Warum sollte ich Jake dann nicht mitnehmen?

Das Wetter war gut, in der Nähe gab es einen kleinen Spielplatz und auf diese Weise konnte ich wenigstens sicherstellen, dass wir die letzte halbe Stunde Tageslicht damit verbrachten, uns anzunähern. Der einzige Grund, aus dem das ganze Theater hier überhaupt stattfand, verflucht!

Ich würde mir das nicht von einem dahergelaufenen Irren wie Kevin Maxwell versauen lassen, ganz sicher nicht!

»Hey, Kumpel«, sagte ich zu Jake, ein falsches Lächeln auf den Lippen und so ruhig, wie es die angestaute Wut in meinem Magen zuließ. »Hast du Lust auf einen kleinen Ausflug? Wie wär's mit dem Spielplatz, hm?«

Jake zögerte, bevor er zu mir aufsah. Ich hatte keine Ahnung, wie ich seinen Blick deuten sollte. Konnten Kinder in dem Alter schon so ... ernst gucken?

Wenn die Umstände nur ein kleines bisschen anders gewesen wären, hätte ich es vielleicht - bei näherer Betrachtung und ganz objektiv - wirklich irgendwie niedlich gefunden, wie er den Kopf zur Seite neigte und die Stirn runzelte.

»Ist es schon Zeit für den Eiswagen?«

»Bestimmt«, erwiderte ich, ohne zu wissen, was ich eigentlich sagte. Woher zum Teufel sollte ich das wissen? »Wenn nicht«, rettete ich mich hastig, »kaufe ich dir woanders ein Eis. Was hältst du davon?«

»Erzählst du mir von Mommy?«

Auch das noch ...

Ich nickte und zwang mich, meine Gesichtsmuskulatur ja nicht entgleisen zu lassen. Damit hatte ich nun wirklich nicht gerechnet. Was sollte ich dazu schon groß sagen? Dass ich seine Mom offensichtlich nicht annähernd so gut gekannt hatte, wie ich damals geglaubt hatte? Dass Lola ein -

Ich brach die sinnlosen Überlegungen ab, bevor ich mir vor lauter Zynismus noch die Zunge abbiss. Jake konnte schließlich nichts dafür und er war eindeutig zu jung, um irgendetwas davon zu kapieren, was um ihn herum passierte.

»Klar«, sagte ich deswegen und fand, dass ich das mit dem falschen Grinsen gar nicht so schlecht machte. »Ich erzähle dir alles, was du über sie wissen willst. Dann komm, ehe es dunkel wird, ja?«

Ich griff nach Jakes winziger Hand und half ihm hoch. Es fühlte sich ... überraschend gut an, dass er drei meiner Finger umklammerte. Für die ganze Hand war seine einfach zu klein. Bei Grey hatte er bestimmt keine Probleme. Greys Hände waren zart, klein und weich und ...

Oh, man. Raus. Schnell raus, bevor ich noch ausflippe ...

Kevin und Grey beobachteten den Knirps und mich. Ich riss mich zusammen so gut ich konnte, aber ganz ehrlich - wenn Kevin noch hier war, wenn ich mit Jake wieder kam, und dann immer noch eine große Fresse riskierte, würde ich ihm das Maul stopfen!

»Bleib nicht so lange weg, Josh«, rief mir Grey zu, als ich Jake schon in den Hausflur geschoben hatte. »Es wird gleich dunkel.«

Ich schnaufte unterdrückt. »Ich kann die Uhr schon lesen, Grey. Danke.«

Sie verzog das ziemlich blasse Gesicht und schloss den Mund. Am liebsten hätte sie mir vermutlich noch mehr kluge Ratschläge mit auf den Weg gegeben, weil sie mir anscheinend ja nicht einmal zutraute, mit einem Kind auf einen verdammten Spielplatz zu gehen! Was sollte da bitte passieren? Jeder Trottel konnte eine Sandburg bauen!

Ohne ein weiteres Wort wartete ich so geduldig wie möglich, bis Jake sich seine Schuhe angezogen hatte. Adidas-Sneaker mit grünen Streifen an der Seite.

»Coole Schuhe, Kumpel«, grinste ich ihn an, als ich ihm die Tür aufhielt.

»Danke«, antwortete er und da war es endlich - ein Lächeln! Ha! War ich also doch kein unfähiger Idiot, der es nicht einmal schaffte, sein eigenes Kind zum Lächeln zu bringen. »Tante Grey hat mir die gekauft.«

»Magst du Sport?«

Jake zuckte mit den Schultern und kickte einen kleinen Stein mit dem Fuß weg, der auf der Hofeinfahrt lag. »Weiß ich nicht.«

»Hm, du bist ja auch noch ganz jung. Vielleicht könnten wir mal was ausprobieren, ob dir irgendwas gefällt? Football vielleicht. Das habe ich auch gespielt. Ich war der Quarterback meiner Mannschaft. Oder Baseball, auch ziemlich cool.«

Ich hatte keine Ahnung, was ich eigentlich hier machte. Ich war noch immer angepisst wegen dem, was sich vorhin in der Küche abgespielt hatte, aber gleichzeitig bemühte ich mich auch nach Kräften, meine Wut nicht nach außen dringen zu lassen, um Jake nicht zu verunsichern. Eine völlig neue Erfahrung für mich, denn ich war es definitiv gewohnt, immer zu tun und zu sagen, wonach mir gerade der Sinn stand. Nur, dass man das eben nicht in Gegenwart eines Kindes machen sollte - erst recht nicht vor dem eigenen. Schließlich war ich ab jetzt ein Vater.

Meine Kehle schnürte sich zu, noch ehe ich den Gedanken in meinem Schädel beendet hatte.

Unwillkürlich sah ich Jake von der Seite an. Er hatte die Hände in die Taschen seiner Jeans geschoben und schaute beim Gehen auf seine Füße. Genau dasselbe, was ich auch gerade machte. Seine hellblonden Haare glänzten im bereits schwindenden Tageslicht. Mit der Zeit würden seine Haare dunkler werden, bis sie erst straßenköterblond und schließlich ganz dunkelblond, fast braun wurden.

Ob mir im Laufe der nächsten Wochen noch mehr Ähnlichkeiten zwischen uns beiden auffallen würden? Wie lange würde es wohl dauern, bis ich die Erkenntnis des Tages - die nun nicht mehr länger von der Hand zu weisende Tatsache - wohl verdaut hatte? Wie lange würde es dauern, bis ich verinnerlicht hatte, dass dieses Kind ... tatsächlich von mir war? Mein Sohn. Meine Gene. Etwas von mir, das ich nicht geplant oder gewollt hatte aber nun ... Jake war hier. Er konnte nichts dafür, wie er gezeugt worden war, dass er es war oder für die Umstände. Es war nicht seine Schuld, dass seine seltendämliche, egoistische Mutter so viel Scheiße verzapft hatte, dass wir es jetzt ausbaden mussten. Und Jake hatte es auch nicht verdient, dass ich mich weiterhin raushielt und so tat, als wäre nichts hiervon passiert.

Ich musste den Tatsachen ins Auge sehen, ob mir das gefiel oder nicht. Das hier war mein Sohn, er hatte eine hervorragende Bindung zu Grey und an sie war ich dank Lolas Vormundschaftsregelung - eine Angelegenheit, die in den nächsten Tagen auch noch gerichtlich geregelt werden musste -

wohl für immer und ewig gebunden. Zumindest die nächsten dreizehn Jahre, bis der Knirps volljährig war.

Nur von einem Arschloch wie Kevin stand eindeutig gar nichts in der Daddy-Jobbeschreibung! Das war ein Thema für sich und ich gedachte keinesfalls, es im Raum stehen zu lassen. Bei der erstbesten Gelegenheit würde ich mir Grey schnappen und ihr zu verstehen geben, dass ich keinen Bock darauf hatte, mich in Anbetracht der ganzen anderen Scheiße auch noch mit der erbärmlichen Eifersucht ihres Lovers herumzuärgern.

Wenn sie sich von so einem Idioten vögeln ließ, bitte schön. Aber der Pisser hatte sich nicht in Dinge einzumischen, die ihn nichts angingen.

»Bist du wütend?«, fragte Jake, als wir den Spielplatz am Ende der Straße erreichten. Er lag ein bisschen abgeschieden. An der Ecke dahinter stand ein Schild, das die Wiese dahinter als Hundewiese auswies. Na herrlich.

»Nein, Kumpel. Jedenfalls nicht auf dich, okay? Das darfst du nicht denken. Ich werde nie wütend auf dich sein.«

»Aber auf Tante Grey?« Jake musterte mich skeptisch von der Seite.

Ich seufzte, teils frustriert, teils um Fassung bemüht. »Auch nicht. Wirklich.«

»Hm.«

Mehr sagte er nicht dazu. Am Rand des mit Sand aufgeschütteten Spielplatzes blieb der Knirps stehen, zögerte einen Moment und lief dann auf die Schaukel hinter der Rutsche zu, ohne den Blick zu heben. Der Spielplatz war verlassen. Keine anderen Kinder, keine Mütter oder Väter in Sicht. Wahrscheinlich waren die meisten gerade beim Abendessen.

»Soll ich dir Anschwung geben?«, schlug ich vor und deutete auf eine der beiden einfachen Schaukeln.

Jake nickte fast huldvoll. Niedlich.

Zugegeben ... Es gab eindeutig schlimmere Zeitvertreibe als

so eine halbe Stunde auf dem Spielplatz zu verbringen. Etwas, das mein Dad nie mit mir gemacht hatte. Nicht wirklich.

Jake redete nicht viel, aber damit konnte ich umgehen. Er brauchte Zeit, genau wie ich, nur aus anderen Gründen. Er duldete mich immerhin in seiner Nähe. Das war doch ein Anfang, oder? Darauf könnten wir aufbauen. Wenn ich einfach jeden Tag Zeit mit ihm verbrachte und ihm zu verstehen gab, dass ich für ihn da war ... dann würde er mich akzeptieren.

Als mir klar wurde, dass es das erste Mal war, seit dieser ganze Mist angefangen hatte, dass ich mir fast schon wünschte, dass es klappte, schluckte ich. Wie gut, dass ich Bier in Greys Kühlschrank gesehen hatte. In ... *unserem* Kühlschrank. Ab heute ...

»Bringst du mich ins Bett, Josh?«, fragte Jake, als wir den Spielplatz pünktlich bei Sonnenuntergang wieder verließen. Wir klopften uns den Sand aus den Klamotten und wieder griff der Zwerg nach meiner Hand, was sich echt alles andere als schlecht anfühlte.

»Klar, das kann ich machen. Hat dir deine Mom abends Geschichten vorgelesen?«

Jake schüttelte den Kopf. »Nein. Grey liest mir vor.«

»Und was magst du für Geschichten?« Innerlich betete ich, dass Grey Kinderbücher oder so Zeug besaß. Im Erfinden von Geschichten war ich mit Sicherheit kein Naturtalent.

»Ich mag den Grüffelo. Kennst du das?«

Konnte ich nicht gerade behaupten, nein. Aber wenn Jake den Grüffelo - was auch immer das war - vorgelesen haben wollte, dann würde ich das tun.

»Du kannst mir das Buch ja zeigen und dann schauen wir uns das gleich gemeinsam an, ja?«

Jake lächelte. Ein Lächeln, das über seine Ansätze hinausging.

Ich hätte nicht gedacht, dass es mich so erleichtern würde, das in seinem Gesicht zu sehen ...

Willkommen in der Welt der Väter, Josh. Anscheinend kapierst du doch allmählich, wohin deine Reise führt, was? Und sogar schneller, als dein begrenzter, lahmer Verstand eigentlich sein dürfte. Wow …

Oh, man. Irgendwann würde ich wahlweise an meinem eigenen Zynismus oder meiner Wut auf Lola ersticken, so viel stand fest.

Grey erwartete uns an der Veranda. Von Kevin war auf den ersten Blick nichts zu sehen, aber das musste nichts heißen. Vielleicht versteckte er sich hinter der Tür. Mit einem Gewehr in der Hand. Falls nicht, war es vielleicht eine gute Idee, mir selbst so ein Ding zu besorgen, um ihn zukünftig in seine Schranken zu weisen …

»Da seid ihr ja.« Ihre Stimme zitterte. Als hätte sie die ganze Zeit hier draußen gestanden und sich vor Sorge fast nass gemacht.

»Bleib locker, Honey«, knurrte ich ihr im Vorbeigehen leicht angepisst zu. »Auf den Spielplatz gehen, ist nun wirklich keine lebensgefährliche Angelegenheit! Seine Beine und Arme sind nicht gebrochen und stell dir vor - er hat sogar gelacht.«

Grey starrte mich an, als hätte sie einen Geist vor sich. »Was?«

Ich schnaufte leise. »Glaub es oder lass es. Aber ich denke, der Zwerg und ich kommen ganz gut miteinander aus. Scheint an den Genen zu liegen.«

Den Nachsatz hätte ich mir sparen können. Genau wie den herablassenden Tonfall. Greys erschöpft wirkendes Gesicht lief in Sekundenbruchteilen knallrot an und mir war klar, dass ich sie verletzt hatte, kaum dass ich den Satz überhaupt beendet hatte.

Zu spät.

Vermutlich war ich wirklich ein Arschloch. Weil ich den Satz weder zurücknahm, noch die Arroganz aus meinem

Blick verbannte, als ich die letzte Stufe mit Jake an der Hand an ihr vorbeiging.

Ernsthaft … Die Aktion mit diesem Wichser Kevin war mir so auf den Sack gegangen, dass ich am liebsten noch ganz andere Sachen gesagt hätte.

»Hat er sich verpisst?«, fragte ich, die Hand schon nach der Tür ausgestreckt, aber ohne mich umzudrehen.

»Ja«, antwortete sie nach geschlagenen drei Sekunden. Mehr nicht. Ich war sicher, dass sie den Tränen nahe war. Der ekelhafte, gemeine Teil von mir hoffte, dass es so war.

Grey folgte Jake und mir nicht ins Haus. Ich nahm an, dass sie sich auf die kleine Hollywoodschaukel setzte, heulte und mir die Pest an den Hals wünschte, während ich Jake half, seine Schuhe auszuziehen.

»So, Kumpel«, seufzte ich leise, das einsetzende schlechte Gewissen ignorierend. »Hast du noch Hunger? Für Lasagne ist es jetzt schon zu spät, aber ich kann morgen welche machen. Was hältst du davon?«

Jake sah skeptisch aus, als er zu mir aufsah. »Kannst du denn kochen? Tante Grey kann das nicht.«

Überrascht sah ich ihn an. »Echt? Ich dachte, sie müsste das können. Immerhin haben ihre Eltern doch das Restaurant am Fluss, hm?«

Jake legte den Kopf schief und schüttelte ihn dann. »Grandpa Chris kann kochen und Grandma Loreen auch. Mommy konnte Pfannkuchen machen. Greys Pfannkuchen sind wie Gummi.«

Ah ja. Gut zu wissen.

»Also, ich schwöre, ich kann gut kochen, Kleiner. Morgen beweise ich es dir, versprochen. Aber jetzt machen wir uns schnell ein Toast und dann bringe ich dich ins Bett, okay?«

Wieder nickte Jake und ging voran in die Küche.

Ich zögerte, bevor ich ihm folgte. Zähneknirschend drehte ich mich noch mal um und steckte den Kopf aus der Tür.

Tatsächlich saß Grey in der Hollywoodschaukel. Einen Arm über der Lehne, ein Bein angewinkelt und sichtlich in sich zusammengesunken. Mit leerem Blick starrte sie runter über das Geländer der Veranda und schien mich nicht einmal zu bemerken, bis ich mich räusperte.

»Es tut mir leid, was ich gesagt habe«, hätte ich am liebsten gesagt. Wirklich. Aber die Entschuldigung kam mir einfach nicht über die Lippen und ich war nach wie vor der Meinung, dass sie sich heute auch nicht gerade erwachsen benommen hatte. Warum musste ich immer derjenige sein, der damit anfing?

Stattdessen sagte ich: »Jake hat mich gefragt, ob ich ihn ins Bett bringe. Hat er dieses Grüffelo-Dings bei sich im Zimmer?«

Für einen Moment sah sie aus, als wollte sie etwas sagen. Mich beschimpfen, aufspringen, mir an die Gurgel gehen ... Hätte ich ihr nicht verübeln können.

Doch sie sagte nichts, bewegte sich keinen Millimeter und starrte schließlich wieder runter auf das schmale vertrocknete Stück Rasen neben dem Haus. Ein Nicken war alles, was sie für mich übrig hatte.

Bevor ich noch mehr Mist bauen und es noch mehr verbocken konnte, ging ich wieder rein und schloss die Tür leise hinter mir.

Mit allem hätte ich gerechnet - aber nicht damit, dass es leichter war, mit Jake umzugehen als mit Grey ...

»Josh, komm mal«, rief mich der Knirps aus der Küche.

Als ich sie betrat, stand er auf Zehenspitzen vor dem geöffneten Kühlschrank und versuchte, an eine Packung Käse in einem der Fächer zu kommen. Er war zu klein, deswegen hob ich ihn kurzerhand hoch und Jake zog den Käse raus.

»Noch was anderes auf deinen Toast?«, fragte ich und zwang mich, den möglichst unbefangenen Ton von eben beizubehalten. Jake sollte nicht merken, wie dick die Luft zwischen seiner heißgeliebten Tante und mir war. Er hatte weiß Gott genug in der letzten Woche durchgemacht ...

»Marmelade«, antwortete er prompt. »Ein Toast mit Käse und ein Toast mit Marmelade. Das mag ich.«

»Okay.« Nicht sonderlich nahrhaft oder gesund. Aber wahrscheinlich war es in den letzten Jahren ohnehin so gewesen, dass Lola, Grey und Jake jede sich ihnen bietende Gelegenheit genutzt hatten, um im Restaurant von Greys Eltern zu essen.

Ich konnte mich gar nicht dran erinnern, es je betreten oder dort gegessen zu haben ... Vielleicht sollte ich das Mal nachholen.

Keine halbe Stunde später lag der Zwerg umgezogen und mit geputzten Zähnen in seinem Bett. Ich hatte das kleine Nachtlicht an der Wand angemacht. Es hatte die Form einer Rakete und passte sich perfekt ins Gesamtbild des Kinderzimmers ein.

An der Decke hingen die Planeten. Selbstgemacht. Ob Grey oder Lola sie gebastelt hatten, wusste ich nicht. Aber selbst ich konnte sehen, dass die beiden Jake sehr liebten und alles dafür taten, dass er eine schöne Kindheit hatte. Irgendwie hatte es mir die aus Pappe ausgeschnittene Rakete neben dem Kleiderschrank angetan ... Es war eine ziemlich coole Idee, dieses Bullauge auszuschneiden und eine runde Lampe in der passenden Größe darin zu integrieren ... Sehr stylisch.

»Grey hat das gemacht. Cool, oder?«, sagte der Knirps, der meinem Blick offenbar gefolgt war. »Das und das und das auch«, fuhr er mit einem halben Lächeln fort und zeigte nacheinander auf alle Planeten an der Decke. Weil sich meine Augen inzwischen an das Halbdunkle des Zimmers gewöhnt hatten, entdeckte ich auch die fluoreszierenden Sterne an der Tapete. Tagsüber unsichtbar, schimmerte nun ein detailverliebter Sternenhimmel an der Decke. Grey hatte Galaxien skizziert, Sternschnuppen, Kometen und den Mond direkt über Jakes Bett ... Wahnsinn!

»Ja«, gestand ich grinsend. »Megacool! Ich wünschte, ich hätte auch so ein supercooles Zimmer gehabt, als ich so alt war wie du.«

Der Zwerg schenkte mir einen seiner seltsam wissenden Blicke, wie jedes Mal, wenn wir Zeit allein miteinander verbrachten. Es war komisch und irgendwie unmöglich, aber ich war sicher, dass er mehr mitbekam, als er sollte ...

»Kannst du mir jetzt das Buch vorlesen, Josh?«

Zwanzig Minuten später war mein Kopf völlig leergefegt, als ich Jake noch mal unnötigerweise die Bettdecke glattstrich und leise aufstand. Er war eingeschlafen, bevor ich am Ende der erstaunlich niedlichen Geschichte angekommen war. Eine Maus, die durch einen Wald lief und Geschichten über ein Monster erfand, damit sie nicht von den anderen Tieren gefressen wurde ... Bis sie auf besagtes Monster traf und feststellte, dass es echt war.

Die Zeichnungen gefielen mir. Jake schien die Geschichte auswendig zu kennen, kein Wunder, wenn es sein Lieblingsbuch war.

Ich stand vor seinem Bett und betrachtete meinen schlafenden Sohn lange. Zum ersten Mal empfand ich das Gefühl von vorsichtiger Zuversicht. Schwach, aber eindeutig vorhanden. Das war doch ein gutes Zeichen, oder? Wir würden das irgendwie hinbekommen.

Vier Wochen hatten wir vor uns, um uns aneinander zu gewöhnen, dann würden wir weitersehen. Bald würden Grey und ich ihm allerdings sagen müssen, dass ich nicht bloß ein Freund seiner Mom gewesen war. Vor diesem Moment graute mir, obwohl ich nicht wusste, wieso. Würde der Zwerg mich danach anders ansehen? Mich vielleicht hassen, weil er wirklich glaubte, ich hätte ihn nicht gewollt und verlassen?

»Josh«, hörte ich Grey leise hinter mir sagen und sah sie in

der Tür stehen, als ich mich umdrehte. »Wir müssen reden.«
Was sie nicht sagte …

Grey

»Du kannst nicht jedes Mal sofort auf Kevin losgehen, wenn dir irgendwas nicht passt!«, fauchte ich, ohne mich umzudrehen.

Ich stand am Kühlschrank, starrte hinein und hatte schon wieder vergessen, was ich eigentlich vorgehabt hatte. Als ich zur Seite sah, entdeckte ich die Weißweinflasche. Ja, genau. Die wollte ich. Die Hälfte hatte ich bereits intus. Wenn ich den Rest auch noch trank, würde ich morgen vermutlich einen mordsmäßigen Kater haben, aber es war nun mal mein vorletzter freier Tag. Am Montag war meine Schonzeit vorbei, genau wie Jakes. Ich musste wieder arbeiten gehen, weil meine armen Eltern sonst wahrscheinlich durchdrehen würden. Jake musste in den Kindergarten. Und Josh ... keine Ahnung, was der eigentlich geplant hatte.

»Uns bleibt dieses Wochenende, um uns zusammenzuraufen«, fuhr ich weiterhin gereizt fort, riss den Korken aus der Flasche und füllte mein Glas daneben großzügig auf.

Neben mir wurde der Kühlschrank geöffnet. Ich zuckte mit keiner Wimper, als Josh sich ein Bier nahm und mich aufmerksam musterte.

»Bist du betrunken, Honey?«

Warum? Nur, weil meine Finger vielleicht ein kleines bisschen zitterten?

»Und wenn schon«, konterte ich tonlos. »Kann dir doch egal sein.«

»Ist es aber nicht, sorry.«

»Dafür entschuldigst du dich, aber nicht für die Scheiße, die du vorhin verzapft hast? Du bist wirklich unglaublich, Josh! Unglaublich!«

Er öffnete die Dose mit einem Zischen und trank einen großen Schluck, ohne mich dabei aus den Augen zu lassen. Dann wischte er sich mit dem Handrücken über den Mund und starrte einfach weiter. Drei Sekunden. Acht. Zwanzig.

»Hör auf, mich anzuglotzen!«

Mir wurde mulmig unter seinem schwer zu deutenden Blick und das gefiel mir nicht, weil es mich außerdem noch nervös machte.

»Und hör auch auf ... damit!« Ich fuchtelte mit der Hand vor seiner Nase herum, als er mich angrinste.

»Womit genau?«

Er machte sich eindeutig über mich lustig und schien sich herrlich auf meine Kosten zu amüsieren. Natürlich. Josh Groban hatte sich doch nicht nennenswert *verändert* in den letzten Jahren. *Warum* auch? Wie dumm von mir, anzunehmen, es könnte anders sein ...

»Flirten«, zischte ich. »Hör auf damit. Ich springe nicht darauf an und bin keines deiner kalifornischen Barbiepüppchen.«

Joshs Grinsen nahm einen sarkastischen Zug an, als er sich auf einen der Küchenstühle fallen ließ. »Mag sein. Aber erstens bin ich noch lange nicht so oberflächlich, wie du mir unterstellst, und zweitens hast du in deiner Argumentation vergessen aufzuzählen, dass du einen Freund hast, was - nebenbei - der einzig wichtige Grund wäre, es zu unterlassen.«

»Das muss ich nicht extra erwähnen«, erwiderte ich patzig. »Das versteht sich von selbst.«

Nur, dass ich mir nach dem heutigen Abend nicht einmal mehr sicher war, ob das überhaupt noch zutraf ...

Nachdem Josh mit Jake zum Spielplatz geflohen war, hatte ich mich nämlich mit Kevin gefetzt. Und zwar so heftig wie noch nie und wenn ich ehrlich zu mir selbst war ...

Dass Josh wütend wegen Kevins Einmischung gewesen war, konnte ich nachvollziehen. Ich an seiner Stelle wäre mir auch bescheuert vorgekommen, wenn ich versuchen würde, mich einem Kind anzunähern, das ich zwar gezeugt, von dessen Existenz ich aber bis vor ein paar Tagen nichts gewusst hatte und auch nichts wissen wollte.

Irrwitzigerweise glaubte ich ihm inzwischen, dass er wirklich nicht gewusst hatte, dass Lola damals nicht abgetrieben hatte ... Was ich nicht verstehen konnte und vielleicht auch für immer ungeklärt bleiben würde - warum?

Warum hatte Lola Josh gehen lassen? Wieso hatte sie ihn belogen? Warum hatte sie mich all die Jahre belogen und in den Glauben gelassen, Josh sei abgehauen, weil er ein egoistischer kaltherziger Bastard war?

»Das ergibt keinen Sinn«, platzte ich heraus und mir wurde erst bewusst, dass ich meine Gedanken laut ausgesprochen hatte, als ich Joshs verwirrten Blick bemerkte. Ich seufzte frustriert. »Wenn ich dir jetzt eine Frage stelle - wirst du dann ehrlich antworten?«

Josh runzelte die Stirn, nickte aber zögernd.

Ich atmete tief ein. »Wenn Lola dir damals nicht vorgelogen hätte, dass sie abgetrieben hat ... wärst du dann geblieben? Oder hättest dich zumindest um Jake gekümmert?«

Sein Blick verfinsterte sich zusehends. Die gerade noch deutlich gelockerte Stimmung kippte ins Gegenteil, als er mich so böse ansah, dass ich schluckte.

»Du bist unbelehrbar, oder? Warum schnallst du nicht, dass ich kein Monster und kein Teufel bin? Warum willst du auf Biegen und Brechen ein Arschloch in mir sehen, Grey?«

»Dann erklär mir doch, wieso du dich nicht ein einziges Mal gemeldet und danach erkundigt hast, wie es Lola geht!«

»Warum sollte ich?«, schnauzte er mich an. »Das klingt irre witzig, ich weiß. Aber für mich war unsere Beziehung damals ernst! Ich war in Lola verknallt, auch wenn ich heute definitiv nicht mehr weiß, wieso eigentlich. Sie war mir wichtig. Ich hätte sie mit nach Los Angeles genommen. Hat sie dir gesagt, dass sie darüber nachgedacht hat? Mit mir mitzugehen?«

»Nein, hat sie nicht.«

»Das wundert mich nicht wirklich. Ganz ehrlich - ich kannte diese Frau überhaupt nicht und du solltest vielleicht anfangen, dich zu fragen, ob du sie gekannt hast!«

»Sie war meine beste Freundin«, insistierte ich wütend. »Natürlich kannte ich sie! Besser als jeder andere.«

»Nicht gut genug anscheinend!«

Einen Moment war es totenstill in der Küche. Josh und ich erdolchten uns gegenseitig mit Blicken, aber weder hörte einer von uns davon auf zu atmen und fiel tot um, noch quoll uns Schaum aus dem Mund.

Er war es, der sich als Erster fing. »Ich hätte sie mitgenommen. Wer weiß, was heute wäre, wenn ich es getan hätte.«

Josh trank aus der Dose, ohne mich aus den Augen zu lassen. Ich hätte schwören können, dass da ein verletzter Ausdruck unter der unnahbaren Ignoranz war, die er mich sehen lassen wollte.

»Zumindest hätte sie dann nicht vor mir verheimlichen können, was da oben jetzt im Bett liegt und hoffentlich selig schläft. Um deine Frage zu beantworten - nein, Grey. Nachdem meine *Freundin* mich betrogen hat - bevor oder während oder was weiß ich sie sich von mir hat schwängern lassen -, wäre ich auf jeden Fall gegangen!«

Ich schluckte und mein Magen verknotete sich auf nicht wirklich angenehme Weise, als Josh mir so fest in die Augen schaute, dass ich es nicht wagte, wegzusehen. Er meinte es so. Jedes einzelne Wort und die Verbitterung war spürbar und selbst das konnte ich nachvollziehen.

»Aber wenn ich gewusst hätte, dass es Jake gibt, dann hätte ich mich gekümmert. Vielleicht wäre ich kein Vorzeige-Dad gewesen, aber ich wäre ein Dad gewesen. *Sein* Dad, den verdient er nämlich. Weißt du, dass ich eine Scheißangst davor habe, dass er sich vor mir fürchtet, wenn ich ihm sage, dass ich sein Vater bin? Wegen dieser Tiger-Scheiße, die Lola ihm erzählt hat? Was, wenn Jake dann auf Abstand geht? Mich gar nicht mehr an sich ranlässt? Schiss bekommt?«

»Das wird nicht passieren, Josh«, versprach ich, ohne zu wissen, ob ich das überhaupt konnte. Wie hätte ich ...

Er schnaufte und leerte seine Dose in einem Zug, dann drückte er sich zusammen und pfefferte sie mit voller Wucht in den Abfallkorb neben dem Kühlschrank.

»Guter Wurf«, kommentierte ich trocken. »Das nächste Mal schmeißt du sie nicht durch die Gegend, das gehört nämlich auch dazu, wenn man ein Vorbild sein will. Und aufstehen musst du ja ohnehin, weil ich nämlich nicht zu der Sorte Frau gehöre, die einem Kerl alles vor den Arsch trägt.« Das gehässige Grinsen konnte ich mir nicht wirklich verkneifen, aber Josh nahm es gelassen.

»Wusstest du, dass meine Eltern damals gegen meine Beziehung mit Lola waren?«, fragte er unvermittelt, nachdem er sich eine neue Dose geholt und zurück an den Tisch gesetzt hatte.

Ich füllte bereits zum dritten Mal mein Weinglas nach und schüttelte den Kopf.

»Schwer vorstellbar. Wäre ich Lolas Mutter gewesen, hätte ich definitiv ein Problem damit gehabt, dass sie mit dir zusammen war. Aber umgekehrt? Warum?«

Josh bedachte meinen ironischen Einwand mit einem leicht gehässigen Lächeln. »Aus denselben Gründen, Honey. Mein Dad wollte unbedingt Bürgermeister werden. Da macht es sich anscheinend nicht so gut, wenn der einzige Sprössling eine Beziehung außerhalb seines Standes unterhält. Ich bin auch so schon eine Schande für meine Eltern. Aber wenn ich mit Lola zusammengeblieben wäre oder - Gott bewahre - sie gar geheiratet oder eine Familie mit ihr gegründet hätte, hätten sie mich anstatt aufs College wahrscheinlich auf eine Militärakademie geschickt.«

»Oh, man. Das ist echt scheiße, Josh.« Nichtssagender ging es ja fast nicht. Hätte ich auch gleich meine Klappe halten können ... »Ich wusste nicht, dass deine Eltern so krass drauf sind.«

Er zuckte mit den Schultern, ehe er die zweite Dose öffnete. »Woher auch. Solche Dinge sind Angelegenheit der Familie. Und familiäre Angelegenheiten regelt man nicht so, dass Außenstehende etwas davon mitbekommen. Was meinst du, was bei uns abging, wenn ich miese Noten hatte oder ein Spiel verpatzt hab?«

»Aber du warst ein großartiger Quarterback, oder nicht? Und so mies waren deine Noten ja auch nicht«, versuchte ich halbherzig, den vorangegangenen Patzer zu überspielen. »Sind deine Eltern wirklich so schrecklich spießig, wie ich mir immer vorgestellt habe? Und musste Lola sich echt immer durch den Garten schleichen und so eine Rankhilfe raufklettern, um in dein Zimmer zu kommen?«

Josh lachte leise. »Das hat sie dir erzählt?«

Ich nickte. Die Vorstellung war wirklich irgendwie witzig, weil Lola zwar schlank und durchaus sexy gewesen war, aber Sport hatte eindeutig nicht zu ihren größten Hobbys gezählt. Jedenfalls keine Sportart, die man nicht in der Horizontalen spielte ...

»Ich glaube, sie hat unser Haus nie bei Tag gesehen.« Josh wirkte nachdenklich. »Ich bin nicht mal sicher, ob sie je etwas davon gesehen hat, das über die Grenzen meines Zimmers hinausging.«

»Das Bad?«, schlug ich mit einem schwachen Grinsen vor, doch er schüttelte amüsiert den Kopf.

»Ne, ich hatte mein Eigenes. Im Haus meiner Eltern gibt es fünf Badezimmer.«

Ein neidisches Stöhnen entwich mir. »Ich würde alles für ein eigenes Badezimmer tun. Aber für ein *Neues* würde ich, glaub ich, jemanden töten!«

Josh, der bis jetzt noch ein Lächeln auf den Lippen gehabt hatte, verschluckte sich an seinem Bier. »Shit«, stieß er hervor.

»Du sagst es.«

Ohne die Gedanken ausführen zu müssen, wussten wir doch beide, was gemeint war. Ein paar Minuten sagte niemand von uns ein Wort, aber dieses Mal war es nicht die unangenehme Art von Schweigen.

»Ich könnte jemanden herkommen lassen, der das Badezimmer renoviert«, schlug er vor. »Nicht für dich«, setzte er schnell nach, als ich den Mund aufriss, um zu widersprechen. »Aber ich denke, ich möchte meinen Sohn dann doch nicht in der Wanne baden, in der sich seine Mutter umgebracht hat.«

»Meinst du wirklich, das würde was bringen?« Ich rümpfte die Nase und beschloss dann, dass es eigentlich auch egal war, ob ich es zugab oder nicht. »Ich habe heute darüber nachgedacht, das Haus zu verkaufen. Also - nicht sofort. Aber irgendwie ... Es ist anders, seit Lola nicht mehr da ist. Es ist düster, trostlos und leer! Ich habe das Gefühl, dass sie trotzdem noch irgendwie hier ist, verstehst du? Es ist ... unheimlich.«

»Schon gut, Honey. Ich kann dich verstehen, echt. Aber bist du nicht ein bisschen zu alt, um an Geister oder so einen Kram zu glauben?« Josh grinste schwach. »Ich könnte nachher Jakes Monsterfresser holen und dein Schlafzimmer befreien. Wäre ein Anfang, oder?«

Irgendetwas ... an seinem Tonfall und seinem verstohlenen Blick löste ein Gefühl in meinem Magen aus, das eindeutig mehr als unpassend war.

Verdammt! Josh war der Ex-Freund meiner besten Freundin, der Vater meines Patenkindes und ich hatte einen

Freund! Ich sollte mir keine Gedanken darüber machen, wieso ich mich in seiner Gegenwart überraschend wohlfühlte, wenn wir uns zur Abwechslung mal nicht gegenseitig an die Gurgel gingen. Und ich sollte verdammt noch mal auch keinen Gedanken daran verschwenden, mir vorzustellen, wie es in Zukunft sein würde. Oder - könnte ...

Gott. Lola, was hast du mir hier für eine Scheiße eingebrockt ...

Und was war mit meinem Kopf eigentlich nicht in Ordnung? Warum interpretierte ich in eine Tonlage und einen Blick gleich Dinge hinein, die ich sonst bei niemandem annehmen würde? Das war doch wirklich bescheuert!

Josh flirtete nicht mit mir. Josh versuchte bloß, nicht durchzudrehen, genau wie ich. Er war eben so. Schlechte, miese Scherze, Machogehabe, seine aufgeblasene Arroganz ... Na gut, Letzteres konnte ich irgendwie auch streichen. So arrogant und widerlich wie früher war er schließlich nicht mehr. Nicht mehr ständig zumindest. Er hatte so seine lichten Momente, in denen er sehr umgänglich war und in denen man sich sogar normal mit ihm unterhalten konnte. So wie jetzt, oder nicht? Es war bloß eine Unterhaltung nach einem langen, stressigen Tag.

»Wie geht es dir denn eigentlich?«, fragte ich vorsichtig, und trank schnell einen Schluck Wein. »Also - wie war der erste Tag mit Jake für dich?«

»Du wechselst die Themen ziemlich schnell, oder?« Er seufzte, ehe er sich mit der Hand durchs Haar fuhr. Er sah ziemlich erschöpft und kaputt aus. Konnte ich ihm nicht verübeln. »Gut. Denke ich. Also der Tag lief okay. Ich bin unsicher.«

»Wegen Jake?«

Er nickte. »Wie gesagt ... Ich hab Schiss davor, dass es zwischen ihm und mir nicht klappt. Es ist eine Sache, dass er mich für eine Art Freund seiner Mom hält, aber eine andere, ihm zu erklären, dass ich sein Dad bin.«

»Du machst dir viel zu viele Sorgen, Josh. Ehrlich. Ich kenne Jake sein ganzes Leben und er mag dich wirklich. Er vertraut dir immerhin genug, dass er sich heute Nachmittag auf deinen Schoß gesetzt hat. Er wollte mit dir zum Spielplatz. Und falls du dir wegen Kevin in der Hinsicht Gedanken machst ... die kannst du dir gleich sparen.«

Der Nachsatz klang leicht verbittert, aber dagegen konnte ich nichts unternehmen. Josh wusste das nicht. Woher auch. Aber Kevin war eindeutig kein Mann von der Sorte, mit der man andere Kinder als die eigenen aufziehen konnte. Er hatte es akzeptiert und geduldet, dass ich mit Lola WG-mäßig zusammenlebte und ihr unter die Arme griff. Auch bei der Erziehung von Jake. Aber weder hatte er sich je aktiv daran beteiligt noch seine grundsätzlich eher festgefahrene Haltung zu diesem Thema versteckt.

»Ist er nicht so der Vater-Typ? Oder woran liegt's?«

Ich überlegte einen Moment, dann schüttelte ich langsam den Kopf. »Das ist es nicht, nein. Aber er hatte eben nie ein Interesse daran, sich näher mit Jake zu befassen. Warum auch? Er ist ja auch nicht mein Kind und da ich nur mit einer Freundin zusammengelebt habe, die nun mal ein Kind hatte, war so ein Szenario wie das hier auch nie Thema zwischen uns. Ich würde nicht sagen, dass er egoistisch ist und mich nicht versteht, aber er ... Na ja, er macht es mir nicht gerade leicht.«

»Setzt er dich unter Druck?«

»Nein. Vielleicht. Keine Ahnung.« Ich lächelte freudlos in mein Glas, ohne Josh anzusehen.

Meine Beziehung zu Kevin war bis zu Lolas Tod wirklich okay gewesen. Wir hatten uns regelmäßig gesehen, genau dieselben Dinge gemacht, die andere Pärchen auch machten und ich hatte nie den Eindruck gehabt, als würde ihm irgendwas fehlen. Mir ja auch nicht. Ich war wirklich ganz zufrieden damit gewesen, wie es lief. Natürlich war mir immer bewusst gewesen, dass irgendwann der Zeitpunkt käme, an dem Kevin unsere Beziehung über die aktuelle Ebene hinausheben wollte. Heiraten, zusammenziehen ... All das eben. Aber bisher hatte er nie Anstalten gemacht, etwas am Status quo zu ändern. Doch so, wie er mich heute Abend angesehen hatte, bevor ich ihn gebeten hatte, zu gehen ... Als es darum gegangen war, dass Josh ab heute vorübergehend hier einzog ...

Ich wusste nicht, was noch kam, war aber ziemlich sicher, dass das nicht Kevins letztes Wort zu dieser Angelegenheit war.

»Jedenfalls habe ich ihm gesagt, dass wir dieses Wochenende jetzt brauchen. Für uns drei«, schloss ich, ohne die aufkeimende Frustration über meinen Freund wirklich zuzulassen. »Ich nehme an, das ist in deinem Sinne, oder?«

Josh nickte und grinste schief. »Jap, ist es. Danke.«

»Keine Ursache.«

Erstaunlicherweise meinte ich es genauso.

Und erstaunlicherweise ging ich wenig später auch eindeutig mit einem wesentlich besseren Gefühl im Bauch ins Bett, nachdem ich mich von Josh verabschiedet hatte, der die ersten Nächte im Wohnzimmer verbringen würde.

Kein Problem, wie er mir mehrfach versicherte. Weil ich ehrlichgesagt noch Schwierigkeiten damit hatte, mich an den Gedanken zu gewöhnen, Lolas Zimmer leerzuräumen. Wir könnten ihre Sachen in Kisten verstauen und in den Keller bringen. Das würden wir auch tun. Aber nicht zwei Tage nach ihrer Beerdigung. Das ... schaffte ich nicht.

* * * * *

Mein Schädel dröhnte wie ein startender Jet, als ich am nächsten Morgen die Treppe runter wankte. Mir war übel, ich hatte tierische Kopfschmerzen und fühlte mich wie erschlagen.

Es hatte mehrere Minuten gedauert, bis ich in der anhaltenden Stille im Haus etwas gehört hatte, das sich nach Lachen und dem Klappern von Geschirr angehört hatte.

Erst da hatte ich es fertiggebracht, mich aufzusetzen und schließlich aufzustehen.

Aber mein schlechtes Gewissen darüber, verschlafen zu haben, hielt sich erstaunlich in Grenzen. Jedenfalls als ich sah, dass Jake und Josh offenbar gut allein zurechtkamen.

Ich spürte das Lächeln auf meinen trockenen Lippen, als ich die Küche betrat und die beiden am Tisch sitzen sah. Sie saßen sich gegenüber. In der Mitte zwischen ihnen stand ein Teller mit einem Berg Pancakes. Jeder hatte eine Gabel in der Hand und offensichtlich machten sie ein Spiel daraus, wer mehr Pfannkuchen in kürzerer Zeit verdrücken konnte.

»H'lo, Tante 'ey«, begrüßte mich der Zwerg mit vollem Mund, als er mich bemerkte.

»Guten Morgen«, erwiderte ich lächelnd und zerwühlte ihm das Haar, bevor ich mir eine Tasse aus dem Schrank nahm und sie an der Maschine mit Kaffee füllte. »Offenbar lebt sich Josh allmählich bei uns ein, hm? Oder hast du den Kaffee gekocht, Großer?«

»Er hat mich dirigiert«, antwortete Josh an Jakes Stelle, weil er immer noch mit Kauen beschäftigt war. »Er war mir eine riesige Hilfe bei der abenteuerlichen Suche nach Tassen und Tellern, nicht wahr, Kumpel? Heute Morgen bist du eindeutig mein Held!«

Jake nickte und errötete, wahrscheinlich über das Lob. Süß.

Es war auf jeden Fall faszinierend, dass die beiden tatsächlich einen natürlichen Draht zueinander zu haben schienen. Sie gingen wesentlich ungezwungener miteinander um, als ich gehofft hatte. Und das fast von Anfang an, wenn ich Jakes Reaktion auf der Beerdigung mit einrechnete.

Wäre Kevin an Joshs Stelle da gewesen ... Ich wollte mir gar nicht ausmalen, wie groß das Drama dann noch geworden wäre.

Ich räusperte mich, um den plötzlichen Kloß in meinem Hals möglichst unauffällig zu vertreiben. »Hast du gut geschlafen?«, fragte ich an Josh gewandt, der erst das Gesicht verzog, dann aber nickte.

»Na ja, euer Sofa fühlt sich an, als hätten schon tausend Är- ... äh, ich meine Menschen darauf gesessen«, korrigierte er sich hastig selbst.

»Du wolltest Ärsche sagen«, kommentierte Jake trocken. »Das sagt man nicht.«

Ich kicherte, verschluckte mich an meinem Kaffee und lachte schließlich lauthals los, weil Josh aussah, als wüsste er nicht, was er jetzt möglichst Erwachsenes darauf sagen sollte.

»Jake hat eine kleine«, für das nächste Wort bückte ich mich und flüsterte es Josh ins Ohr, ohne Jake aus den Augen zu lassen, »klugscheißerische Ader. Die hat er aber nicht von Lola, also muss er sie von dir haben.«

Unwillkürlich hielt ich sofort den Atem an, kaum dass ich den Satz beendet hatte. Josh hatte frisch geduscht. Ich roch Duschgel und Parfüm, kein Aftershave. Rasiert hatte er sich nicht, aber sein Geruch machte mich ganz eindeutig matschig im Kopf, deswegen wich ich schnell einen Schritt zur Seite und rückte meinen Stuhl unauffällig ein paar Zentimeter in Jakes Richtung.

»So so. Also von mir hat er das sicherlich nicht«, antwortete Josh, aber sein Blick ruhte so fest auf mir, dass mir ganz anders dabei wurde.

Herrgott noch mal … das musste aufhören! Ich durfte nicht auf dumme Ideen kommen oder gar zulassen, dass ich mich - aus eindeutig nicht nachvollziehbaren Gründen - von Josh angezogen fühlte! Weder konnte ich es mir erlauben, mit ihm zu flirten, noch war die Situation dafür die richtige.

Das war falsch. Falsch, falsch, falsch! Immerhin hatte ich Kevin. Josh war der Vater des Kindes meiner besten, toten Freundin. Ich war durch den Wind, verwirrt, erschöpft und bis gestern auch verdammt überfordert mit der Gesamtsituation gewesen.

Zumindest der letzte Punkt fühlte sich heute Morgen überhaupt nicht mehr so krass an, was gut war. Es war ein Anfang.

»Und?«, setzte ich erneut an, als ich meine Mimik wieder einigermaßen im Griff hatte. Hoffte ich jedenfalls. »Was habt ihr euch gedacht, was wir heute so machen könnten? Möchtet ihr in die Stadt? Wir könnten ins Kino gehen. Oder ein Eis essen oder so.«

Jake fing sofort an zu strahlen, nur um dann schmollend die Unterlippe vorzuschieben und die Arme zu verschränken. »Josh hat mir gestern kein Eis mehr gekauft. Ich möchte Eis.«

»Sorry, Kumpel. Irgendwie hatten wir das vergessen, hm?«

»Ich denke, ein Eis können wir uns heute auf jeden Fall gönnen.« Ich knuffte Jake spielerisch in die Seite, damit er aufhörte zu schmollen und weiter sein Frühstück aß.

Apropos …

»Hast du diese Pfannkuchen gemacht?«, fragte ich, starrte aber auf die aufgespießten Pancakes auf meiner Gabel, bevor ich vorsichtig daran schnüffelte und sie probierte. Sie schmeckten großartig!

»Ja, warum?«

Ich spürte Joshs Blick auf mir, als ich meine Augen für eine Sekunde schloss und mir den Geschmack auf der Zunge zergehen ließ. Das waren die besten Pancakes, die ich je gegessen hatte. Ohne Scheiß …

»Sie schmecken ...« Ich schluckte, suchte nach den passenden Worten und kam mir irgendwie bescheuert dabei vor. »Hammermäßig!« Nicht ganz die Beschreibung, die mir lieb gewesen wäre, aber eindeutig zutreffend. »Ich wusste nicht, dass du kochen kannst. Jake, sag mal ... Hat Josh geschummelt? Sind die Pfannkuchen etwa aus der Flasche?«

Der Junge neigte den Kopf und sah aus, als wüsste er nicht, was ich meinte. »Josh hat die gemacht«, bestätigte er. »Die sind viel leckererer als deine.«

»Zweifellos«, murmelte ich und schob mir schnell noch eine Gabel in den Mund, bevor der Stapel auf dem Teller noch kleiner wurde. »Wieso kannst du kochen?«

Josh sah mich an, als käme ich von einem anderen Stern. »Wieso denn nicht? Ist das irgendwas Besonderes?«

»Äh ... Ja?« Verständnislos schüttelte ich den Kopf. »Erstens kann man von deiner Familie nicht gerade behaupten, dass sie dich zu einem selbstständigen und vor allem bodenständigen Menschen erzogen haben. Zweitens ist dein Dad gemeinhin dafür bekannt, dass er es gerne ordentlich getrennt hat - wenn du verstehst, was ich meine«, fuhr ich fort und meinte tatsächlich die rückständige Haltung unseres werten Bürgermeisters, die Geschlechterrollen innerhalb von Familien und in der Arbeitswelt betreffen. »Und drittens ... bist du einfach nicht der Typ fürs Kochen. Das ist komisch.«

»Komisch, aha.« Josh nahm mir weder den Einwurf mit seinem Dad krumm noch den Rest. Wahrscheinlich gab es ohnehin niemanden, der besser über die manchmal seltsamen und irgendwie weltfremden Ansichten seines Vaters Bescheid wusste, als Josh, oder?

Er spießte noch eine Portion Pfannkuchen auf, betrachtete sie einen Moment nachdenklich und zuckte dann mit den Schultern. »Keine Ahnung. Ich habe schon immer gerne gekocht. Anscheinend liegt es mir einfach.«

»Und wie«, stimmte ich mit vollem Mund zu. »Gefällt mir.«

Er erwiderte mein ehrlich gemeintes Lächeln, ohne etwas hinzuzufügen. Schon wieder meldete sich das seltsam warme Gefühl in meinem Magen, das ich nicht empfinden wollte. Und schon wieder wurde es augenblicklich vom schlechten Gewissen abgelöst, weil ich sofort an Kevin dachte. Nur leider nicht in der Weise, die eigentlich angemessen wäre ...

Ich musste mich um dieses Problem kümmern, und zwar schnell. Ich musste mich - neben all dem anderen Kram - darauf konzentrieren, dass ich meine Beziehung wieder auf die Reihe bekam. Wir hatten doch früher auch nie Schwierigkeiten gehabt, oder?

Ich meine ... klar, ich war nicht der Typ Mädchen, der anhänglich war, nicht alleine klar kam und auf Biegen und Brechen einen Kerl haben musste. Freiraum und so. Das galt auch für Kevin. Ich war doch gerne mit ihm zusammen, verdammt! Ich verbrachte gern Zeit mit ihm, der Sex war gut und abgesehen von Kleinigkeiten harmonierten wir auch gut. Nur emotional war unsere Beziehung irgendwie nie gewesen ...

Ich hatte das immer für normal gehalten. Für meine Verhältnisse jedenfalls. Musste denn wirklich jeder Mensch auf Wolke 7 schweben, wenn er einen Partner hatte? Musste sich jeder Tag rosarot und toll anfühlen, selbst wenn er es eigentlich nicht war? Wozu?

Ja, Lola hatte mich immer für kühl und unnahbar gehalten, weil ich nie von Kevin redete, als sei er der einzig wahre, auf Erden wandelnde Gott für mich. War er ja auch gar nicht. Ich mochte ihn, war gerne mit ihm zusammen und das war's. Was sollte denn da noch mehr kommen?

Kitsch und so war einfach nicht mein Ding. Für Frauen, die den ganzen Tag ihren Tagträumen nachhingen, von ihrem Prince Charming faselten und am laufenden Band seufzten, hatte ich nicht viel übrig.

Ob das daran lag, dass ich selbst noch nie so empfunden hatte? Hm. Gute Frage.

Jedenfalls hatte ich mir bisher nicht viele Gedanken darüber gemacht und ich wollte auf keinen Fall jetzt damit anfangen, nur weil ausgerechnet Josh Groban so unerwartet und alles andere als vorteilhaft in mein ohnehin schon chaotisches Leben geplatzt war.

Josh Groban war ein Bad Boy. Einer von der Sorte, die einem Mädchen das Herz brachen und dann weiter gen Sonnenuntergang ritten. Siehe das aktuelle Beispiel Lola.

Josh Groban war einer von den Männern, die einer Frau feuchte Höschen und Herzrasen bescherten, weil sie evolutionstechnisch mit irgendwelchen Genen ausgestattet waren, die in uns Mädels den Wunsch erweckten, uns mit ihnen zu paaren. Aber das zu wollen und es letztlich zu tun, waren zwei verschiedene Paar Schuhe und ich würde bestimmt nicht denselben Fehler machen wie Lola. Sehenden Auges. In dem Wissen, dass ein Scheitern unausweichlich war.

Warum - wirklich jetzt - warum sollte ich auf die seltendämliche Idee kommen, mehr Gedanken daran zu verschwenden als gut für mich war, wenn ich doch bereits einen Freund hatte, der mir all das auch bot, hm?

Abgesehen vom Herzklopfen. Und abzüglich der feuchten Höschen, aber nur, weil der Sex mit Kevin nicht bewusstseinserweiternd grandios war, wie man in Filmen und Büchern ja stets als einzig erstrebenswertes Ziel in einer Partnerschaft suggeriert bekam, hieß das ja noch lange nicht, dass es nicht trotzdem gut war. Irgendwie ...

»Sag mal, atmest du noch, Honey?«

»Aber klar«, antwortete ich schnell und tat, als wäre nichts. »Ich verarbeite noch diesen Geschmacksor- ... Äh ich meine, ich brauche morgens immer etwas länger, um wach zu werden.«

Joshs Grinsen sprach Bände. Vermutlich hatte man mir jeden Gedanken an der Nasenspitze ablesen können.

Josh

Die ersten beiden Wochen vergingen wie im Flug. Ich hatte keinen Schimmer, ob es daran lag, dass das Experiment mit dem Zusammenleben besser funktionierte als erwartet. Oder eher daran, dass es echt verdammt stressig war, einen kompletten Tagesablauf mit einem Kind und um ein Kind herum zu planen.

Obwohl ich mir nicht allzu viel davon versprochen hatte, war das erste Wochenende mit Jake und Grey wirklich nett gewesen. Mit allem, was so dazugehörte. Eis essen, Spazierengehen, spielen ...

Jake kam mehr und mehr aus sich heraus. Er ließ zu, dass ich Zeit mit ihm verbrachte. Er forderte es sogar ein, wenn er Grey am Abend aus seinem Zimmer schickte, weil ich ihm die Geschichten aus seinen Büchern angeblich viel besser erzählte als sie.

Ich würde nicht so weit gehen und voll Inbrunst und Zuversicht sagen, dass wir das auf jeden Fall schaffen würden und dass alles gut werden würde, aber die Tendenz stieg.

Ernsthaft ... ich bewunderte Grey dafür, was sie alles leistete. Auch ohne das Chaos um sie herum. Ohne den Verlust ihrer besten Freundin, die Tatsache, dass wir beide uns irgendwie arrangieren mussten und ihren nervigen Freund im Rücken, der ihr zuzusetzen schien, auch wenn sie sich bemühte, es sich nicht anmerken zu lassen.

Am Montag nach dem ersten Wochenende fing sie wieder an zu arbeiten. Vollzeit. Normalerweise holte sie Jake aus dem Kindergarten, spielte dann mit ihm und brachte ihn abends ins Bett.

Anfangs wusste ich nicht genau, wie ich in diese Situation passte oder wie ich mich verhalten sollte. Es erschien mir falsch, Grey reinzupfuschen, andererseits wollte ich auch nicht, dass sie das Gefühl bekam, ich würde mich raushalten wollen.

Seltsamerweise schien sie zu spüren, dass ich unsicher war, auch wenn ich mir wohl eher die Zunge abgebissen hätte, als das zuzugeben.

Sie bezog mich von sich aus in alles mit ein und irgendwie gelang es ihr sogar, das zu tun, ohne es komisch wirken zu lassen.

Keine Ahnung, wie ich das beschreiben sollte ...

Es funktionierte einfach.

Früher hatte sie - wie sie mir erklärte - das nur getan, wenn Lola bei der Arbeit war. Offenbar hatten sich die Frauen so perfekt eingespielt, dass die eine die Ausfälle der anderen übernehmen konnte, ohne dass es je zu größeren Problemen gekommen war. Lola hatte wohl einen Job bei einem Reisebüro oder so gehabt. Es gab meines Wissens nach nur ein Reisebüro in der Stadt und ich war ziemlich sicher, Mr. Blossom - den steinalten Besitzer - weder bei der Beerdigung noch sonst irgendwann gesehen zu haben. Merkwürdig, oder? Sollte man nicht wenigstens anstandshalber bei der Beisetzung seiner Angestellten auftauchen?

Als ich Grey danach fragte, zuckte sie nur mit den Schultern. Sie hätte keine Ahnung, wieso er nicht gekommen war. Eingeladen wäre er gewesen.

Na ja. Nicht meine Baustelle. Ich hatte genug andere Sachen im Kopf. Zum Beispiel die Frage, wie lange ich meinen Eltern aus dem Weg gehen konnte. Es war nur eine Frage der Zeit, bis sie Wind davon bekamen, dass ich hier war.

Nicht, dass die Gefahr bestand, meiner Mom aus Versehen beim Einkaufen oder so über den Weg zu laufen ... Um ihr

Wohnviertel machte ich einen riesigen Bogen. Miles und Britany hatte ich die ganze Zeit noch nicht gesehen, aber immerhin textete ich mit Miles und hielt meinen neugierigen besten Freund so auf dem Laufenden.

»Wir könnten die beiden doch am Samstag zum Grillen einladen«, schlug Grey am Donnerstagnachmittag vor, als ich sie mit Jake im Restaurant ihrer Eltern besuchte.

Ich hatte den Zwerg gerade aus dem Kindergarten abgeholt. Er hatte ein Bild für Greys Eltern gemalt und wollte es vorbeibringen. Zu Fuß. Schließlich war in dieser Stadt alles nah beieinander und Bewegung war wichtig für Kinder. Fand ich jedenfalls.

»Hallo, Josh«, begrüßte mich Mrs. Harper freundlich, als sie beladen mit zwei Tellern aus der Schwingtür zur Küche kam. »Wie war dein Tag? Lebst du dich allmählich wieder in Fountain City ein?«

»Ja, Ma'am«, antwortete ich ungewohnt verlegen, weil es für mich irgendwie komisch war, dass mich Greys Eltern so freundlich behandelten. »Aber es ist kein Vergleich zu L.A.. Hier ist alles so ... winzig.«

Irgendwie hatte ich gedacht, es wäre schwieriger oder angespannter zwischen uns, aber so war es gar nicht. Ich wusste nicht, was Grey ihnen alles über mich erzählt hatte, aber wenn ich auf einen Abstecher vorbeikam - wie fast jeden Nachmittag - dann fühlte es sich an, als wäre ich nie weggewesen. Als würden sie mich ewig kennen, dabei hatte ich zu Schulzeiten gar nichts mit Grey zu tun gehabt.

Greys Mom lachte. Sie war eine kleine, rundliche Frau mit der gleichen Haarfarbe wie ihre Tochter, nur dass ihr Honigblond bereits von grauen Strähnen durchzogen war. »Ja, das kann ich mir denken. Ist bestimmt eine Umstellung für dich, nachdem du so lange weg warst.«

»Ja, aber es ist okay. Jake verhindert schon, dass ich die Großstadt zu sehr vermisse.«

Ein wissendes Lächeln deutete sich auf ihren Lippen an, als sie sich zwischen Jake und mir an der Theke vorbeischob und die Teller zu einem Pärchen an den Tisch in einer Ecke brachte.

Der *Goldene Frosch* - ein wirklich bescheuerter Name - schien gut zu gehen. Natürlich gab es in diesem Kaff keine nennenswerten Alternativen. Abgesehen von einem Pizzaladen ein paar Straßen weiter und einer Burgerbude gab es nur drei weitere Restaurants in der Stadt und der Frosch hielt sich schon seit Jahrzehnten. Das Essen war okay, also immerhin nicht schlecht.

Greys Dad kochte selbst. Er hatte einen Hilfskoch, der Marcus hieß und ein paar Jahre älter war als ich. Grey, ihre Mom und zwei weitere Frauen mittleren Alters waren für den Service zuständig. Aber da um diese Uhrzeit nicht viel los war und die meisten Gäste mittags und abends zum Essen kamen, konnte ich Mary und Constance nirgendwo sehen.

Jake zupfte an meiner Jeans herum, um meine Aufmerksamkeit zu bekommen. »Kommst du mit, Josh? Ich will Grandpa das Bild bringen.« Den zusammengefalteten Zettel in seiner Hand hielt er hoch.

»Klar, Kumpel. Geh du voran, ich folge dir treu ergeben!«

Jake nickte huldvoll, als hätte er tatsächlich einen Untergebenen vor sich.

Grey, die uns beobachtete, grinste amüsiert. »So fängt's an Josh. Ehe du dich versiehst, hat er dich voll und ganz in seiner Gewalt und am Ende merkst du nicht einmal, wie sehr er dich um den Finger gewickelt hat.«

»Ja, wahrscheinlich. Ist das bei allen Zwergen so? Dass man sie einfach gernhaben muss?«

Ein nachdenklicher Ausdruck trat auf Greys Gesicht, als sie mich musterte. »Keine Ahnung«, sagte sie schließlich fast tonlos. »Ich kann nicht gerade behaupten, viele Vergleichsmöglichkeiten zu haben oder es je infrage gestellt zu haben. Aber ich denke, es ist gut, dass du so denkst. Dann geht die Tendenz in die richtige Richtung und die Wahrscheinlichkeit sinkt, dass du uns am Ende des ersten Monats schon sitzenlässt.«

»Das würde ich nie tun, Grey«, widersprach ich ernst und griff nach ihrem Arm, ohne zu wissen, was ich eigentlich hier tat. Ich ließ sie sofort wieder los und trat zurück. »Vergiss es«, fügte ich trocken hinzu, wandte mich ab und folgte Jake nach hinten in die Küche.

Ich spürte ihren Blick auf mir, wusste aber nicht, was ich davon halten sollte. Weder davon, was ich gesagt hatte noch davon, wie unangenehm sich der Kloß in meinem Hals anfühlte, der nun wirklich nichts dort zu suchen hatte.

Verdammt!

Hinter der Schwingtür empfing mich der typische Großküchengeruch. Unterschiedlichste Aromen gemischt mit Geschirrklappern und gerufenen Anweisungen zwischen Greys Dad und Marcus. Der Raum war zweckmäßig ausgestattet. An der rechten Wand standen drei Kochherde. Vor einem davon stand Greys Dad und rührte in einem riesigen Topf herum, runzelte dabei aber die Stirn und schien nicht zufrieden zu sein. Vielleicht war es verkocht. Was auch immer da in diesem Topf war.

»Hi, Sir«, sagte ich, als er mich bemerkte und zu sich winkte.

»Hey, Junge. Tu mir den Gefallen und probier das mal. Irgendwas fehlt.«

Bevor ich auch nur verwirrt blinzeln konnte, drückte er mir einen Löffel in die Hand, ließ mich stehen und rief nach Jake, der um die Ecke verschwunden war und sich gerade mit dem Hilfskoch unterhielt.

Skeptisch warf ich einen Blick in den Topf. Eintopf war das nicht, aber was dann? Ich identifizierte immerhin Zucchini und Tomaten, aber beim Rest war ich überfragt. Eindeutig zerkocht. Ob das Absicht war?

Das Gemüsesammelsurium roch jedenfalls ziemlich intensiv und würzig, als ich den Löffel vorsichtig vor die Nase hielt und schnüffelte. Kaum vorstellbar, dass daran etwas fehlen sollte. Eher das Gegenteil war der Fall, was ich dann auch deutlich schmeckte. Völlig überwürzt. Als hätte Mr. Harper den halben Salztopf darin versenkt.

Leicht angewidert verzog ich das Gesicht.

»Und?«, ertönte es neben mir. »Was denkst du, was da fehlt?«

»Ist das ... Ratatouille?«

Er nickte.

»Es ist zu stark gewürzt, Sir. Viel zu viel Salz. Haben Sie Kartoffeln? Damit können Sie das ausgleichen, ohne alles wegzuwerfen. Mit Sahne brauchen Sie es bei diesem Gericht jedenfalls nicht zu probieren.«

Ich gab ihm den Löffel zurück, bückte mich und hob Jake hoch, der auch in den Topf sehen wollte.

»Was ist das?«, fragte er und rümpfte die Nase, weil er sein Gesicht direkt in den aufsteigenden Dampf hielt. »Iiih.«

Ich lachte und trat einen Schritt zur Seite, bevor ich ihm mit der Hand Luft zufächelte. »Besser? Nicht direkt den Kopf drüberhalten, Großer. Das versaut den Geruchssinn.«

»Dein - Josh hat recht, Jake«, korrigierte sich Mr. Harper schnell selbst und sah mich an, als ich kaum merklich den Kopf schüttelte. »Zu salzig. Na, mal sehen, ob wir das bis heute Abend noch retten können, hm?«

»Ratatouille steht auf Ihrer Tageskarte?«

Er nickte. »Ja. War Loreens Idee.«

»Falls es in fünfzehn Minuten mit der Kartoffel nicht besser schmeckt, sagen Sie Bescheid, Sir. Falls Sie keine Zeit haben, um es neu zu kochen, meine ich.«

Mr. Harper grinste schief. »Grey hat schon erzählt, dass du offenbar ein guter Koch bist. Ich konnt's nicht glauben, aber nimm es mir nicht übel.«

»Mache ich nicht, Sir. Scheint ja auch schwer vorstellbar zu sein.«

»Hier, Grandpa«, meldete sich Jake zu Wort, als fühlte er sich plötzlich übergangen. »Das hab ich für dich gemalt.«

Greys Dad grinste, als er den zusammengefalteten Zettel aufklappte. »Ui. Das ist ... Bist du das? Oder soll das etwa ich sein?«

Der Knirps nickte begeistert. »Ja, du.«

»Ich finde, es sieht mir wirklich ähnlich. Als würde ich in einen Spiegel schauen. Was meinst du, Josh?«

»Ja, Sir. Wirklich.« Ich fing an zu lachen, was mir einen entrüsteten Blick meines Sohnes einfing.

»Du lachst mich aus, Josh! Das ist gemein!« Er stemmte seine Hände gegen meine Brust und zappelte so lange, bis ich ihn runter ließ. »Jimmy Miller hat mich auch ausgelacht, weil ich Grandpa gemalt habe und weil wir aber unseren Daddy malen sollten. Aber ich hab doch gar keinen Daddy!«

Meine Belustigung wich rasend schnell Bestürzung, als Jake sich umdrehte, zur Drehtür rannte und verschwand.

»Oha.« Mr. Harper kratzte sich den Hinterkopf.

»Was ... Was hab ich falsch gemacht? So war das doch nicht gemeint!« Ich starrte zur Tür. Planlos und verwirrt, weil ich mir wirklich nicht erklären konnte, wieso der Zwerg so überzogen reagiert hatte. Mist!

»Jake ist ein sensibles Kind«, antwortete Mr. Harper und schlug mir aufmunternd auf die Schulter. »Es hat uns ehrlichgesagt schwer gewundert, dass er so einen guten Draht zu dir hatte, obwohl er dich gar nicht kannte. Normalerweise geht er nicht so mit Fremden um. Aber hey, das ist kein Weltuntergang. Mein alter Herr hat immer gesagt, Vater zu werden ist nicht schwer, ein Vater zu sein dagegen sehr.« Er lachte. »Bescheuerter Spruch, ich weiß.«

»Aber passend«, seufzte ich, fuhr mit der Hand durch

meine Haare und mahlte mit den Zähnen. »Meinen Sie, dass es etwas ändern würde, wenn er wüsste ... na ja, wenn er wüsste, dass ich sein Dad bin? Dass es ihm dann besser gehen würde?«

Der Mann musterte mich einen Moment, dann hob er die Schultern. »Keine Ahnung. Das ist eine Entscheidung, die du ganz allein treffen musst. Obwohl Jake ohne Vaterfigur aufgewachsen ist, hat er nie danach gefragt. Loreen und mich nicht und soweit ich weiß, war das auch nie ein Thema bei Lola und Grey. Andererseits ist er ja auch noch sehr jung und vielleicht kommt das jetzt erst allmählich. Also, dass er es wissen will und sich Gedanken macht ... Immerhin hat er gerade seine Mom verloren.«

»Ganz ehrlich, Sir«, sagte ich nach einem Moment. »Ihre Tochter macht das wirklich großartig. Ich weiß nicht, ob Lola eine gute Mutter für ihn war, aber Grey ist es auf jeden Fall.«

»Also scheinst du nicht vorzuhaben, unsere Tochter aus der Erziehungsnummer rauszukicken. Das ist gut, Junge. Wirklich gut.«

»Das hatte ich von Anfang an nicht vor, Sir.« *Im Gegenteil*, fügte ich gedanklich hinzu, aber den bitteren Gedanken auch auszusprechen, erschien mir definitiv keine gute Idee zu sein. »Ich ... sehe mal nach ihm, Sir. Ähm, Grey hat vorgeschlagen, am Samstag ein Barbecue bei uns zu machen. Wenn Sie jemanden finden, der hier für Sie einspringt, kommen Sie und Ihre Frau doch auch. Wir würden uns freuen.«

»Wir, hm? Soso.« Mr. Harper lachte, als mir gerade dämmerte, was ich gesagt hatte.

Na klasse. Das auch noch ...

Schluss damit, Josh! Das ist erbärmlich! Grey hat einen Lover ... Vielleicht solltest du dir auch ein bisschen Abwechslung suchen. Zwischen Erziehungswahnsinn und WG-Leben ...

Hm, ja. Sollte ich vermutlich. Aber nicht jetzt.

Ich fand Jake an einem der hintersten Tische in der dunkelsten Ecke des Restaurants. Er saß auf einem Stuhl, die winzigen Arme vor der Brust verschränkt und starrte aus dem Fenster.

»Was hast du zu ihm gesagt?«, zischte Grey mich an, kaum, dass ich aus der Schwingtür getreten war. »Er will nicht mit mir reden und hat gesagt, wir sind alle doof! Josh -«

»Halt die Luft an, Honey!«, knurrte ich zurück und riss meinen Arm aus ihrer Umklammerung. »Lässt du mich das jetzt *bitte* regeln?«

Grey öffnete den Mund, klappte ihn dann aber wieder zu und nickte mit einem Blick zu Jake. »Okay.«

Ich nickte, dann atmete ich durch und zwang mich, mir die Nervosität nicht allzu sehr anmerken zu lassen. Keine Ahnung wieso, aber irgendwie ... wusste ich, dass das der Moment der Wahrheit war. Grey auch - sonst würde sie mich nicht so ansehen.

»Hey, Kumpel«, sagte ich leise, als ich Jakes Tisch erreichte. »Kann ich mich da hinsetzen?« Ich deutete auf den Platz neben ihm.

Jake zögerte. Er sah mich nicht an, starrte weiter aus dem Fenster und nickte dann, ohne einen Ton zu sagen. Sein Gesicht war knallrot angelaufen. Er sah aus, als wäre er kurz davor diese Krokodilstränen zu verdrücken, die wahrscheinlich selbst den härtesten Kerl der Welt hätten schwach werden lassen.

»Wollen wir über diesen Jungen aus deinem Kindergarten reden?«

Jake schüttelte den Kopf.

»Dann vielleicht darüber, was er gesagt hat?«

Wieder ein trotziges Kopfschütteln.

»Okay, gut. Wir müssen auch nicht reden, Kumpel. Wir können einfach hier sitzen«, ich setzte mich neben ihn, »raus auf die Straße schauen und uns fragen, wieso dieser alte Mann da auf dem Bürgersteig so aussieht wie -«

OH, *FUCK!*

Nein, nein, nein! Nicht jetzt ... Woher -

»Josh!«, rief Grey, die ihn auch gesehen hatte und so entsetzt zu mir rüber starrte, dass ich die Panik in ihrem Gesicht überdeutlich sehen konnte.

»Das ist der Bürgermeister«, hörte ich Jake durch das plötzliche Rauschen in meinen Ohren sagen. »Der war bei uns mal im Kindergarten.«

Als ich aus einem Impuls heraus aufsprang, stieß ich beinahe meinen Stuhl um. Derselbe Impuls war es, der dafür sorgte, dass ich mich vor Jake schob - und zwar so, dass man ihn nicht als Erstes sehen würde, wenn man zur Tür reinkam. Genau das, was mein Vater gerade tat.

»Josh!«, rief er gewohnt kalt und autoritär, kaum dass er die Klinke in der Hand hatte. »Was hast du hier zu suchen? Wieso rufst du uns nicht an? Was fällt dir ein, uns nicht Bescheid zu sagen? Deine Mutter ist außer sich!«

Dass außer Grey, ihrer Familie, dem Hilfskoch und uns noch andere Gäste anwesend waren, die alles hören konnten, schien er gar nicht zu bemerken.

»Dad«, stammelte ich in dem Versuch, meine plötzlich ziemlich labbrige Zunge von meinem Gaumen zu lösen.

Ich spürte förmlich, wie ich in Schweiß ausbrach und wie Adrenalin in meine Venen schoss, weil ich genau wusste, dass es gleich eskalieren würde. Mein Vater war ein Arschloch, aber kein Idiot! Ob er von Lolas Schwangerschaft oder ihrem Tod gehört hatte, wusste ich nicht. Ich wusste nur, dass ich es nicht so herausfinden wollte. Nicht, wenn Jake, dessen Vertrauen ich noch immer mühsam zu gewinnen versuchte, neben mir saß und alles mitanhören konnte.

Verfluchte Scheiße! So sollte das definitiv nicht passieren!

Grey schaltete blitzschnell. Ehe ich oder mein Vater noch mehr sagen konnten, setzte sie sich in Bewegung und eilte auf uns zu. Sie schnappte sich Jake, hob ihn auf den Arm und drehte sich mit erstarrter Miene um. Ohne meinen Vater eines Blickes zu würdigen oder ihn zu begrüßen, lief sie zurück zur Küchentür und verschwand.

Meine Erleichterung darüber war grenzenlos. Am liebsten hätte ich aufgeseufzt.

Das Pärchen, das gerade die Rechnung bei Mrs. Harper beglich, warf immer wieder verstohlene Blicke in unsere Richtung, als ich mich zwang, auf meinen Vater zuzugehen. Ich hatte vor, ihn nach draußen zu begleiten. Weg von Grey und ihrer Familie und um Himmels willen weg von Jake!

Dad trug einen Anzug. Trotz der brütenden Julihitze mit zugeknöpftem Jackett und Krawatte. Er schien direkt aus der City Hall hergekommen zu sein. An der Straße parkte der Benz, in dem er sich fahren ließ, seit er sein Amt übernommen hatte.

Woher zur Hölle wusste er, dass ich in der Stadt war? Woher wusste er, wo er mich finden konnte?

»Steig in den Wagen«, blaffte er mich an, kaum dass die Tür zum Goldenen Frosch hinter uns zugefallen war. »Wird's bald?«

Ich schluckte, wagte es aber nicht, zu protestieren. Irgendwie war mir von Anfang an klar gewesen, dass diese Unterhaltung unausweichlich war. Im Verdrängen war ich aber leider ziemlich gut. Etwas, das sich nun rächte, als ich ins wutverzerrte, schwitzende Gesicht meines Vaters starrte und gehorchte.

So beschissen wie jetzt hatte ich mich nicht einmal an dem Tag gefühlt, als ich Grey im Büro der Anwältin gegenübergesessen und gehört hatte, dass Lolas Brief kein Scherz war.

Sekundenlang war es totenstill im Auto. Das Innere der Fahrgastzelle roch nach Leder, als wäre der Wagen gerade erst vom Band gerollt. Der Fahrer, ein Mann in Anzug und mit Chauffeursmütze, sagte kein Wort. Wahrscheinlich kannte er seinen Boss inzwischen gut genug, um zu wissen, dass er seine Anweisungen bekommen würde, wenn es an der Zeit war. Bloß keine Einmischung. Bloß den Mund halten, wenn man keinen Ärger wollte ...

Ach, nein. Das war ja immer eher mein Ding gewesen.

»Wie lange bist du schon zurück?«, fragte Dad eiskalt, ohne mich anzusehen. Er starrte auf einen imaginären Punkt an der Kopfstütze des Fahrersitzes. »Komm nicht auf die Idee, zu lügen. Ich will es lediglich aus deinem Mund hören. Bevor ich selbstverständlich die Erklärung für all das hören will.«

Der gigantische Kloß in meinem Hals wuchs weiter. »Seit ... etwa einer Woche«, log ich, zwang mich aber, so gelassen und ruhig zu wirken wie möglich. »Tut mir leid, dass ich mich nicht eher gemeldet habe. Ich hatte zu tun.«

Mein Vater schnaufte verächtlich, weigerte sich aber noch immer, mich anzusehen. »Pat, bringen Sie uns nach Hause.«

Kein Bitte, kein Danke, keine Spur von Höflichkeit.

Ja, das war er. Das war Steven Groban, wie er leibt und lebt.

»Du treibst dich neuerdings also mit den Harpers herum, ja? Und du sagst weder deiner Mutter, noch mir oder wenigstens deiner Tante Bescheid, dass du wieder in der Stadt bist. Na großartig. Was bist du bloß für eine Schande, Josh!«

»Ich treibe mich nicht rum«, quetschte ich zwischen den Zähnen hindurch. »Und vielleicht ist dir das entgangen, Dad, aber ich bin erwachsen. Ich bin dreiundzwanzig Jahre alt und dir keine Rechenschaft schuldig.«

Wenn das bloß stimmen würde. Fuck! Natürlich war es so - wäre da nicht diese kleine aber feine Klausel gewesen, nach der ich meinen kompletten Lebensunterhalt nach wie vor von meinen Eltern finanziert bekam. In der Annahme, ich würde weiter jeden Tag auf die UCLA gehen, für die Profi-Karriere trainieren und einen gottverdammten Abschluss machen.

Zu dumm, dass weder das eine noch das andere von zielführendem Erfolg gekrönt war und ich meinen Eltern auch diese Tatsache verheimlicht hatte.

»Solange wir deinen ausschweifenden Lebensstil finanzieren, bist du uns jede Rechenschaft schuldig, Junge. Zum Beispiel wüsste ich gern, wieso du glaubst, du könntest vor mir verheimlichen, dass du vorhast, die Uni zu schmeißen. Und Football«, fuhr er höhnisch fort, »spielst du wohl auch nicht mehr, nicht wahr? Was ist passiert? Hat es nicht gereicht? Warst du nicht fleißig genug? Wenn du schon nicht zur intelligentesten Sorte Mensch gehörst, so hatten wir uns doch zumindest erhofft, dass deine sportlichen Leistungen die geistigen überragen. Jetzt stell dir mal meine Enttäuschung darüber vor, dass ich erkennen musste, dass du sogar zu feige bist, um uns dein Versagen von Angesicht zu Angesicht mitzuteilen.«

»Deine - Enttäuschung? Wow. Wow, Dad. Das ist wirklich ...« Ich war so kurz vorm Platzen, dass ich die Fäuste ballte und mir auf die Zunge biss, aber das half nur mäßig. »Also weißt du ... Vielleicht lag es ja an dem Fach, in das *du* mich gezwungen hast. Politikwissenschaften ... Weder sehr reizvoll, noch spannend, noch habe ich je in meinem Leben irgendwelche Anzeichen dafür gezeigt, dass ich so werden wollte wie du. Ist dir sicherlich entgangen, nicht wahr?«

Mir war so klar, dass jedweder Versuch von Argumentation nicht nur nicht zielführend, sondern auch völlig belanglos war. Mein Vater würde mir nicht zuhören - er war nicht hergekommen, um sich meine Beweggründe anzuhören, und er hatte auch zukünftig nicht vor, es zu tun. Er war hier, weil er wissen wollte, wieso ich ihn blamierte, warum ich so eine Schande für unsere Familie war und wie zur Hölle er diesen Fehler - also mich - korrigieren konnte. Nicht mehr und nicht weniger.

»Entgangen? Keineswegs!« Er lachte auf. »Aber weißt du, dass es mir am Arsch vorbeigeht, was du willst, solange ich dich finanziere?«

»Dann steck dir dein Geld ab jetzt sonst wohin«, blaffte ich zurück.

»Vielleicht sollten wir diese Unterhaltung lieber zu Hause fortsetzen. Mir scheint, die Sonne hat dir ein wenig den Verstand vernebelt. Deine Mutter ist schon ganz außer sich! Wehe, du benimmst dich nicht, Junge!«

»Na, wenn das deine einzige Sorge ist, kann ich dich beruhigen!« Meine Stimme zitterte ebenfalls vor unterdrücktem Zorn, aber wie immer kratzte das meinen Vater nicht sonderlich. Wir wussten beide, dass ich in Gegenwart meiner Mutter keine Schwierigkeiten machen würde.

Vermutlich würde er seinem Fahrer gleich ein horrendes Trinkgeld in die Hand drücken, um sich sein Schweigen darüber zu erkaufen, dass er die alles andere als prestigeträchtige oder vorbildliche Unterhaltung zwischen dem geachteten Herrn Bürgermeister und dessen missratenen Sohn mit angehört hatte.

Und vermutlich hatte Dad auch recht: Sobald ich mein verhasstes Elternhaus betrat, würde mir meine geistig leicht verwirrte Mutter in die Arme stolpern, mir vorjammern, wie sehr sie mich vermisst hatte, wie sehr ich Dad enttäuscht hatte, weil er ihr das bestimmt gebetsmühlenartig eingeredet hatte.

Ja, so war er. Er benutzte sie, um mich zu manipulieren und zu kontrollieren, weil das das Einzige war, was überhaupt noch funktionierte. Ich liebte Mom. Und Dad wusste das und er wusste auch, diese Tatsache für sich zu nutzen.

Und als wäre es noch nicht schlimm genug, dass ich zurück in meine Heimatstadt gekommen war, ohne meinen Eltern ein Sterbenswörtchen zu sagen, wusste mein Vater auch, dass es noch einen weiteren Grund gab, aus dem ich zurückgekommen war. Nicht nur das beschissene Studium oder der noch nicht angebotene Profivertrag.

Das Beste kam ja schließlich erst noch! Ich hatte vor fünf Jahren ein uneheliches Kind gezeugt. Ausgerechnet mit der

Frau, die mein Vater auf den Tod nicht hatte ausstehen können. Lola war tot und deswegen würde sich Dad immerhin nicht mehr mit seiner genauso missratenen Schwiegertochter in spe arrangieren müssen. Das war doch super. Jetzt musste ich ihm das nur noch argumentativ schmackhaft machen, damit er mich nicht enterbte, verstieß oder Schlimmeres ...

Lola war nicht nur unter seiner Würde gewesen - sie war gänzlich unangemessen in den Augen meines Vaters. Deswegen hatte ich meine Beziehung mit ihr damals verheimlicht, als er mir verboten hatte, Lola weiter zu treffen. Aber - welch Ironie - lange war das ja auch nicht nötig gewesen und irgendwie hatte mein menschenverachtender Vater sogar in einem Punkt recht behalten: Lola war ein Flittchen gewesen!

Den Rest der kurzen Fahrt schwiegen mein Vater und ich verbissen. Das sollte mir nur recht sein und ich würde garantiert die erstbeste Gelegenheit ergreifen, mich vom Acker zu machen.

Ich hatte ihm nichts zu sagen. Gar nichts.

Vielleicht wäre das anders gewesen, wenn er nicht diesen peinlichen Auftritt vor Grey, ihren Eltern und letztlich auch vor meinem Sohn hingelegt hätte. Vermutlich wäre mir irgendwann in den nächsten Tagen von ganz allein die Erkenntnis gekommen, dass es keinen Sinn hatte, mich ewig zu verstecken. Dass das ohnehin nicht funktionierte, weil ich nicht für immer und ewig davonrennen konnte. Vielleicht hätte ich mich dann zusammengerissen, all meinen Mut zusammengekratzt und mich ihnen und ihrem vernichtenden Urteil freiwillig gestellt.

Ich war nicht feige. Ich war nicht unfähig. Jedenfalls nicht grundsätzlich, Herrgott! Und ich war definitiv nicht bereit, mir diese Scheiße weiterhin anzuhören.

Dad wollte mir die Kohle streichen? Bitteschön! Sollte er es tun und mich ab jetzt in Ruhe lassen!

Mit genau diesem Vorsatz stieg ich aus dem Wagen, als der

Fahrer vor der Villa meiner Eltern hielt. Und ich würde es durchziehen. Für mich. Und für Jake, denn Grey und Mr. Harper hatten Recht. Wenn ich für Jake ein Vater sein wollte, dann musste ich anfangen, mich wie einer zu verhalten. Und das bedeutete, mich von meinem zu lösen.

Was für eine seltendämliche Idee das war ... konnte ich ja nicht ahnen. Sie endete nämlich mit einem heftigen Wortgefecht zwischen meinem Arschloch-Vater und mir. Auch als Streit zu bezeichnen. Schwerpunkt war - wie sollte es anders sein - die Schande, die ich ihm durch meine Unfähigkeit bereitete. Die Tatsache, dass ich mich quasi wortlos zurück in diese Stadt geschlichen hatte. Und der Umstand, dass mein Vater bestens darüber informiert war, wieso ich mich momentan in Grey Harpers Gesellschaft aufhielt. Genauer gesagt in ihrem Haus. Das Haus, in dem mein Sohn lebte. Den ich mit Lola Adams gezeugt hatte, die mein Vater auf den Tod nicht hatte ausstehen können.

Tja. Ein Wort ergab das andere. Irgendwann brüllten wir uns nicht mehr an und die leeren Worte füllten sich mit Wut und Hass, bis sich der Erste von uns ein Ventil dafür suchte.

Mein Vater. Wie immer. Genau so, wie er es schon seit Jahren zu tun pflegte, wenn ich nicht so funktionierte, wie er es gern gehabt hätte.

Als er merkte, dass ihm die Argumente ausgingen und dass ich nicht mehr der Achtzehnjährige von damals war, der den Mund hielt und sich nicht wehrte, verlor er die Beherrschung.

Das Ende vom Lied war der schlimmste Kopfschmerz, den ich in den letzten Jahren gehabt hatte. Und eine heftige Platzwunde über meiner Augenbraue, die ich der Faust meines Vaters zu verdanken hatte.

Ich hatte mich nicht gewehrt. Ich hatte nicht zurückgeschlagen.

Das hätte nichts genützt.

Ich hatte mich aufgerappelt, mir das Blut vom Gesicht gewischt und ihn angesehen. Mit all dem Hass, der ganzen Verachtung und der Wut, die ich in den letzten Jahren angesammelt hatte.

Dann war ich gegangen. Ohne ein Wort zu sagen. Ohne mich umzusehen.

Grey

Seit ich Jake ins Bett gebracht hatte, hatte ich bereits eine halbe Flasche Weißwein geleert. Allmählich sollte ich vielleicht anfangen, mich mit dem unangenehmen Gedanken daran auseinanderzusetzen, zukünftig weniger Alkohol zu trinken. Nicht, dass das noch jemand mitbekam und mich womöglich für eine Alkoholikerin oder so hielt. Dann hätte derjenige das entweder an die falschen Leute ausplaudern oder mir selbst einen Strick daraus drehen können. Es reichte ja schon, wenn jemand beim Vormundschaftsgericht Bescheid gab. Ein subtiler Hinweis, gewissermaßen. Der Gerichtstermin für die Anhörung war erst in einer Woche. Dort sollte entschieden werden, ob man dem Wunsch von Lola, mich als Jakes Vormund einzusetzen, obwohl der leibliche Vater ja inzwischen ermittelt war, stattgegeben werden konnte.

Keine Ahnung, wieso das so war. Reichte es nicht, den Willen der Mutter einfach zur Kenntnis zu nehmen?

Nein. Neeeein, man machte den trauernden Hinterbliebenen das auch so schon komplizierte neue Leben durch bürokratischen Scheiß zur Hölle!

Die Anwältin, die sich seit Lolas Tod um all ihre - und auch unsere - Belange kümmerte, hatte durchblicken lassen, dass dieser Termin eher so pro forma war. Also, dass es eher unwahrscheinlich war, dass der Richter anders entschied, solange es keinen Grund dafür gab.

Dann würde es in Zukunft so ablaufen, dass Josh Jakes gesetzlicher Sorgeberechtigter war und ich mich ein Jahr lang etwa drei bis vier Überprüfungen des Jugendamtes unterziehen durfte. Dann würde jemand herkommen und mir ganz genau auf die Finger schauen.

Na klar doch. Ich kannte Jake seit seiner Geburt, kannte ihn besser als jeder andere und würde nie, niemals auf die Idee kommen, ihm zu schaden, aber mir schaute man auf die Finger. Weil ich dummerweise nicht seine leibliche Mutter war.

So ein Pech aber auch!

Und Josh? Niemand würde sich darum scheren, was er trieb. Es würde niemanden kümmern, ob er mit Jake klarkam, ob er Fehler machte oder nicht ... Er war sein leiblicher Vater und das reichte als Qualifikation aus, solange er Jakes Wohl nicht gefährdete. Was auf so ziemlich jeden Menschen zutraf, der ein Kind hatte. Willkommen in unserem wunderschönen Land.

Seit diesem unschönen Aufeinandertreffen heute Nachmittag war von Josh jedenfalls nirgendwo eine Spur zu finden. Niemand hatte ihn gesehen, keiner etwas von ihm gehört. Selbstverständlich hatte ich sofort bei Miles und Brit angerufen, als ich mit Jake nach Hause kam und feststellte, dass Josh nicht hier war. Sie wussten nicht, wo er sich aufhielt, aber als ich Miles berichtet hatte, dass Joshs Dad bei uns im Restaurant aufgetaucht war, hatte er ziemlich lange herumgedruckst.

Offensichtlich war Josh von Miles Nachbarn gesehen worden, als Josh die ersten Nächte dort verbracht hatte. Irgendeiner von den Nachbarn unserer Freunde hatte ihn daraufhin wieder gesehen. In der Stadt, in Jakes Begleitung. Und dieser jemand hatte es weitererzählt und so hatte sich die stille Post - die eben seit jeher immer noch wunderbar funktionierte - in Gang gesetzt. Wer es letztlich in die City Hall und damit direkt ins Ohr des Bürgermeisters geflüstert hatte, wussten wir nicht und Miles meinte auch, dass wir es wahrscheinlich nie erfahren würden. Letztlich war es egal, weil es früher oder später ohnehin so weit gekommen wäre.

Die Frage war nur ... *So?*

Bestimmt nicht.

Es hatte mich eine geschlagene Stunde gekostet, Jake zu beruhigen, der mich ständig ausgefragt und gelöchert hatte, weil er unbedingt wissen wollte, wo Josh war. Josh sollte ihn ins Bett bringen, Josh sollte ihm vorlesen, Josh hatte versprochen, irgendein Spiel mit ihm zu spielen ...

Josh, Josh, Josh!

Ja, natürlich fand ich es klasse, dass die beiden so einen guten Draht zueinander hatten. Natürlich fand ich es scheiße, dass sie sich heute Nachmittag irgendwie gestritten hatten.

Ich hatte meinen Vater danach fragen müssen, was eigentlich passiert war, weil ich es aus Jake nicht herausbekam. Der hatte mir auch gesagt, dass er eine kurze, aber scheinbar sehr informative Debatte mit Josh über das Vater-Sein im Allgemeinen geführt hatte. Was auch immer das bedeuten sollte. Nichts Schlechtes, weil Dad sonst nämlich nicht so dümmlich gegrinst hätte, als er mit der Sprache rausgerückt war.

Tja. Und nun war Josh verschwunden. Wie vom Erdboden verschluckt und ich hatte keinen Schimmer, wann er wiederkommen würde, ob überhaupt und -

Als ich die Haustür und direkt darauf das Fliegengitter hörte, atmete ich so erleichtert auf, dass ich beinahe das Weinglas fallen ließ. Ich knallte es auf den Tisch, sprang auf und hastete in den Flur - nur, um sofort bei Joshs Anblick die Hand vor den Mund zu schlagen.

»Oh, mein Gott«, stieß ich hervor und starrte ihn an.

Auf einmal sackte mein Magen ein paar Etagen tiefer, weil es mir unmöglich war, mir Josh bei einer Prügelei vorzustellen. Erst recht bei einer, in der er unterlag, aber bevor ich diesen Gedanken laut aussprach, schoss ich mir lieber in den Fuß.

»Was ist passiert? Josh - wo kommst du her? Wie -«

»Halt die Luft an, Honey«, unterbrach er mich, grinste aber, als wäre die Platzwunde an seiner Augenbraue überhaupt nicht da. »Es ist alles in Ordnung, wirklich. Tut mir leid, dass ich dir nicht Bescheid gesagt hab. War ... unterwegs.«

»Nachdem du mit deinem Dad weggefahren bist?«

Er nickte, wandte den Blick ab. Und täuschen konnte er mich damit auch nicht, denn mir entging keineswegs, wie angespannt seine Kiefer waren, weil er mit den Zähnen mahlte und zu versuchen schien, seine unterdrückte Wut nicht durchschimmern zu lassen.

»Josh ... Rede mit mir. Bitte!«

»Es gibt nichts zu bereden.« Seine Stimme klang hohl, beinahe kalt. Er streifte sich die Turnschuhe ab und drängte sich dann an mir vorbei ins Haus - versuchte es immerhin.

Ich roch seine Bierfahne, ehe ihm das gelang. Sofort streckte ich die Hand nach ihm aus und hielt ihn zurück, aber wenn ich mir das genau überlegte ... wusste ich eigentlich gar nicht, wieso.

Was danach geschah, ließ sich auch nicht erklären, was wohl mit am schlimmsten war. Weil ich nicht wusste, warum Josh stehenblieb, mich anstarrte und ich zurückstarrte, ohne dass sich einer von uns rührte. Sekundenlang.

Bis er das bleiche Gesicht zu einem fast schon grotesken Lächeln verzog, die Hände nach mir ausstreckte und mich zurückstieß, sodass ich gegen die Wand prallte.

Ich keuchte erschrocken, weil ich seinen Überfall nicht kommen sah. Eigentlich hätte ich vermutlich protestieren sollen. Sehr wahrscheinlich sogar. Zu dumm, dass ich die klügsten Entscheidungen in meinem Leben noch nie getroffen hatte, wenn ich Alkohol getrunken hatte. Und das hier - war definitiv eine der unklügsten Entscheidungen.

Josh küsste mich und ich ... konnte nicht ruhigen Gewissens behaupten, seinen Kuss nicht erwidert und nicht mitgemacht zu haben. Genau das tat ich nämlich.

Wenn ich früher zum ersten Mal von einem Mann geküsst worden war, war es jedes Mal anders gewesen. Diese Küsse begannen sanft, fast vorsichtig. Die Männer warteten ab, wägten meine Reaktion ab, überstürzten es nicht und arbeiteten sich langsam voran, bis sie mir vielleicht den Atem raubten - vielleicht auch nicht, weil nun mal nicht jeder Mann so gut küssen konnte, dass ich mir vorkam, als würde ich fliegen.

Josh tat nichts davon und scherte sich gar nicht darum, was man(n) so machte oder auch nicht.

In der Sekunde, in der seine Lippen auf meine prallten, wurde mir so schwindelig, dass ich das Gefühl hatte, umkippen zu müssen. Im selben Atemzug, in dem er seine Zunge in meinen Mund schob und ich das Bier schmeckte, das er offensichtlich in rauen Mengen in sich reingeschüttet hatte, ging ein Adrenalinschub durch meinen Körper, der meine Haut in Flammen aufgehen und meinen Unterleib vor Verzückung brennen ließ. Aber es war der Moment, in dem mir bewusst wurde, dass er mich so leidenschaftlich, fast aggressiv und heißblütig küsste, wie keiner seiner Vorgänger, der mich abheben ließ.

Von wegen fliegen ... Ich fühlte mich, als würde mein Körper explodieren!

Joshs Griff war fest. Besitzergreifend. Rau. Er wusste genau, was er tat. Er hatte die Kontrolle über sich, über mich, über das, was hier geschah ...

Ich klammerte mich an seine Schultern, weil ich nicht wusste, wohin mit meinen Händen.

Sein Atem strich heiß über meine Haut. Er keuchte in meinen Mund, als würde es ihm genauso gehen wie mir, aber weder er noch ich verschwendeten auch nur einen Gedanken daran, dass das hier vermutlich das Dümmste war, das wir je gemacht hatten. Aus so vielen unterschiedlichen Gründen, dass man ein DIN A4-Blatt damit vollschreiben könnte.

Verdammt! Warum hatte Lola nie erzählt, wie unglaublich

gut Josh küssen konnte? Wieso hatte sie mir nie beschrieben, wie wahnsinnig berauschend es sich anfühlte, wenn er mit seinen Daumen über ihre Wangen gestreichelt, ihr das Haar zur Seite gestrichen und sie so intensiv geküsst hatte, dass sie es von Kopf bis Fuß spürte? Warum hatte sie nie ein Wort darüber verloren, dass er so verflucht gut darin war, dass meine scheinbar eingerostete Libido nun in Sekundenbruchteilen zum Leben erwachte und ich mir von ganzem Herzen wünschte -

Ich keuchte auf, als Josh meine Unterlippe zwischen seine Zähne sog und mich biss. Der leichte Schmerz machte mich verrückt, berauschte mich und feuerte das Verlangen nach mehr an. Wieder und wieder trafen sich unsere Lippen. Ich bekam nicht genug davon. Es war der reinste Wahnsinn, weil es sich so unglaublich gut anfühlte, loszulassen ...

Josh variierte Tempo und Intensität, fuhr mit der Zunge über meine Lippen, tauchte sie dann wieder tief in meinen Mund und raubte mir den Atem.

Er genoss es mindestens so sehr wie ich, kein Zweifel.

Als er leise an meinen Lippen stöhnte, spürte ich, dass sich seine Hände zu meinem Arsch geschlichen hatten.

Der Moment, in dem sich der fast schon gruselige Nebel lichtete, den die plötzliche Leidenschaft in meinem Hirn freigesetzt hatte. Genug, damit ich meinen rasenden Puls unter seinen Fingern an meinem Hals registrierte, als er eine Hand von meinem Arsch zog. Genug, um die gewaltige Beule in seiner Jeans zu spüren, die sich gegen meinen Oberschenkel drückte und zu wissen, dass wir gerade ... zu weit gegangen waren.

Zu weit und nicht weit genug.

Ein absurder Gedanke, der an Wahrheit kaum zu überbieten war, denn dann hätte ich ja leugnen müssen, dass mein Höschen nass und meine Handflächen feucht waren.

Mir war heiß. So furchtbar heiß. Ich konnte nicht atmen,

mich nicht rühren, nicht klar denken!

Ich brachte es nicht über mich, die Augen zu öffnen, als Josh den Kuss allmählich enden ließ. Das krasse Gegenteil von der Art, wie er ihn begonnen hatte. Zärtlich und beinahe vorsichtig, als wollte er seinen impulsiven Überfall wieder gutmachen.

Irgendwie wartete ich auf die Schuldgefühle. Darauf, mich zu schämen oder mies zu fühlen, weil ich ihn weder aufgehalten noch unterbrochen hatte ...

Aber da war nichts. Keine Scham, keine Schuld, obwohl das zynische Gelächter meines Gewissens irgendwo in meinem Hinterkopf nicht zu überhören war. *Kevin, Kevin, Kevin* wiederholte diese Stimme wieder und wieder, doch ich blendete sie aus und ignorierte ihr gemeines Lachen.

»Ich will dich, Honey«, flüsterte Josh gegen meine Lippen. Seine Stimme klang weich, das krasse Gegenteil zur nicht zu leugnenden Tatsache, dass jeder Muskel in seinem Körper angespannt war. Hart wie Stein. Buchstäblich. »Bitte ...«

Oh, Gott ...

Er hatte kaum den Mund aufgemacht, da drohte mein Gehirn bereits, vollends zu kapitulieren. Es war nicht nur, was er sagte - es war vor allem das *Wie*! Inbrünstig, fast verzweifelt, als hätte er ewig keine Frau berührt, was natürlich Quatsch war. Aber es fühlte sich trotzdem gut an. So gut ...

»Josh«, presste ich heiser hervor und schüttelte den Kopf. »Das ... geht nicht. Wir können nicht -«

»Warum?« Mehr Knurren als Frage. »Ich dachte, du hast dich mit dem Vollidioten gestritten! Komm schon, Honey ... Wir sind erwachsen. Du sollst mich nicht heiraten oder so einen Scheiß und morgen kannst du mich meinetwegen auch wieder hassen.«

Beinahe hätte ich gelacht. Da war es wieder. Das Arschloch Josh, das ich fast schon vermisst hatte, weil seine Verwandlung vom arroganten, überheblichen Mistkerl zum Übervater viel zu schön war, um wahr zu sein. Beinahe hätte ich mich täuschen lassen.

Bravo, Grey.

»Ein Streit bedeutet nicht automatisch ein Beziehungsaus, Josh«, fuhr ich ihn an. Endlich gelang es mir, genügend Selbstbeherrschung zusammenzukratzen, um ihn von mir wegzudrücken.

Josh zögerte. Erst baute er noch ausreichend Gegendruck auf, sodass ich ihn nie hätte wegstoßen können, doch dann sah er mir direkt in die Augen und entschied offenbar doch, dass er gerade deutlich übers Ziel hinausgeschossen war. Er ließ mich los, schüttelte den Kopf und sah ziemlich ... beschissen aus.

»Sorry«, stieß er hervor.

Ich hatte Mühe, zu erkennen, wie ernstgemeint diese Entschuldigung war. Aber wahrscheinlich war es auch für mich besser, einfach die Klappe zu halten, wenn ich ihm nicht doch noch eine runterhauen wollte.

»Vergessen wir ... das einfach«, sagte ich und betete, dass er mir die innere Anspannung und das Bedauern nicht anhörte. Ich wollte es nämlich wirklich nicht bedauern, das Richtige zu tun. »Du hast getrunken. Ich leider auch. Und anscheinend bist du ziemlich im Arsch. Erzählst du mir jetzt endlich, wo du herkommst? Wo zum Teufel hast du dich rumgetrieben? Jake hat -«

»Mein Vater weiß es«, unterbrach er mich kaum hörbar.

Er ließ Kopf und Schultern hängen und ganz ehrlich - so hatte ich Josh noch nie gesehen. Und ich konnte auch nicht glauben, dass das wirklich passierte. Josh Groban war niemand, der nicht wusste, wie es weiterging. Er hatte vielleicht nicht immer einen Plan, ich hatte ihn nie ausstehen können und ihm in den letzten Wochen mehr als einmal die Pest an den Hals gewünscht, aber das hier ...

»Josh«, flüsterte ich mit zugeschnürter Kehle. »Komm

schon. Rede mit mir. Was weiß dein Vater? War - er das?« Vorsichtig hob ich die Hand an sein Gesicht, ohne die Platzwunde an seiner linken Augenbraue zu berühren. Das Blut war inzwischen geronnen. Er hatte bereits versucht, es wegzuwischen, aber die Schlieren waren im schwachen Licht aus der Küche noch gut zu erkennen.

Das plötzliche Mitgefühl fraß mich von innen auf, als er nickte. Ich gab mir einen Ruck und umarmte ihn. Ich wusste nicht, was ich sonst hätte tun sollen, also hielt ich ihn fest, wie er es neulich bei mir getan hatte, als ich zusammengebrochen war.

Josh fing im Gegensatz zu mir nicht an zu heulen und das war gut so. Sonst hätte ich vielleicht doch noch einen hysterischen Anfall bekommen, weil ich nicht gewusst hätte, wie ich damit umgehen sollte.

Es war doch jetzt schon alles zu viel für mich, verdammt! Wir hatten noch gar nicht genug Zeit gehabt, um uns einzuspielen. Wir fingen erst an, uns als Team zu verstehen, wenn es um Jake ging und wir mussten beide lernen, dass der andere nicht gegen uns, sondern mit uns arbeitete. Lola war doch erst so kurz tot ... Es war auch so schon schwer genug für uns beide. Ohne, dass wir es unnötig kompliziert machen mussten, indem der eine vielleicht Gefühle für den anderen entwickelte oder umgekehrt oder ... Was auch immer.

Und nun? Nun sah es ganz danach aus, als hätten wir ein weiteres Problem an der Backe, auch wenn ich nicht wirklich behaupten konnte, es zu verstehen.

»Rede mit mir, Josh«, wiederholte ich leise, aber nachdrücklich. Wahrscheinlich hätte es mir schwerer fallen müssen, nach seinem Kussüberfall so viel Beherrschung und Verständnis aufzubringen. Sehr wahrscheinlich. Aber darüber würde ich mir wohl später den Kopf zerbrechen müssen, denn jetzt war es erst mal wichtig, dass Joshs Verletzungen versorgt wurden.

Mit sanfter Bestimmtheit zog ich ihn mit mir in die Küche und verfrachtete ihn dort auf einen Stuhl, ehe ich im winzigen Gästebad verschwand und den Erste-Hilfe-Koffer holte.

Immerhin protestierte Josh nicht, als ich mich daran machte, seine Gott sei Dank nicht allzu tief erscheinende Verletzung zu versorgen. Ich konnte nicht gerade behaupten, eine besonders gute Krankenschwester zu sein. Etwas, bei dem wir uns immerhin einig waren, denn Josh verzog mehrfach das Gesicht, als ich die Wunde mit Jod säuberte und anschließend ein gigantisches Pflaster drauf klebte.

Er schwieg die ganze Zeit und weigerte sich, mir ins Gesicht zu sehen. Erst, als ich meine Finger unter sein unrasiertes Kinn legte und ihn zwang, den Kopf zu heben, schaute er mich an.

»Rede mit mir, Josh. Wir ziehen gemeinsam ein Kind groß. Meinst du nicht, da wäre es angebracht, wenn du -«

»Wenn ich die Vaterschaft für Jake vor Gericht anerkenne, wird er mich enterben«, sagte er fast tonlos. »Dieser blöde Wichser ... Er hat in Los Angeles hinter mir hergeschnüffelt. Er weiß, dass ich bisher kein Profiangebot angenommen hab und er weiß auch, dass ich mich nicht zur Prüfung angemeldet habe.«

»Moment.« Ich blinzelte. »Warte - Ich dachte, du hättest dein Studium geschmissen? Und was bedeutet - bis jetzt? Ich dachte, die Auswahl wäre bereits abgeschlossen und du hättest gar keine Angebote bekommen und - Herrgott, Josh!« Stöhnend wischte ich mir die Strähnen aus dem Gesicht, die aus dem unordentlichen Zopf herausfielen, den ich mir vorhin schnell im Bad gebunden hatte. »Das ist doch jetzt nicht dein Ernst, oder?«

»Was davon?« Sein schwaches Grinsen wirkte grotesk.

»Josh!«

»Okay, Honey. Ist ja gut. Sagen wir ... ich habe dir nicht die komplette Wahrheit erzählt.«

»Du hast mich belogen«, knurrte ich gereizt. »Warum? Meinst du nicht, dass es eine interessante Information für mich wäre, dass du dein Leben in L.A. gar nicht aufgegeben hast, sondern nur kurz pausierst?« Ich stand auf, knallte die Abfälle und das Verbandszeug zurück in den Kasten und funkelte Josh an. »*Warum?*«

Josh schüttelte den Kopf und sah tatsächlich aus, als wüsste er es selbst nicht.

»Was wirst du tun?«

Lockerlassen war eindeutig keine Option, weil ich - aus was für Gründen auch immer - gerade das Gefühl hatte, hysterisch zu werden. Nicht wegen des Kusses, oh nein! Nein, wegen Jake! Und weil ich ehrlicherweise wohl auch zugeben musste, dass ich bis jetzt eigentlich gar nicht wirklich daran geglaubt hatte, dass Josh sich einfach wieder vom Acker machte, wenn der Monat und damit die Probezeit um war. Immerhin war es sein Vorschlag gewesen und seit wir schwarz auf weiß hatten, dass er Jakes Vater war ...

Na ja. Ich würde nicht so weit gehen und sagen, dass er eine 180-Grad-Wendung gemacht hatte, aber er bemühte sich. Das tat er wirklich und es wäre geheuchelt und gemein gewesen, etwas anderes zu behaupten.

Deswegen machte mich diese Nachricht wütend. Wobei - nein, eigentlich nicht. Sie machte mich stinksauer! Weil er sich die Option auf eine Rückkehr nach Los Angeles die ganze Zeit offengehalten hatte, ohne mir ein Sterbenswörtchen davon zu erzählen. Das war nicht fair! Ich spielte doch auch mit offenen Karten, wieso konnte er das dann nicht?

»Ich weiß es nicht, Honey. Wenn ich es wüsste ... meinst du, mein Vater hätte dann ein Druckmittel gegen mich in der Hand?«

Ich wollte nicht lachen. Danach stand mir sowas von nicht der Sinn! Aber ich konnte einfach nicht anders, weil all das hier - so absurd und bescheuert war! Ich saß in der Küche im

Haus, das ich von meiner toten besten Freundin geerbt hatte, während ihr Kind oben schlief, und stritt mich mit dem Mann, der dieses Kind gezeugt hatte. Darum, ob er seinen damit einhergehenden Pflichten dauerhaft nachzukommen gedachte, oder ob das hier nur ein kleiner charmanter Zwischenstopp auf der großen Karrierereise von Mr. Groban war. Schließlich konnte man den werten Herrn Bürgermeister nicht enttäuschen, der es ja offensichtlich nötig zu haben schien, seinem Sohn die Fresse zu polieren, damit er brav das machte, was er sollte.

Ehe ich noch etwas Dummes sagen oder tun konnte, stapfte ich mit meinem frisch aufgefüllten Weinglas zur anderen Seite des Zimmers und lehnte mich gegen die Arbeitsplatte.

Atmen. Atmen!

Josh mit der Weinflasche zu erschlagen, würde es nicht besser machen. Josh mit einem Küchenmesser zu erstechen, würde mir wohl auch nicht weiterhelfen.

Was blieb mir also übrig?

Hinter mir hörte ich das Schaben der Stuhlbeine auf dem Fliesenboden. Ich wusste, dass Josh aufstand, schaffte es aber nicht, mich umzudrehen. Aus Angst, ihm sonst vielleicht die Augen auszukratzen. Einfach so. Weil - weil er mich gerade erst geküsst hatte und mir jetzt so etwas erzählte, verflucht noch mal!

Mir war immer noch schrecklich heiß und ich fühlte seine Blicke förmlich auf mir kleben, als er näher kam.

Ich hätte ihn aufhalten können. Wirklich. Aber ...

»Ich will nicht gehen«, sagte er hinter mir. Seine Stimme klang belegt, fast heiser.

»Aber?«

»Es ist ... kompliziert.«

Ungläubig schüttelte ich den Kopf. »Ist es nicht. Du hast ein Kind, Josh. Einen Sohn, der dich gerade erst kennenlernt.

Was wird das? Willst du den Trumpf ausspielen, dass wir Jake noch nicht die Wahrheit gesagt haben? Dich einfach vom Acker machen, bevor er es erfährt? Du bist ein verfluchter Heuch-«

Weiter kam ich nicht. Ich wollte mich gerade zu ihm umdrehen, um mir das mit der Weinflasche als potenzieller Mordwaffe noch mal gründlich zu überlegen, als er mich packte und herumriss.

Schon wieder.

Und schon wieder verlief das hier eindeutig nicht so, wie es eigentlich laufen sollte.

Ich riss den Mund auf, vergaß gleichzeitig, zu atmen und zuckte zurück, aber irgendetwas stimmte eindeutig nicht mit mir. Warum sonst hätte ich so lächerlich wenig Kraft dafür aufwenden sollen, ihn von mir zu stoßen, als er sich so dicht vor mich stellte, dass sich unsere Nasenspitzen beinahe berührten?

David gegen Goliath, die Maus gegen die Klapperschlange. Ja, das war in etwa zutreffend beschrieben.

War es normal, sich nicht zu wehren oder wenigstens zu versuchen, die Situation zu entschärfen? Nein, ganz bestimmt nicht. Ich hatte auf jeden Fall einen geistigen Totalschaden. Weil ich nämlich keine rationale Erklärung dafür hatte, wieso ich Josh nicht wegstieß, ihn nicht mit der Weinflasche erschlug und auch nicht mit einem Messer auf ihn einstach. Stattdessen sah ich ihm so tief in die Augen, dass ich mir Dinge in seinem dunklen Blick einbildete, die wahrscheinlich gar nicht da waren. Unaussprechliche Dinge ...

»Das-«

»Ist falsch, ich weiß«, beendete er meinen Satz, als mir das Herz beinahe aus der Brust sprang, weil er mich berührte. Seine Hand strich vorsichtig über meine Wange. »Aber warum?«

»Weil - wegen allem!«

Josh schüttelte langsam den Kopf. Seine Finger strichen weiter über meine Wange, sein Blick hielt meinen fest und ich könnte schwören, dass sich ein Grinsen unter der bröckeligen Fassade der falschen Coolness andeutete. Ein siegessicheres, selbstgefälliges Lächeln ...

»Glaubst du das wirklich?«

Ja!

Nein!

Keine Ahnung.

»Es ist falsch«, wiederholte ich mangels Alternativen oder besserer Argumente. Ich war eine Heuchlerin.

Ich wusste genau, dass es einen einzigen Grund gab, der ausreichte. Ich musste ihn nur aussprechen. Nur Kevins Namen nennen und der Spuk wäre vorbei ... Nur das.

Ich konnte nicht. Ich schaffte es nicht, zu widerstehen. Und wenn ich ehrlich war ... ein Teil von mir wollte es auch gar nicht. Ein tief verborgener, dunkler Teil von mir, der nicht nur längst wusste, dass diese Sache zwischen Kevin und mir zum Scheitern verurteilt war, sondern auch das drängende Bedürfnis danach hatte, sich in Joshs Arme zu flüchten.

Das war gemein. Es war grausam. Es war falsch und niederträchtig und schwach und noch so viel mehr ... Aber genau das wollte ich und ich hasste diese Seite an mir dafür, dass sie mich schwach machte.

»Dann sieh mir ins Gesicht und sag mir, dass du mich nicht willst.«

Mistkerl! Wir wussten beide, dass das nicht der Grund war, aus dem ich ihn abweisen sollte. Nur, dass ich bisher nicht kapiert oder damit gerechnet hatte, dass das offensichtlich auf Gegenseitigkeit beruhte.

Verrückt. Immerhin hatte ich seine Flirts und Spielchen bisher nicht ernstgenommen und er war nie deutlicher geworden. Oder?

Sekunden verstrichen. Sekunden, in denen sich keiner von

uns auch nur einen Millimeter bewegte. Ich traute mich nicht, wegzusehen oder auch nur zu atmen, obwohl sich meine Brust mit jedem Atemzug enger zusammenzog. Weil mir klar war, dass ihm die Zeit in die Hände spielte. Je länger ich schwieg, desto deutlicher drückte ich damit aus, was ich nicht tun sollte.

Irgendwann schien Josh die Schnauze voll vom Starren zu haben. Er unterdrückte ein Seufzen, dann holte er tief Luft und überbrückte die erschreckend wenigen Zentimeter zwischen uns.

Sein Kuss war genauso wie vorhin im Flur. Genauso leidenschaftlich. Genauso heiß, besitzergreifend, erregend ...

Überwältigt vom sofort einsetzenden Verlangen nach mehr stöhnte ich in seinen Mund, bevor ich es verhindern konnte. Eine Tatsache, die ihm ein spürbares Grinsen entlockte und ihn leise lachen ließ, als wäre irgendetwas hieran witzig.

»Du riechst gut«, flüsterte er mir ins Ohr, als er sich erst an meinem Unterkiefer und schließlich an meinem Hals entlang küsste. »Dein Geruch treibt mich in den Wahnsinn, seit ich dich wiedergesehen hab, Honey.«

»Dann ... kaufe ich morgen gleich als Erstes ein neues Duschgel«, erwiderte ich kurzatmig. Leider ohne den zynischen Unterton, der so schön dazu gepasst hätte. Doch als Josh unvermittelt seine Zähne in meinem Hals vergrub, musste ich mir so fest auf die Zunge beißen, dass es wehtat, um nicht schon wieder vor Verzückung zu stöhnen.

»Was vermutlich nicht viel ändern würde«, widersprach er ungerührt. Jede noch so unscheinbare Berührung seiner Fingerspitzen hinterließ ein Prickeln auf meiner Haut, als er seine Hand in meinen Nacken schob. »Ich würde dich auch scharf finden, wenn du aus einem Misthaufen kletterst.«

»D- denkst du.«

Warum versuchte ich es überhaupt? Es hatte doch eh keinen Zweck, mich zu sträuben. Ich konnte und würde nicht abbrechen - nicht mehr. Josh hatte mich an einen Punkt getrieben, an dem ich ihn so sehr wollte, dass ich dafür meinen Freund betrog. Ausgerechnet mit ihm. Ausgerechnet Josh Groban, ohne den ich um ungefähr tausend Probleme ärmer wäre ...

»Das *weiß* ich, Honey. Ich sehe, wie du mich ansiehst. Ich sehe, dass du versuchst, es nicht zu tun. Und ich weiß auch, dass dir die Vorstellung nicht gefällt, dass sich die Dinge ... ändern könnten.«

»Du bist betrunken!«

»Du etwa nicht?«, erwiderte er amüsiert und grinste mich von der Seite an.

»Ich brauche dich nicht!« Trotz war meine letzte Waffe im Kampf gegen meine eigene Unfähigkeit, standhaft zu bleiben.

Josh lachte trocken. »Du nicht, nein. Aber er.«

Darauf wusste ich nichts zu sagen. Und wahrscheinlich war das jetzt auch endgültig der Moment, in dem es besser war, die Fresse zu halten. Zur Abwechslung mal.

Oh, verdammt! In was für eine Scheiße hast du mich hier reingeritten, Lola?

Zu dumm, dass es nicht Lolas Schuld war, dass ich - angetrunken wie ich war - an den Lippen des Vaters ihres Kindes hing. Auch nicht, dass ich mich von genau diesem Mann, den ich nicht ausstehen wollte und verabscheuen sollte, nun hochheben und nach nebenan ins Wohnzimmer tragen ließ. Und ganz bestimmt auch nicht, dass es mir gar nicht schnell genug gehen konnte, die Klamotten loszuwerden und um Himmels willen keinen Gedanken mehr daran zu verschwenden, was ich hiermit eigentlich anrichtete.

Wenn es bisher keinen wirklichen Grund gegeben hatte, aus dem ich irgendwann in der Hölle landen würde - jetzt gab es ihn. Definitiv.

Josh

Ich wurde wach, weil mich etwas an der Nase kitzelte, und brauchte einen Moment, um zu realisieren, dass es Haare waren. Lange Haare. Honigblonde Haare, wie ich feststellte, als ich widerwillig die Augen öffnete.

Grey!

Sie lag neben mir auf dem Sofa, auf dem ich Nacht für Nacht schlief. Unter der Wolldecke war sie - nackt.

Oh, fuck! Was war gestern Nacht passiert? Wieso dröhnte mein Schädel so und wieso zur Hölle erinnerte ich mich nicht mehr richtig daran, was passiert war?

Ich war betrunken. Ja, das war's. Mein Arschloch-Vater war bei Greys Eltern im Restaurant aufgetaucht, hatte mir die Hölle heiß gemacht und dann hatte eins zum anderen geführt. Am Ende war ich irgendwie in dieser Bar am Fluss gelandet. Wie lange ich dort gewesen und mich volllaufen lassen hatte, wusste ich nicht mehr. Ich wusste nicht einmal, wie ich wieder hergekommen war, dabei konnte ich gar nicht so viel getrunken haben, dass ich einen Filmriss gehabt hatte! Sonst hätte Grey mich weder ins Haus gelassen noch an sich heran ...

Während ich versuchte, den gestrigen Tag irgendwie aneinanderzureihen und dabei am Ende ein möglichst lückenloses Bild zu bekommen, ließ ich mich zurück ins Kissen sinken. Als es mir nicht gelang, für alles, was ich gestern angerichtet hatte, eine Erklärung zu finden, gab ich es auf.

Stattdessen atmete ich so ruhig und langsam ein und aus, wie möglich.

Ich betrachtete Grey, die auf der Seite neben mir lag. Ihr

Gesicht war halb zwischen meinem Arm und dem Kissen vergraben. Die langen Haare waren zerwühlt und fielen ihr wie ein Vorhang vors Gesicht. Ich strich sie vorsichtig zur Seite, um sie nicht zu wecken. Sie schlief mit halb geöffnetem Mund, ein Wunder, dass sie nicht sabberte. Aber irgendwie ... Sie war süß, wenn sie schlief.

Ihr Gesicht war absolut entspannt. Keine Sorgenfalten, die ihre Stirn furchten, keine Wutröte auf den Wangen, weil ich mal wieder etwas gesagt oder getan hatte, dass sie auf die Palme brachte, kein gestresstes Blinzeln. Sie blinzelte, wenn sie im Stress war.

Das war mir früher nie aufgefallen. Aber wahrscheinlich hätte ich für solche Erkenntnisse schlichtweg mehr Zeit mir ihr verbringen müssen, als ein bis zwei Mal wöchentlich im Chemiekurs. Sie war mir überhaupt nie aufgefallen und ich fragte mich, wieso eigentlich.

Hinter ihrem feurigen Temperament und ihrem nervigen Bedürfnis danach, mir auf Teufel komm raus das Leben schwerzumachen, war sie unglaublich geduldig und sanft. Sie ging liebevoll mit Jake um, besaß ein sehr feines Gespür dafür, wie sie ihm genau das geben konnte, was er gerade brauchte und sie schlug sich tapfer. Egal wie, egal wann - ich war sicher, dass es unmöglich war, Grey so sehr zu erschüttern, dass sie irgendwann nicht mehr für sich oder Jake aufrecht stehen könnte.

Ich hatte es ihr aber auch echt nicht leicht gemacht ...

Ein Gedanke, der einen ungewohnt bitteren Nachgeschmack mit sich brachte. Vorsichtig streckte ich noch mal die Hand nach ihr aus und berührte ihre warme Haut. Sie war so weich. So hübsch. Und sie wachte auf. Und zwar genau - jetzt.

»Josh«, murmelte sie und stöhnte dann ins Kissen, als sie das Gesicht drehte. »Oh, Gott. Mein Kopf platzt!«

Ein Kommentar, der mir ein freudloses Lachen entlockte.

»Geht mir auch so. Wein und Bier.«

»Wie spät ist es?«

»Keine Ahnung. Vielleicht acht? Jake hat sich noch nicht blicken lassen und oben ist alles ruhig.«

»Was haben wir gemacht ... Scheiße!«

So, wie sie den Satz betonte, klang er mehr nach einem Fluch als nach einer freudigen Feststellung. Na, herrlich.

Wahrscheinlich war es ziemlich unklug, erneut die Hand nach ihr auszustrecken und ihr aufmunternd den Kopf zu tätscheln, aber was soll's. Dass Grey ein Morgenmuffel war, wusste ich ja bereits. Ein Grund mehr, aus dem solche Szenarien zukünftig wohl besser vermieden werden sollten.

»Es kommt nicht oft vor, dass es eine Frau bereut, wenn ich mit ihr schlafe«, grinste ich schwach. Eigentlich sollte da deutlich mehr Biss in den Worten sein. Dummerweise funktionierte das schon mal nicht. »Hey, komm schon, Grey. Du tust so, als ob d-«

»Wie? *Wie*, Josh?« Sie setzte sich auf. Ihre Stimme klang schrill, fast hysterisch. »Oh, Gott! Das hätte nicht passieren dürfen! Ich - Du ... Ich meine, wehe, du verlierst je ein Wort darüber und-«

»Wow!«, unterbrach ich sie gereizt, bevor ich mich ebenfalls aufsetzte.

Keine Ahnung, was gerade bei ihr - oder mir - abging, aber das war echt nervig. Ehe ich darüber nachdenken konnte, was ich hier machte, packte ich ihre Schulter, drückte sie ohne Vorwarnung wieder runter aufs Sofa und schwang mich so über sie, dass sie sich nicht rühren konnte. Nicht, dass sie es nicht versuchte.

»Wem sollte ich es erzählen, hm? Deinem Lover vielleicht? Der, der nicht hier ist, um dich verdammt noch mal zu unterstützen? Ich bin aber hier, Grey! Ich bin hier und gebe mir verfickt noch mal Mühe, alles auf die Reihe zu kriegen!«

Ihr zierlicher Körper unter mir fühlte sich an wie ein Brett. Jeder Muskel war angespannt, sie atmete flach und abgehackt und die Mordlust in ihrem Blick nahm ganz neue Ausmaße an. Wenn ich jetzt auch nur ein kleines bisschen nachgegeben hätte, hätte sie wahrscheinlich nicht gezögert, mir an die Gurgel zu gehen.

Gestern hatte mich das scharf gemacht. Genau wie die ganze Zeit davor. Aber heute ...

»Warum hast du dich mit deinem Vater geprügelt, Josh? Sieht der Bürgermeister heute Morgen auch so aus wie du?«, wechselte sie schon wieder so rasendschnell das Thema, dass ich keinen Schimmer hatte, was in ihrem Kopf abging. Ich kannte niemanden, der die Themen so schnell wechselte wie sie, aber erst recht kannte ich niemanden, der es in solchen Situationen tat.

»Das ist jetzt nicht dein Ernst, oder?«, knurrte ich, hatte aber echte Schwierigkeiten, nicht auszuflippen.

Vielleicht brauchte sie eine kleine Erinnerungsunterstützung. Daran, dass wir uns hier gerade über etwas ganz anderes unterhielten.

Ich fegte meine Zweifel beiseite, ignorierte das Bedürfnis danach, sie kräftig zu schütteln, und drückte stattdessen meine Lippen auf ihre. Sofort versteifte Grey sich noch mehr und presste ihre trockenen Lippen zusammen. Letzte Nacht hatten sie sich weich und zart angefühlt. Heute wehrte sie sich. Natürlich.

Ich ließ mich nicht erweichen. Meine Zunge strich über ihre Unterlippe. Als das nicht half, ließ ich sie meine Zähne spüren und endlich war sie so freundlich, mir entgegenzukommen.

Von wegen, sie wollte mich nicht!

Ein kaum spürbares Zittern ging durch Greys Körper, als sie mit aller Macht ein Keuchen zu unterdrücken versuchte.

Zu dumm, dass ihr Körper Bände sprach. Es dauerte nur Sekundenbruchteile, bis ihr Verlangen die Oberhand gewann.

Egal, was sie mir weiszumachen versuchte und egal wie sehr sie sich sträubte, es zuzugeben - Grey fühlte sich genauso zu mir hingezogen wie umgekehrt. Aus irgendeinem Grund stand sie auf mich. Vielleicht nur körperlich, vielleicht auch nicht. Letztlich spielte es keine Rolle, weil ich sie zumindest erkennen lassen würde, dass sie sich nicht gegen die Anziehungskraft zwischen uns wehren konnte.

Als ich sicher war, dass sie mir nicht mehr sofort die Augen auskratzen würde, wenn ich sie losließ, lockerte ich meinen Griff an ihren Schultern. Ohne mich von ihren Lippen zu lösen, streichelte ich über ihre warme, zarte Haut. Zu ihrem Hals, den ich, wie ich nun feststellte, gestern bereits unbeabsichtigt markiert hatte.

Ups. Wenn Grey meine Zahnabdrücke nachher im Spiegel sah, war es vermutlich besser, nicht mehr in ihrer Reichweite zu sein. Wie gut, dass ich mir überlegt hatte, heute einen Ausflug mit Jake zu machen und ihn nicht in den Kindergarten zu bringen. Und weder verspürte ich beim Anblick meiner Spuren auf ihrem wunderschönen Körper Gewissensbisse, noch gedachte ich, mich dafür zu entschuldigen. Sie sah unglaublich heiß damit aus. Und es war bestimmt kein Narzissmus, der mich so denken ließ. Ne.

Der Kuss nahm Fahrt auf, als ich meine Hand zwischen uns runter schob und die Decke wegzerrte. Kaum, dass ich Greys Haut auf meiner spürte, brach auch ihr letzter Widerstand.

Trotz des Platzmangels gelang es mir, ihre Beine mit den Knien auseinanderzudrücken. Um ihr Verlangen noch etwas mehr anzuheizen, fand ich, dass es eine gute Idee war, sie spüren zu lassen, wie sehr sie mich auch wollte. Damit sie endlich kapierte, dass das hier unausweichlich war. Dass nicht ich allein gestern daran beteiligt gewesen war und es auch jetzt nicht war.

Sie keuchte in mein Ohr, als meine Finger den Weg zu ihrer selbstverständlich heißen Mitte fanden. Heiß und feucht. Sie konnte mir nichts vormachen. Langsam ließ ich meine Finger um ihre Klitoris kreisen und genoss es, zuzusehen, wie sie ihre Zähne in der der Unterlippe vergrub.

»Es ist okay, Honey«, raunte ich ihr zu, ohne das Tempo zu zügeln, mit dem ich sie reizte. »Es ist okay ...«

»Nein!« Das Wort klang bitter, fast wie ein Schluchzen. Sie ließ nicht zu, dass ich ihr ins Gesicht sehen konnte, denn sie schlang die Arme um meinen Nacken und klammerte sich an mir fest. »Es ist ... nicht okay.«

Wahrscheinlich hatte sie recht. Ganz bestimmt sogar. Aber jetzt gerade wollte ich das nicht hören und auch nicht darüber nachdenken.

Ich war eben doch ein egoistischer Bastard, oder nicht? Ja, und wie. Ich benutzte Grey, um nicht darüber nachdenken zu müssen, was ich gestern angerichtet hatte. Ich benutzte sie, um mir nicht vor Augen führen zu müssen, was für ein erbärmlicher Wichser ich war, denn wenn ich Verlangen und Leidenschaft in ihren hübschen Augen sah, war es leicht, alles andere zu vergessen.

Das war verrückt! Es war so was von verrückt, weil ich nicht erklären konnte, wieso ich ausgerechnet sie dafür benutzte. Vielleicht war Fountain City im Vergleich zur Stadt der Engel ein kleines Kuhkaff, aber selbst hier gab es Alternativen. Deutlich bessere Möglichkeiten, als ausgerechnet mit der Ziehmutter meines Kindes zu schlafen, die erstens einen festen Freund, zweitens eine Aversion gegen mich und drittens auch so schon Stress ohne Ende hatte.

Irgendwie wusste ich, dass Grey mich hiernach noch mehr hassen würde. Wenn wir fertig waren. Angezogen. Mit einer bis drei Tassen Kaffee intus, die unsere Gehirne genau an diese Tatsachen erinnerten.

Ich wollte Grey nicht benutzen, aber ich tat es. Und ich wusste auch, dass es mir leidtun sollte. Tat es aber nicht. Weil es sich verdammt gut anfühlte, ihr ein weiteres leises Stöhnen zu entlocken, das sie dieses Mal nicht unterdrücke, als ich langsam mit zwei Fingern in sie eindrang.

Sie warf den Kopf zurück. Für einen Atemzug zuckte ich zusammen, weil sie ihre Nägel so tief in meine Schultern schlug, dass ich vermutlich auch nicht ganz folgenlos davonkam. Mit geschlossenen Augen ließ sie sich wieder ins Kissen sinken. Der leichte Schweißfilm auf ihrer Stirn, die Röte auf ihren Wangen ... Allein ihr Anblick machte mich schon fertig!

Ich küsste sie wieder. Noch mal und noch mal, ohne die langsamen, kontrollierten Bewegungen in ihr zu unterbrechen, bis ihr Atem schwerer ging und ich überdeutlich spürte, dass sie fast so weit war. Fast ...

»Josh«, keuchte sie atemlos in meinen Mund. »Bitte ...«

»Bitte was?« Zärtlich strich ich ihr die zerwühlten Haare aus der Stirn. Das Verlangen nach ihr tobte in mir. Lange konnte ich mich nicht mehr zurückhalten. Ich wollte sie so sehr, dass es mich verrückt machte!

»Ich will dich, aber i- ich-«

»Schh, schon gut, Honey«, flüsterte ich beruhigend, aber Grey schien mich gar nicht zu hören.

Als ich sie ansah, hatte sie Tränen in den Augen. Sie kniff sie zu, als wollte sie sie mit aller Macht zurückdrängen, doch dafür war es zu spät.

Meine Kehle schürte sich zu, weil ich nicht wusste, wie ich damit umgehen sollte. Normalerweise heulten Frauen nicht, wenn ich mit ihnen schlief, aber das war auch nicht der Grund für ihre Tränen. Natürlich nicht.

Ich verstand nicht viel von Trauer und so, aber irgendwie spürte ich, dass es darum ging. Dass Grey an einem Punkt war, an dem sie realisierte, dass sie gerade mit mir schlief -

dem Ex-Freund ihrer besten, toten Freundin. Dem Vater ihres Kindes. Dem Mann, den sie ihrer Meinung nach wahrscheinlich nicht begehren sollte - aus genau diesen Gründen und weiteren.

Weil ich keinen Schimmer hatte, was ich sonst tun sollte, ohne es am Ende nur schlimmer zu machen, bückte ich mich und ließ meine Lippen über ihre gleiten. Ich küsste sie, spürte dabei ihr Zittern und ihren abgehackten Atem auf meinem Gesicht und hoffte, dass sie nicht total durchdrehte. Ich wollte doch, dass sie zur Ruhe kam. Ich wollte es nicht noch komplizierter oder unerträglicher für sie machen. Aber ich wollte und konnte auch nicht aufhören ...

Deswegen redete ich mir ein, dass es kein Zurück mehr gab. Dass es keine Rolle spielte, was ich jetzt sagte, weil es nur das Falsche sein konnte.

Ohne noch länger zu zögern, weil ich sonst vermutlich auch durchgedreht wäre, kniete ich mich zwischen ihre langen Beine, zog meine Finger aus ihr zurück und dämpfte ihr leises Wimmern mit meinen Lippen, die ich fest auf ihre presste.

So viel zu meiner Selbstbeherrschung. So viel dazu, dass ich mir vorgenommen hatte, weder Jake noch Grey zu schaden ... Gott, war ich erbärmlich.

Als ich mit einem unsanften, festen Stoß in sie eindrang, warf sie den Kopf zurück und wir keuchten gleichzeitig auf. Das jäh explodierende Verlangen in meinen Lenden zwang mich, die Zähne zusammenzubeißen und den Atem anzuhalten. Sie krallte sich an mir fest und zitterte leicht.

Es fühlte sich so unfassbar gut an. Atemberaubend. Perfekt. Genau wie letzte Nacht. Unglaublich! Grey war ... der reinste Wahnsinn. Sie war eng und feucht und das war es, was am meisten an meiner Beherrschung rüttelte. Es war die Tatsache, dass sie mich genauso wollte und begehrte wie ich sie. Selbst wenn sie sich mit Händen und Füßen dagegen wehrte und bestimmt jede Menge Argumente dafür hatte, wieso wir hier gerade einen riesengroßen Fehler machten.

Ich wartete nur so lange, bis die heftige Anspannung minimal von ihr abgefallen war, dann fing ich an, mich in ihr zu bewegen. Schweigend, weil ich nicht wusste, was ich sagen sollte, das diesen Moment nicht einfach vernichtet hätte. Ohne den Blick abzuwenden, als sie es endlich über sich brachte, mich auch anzuschauen.

Ich erhöhte das Tempo schnell. Nicht, weil ich es wollte, sondern weil ich nicht anders konnte. Ich brauchte sie. Ich brauchte ihre Stimme, die mir das bewies, was mir ihr fast schon trauriger Blick vorenthielt: Gewissheit! Und diese Gewissheit darüber, dass sie mich genauso brauchte, fand ich in ihrem leisen, sinnlichen Keuchen. In ihren heißblütigen leidenschaftlichen Küssen. In ihren kleinen zarten Händen auf meinem Rücken und ihren angewinkelten Beinen an meinen Hüften, mit denen sie mich Stoß für Stoß tiefer in sich zog. Und letztlich brauchte ich die Art, wie sie mich anschaute. Am meisten von allem.

Als Grey kam, sah sie mir so tief in die Augen, dass mir der Atem stockte. Alles um uns herum verkam für diesen einen flüchtigen Moment in Bedeutungslosigkeit und die Zeit stand still. Für diesen einen Moment war es egal, dass es falsch war, sie zu begehren, sie zu berühren und mir zu wünschen, alles anders zu machen. Besser und richtig, weil es nicht nur diesem Wichser Kevin gegenüber unfair war, was hier passierte.

Ich kam nur Sekundenbruchteile nach ihr. Der heftigste, intensivste Höhepunkt, an den ich mich überhaupt erinnern konnte.

War das nicht verrückt? Total bescheuert?

Ja. Und wie es das war.

Fuck!

»Josh ...« Grey flüsterte meinen Namen. So leise und dicht an meinem Ohr, dass ich eine Gänsehaut davon bekam.

Ihre Stimme hallte in meinem leergefegten Schädel wider

und irgendetwas passierte mit mir. Etwas, das dafür sorgte, dass ich wieder atmete, weil ich nicht einmal bemerkt hatte, dass ich das sekundenlang nicht getan hatte.

»Josh ... Sieh mich an«, wiederholte sie. Auf einmal lagen ihre Hände an meinem Gesicht. »Sieh mich an ...«

Mein Hals fühlte sich an, als hätte ich Rasierklingen gefressen. Der Druck auf meiner Brust war so gewaltig, dass ich es nicht fertigbrachte, mich zu bewegen. Unmöglich.

»Es ist okay.« Sie klang genauso heiser wie ich es getan hätte, wenn ich es denn fertiggebracht hätte, ihr zu antworten. Stattdessen entwich mir nur ein erbärmlich trockenes Lachen, weil sie dieselben Worte benutzte wie ich vorhin.

Nicht mal den Kopf konnte ich schütteln, weil sie mein Gesicht festhielt und mich noch immer mit diesem seltsamen Blick ansah. Ganz anders als noch vor ein paar Minuten. Anders als letzte Nacht.

Oder?

»Was-« Ich bekam es nicht mal auf die Reihe, einen ganzen Satz zu formulieren.

Greys Antwort auf die nicht gestellte Frage bestand aus einem verwirrten Lächeln. Was auch immer hier gerade passierte und was ich nicht verstand - es ging ihr auch so.

»Sorry«, quetschte ich irgendwie heraus, zog dann ihre Finger von meiner Wange und küsste ihre Handfläche, ohne ihr ins Gesicht zu sehen. »Ich ... Ich hatte gerade das Gefühl, nicht atmen zu können. Ich-«

»Ich weiß. Ich weiß, Josh. Es ist in Ordnung. Es ... Oh, verdammt!«

Ein leises Schluchzen entwich ihr, bevor sie ihre Hand wegzog und sich damit den Mund zuhielt. Sie wandte das Gesicht ab, als könnte sie es nicht ertragen, dass ich sie ansah.

»Lola hat dich geliebt, Josh. Ich weiß das, weil ich ihre Tränen getrocknet habe, nachdem du abgehauen bist. Die ganze Zeit ... habe ich dich mit ihr zusammen gehasst und es nie auch nur in Erwägung gezogen, dass sie mich belogen haben könnte. Warum auch? Und jetzt bist du hier und Lola ist tot und ich frage mich, ob du nicht recht hattest und ich sie überhaupt nicht gekannt habe. Ich meine, all ihre Geheimnisse ... Ihre Lügen ... Ich war immer eine loyale Freundin, aber gerade fühlt es sich an, als würde ich nicht nur meinen Freund, sondern auch meine tote beste Freundin betrügen. Ausgerechnet mit dir!«

»Komm schon, Grey. Das ist jetzt echt nicht der passende Moment dafür, um mir schon wieder aufs Brot zu schmieren, wie sehr du mich verabscheust.« Die erzwungene Ironie hinter meinen Worten schmeckte widerlich.

Aber was sollte ich sonst sagen? Dass es mir nicht am Arsch vorbei ging, was sie über mich dachte? Dass ich es ungerecht fand, nach dem beurteilt zu werden, was vor fast fünf Jahren passiert war? Die zigste Beteuerung, dass ich nicht mehr derselbe Mann war wie damals mit achtzehn und dass ich mich geändert hatte?

Als ob sie mir geglaubt hätte. Als ob sie mir wirklich je eine echte Chance geben würde, das zu beweisen!

Sie arrangierte sich mit mir, weil ihr keine andere Wahl blieb. Sie schlief mit mir, weil ich sie - ganz stumpf gesagt - so lange manipuliert und um den Finger gewickelt hatte, bis sie eingeknickt war. Nicht mehr und nicht weniger.

Grey würde Kevin nicht verlassen, nur weil ich wir miteinander geschlafen hatten. Kevin hatte einen Job, war ein bodenständiger Typ und auch wenn ich ihn schon per se auf den Tod nicht ausstehen konnte, war er trotzdem nun mal im Vorteil, weil er sie länger und besser kannte als ich.

Genau so jemand war Grey. Eine Frau, die sich einen Mann danach aussuchte, wie viel Sicherheit er ihr bieten konnte. Keine Finanzielle, das nicht. Sie war bescheiden und schon zufrieden, wenn sie einen geregelten Tagesablauf hatte, jeden Abend etwas zu Essen auf dem Tisch und ansonsten reichte es ihr, wenn sie hin und wieder etwas übrig hatte, um etwas für Jake zu kaufen. Kleinigkeiten. Dinosaurierfiguren oder diese komische Kinderzeitung mit den Postern, die er toll fand. Sie war überhaupt nicht oberflächlich oder gar raffgierig und ein ungekünstelterer oder echterer Mensch als sie war mir nie begegnet.

Ich bewunderte es, wie sie dieses ganze Chaos um sich herum irgendwie meisterte und sich bemühte, nicht die Kontrolle zu verlieren. Ich bewunderte es - und ich hasste es. Und genau deshalb hatte ich versucht, ihr die Kontrolle zu entreißen und das - wurde mir erst jetzt klar.

Gott, war ich ein Arschloch. Sie hatte recht. Sie hatte die ganze Zeit über recht gehabt.

»Ich mag dich, Josh«, sagte Grey nach einem Moment in die drückende Stille. »Ich mag dich mehr, als gut für mich ist. Deswegen darf das hier - nie wieder passieren. Wir müssen an Jake denken. Er hat gerade seine Mom verloren. Meinst du nicht, dass noch mehr Chaos oder ungeklärte Probleme nicht alles nur schlimmer machen würden?«

Ich hatte keinen Schimmer, was ich darauf antworten sollte. Ich wusste nicht einmal, was ich denken sollte, weil ich mir plötzlich nicht mehr nur vorkam, als hätte ich sie benutzt - sondern auch umgekehrt.

»Nicht zu fassen«, presste ich heraus, als ich mich aufsetzte. Ohne Grey anzusehen, wischte ich mir mit dem Handrücken den Schweiß von der Stirn und schüttelte den Kopf. »Du liebst diesen Volltrottel so sehr, dass du nicht einmal darüber nachdenkst, irgendetwas am Status quo zu ändern, oder? Das klingt vielleicht irre komisch, aber ich mag dich auch, Grey. Hab ich nicht mit gerechnet, nein. Und wenn ich jetzt so darüber nachdenke ... Anscheinend bin ich doch der größere Idiot.«

»Hör schon auf, Josh. Drama liegt dir nicht«, widersprach sie halbherzig. »Wir hatten Sex und es war ein Fehler, den wir einfach nicht wiederholen sollten. Dafür gibts tausend verdammt gute Gründe und Kevin ist nur einer davon. Das ist doch keine große Sache. Ich meine ... Es ist doch nicht so, als wärst du jetzt plötzlich unsterblich in mich verliebt, oder? Also vergessen wir das einfach. Bitte! Für - Jake!«

Ich seufzte, bemühte mich aber, mir meine wütende Resignation nicht anmerken zu lassen. »Okay, von mir aus. Wenn du nicht vorhast, deinem Lover irgendwas zu sagen, halte ich meinen Mund. Ist deine Entscheidung, Grey. Du bist die mit dem Ballast.«

Ich schlug die Decke zurück, schwang mich über Grey und fiel beinahe vom Sofa, fing mich aber rechtzeitig. Meine Klamotten von gestern lagen auf dem Boden. Zwischen Greys ziemlich heißer Unterwäsche, ihren Shorts und der Bluse, die sie vermutlich jetzt wegwerfen konnte, weil ich die Hälfte der Knöpfe abgerissen hatte. Vor lauter Ungeduld. Mein Shirt konnte sie auch gleich in den Müll werfen. Es war blutbefleckt und stank erbärmlich.

Ich spürte ihren Blick auf mir kleben, als ich erst die Shorts und dann die Jeans anzog, ehe ich in die Küche rübermarschierte. Hoffentlich gefiel ihr der Anblick meines nackten Oberkörpers, weil sie den nämlich nicht wieder zu Gesicht bekommen würde!

»Warte, Josh!«, rief sie mir nach, bevor ich ein Poltern und einen unverständlichen Fluch hörte, weil sie anscheinend vom Sofa gefallen war. »Das ist nicht fair! Du weißt genau so gut wie ich, dass das nicht hätte passieren dürfen.«

In die Decke eingewickelt, unter der wir geschlafen hatten, stolperte sie hinter mir in die Küche. Ihr Gesicht war gerötet, doch die Blässe darunter war überdeutlich zu erkennen.

»Und was, wenn es Kevin nicht geben würde? Würdest du dann anders darüber denken?«, herrschte ich sie an, als ich die Schränke aufriss und das Kaffeepulver herauszerrte. »Was war das denn für dich, Grey? Ablenkung? Nicht mehr als ein bisschen Spaß?«

Es dauerte geschlagene dreißig Sekunden, bis sie mir antwortete. In dieser Zeit hatte ich die Kaffeemaschine startbereit und konnte es kaum erwarten, mindestens einen Liter davon in mich reinzukippen, weil ich offenbar sonst überhaupt nicht mehr klar denken konnte!

Sie hatte schon wieder recht. Ich benahm mich total behämmert.

»Nein, Josh. Es war nicht nur ein bisschen Spaß«, sagte sie leise. Ihre Stimme klang hohl, fast deprimiert. »Aber das ist scheißegal, weil es das weder richtiger noch besser macht, oder? Wir haben Verantwortung. Für Jake - *deinen* Sohn! Dein Kind braucht einen Vater, der sich zusammenreißen und nicht nur an sich selbst denken kann!«

»Es ist auch dein Kind«, rief ich aufgebracht, schlug im selben Moment mit der Faust auf die Arbeitsplatte und fuhr herum.

Grey zuckte mit keiner Wimper, sah aber trotzdem aus, als würde sie am liebsten wieder losheulen. Die schönen vollen Lippen waren zu einem dünnen Strich zusammengepresst, das Haar stand ihr zerwühlt und wirr vom Kopf ab, ihr Make-up von gestern war leicht verschmiert.

»Ich bin aber nicht seine Mutter«, brüllte sie zurück. »Die ist tot!«

Als sie Anstalten machte, sich umzudrehen und zur Treppe zu flüchten, reagierte ich endlich. Ich stürzte ihr nach, erwischte sie gerade noch rechtzeitig und riss sie an mich.

»Ich weiß, Honey. Ich weiß! Aber das macht dich nicht weniger zu einer Mutter, hast du das verstanden? Du liebst Jake doch! Du machst diesen Job großartig und du bist die Einzige, die mir zeigen kann, wie das geht.«

Mein Magen verknotete sich, je steifer sie sich in meinen Armen machte. Das Gesicht an meine nackte Brust gepresst, schluchzte sie los. Ich wünschte, ich hätte irgendetwas sagen oder tun können, dass es ihr erträglicher gemacht hätte, aber ich wusste nicht, was.

»Ich brauche dich, Grey«, war das Einzige, was mir dazu einfiel. Bescheuert und vermutlich auch nicht sonderlich hilfreich. »Ohne dich bin ich am Arsch!«

Sie zog die Nase hoch und machte sich viel zu schnell von mir los. »Ich muss duschen gehen und zur Arbeit«, sagte sie leise. »Wenn ich wieder da bin, reden wir.«

»Okay«, antwortete ich, doch Grey hörte mich nicht mehr. Sie war längst die Treppe rauf gerannt und im Bad verschwunden. Einen Moment später hörte ich die Dusche. Fünfzehn Minuten später ging ich nach oben in Jakes Zimmer und weckte ihn. Die Zeitspanne, die Grey nutzte, um sich ohne weitere Konfrontation einfach aus dem Haus zu schleichen.

Klasse. So konnte man das natürlich auch machen und Problemen aus dem Weg gehen.

Grey

Heute hatte ich in etwa die Aufmerksamkeitsspanne eines Teenagers mit ADHS und wenn ich nicht wollte, dass mich meine Eltern feuerten, sollte ich mich wahrscheinlich mehr zusammenreißen. Dummerweise gelang mir das nicht annähernd so gut, wie ich es gern gehabt hätte.

Ich konnte mich nicht konzentrieren. Mit den Gedanken war ich überall - aber nicht bei den Bestellungen, den Getränken oder den verdammten Tischnummern. Wir hatten nur zwanzig Tische. Zwanzig! Wie zum Teufel konnte man die durcheinanderbringen?

Nachdem ich mich wort- und gestenreich bei Mr. und Mrs Filliger dafür entschuldigte, dass ich ihnen die falschen Getränke gebracht hatte - ein altes Ehepaar, das zu unseren Stammgästen gehörte -, nahm mich meine Mutter zur Seite. Sie war damit beschäftigt, Gläser an der Theke zu spülen, und schien mich schon den ganzen Vormittag zu beobachten. Zu dumm, dass ich manchmal vergaß, dass meine Mutter alles mitbekam. Alles!

»Sag mal, was ist los mit dir? Du bist völlig von der Rolle! Hat es was mit Lola zu tun? Willst du darüber reden?«

Ziemlich k.o. schüttelte ich den Kopf. »Nein, Mom. Es hat nichts mit Lola zu tun. Tut mir leid. Ich ... hab schlecht geschlafen.«

Nicht ganz gelogen. Um schlecht zu schlafen, hätte ich vermutlich mehr als drei Stunden schlafen müssen. Aber wenn man den Rest der Nacht und den anschließenden Morgen damit verbrachte, den Ex-Freund und Vater des Kindes der besten, toten Freundin zu vögeln, war es vermutlich nicht verwunderlich, wenn man danach nicht ganz auf der Höhe war. Ach, stimmt. Da war ja auch noch der anschließende Streit gewesen. Und die Tatsache, dass ich mir irgendeine Lösung überlegen musste, wie ich Josh von nun an aus dem Weg ging. Weit genug, um so etwas Dummes bloß nicht zu wiederholen. Und Kevin ... den durfte ich auch nicht vergessen.

Meine Gewissensbisse fraßen mich nämlich nicht auf und das war definitiv eine Sache, mit der ich mich dringend befassen musste. Weil ich mich *nicht* fühlte, als würde ich in der Hölle dafür schmoren, weil ich mit einem anderen Mann geschlafen hatte. Aber das sollte doch so sein, oder? War das nicht immer so?

»Hat Josh dir erzählt, was sein Vater gestern hier wollte? Das war echt merkwürdig. Der Bürgermeister kommt doch sonst auch nicht her. Ich dachte, Joshs Eltern wüssten nicht, dass er wieder in der Stadt ist.«

»Das sollten sie auch nicht wissen«, seufzte ich. »Irgendjemand hat ihn gesehen und gepetzt. Wäre ja auch alles kein Ding, wenn die beiden sich gestern nicht geprügelt hätten.«

»Geprügelt?« Mom riss die Augen auf und fasste sich entsetzt an die Brust. »Das ist nicht dein Ernst, oder?«

Ich schnaufte. Mehr Antwort war ja wohl nicht nötig.

»Oh, Gott. Ich habe die Gerüchte nie geglaubt ...«

»Gerüchte?« Ich starrte sie an. »Wie meinst du das?«

»Hm.« Meine Mutter runzelte die Stirn. »Ach, Schätzchen ... ich bin damals mit Joshs Dad zur Highschool gegangen. Dein Dad hat ja ein Jahr vor mir den Abschluss gemacht. Aber Steven war ... ein Ekelpaket! Er hielt sich für den Größten, weil seine Eltern riesige Gewinne mit ihren Investitionen gemacht hatten und so zu Reichtum gekommen waren. Niemand hat ihn wirklich gemocht, aber du weißt ja, wie das so läuft. Wer Geld hat, wird eben beachtet und das war bei Steven nicht anders. Kurz nach dem Abschluss lernte er Joshs Mom kennen. Eine wunderschöne und freundliche Frau«, fuhr Mom fort, ohne sich von ihren schmutzigen Gläsern zu trennen. »Josh kam im selben Jahr zur Welt wie du. Ich war damals mit Mary im Geburtsvorbereitungskurs. Sie hatte Humor und wir haben viel gelacht.«

»Und dann?«

Meine Mutter zögerte. »Nichts und dann. Ihr wurdet größer, unsere Wege trennten sich und wir gehörten nun mal unterschiedlichen Kreisen an. Nach allem, was man so hörte, wurde aus Steven mit den Jahren ein raffgieriger, kaltherziger Mann. Nicht, dass er je zur empathischsten oder freundlichsten Sorte Mensch gehört hat, aber na ja ... Ein dickes Bankkonto macht aus den nettesten Menschen manchmal Arschlöcher.«

Alles, was ich gerade hörte, bestärkte mich in dem, was ich mir schon selbst über unseren Bürgermeister zusammengereimt hatte. Bisher war er mir nicht sonderlich sympathisch gewesen und gewählt hatte ich ihn auch nicht, aber nach gestern konnte ich nicht behaupten, ihn nicht zu verabscheuen!

Wer schlug sein eigenes Kind? Warum? Wieso musste man zu solchen Mitteln greifen - erst recht beim längst erwachsenen Sohn? Das war niederträchtig, erbärmlich und armselig!

»Na, jedenfalls war seit Marys Diagnose damals dann sowieso alles anders. Man sah sie gar nicht mehr, als wäre sie vom Erdboden verschluckt. Ist jetzt, glaub ich, zehn Jahre her.«

»Meinst du ... er hat seine Frau misshandelt?«, fragte ich vorsichtig. »Oder Josh?«

Mom seufzte. »Ich weiß es nicht, Schatz. Wie gesagt. Es kursierten Gerüchte. Über auffallend häufig auftretende blaue Flecken bei Josh. Jedes Mal wurde es auf den Sport geschoben. Er hätte sich beim Football verletzt und so weiter. Aber irgendwie ... Keine Ahnung. Ich weiß, dass nicht jeder diese Ausreden geglaubt hat und wenn du mir jetzt erzählst, dass die beiden gestern aneinandergeraten-«

»Untertrieben!«

»Umso schlimmer! Niemand hat das Recht, sich an seinen eigenen Kindern zu vergreifen. An gar niemandem! Nichts was du tust, könnte jemals so schrecklich oder unverzeihlich sein, dass dein Dad oder ich die Hand gegen dich erheben würden. Und ich weiß, dass das auch bei dir im Bezug auf Jake gilt.«

Aber nicht für Josh?, lag mir auf der Zunge, aber ich schluckte den alles andere als netten Gedanken lieber runter. Das war Bullshit! Egal wie viele Schwierigkeiten und Differenzen Josh und ich auch hatten - ich würde meine Hand dafür ins Feuer legen, dass er Jake niemals etwas antun würde. Niemals!

Verrückt, wo ich ihn doch eigentlich kaum kannte. Oder?

Nein. Nein, eigentlich nicht. Ich war sicher, dass ich mich nicht in ihm täuschte.

»Also weißt du nicht, was gestern zwischen den beiden passiert ist?«

»Josh hat nur gesagt, dass sein Dad es weiß. Dass er alles weiß. Mehr nicht.« Unwillkürlich biss ich mir auf die Unterlippe.

Meine Mutter sah mich von der Seite an und nickte dann langsam. »Und was ist zwischen euch beiden gewesen?«

»Was?« Ich riss die Augen auf, während mein Magen locker drei Etagen tiefer sackte. Fieberhaft überlegte ich, ob ich einen Fehler gemacht hatte. Irgendetwas, das mich verriet - aber mir fiel partout nicht ein, was das hätte sein sollen. Nachdem ich aus der Dusche gestiegen war, hatte ich mit Entsetzen den dunkelroten Fleck an meinem Hals entdeckt. Joshs unwillkommener Stempel, den ich um jeden Preis vor den allzu neugierigen Blicken meiner Eltern und auch aller anderen Menschen in Fountain City verbergen musste. Erst recht vor Kevin - auch wenn ich noch immer keinen Plan hatte, wie ich mit dieser ... Angelegenheit umgehen sollte.

Trotzdem dachte ich, ich hätte mich wenigstens in der Hinsicht im Griff und meine viel zu lebhaften Gedanken an die vergangene Nacht einigermaßen unter Kontrolle.

Zu dumm, dass meiner Mutter irgendwie nichts zu entgehen schien. Mist!

»Äh, gar nichts. Ich weiß nicht, was du meinst.«

Wie überaus praktisch, dass gerade eine kleine Gruppe neuer Gäste zur Tür hereinkam. Arbeit. Ablenkung.

»Du bist eine miese Lügnerin, mein Schatz«, raunte sie mir ein paar Minuten später zu, als wir uns auf dem Weg zur Küche die Klinke in die Hand gaben. Sie, um die abgeräumten Teller von Mr. und Mrs. Filliger wegzubringen, ich, um die bestellten Salate zu servieren. »Denkst du, ich würde es nicht merken, wenn du etwas vor mir versteckst? Zum Beispiel, seit wann du so plötzlich ein Faible für Halstücher hast?« Sie nickte bedeutungsschwer zu meinem Hals.

Mangels Alternativen hatte ich mir aus Lolas Kleiderschrank ein Halstuch geholt. Mom hatte recht. Ich besaß nicht einmal Halstücher. Kein Einziges. Und nachdem ich Lolas Zimmer mit angehaltenem Atem betreten und blitzschnell wieder verlassen hatte, hatte ich das dünne rosafarbene Stück Stoff um meinem Hals so intensiv mit meinem Parfüm eingenebelt, dass ich roch, als wäre ich in die Flasche gefallen. Alles war besser, als nach meiner toten Freundin zu riechen, also was soll`s.

Vielleicht wäre mir diese Nummer mit der Ausrede deutlich leichter gefallen, wenn solche Sachen in der Vergangenheit häufiger vorgekommen wären. Blöderweise gehörte

Kevin nicht gerade zur leidenschaftlichsten Sorte Mann. Ebenfalls untertrieben. Auf die Idee, mich beim Sex zu beißen, wäre er nie gekommen. Von den anderen Dingen, die Josh mit mir gemacht hatte, ganz zu schweigen.

Als ich merkte, dass mir die Hitze nicht nur in den Kopf, sondern auch in südlichere Regionen stieg, wandte ich mich schnell ab und suchte nach einer neuen Ausrede dafür, nicht mit meiner Mutter reden zu müssen. Wie schade, dass die Mittagszeit bereits um war und mir damit die Ausreden ausgingen ...

Mom fand mich in der hintersten Ecke der Küche. Als ich damit beschäftigt war, das Besteck zu polieren, das ich aus der Spülmaschine holte. Eine stumpfe Arbeit, die zu viel Grübelei leider nicht verhinderte.

»Hast du mit Josh geschlafen, Grey?«, fragte sie, ohne die kleinste Spur von Vorwurf oder Enttäuschung in der Stimme. »Falls ja ... Ich verurteile dich nicht. Aber ich bitte dich, wenigstens ehrlich zu Kevin zu sein. Er ist ein netter Junge. Es ist ihm gegenüber mehr als unfair. Das hat er nicht verdient und dein Dad und ich - wir mögen ihn.«

»Aber?«, hakte ich tonlos nach, als es mir endlich gelang, meine Zunge zu einer Reaktion zu bewegen.

Mom lachte leise. Entweder, weil sie die Frage lustig fand oder - was wahrscheinlicher war - weil ihr nicht entging, dass ich ihr keine Antwort auf ihre erste Frage gegeben hatte.

Meine Mutter stellte sich neben mich, nahm sich eine Handvoll Besteck und half mir ohne Aufforderung. Sie brauchte einen Moment, bis sie antwortete, als müsste sie ihre Worte vorher sehr genau abwägen. Ich konnte mich nicht daran erinnern, sie je ein schlechtes Wort über irgendjemanden verlieren zu hören.

»Als Lola gestorben ist und dich allein mit Jake zurückgelassen hat, war ich wütend und traurig und ehrlichgesagt auch sehr skeptisch, ob du das allein hinbekommst. Ein Kind großzuziehen, ist unglaublich viel Verantwortung. Ich weiß, du hast Jake von Anfang an mit betreut und warst jeden Tag Teil seines Lebens, aber irgendwie ist es einfach nicht ganz dasselbe. Als dann allmählich klar wurde, dass Josh nicht nur Erzeuger des Kindes, sondern auch gesetzlicher Vormund über dir wird, war ich noch wütender. Nicht mehr nur auf Lola, sondern auch auf Josh, denn ich habe Lolas Geschichte damals genauso geglaubt wie du. Dass er sich einfach aus dem Staub gemacht und sie sitzengelassen hat, du weißt schon.«

Als ich sie verstohlen von der Seite ansah, lächelte meine Mutter in sich hinein. Ich wusste nicht, was ich davon halten sollte, hielt es aber immerhin für klüger, mir erst anzuhören, was sie zu sagen hatte, bevor ich mich rechtfertigte oder verteidigte.

»Als er sich aber nach dem anfänglichen Chaos entschieden hat, dieses Experiment mit dem Zusammenwohnen und so zu wagen, war ich irgendwie erleichtert. Immerhin hätte er auch das tun können, was jeder erwartet hat, oder? Er hätte abhauen können. Aber das ist er nicht. Er ist geblieben und so, wie ich das sehe, bemüht er sich wirklich. Es ist schwer, in eine Rolle reinzuwachsen, wenn man noch nie etwas damit am Hut hatte. Für dich ist das jetzt deutlich leichter, weil du es schon kennst. Deswegen kannst du Josh helfen, sich in seiner Vaterrolle zu definieren, eine Beziehung zu Jake aufzubauen und ihm Stück für Stück beibringen, wie es geht. Ob du es hören willst oder nicht - das war eine mutige Entscheidung von Josh. Nicht nur, nach all den Jahren in seine Heimatstadt zurückzukehren, sich auf das sicherlich unverhoffte Abenteuer Kind einzulassen und sich mit einem schwierigen Menschen wie dir auseinanderzusetzen.«

»Ich bin nicht schwierig«, widersprach ich halbherzig, was Mom nicht viel mehr als ein leises Kichern entlockte. »Na gut, vielleicht manchmal. Ich mag es einfach nicht, wenn mir jemand reinpfuscht, du weißt schon.«

Sie nickte. »Ja, das weiß ich. Trotzdem. Jedenfalls bemüht er sich wirklich. Obwohl er jederzeit damit rechnen muss, von seinen Eltern entdeckt zu werden. Und jetzt siehst du ja, wohin das führt.«

»Und was hat das mit mir zu tun? Oder damit, ob ich mit Josh geschlafen habe?«

»Also hast du?«

Ich starrte runter auf die Gabeln in meiner Hand und schwieg stur. Kindisch, ich weiß.

Mom kicherte leise. »Ach, Kind. Ich weiß nicht, wie ich das sagen soll, aber ... du bist meine Tochter. Ich kenne dich. Und ich beobachte dich, auch wenn du bei uns immer mehr Freiheiten hattest als andere Kids in deinem Alter. Du bist schon eine ganze Weile mit Kevin zusammen und ich denke, er war wie eine Art Zuflucht für dich. Früher. Bei Kevin konntest du einfach anders sein. Du musstest dich nicht der Verantwortung für Jake oder Lola befassen und konntest eben - na ja - Frau sein.«

Wieder kicherte sie, was ich irgendwie befremdlich fand, weil ich genau wusste, dass meine Mutter eigentlich auf etwas ganz anderes hinauswollte.

»Die Beziehung hat dir gutgetan, aber dann kam Josh hierher und du ... Ich würde nicht sagen, dass du dich verändert hast, aber die Dynamik zwischen euch war von Anfang an eine ganz andere.«

»Ja«, warf ich tonlos ein. »Weil er ein Idiot ist und weil ich es gehasst habe, dass er überhaupt existiert. Das ist alles.«

Wenn das doch nur stimmen würde ...

Mom schüttelte selbstverständlich den Kopf. Was auch sonst. »Das ist es nicht. Du warst schon immer eine Kämpfernatur. Aufbrausend, impulsiv ... Man musste dich regelrecht bändigen, wenn du dir irgendetwas in den Kopf gesetzt hattest. Als Kind warst du viel temperamentvoller als heute. So leidenschaftlich, wie du dich mit Josh über Banalitäten streitest, hast du dich nie mit Kevin gestritten.«

»Weil Kevin und ich nie einen Grund hatten, uns zu streiten und weil es nun mal auch keine Banalität ist, wenn Josh Jake die Transformer-Filme oder Schlimmeres sehen lässt, während ich auf der Arbeit bin, Mom! Ein Kind bekommt davon Albträume und wer muss dann die halbe Nacht mit dem Monsterfresser durch sein Zimmer laufen und alle Gespenster verscheuchen? Ich!« Überflüssigerweise zeigte ich auf mich selbst, bevor ich das Geschirrtuch auf die Ablage warf und meine Mutter anfunkelte.

Sie schien nicht im Geringsten beeindruckt zu sein, denn sie lachte los, als würde sie sich köstlich amüsieren.

»Genau das meine ich. Josh muss all das erst lernen und du bringst es ihm bei. Und ganz nebenbei wohnt ihr im selben Haus und im Augenblick bist du dabei, dich Hals über Kopf in ihn zu verlieben. Im wahrsten Sinne des Wortes.«

Sie streckte die Hand aus und zupfte an dem Halstuch herum, ehe ich zurückweichen konnte.

Scham kroch durch meine Adern und unwillkürlich dachte ich an Kevin. Daran, dass Mom vielleicht recht hatte. Ich war gerne mit Kevin zusammen und hatte es genossen, dass ich mich in seiner Gegenwart nie mit Windeln, Kacke, ausgespucktem Essen oder sonst irgendwelchen Dingen befassen musste, die zu Hause auf mich warteten. Es war eine Zuflucht für mich gewesen, bei ihm zu schlafen, mit ihm auszugehen oder Zeit mit ihm zu verbringen. Wir verstanden uns gut, es war meistens harmonisch und es mir hatte auch nie etwas gefehlt.

Dachte ich.

Bis Josh zurück nach Fountain City kam, ich der festen Überzeugung gewesen war, er würde mir Jake nach Lolas Tod wegnehmen und mich seitdem jeden einzelnen Tag auf die Palme brachte.

Aber nicht nur das. Auch in dem Punkt hatte Mom recht, auch wenn es mir vielleicht nicht gefiel, das zuzugeben.

»Ich denke, wir haben dich zu einer starken, unabhängigen jungen Frau erzogen, Grey. Aber wir haben dir auch beigebracht, was Fairness und Gerechtigkeit sind. Es ist nicht fair, Kevin im Unklaren zu lassen, und es ist ungerecht, deinen Frust und deine Trauer ständig an Josh auszulassen.«

Ich hörte zu, was sie mir zu sagen hatte, ohne sie anzusehen. Ich kaute auf meiner Lippe herum und überlegte, was ich jetzt tun sollte. Und ich fragte mich, wieso meine Eltern all das sahen und ich keine Ahnung davon gehabt hatte, dass sie zwischen all dem Stress mit dem Restaurant und so überhaupt noch Zeit genug hatten, mich, mein Leben und mein Verhalten so genau im Blick zu behalten, dass Mom mir nun diese ganzen weisen Ratschläge geben konnte.

»Wenn du dich entscheidest, mit Kevin zusammenzubleiben, stehen wir hinter dir, Schatz. Aber dann beende die Affäre mit Josh, denn alles andere wäre grausam.«

»Ich hab keine Affäre mit Josh. Ich habe nur einmal mit ihm geschlafen!«

Ups. Hatte ich das gerade etwa zugegeben? Na super. Ich stöhnte und verbarg mein kochend heißes Gesicht in meinen Händen, aber das nützte natürlich nichts.

»Oh, Mom. Ich weiß nicht, was ich machen soll. Das funktioniert doch nie! Das war mehr so ... Frustabbau. Im gegenseitigen Einvernehmen. Also - er hat mich benutzt und ich ihn und mehr war das nicht. Eine einmalige Sache. Es würde in einer Katastrophe enden, wenn wir uns blind in irgendwas reinstürzen und am Ende klappt es eh nicht, weil wir überhaupt nicht zusammenpassen. Davon hätte Jake doch auch nichts.«

Mit hochgezogenen Augenbrauen sah Mom mich an. Es

dauerte mehrere Sekunden, bis sie sich ihre Moralpredigt anscheinend weit genug zurechtgelegt hatte, um sie mir um die Ohren zu hauen.

»Gut. Wie du meinst«, sagte sie und ich - glotzte sie an.

»Was?«

»Ich habe gesagt: Gut. Wie du meinst.«

Ungeduldig nickte ich. »Ja, das habe ich gehört. Aber ich dachte-«

»Was? Dass ich versuchen würde, dir reinzureden? Warum sollte ich? Es ist deine Entscheidung, Grey. Wenn du das Risiko nicht eingehen willst, dann ist das in Ordnung. Aber wie gesagt. Bleib fair. Beiden Männern gegenüber. Zeig Josh seine Grenzen auf, mach deutlich, dass es keine Wiederholung geben wird und vielleicht wäre es auch angebracht, wenn du mal wieder etwas mehr Zeit mit Kevin verbringst. Vergiss nicht, dass um achtzehn Uhr die neue Aushilfe zur Einarbeitung kommt, ja?«

Sie nahm das Handtuch, schien gar nicht daran interessiert zu sein, sich meine Antwort dazu anzuhören und verschwand nach vorn in den Schankraum, ehe ich meine runtergeklappte Kinnlade wieder aufsammeln konnte.

Was zum Teufel sollte ich denn jetzt hiervon halten? Ich war immer noch nicht schlauer als vorhin, wurde dafür aber das Gefühl nicht los, meine Mutter schwer zu enttäuschen, wenn ich Kevin nicht abservierte und stattdessen auf die total verrückte Idee kam, mich wirklich in Josh zu verlieben.

Verlieben ... wie kam sie überhaupt darauf? Das war ein starkes Wort. Zu stark! Nur, weil ich mich möglicherweise auf ziemlich abartige Weise zu Josh hingezogen fühlte - obwohl ich ihm genauso gerne den Hals umdrehen würde, wenn er mal wieder Mist baute -, musste das doch lange nicht bedeuten, dass ich in ihn verknallt war.

Oder?

Als ich mein Handy kurz darauf in die Hand nahm und

darauf drei verpasste Anrufe und drei Textnachrichten von Josh fand, war ich mir da nicht mehr so sicher.

[Josh]: Es tut mir leid, Honey.

[Josh]: Komm schon. Wir müssen darüber reden. Hat es dir denn gar nicht gefallen? Was muss ich tun, um zu beweisen, dass es nicht nur Frustbewältigung war und dass ich besser bin als er?

Die dritte Nachricht enthielt nur ein Foto. Das Bild zeigte ihn und Jake im siebzig Meilen entfernten Irvine Park Zoo. Um mit Jake dorthin fahren zu können, hatte Josh mich angefleht, ihn heute nicht in den Kindergarten zu bringen. Im Hintergrund - ziemlich nah - war das Gehege der Tiger zu sehen.

Wow! Das war wirklich erstaunlich! Wahnsinn!

Beide grinsten in die Kamera. Josh kniete auf gleicher Höhe neben Jake und sie hielten das gleiche Eis am Stiel in der Hand. Jake sah - zufrieden und glücklich aus. Als hätte er jede Menge Spaß. Eine Erkenntnis, die meinen Magen zuschnürte und ein Gefühl darin entstehen ließ, das sich merkwürdig anfühlte. Nicht schlecht oder falsch. Und genau das war das Problem.

Meine Finger flogen von selbst über das Display, als ich meine Antwort tippte.

[Ich]: Wie hast du das gemacht???? Jake hat sich noch nie näher als fünfzig Meter an die Tiger rangetraut. Erinnerst du dich an euer blödes Maskottchen?

Mit einem Emoji, der die Zunge rausstreckte. Vielleicht ein bisschen albern, aber egal. So musste ich wenigstens nicht auf den Inhalt der ersten beiden Nachrichten eingehen.

Joshs ziemlich kryptische Antwort kam prompt.

[Josh]: Grüffelo. Erklär ich dir beim Abendessen.

Na, da war ich aber mal gespannt.

Lächelnd steckte ich das Handy zurück in meine Hosentasche. Als mir auffiel, dass ich überhaupt wieder lächelte, beschloss ich, den Rest des Tages intensiv dazu zu nutzen, mir Gedanken darüber zu machen, wie es weiterging.

Vielleicht hatte Mom doch recht. Ganz vielleicht war da etwas, das es zumindest wert war, nicht ignoriert zu werden.

* * * * *

Gegen acht Uhr verließ ich das Restaurant. Normalerweise hätte ich eher Feierabend gehabt, aber ich hatte meinen Eltern zugesagt, dass ich die neue Aushilfskraft im Service einarbeiten würde. Elaine Tenner war eine Frau mit rotgefärbten Haaren, einem Ring in der Nase und schwarz lackierten Nägeln. Sie war die Mutter eines Kindes aus Jakes Kindergarten, daher kannte ich sie. Aber ihr Kind ging in die andere Gruppe, daher hatten unsere Jungs nicht so viel miteinander zu tun.

Elaines Mann hatte sie für seine Sekretärin sitzenlassen und sich wohl erst kürzlich nach Minneapolis verpisst. Jetzt war sie der Meinung, Männer seien die Vorboten der Hölle und man sollte einen großen Bogen um sie machen, wann immer man ihnen begegnete. Das hinderte sie nur seltsamerweise nicht daran, gleichzeitig offensiv mit mindestens zwei

Typen einer Kleingruppe Angestellter zu flirten, die nach Feierabend regelmäßig zu uns kamen, um ein Bier zu trinken.

So viel also zu ihren Prinzipien.

Nicht mein Problem.

Elaine lernte schnell, war - abgesehen von dem einen oder anderen Spruch, der ihr leicht über die Lippen ging - freundlich und höflich und machte sich gut.

Ganz ehrlich - selbst wenn sie sich angestellt hätte wie der größte Trottel, hätte ich Mom und Dad angefleht, sie einzustellen. Weil Elaine nämlich nur gebraucht wurde, damit ich kürzertreten und mich mehr um Jake kümmern konnte. Natürlich galt dasselbe für meine Eltern, denn Elaine sollte nicht die einzige neue Angestellte werden. Der Aushang klebte hinter der Glasscheibe des Garderobenfensters. Aber allzu viele willige Servicekräfte schien es momentan nicht zu geben.

Dad meinte, ich sollte Josh fragen, ob er Interesse an einem Job in der Küche hatte, aber ich gab ihm durch die Blume zu verstehen, dass er sich da besser keine großen Hoffnungen machen sollte.

Als ich draußen auf dem Bürgersteig stand und einmal tief durchatmete, fühlte ich mich jedenfalls wie erschlagen. Es war ein langer anstrengender Tag gewesen. Auf den Feierabend freute ich mich schon. Im Fernsehen würde ein Film laufen, den ich unbedingt sehen wollte. Vielleicht würde Josh ja mitgucken. Und dann-

»Ma'am?«, hörte ich direkt neben mir an der Straßenecke jemanden sagen und fuhr so erschrocken zusammen, dass ich mir das leise Quieken nicht verkneifen konnte. »Sind Sie Miss Grey Harper?«

Der Mann war riesengroß, breit wie ein Schrank und in einen eleganten schwarzen Anzug gekleidet. Bevor ich auch nur den Mund aufmachen konnte, streckte er den Arm aus und drückte mir einen Briefumschlag in die Hand.

»Mit den besten Grüßen von Bürgermeister Groban. Ich

soll Ihnen ausrichten, dass er es begrüßen würde, Sie morgen Abend in seinem Haus zu sehen. Allein«, fügte der Mann mit der tiefen Stimme gedehnt hinzu, als wäre das hier ein schlechter Scherz.

Siedendheiße Wut kochte in mir hoch, kaum dass ich meinen Namen auf dem Umschlag las.

»D- dann richten Sie dem Herrn Bürgermeister aus, dass er sich, seinen Brief in den A-«

Zu spät. Der gruselige Anzugtyp war einfach verschwunden. Als hätte er sich in Luft aufgelöst. Ein Blick um die Ecke ließ diese Möglichkeit ziemlich wahrscheinlich erscheinen, denn da war niemand zu sehen.

Mein Herz zog sich zusammen, als ich den Umschlag aufriss und eine Handvoll Fotos daraus hervorzog. Erst wusste ich nicht, was das sollte und wieso der Bürgermeister Fotos von mir und Josh gemacht hatte, doch dann - fiel es mir wie Schuppen von den Augen und mir wurde so übel, dass ich mich beinahe übergeben hätte.

Nicht auf allen Fotos war deutlich Joshs Gesicht zu erkennen, aber alle Fotos waren mit Datum und Uhrzeit versehen und zeigten außerdem Szenen, die niemand - *niemand* - je zu Gesicht bekommen sollte.

Verflucht - wie war das möglich? Wer kam auf so eine kranke Idee, seinen eigenen Sohn dabei zu beobachten und auch noch zu fotografieren, wie er - na ja, Sex hatte eben! Mit mir.

Und genau das war die Antwort, wie ich einen Atemzug später feststellte, als ich eine handschriftliche Notiz auf der Rückseite eines Fotos fand. Das, bei dem man deutlich erkennen konnte, dass ich nackt auf einem Mann saß, von dem man nur den Hinterkopf sehen konnte. Eindeutig nicht Kevin, denn der hatte erstens einen ziemlich runden Kopf und zweitens verdammt kurzes Haar, was man von Josh nicht gerade behaupten konnte.

Miss Harper.

Sie werden kaum wollen, dass diese Fotos sagen wir ... an die Lokalzeitung weitergeleitet werden, nicht wahr? Oder gar ans Vormundschaftsgericht! Sie müssen dem Staat schließlich erst beweisen, dass sie ein geeigneter Vormund für Jake Adams sind. Aber wie kann jemand für so eine verantwortungsvolle Aufgabe geeignet sein, wenn er - fremdgeht? Was Mr. Maxwell wohl dazu sagen würde?

Bis morgen Abend, Miss Harper. Zweiundzwanzig Uhr. Seien Sie pünktlich und zu niemandem ein Wort, auch nicht zu meinem missratenen Sohn! Ansonsten könnten Ihre Eltern vielleicht ihre Schanklizenz verlieren und auch das werden Sie kaum wollen, denke ich.

Unterzeichnet war der Brief mit S.G. und dem Siegel des Bürgermeisters.

Oh, mein Gott. Scheiße, Scheiße, Scheiße!

Was zur Hölle ging hier vor? Was sollte das? Was sollte ich denn verflucht noch mal jetzt machen? Das war die reinste Katastrophe!

Nicht nur, dass dieses Arschloch mir damit drohte, mein Leben zu ruinieren, indem er verhinderte, dass ich Jake behielt - er bedrohte auch die Existenz meiner Eltern.

Wofür? Was hatte ich Mr. Groban getan? Was wollte er von mir? Es war doch verflucht noch mal nicht meine Schuld, dass sein Sohn ein uneheliches Kind in die Welt gesetzt und genau das auch noch verheimlicht hatte, oder? Warum sollte ich für etwas bezahlen, das nichts - rein gar nichts hiermit zu tun hatte?

Scheiße!

»Grey verheimlicht mir irgendwas«, beschwerte ich mich am späten Samstagnachmittag bei Miles.

Mein bester Freund hatte mir freundlicherweise ein Bier aus dem Kühlschrank mitgebracht, während ich die Burger auf dem Grill wendete und mir nebenbei sehnlichst wünschte, es wäre Kevins Gesicht. Der Mistkerl folgte Grey auf Schritt und Tritt, seit er vor einer halben Stunde kurz nach Miles und Britany gekommen war. Fehlte nur, dass er sabberte und mit dem Schwanz wedelte.

»So? Und was soll das sein?«

Miles sah mich skeptisch von der Seite an und lachte dann los, als Jake, der von Britany und Greys Mom durch den Garten gejagt wurde, einen sehr gekonnten Haken schlug und den Frauen entwischte. Greys Dad traute dem Hilfskoch nicht zu, zwei Stunden allein zu arbeiten. Anscheinend war Marcus ein Stümper, keine Ahnung. Immerhin war ihre Mom gekommen, aber wer zur Hölle war auf die seltendämliche Idee gekommen, Kevin einzuladen?

Nicht, dass ich eifersüchtig war. Nein. Ich doch nicht.

Aber ... ernsthaft? Musste er Grey die ganze Zeit belagern, ihr dabei diese ekelig verliebten Blicke zuwerfen und wieso durfte ich ihm eigentlich nicht die Augen ausstechen, weil er ihr ständig auf die Titten glotzte?

Nicht, dass ich das nicht auch machen würde. Sie trug eine scharfe weiße Bluse. Tief ausgeschnitten. Unten an ihrem flachen Bauch zusammengeknotet, weil das irgendwann in den

80ern modern gewesen war und weil manche Trends alle paar Jahrzehnte anscheinend wiederbelebt wurden. Heiß. Sexy ...

»Hallo, Erde an Josh, Mann! Ich hab gefragt, wieso du der Meinung bist, dass Grey dir was verheimlicht.« Miles boxte leicht gegen meinen Oberarm, weil ich ihm nicht geantwortet hatte. »Und wieso starrst du sie eigentlich die ganze Zeit so krass schlecht gelaunt an? Hattet ihr schon wieder Zoff?«

Nein, Sex, lag mir auf der Zunge, aber genauso gut hätte ich neben dem Grill mein eigenes Grab schaufeln können. Miles hatte mich in den letzten Tagen und Wochen mehrfach höflichst darauf hingewiesen, dass es eine verdammt beschissene Idee wäre, mit Grey zu schlafen oder mir das auch nur vorzustellen. Mit denselben oder ähnlichen Argumenten, die Grey nun benutzte, um mich davon zu überzeugen, dass das vorgestern Nacht ein einmaliger Ausrutscher gewesen war. Nichts, das wir wiederholen würden.

Von wegen!

»Ich weiß es nicht genau. Seit gestern geht sie mir ununterbrochen aus dem Weg. Sie behauptet, sie würde sich unwohl fühlen und sieht ganz gruselig blass aus. Ich hab Loreen vorhin gefragt, ob es gestern irgendwelche Probleme bei der Arbeit gab, weil ich keine Ahnung habe, wieso Grey sonst so komisch sein sollte. Ihre Mom hat mich angeguckt, als würden mir Hörner wachsen, den Kopf geschüttelt und ist dann kichernd abgezogen.«

»Hm. Hört sich nach PMS an«, antwortete Miles so stumpf, dass ich nicht anders konnte, als in sein Lachen einzufallen. »Aber schwanger ist Grey nicht, oder? Brit hat auch manchmal so seltsame Anwandlungen«, raunte er mir deutlich leiser zu, als könnten uns die Frauen vom anderen Ende des Gartens aus belauschen. »Manchmal geht sie schon beim kleinsten Pups wie ein Vulkan in die Luft und dann im nächsten Moment ist sie wie ausgewechselt und will kuscheln. Ich sag dir, Mann. Schwangere Frauen sind die Hölle!«

»Ich denke nicht, dass sie schwanger ist, nein«, erwiderte ich amüsiert, besann mich dann aber zurück aufs eigentliche Thema. »Im Ernst. Irgendwas stimmt nicht mir ihr.«

Miles schob eine Hand in seine Hosentasche und trank einen ordentlichen Schluck aus seiner Flasche, ohne mich anzusehen. »Liegt aber nicht zufällig daran, dass du mit ihr gepennt hast, oder?«

»Was?« Mein Puls schoss in die Höhe und ich sah mich hektisch zu allen Seiten um, ob uns nicht doch jemand belauschen konnte, dann knallte ich meinem besten Freund den Ellbogen in die Seite und wünschte mir, er würde in Flammen aufgehen. »Woher-«

»Alter, das sieht man dir auf eine Meile Entfernung an. Ist total offensichtlich! Tatsächlich war das nur gut geraten. Ich dachte eigentlich, du würdest eher sowas sagen wie: Oh, Miles. Entschuldige bitte, dass ich so ein riesen Volltrottel bin, aber ich habe noch gar nicht mit Grey geschlafen und wollte dieses Unterfangen nur demnächst in Angriff nehmen«, ätzte er mit höhnisch verstellter Stimme.

»Fuck!«

»Du sagst es.«

»Ist das so offensichtlich?«

Miles runzelte die Stirn und nickte erneut. »Jap. Sowas von. Wenn man beobachtet, wie ihr euch gegenseitig mit Blicken auffresst und gleichzeitig versucht, euch bloß nicht anzugucken ... Aber mal im Ernst, Josh - warum? Du wusstest doch, dass das nur nach hinten losgehen kann. Und Kevin? Was ist mit dem?«

»Abgesehen davon, dass er auch ein Vollidiot ist, der nicht schnallt, was er an ihr hat?«, entgegnete ich mit einer tonlosen Gegenfrage. »Keine Ahnung. Sieht ja nicht so aus, als hätte sie mit ihm Schluss gemacht und ich denke auch nicht, dass das der Grund ist, wieso sie so tut, als wäre ich Luft.«

»Und was dann?«

»Das will ich ja herausfinden. Ich meine - hast du sie dir mal angesehen? Sie ist blass und hat nicht gefrühstückt und als Jake ihr heute Morgen ein Bild zeigen wollte, hat sie ihn kaum beachtet. Das sieht ihr gar nicht ähnlich.«

»Apropos ... Ist der Zwerg eigentlich inzwischen über eure Familienzusammengehörigkeit informiert? Also - weiß er, dass du sein Daddy bist?«

Ich biss mir auf die Zunge und schüttelte den Kopf. »Es war noch nicht der passende Moment.«

Miles schnaufte. »Du hast Schiss!«

»Hab ich nicht!«

»Doch, und wie! Du hast Angst davor, dass dich der Knirps dann nicht mehr cool findet, oder? Weil du dann nicht mehr nur der nette Onkel Josh bist, sondern sein Vater.«

Ich riss den Mund auf und wollte gerade widersprechen, als mein Blick auf Jake fiel, der in diesem Moment der Länge nach auf den Rasen klatschte. Er war über seine eigenen Füße gestolpert, als er versucht hatte, Greys Mom zu entwischen.

Sein Weinen drang an meine Ohren und ich raste los. Miles ließ ich einfach stehen. Etwas, das ich nie getan hätte, wenn der schreiende kleine Fleischkloß ein fremdes Kind gewesen wäre.

Mein Herz raste, als Loreen versuchte, Jake aufzuhelfen, und ich das Blut sah, das über sein Knie lief. Dicke Krokodilstränen liefen über sein knallrotes Gesicht und er umklammerte sein schmerzendes Knie.

Fuck! Hoffentlich war nichts gebrochen oder gezerrt oder -

»Josh!«, hörte ich Grey hinter mir rufen, die den sich anbahnenden Tumult im Garten wohl auch endlich mitbekommen hatte. Schön, dass sie zwischen dem ganzen Gefummel mit Kevin noch die Zeit fand, sich um ihr Mündel zu kümmern. Sie rannte hinter mir die Stufen der Veranda runter. Kevin war ihr dicht auf den Fersen.

»Hey, Kumpel. Alles in Ordnung?« Ich fiel neben dem Knirps auf die Knie.

Wenn ich mich auf Jake konzentrierte, konnte mein Gehirn wenigstens nicht irgendwelche wilden Fantasien von Grey und ihrem Macker produzieren, wie sie ihre ungestörte Zweisamkeit in der Küche mit Knutschen und Rummachen verbrachten.

So vorsichtig wie möglich tastete ich Jakes Bein ab, aber abgesehen von der Tatsache, dass es wohl mehr der Schreck über das Blut war, schien es ihm gut zu gehen. Das Bein war nicht gebrochen. Vielleicht verstaucht.

»Oh, Gott! Das tut mir leid, Josh! Ich wollte nicht-«

»Schon gut, Loreen. Es ist ja nicht Ihre Schuld, dass er gestolpert ist«, unterbrach ich die Entschuldigungsrede von Greys Mom, bevor sie Fahrt aufnehmen konnte. »Ich bringe ihn besser ins Krankenhaus.«

»Grey und ich könnten das auch machen. Dann musst du dich nicht bemühen und-«

Kevin - das seltendämliche Arschloch - hatte noch nicht ganz die Fresse aufgerissen, als mir schon der Hals platzte. Ich explodierte in Sekundenbruchteilen und ehrlich - ich genoss es. Ich genoss es so sehr, diesen arroganten Mistkerl in seine Schranken zu weisen, dass ich dazwischen fast meine Sorge um Jake vergaß. Ich fuhr herum, sprang auf und baute mich so dicht vor Kevin auf, dass ich seine Bierfahne riechen konnte.

»Wehe, du mischst dich ein! Kümmer dich um deinen eigenen Scheiß, Kevin! Deine Beziehung, zum Beispiel. Damit hast du weiß Gott genug zu tun. Zu viel, um dich in Angelegenheiten einzumischen, die dich einen Scheißdreck angehen. Hast du das kapiert?«

Mein Blick huschte automatisch zu Grey, die wie angewurzelt stehenblieb und sämtliche Farbe im Gesicht auf einen Schlag verlor. Sie hatte jedes einzelne Wort gehört und ohne noch deutlicher werden zu müssen, hatte ich gerade mehr gesagt, als ich hätte sagen sollen. Das war nicht nur mir bewusst, denn auf einmal war es totenstill im Garten. Abgesehen von Jakes leisem Wimmern.

»Fuck!«, fluchte ich in die plötzliche Stille, kratzte dann den letzten Funken Selbstbeherrschung zusammen und bückte mich, um Jake hochzuheben.

Niemand hielt mich auf, keiner sagte einen Ton. Kevins hässlicher Mund klappte auf und wieder zu. Er starrte Grey an, als wäre sie ein Geist, aber Teufel noch mal - das war echt nicht mein Problem! Sollte sie sich eine Lüge, eine Ausrede oder was auch immer aus den Fingern saugen.

»Soll ich mitfahren?« Miles erwischte mich an der Terrassentür und hielt mich am Arm zurück. »So wütend wie du bist, solltest du vielleicht nicht-«

»Ja, okay!«, quetschte ich zwischen den fest zusammengebissenen Zähnen hindurch und riss mich los, um dem Desaster hinter mir endlich zu entkommen.

Jake klammerte sich an mir fest und weinte fast stumm. Vielleicht war doch etwas gebrochen. Vielleicht war was mit seiner Kniescheibe. Oder ein Bänderriss. Oder was weiß ich - im Laufe meines Sportlerlebens hatte ich schon einige hässliche Sachen gesehen, trotzdem war ich kein Arzt und hatte im Grunde überhaupt keine Ahnung. Es war Samstagnachmittag - in diesem Kaff gab es keinen Arzt, der jetzt noch auf hatte. Zum Krankenhaus brauchte man zwanzig Minuten, aber dort hatten sie wenigstens Röntgengeräte und all den Kram.

»Grey kommt gleich nach«, murmelte Miles halblaut, als ich Jake vorsichtig auf den Rücksitz des alten Fords verfrachtete. »Ich dachte, es wäre keine sonderlich schlaue Idee, euch beide in meinem Wagen mitzunehmen. Sie sah aus, als würde sie dich erschießen, wenn sie dich in die Finger bekommt.«

»Was du nicht sagst.«

Die ganze Fahrt über trommelte ich ungeduldig mit den Fingern auf dem Armaturenbrett herum. Immer wieder sah ich nach hinten zu Jake, doch er hatte aufgehört zu weinen und sich auf die Seite gerollt. Das Geschirrhandtuch, das ich mir vorhin in der Küche schnell geschnappt hatte, sog sich auch nicht mehr so stark mit Blut voll. Vielleicht war es doch nicht so schlimm, wie ich im ersten Moment gedacht hatte ...

»Willkommen auf der dunklen Seite der Macht«, sagte Miles leise, als er endlich auf dem Kurzzeitparkplatz vor dem Krankenhaus hielt. »Ich kann nicht hier stehenbleiben. Steig aus und bring ihn in die Notaufnahme. Ich suche einen Parkplatz und komme dann sofort nach.«

»Aua!« Jake stöhnte auf, als ich ihn wieder von der Rückbank zog. Einen Arm unter seine Knie und den anderen unter seinem Rücken hob ich ihn hoch.

»Alles klar, Kumpel? Wir sind da. Du musst keine Angst haben. Die Ärzte tun dir hier nichts, versprochen. Ich bin die ganze Zeit bei dir.«

»Okay.« Jake nickte, dann lehnte er sein Tränen- und Rotzverschmiertes Gesicht gegen meine Brust.

Mein Herz hämmerte gegen meinen zugeschnürten Brustkorb, als ich durch die automatischen Flügeltüren trat, über denen unübersehbar selbst für Idioten NOTAUFNAHME stand. Der Empfangsbereich war voll, aber hier drin war es wesentlich kühler als draußen oder im Auto. Miles sollte seine Klimaanlage reparieren lassen. Oder es am besten gleich selbst machen, immerhin war er ja Mechaniker.

»Ma'am, können Sie mir helfen? Ich hab ein verletztes Kind«, sagte ich zu einer Krankenschwester mit schwarzen Locken, die neben der Rezeption stand und einer anderen Frau über die Schulter sah.

»Wie schwer verletzt?«, fragte sie, ohne auch nur die Güte zu besitzen, wenigstens den Kopf zu heben. Ein Umstand, der meine gerade erst verrauchte Wut in Sekundenbruchteilen wieder ankurbelte.

»Er blutet am Knie. Ist hingefallen. Er hat Schmerzen!«

»Alle, die herkommen, haben Schmerzen, Sir. Bitte begeben Sie sich in den Wartebereich. Nächste Tür links.«

»Hören Sie schlecht, verdammt?«, herrschte ich sie an. »Hier ist doch gerade niemand, oder? Jedenfalls sehe ich keine Halbtoten oder Schwerverletzten in den Gängen! Sehen Sie sich doch wenigstens -«

»Hören *Sie* schlecht?«, unterbrach sie mich eisig und endlich hob die Hexe auch den Kopf. »Solange Ihrem Kind keine Gehirngrütze aus den Ohren tropft, gehen Sie zunächst ins Wartezimmer! Wir bringen Ihnen gleich die Formulare für die Anmeldung. Füllen Sie die aus, das beschäftigt Sie erst mal. Und dann kümmern wir uns um Ihren Sohn.«

Ich würgte meinen gehässigen Kommentar runter, weil mir das wahrscheinlich auch nicht weitergeholfen hätte. Im Wartezimmer setzte ich mich auf einen freien Platz am Fenster, darauf bedacht, Jake gut festzuhalten.

Er schniefte leise.

»Alles in Ordnung, Kumpel. Gleich kommt jemand, der dir ein riesengroßes cooles Pflaster auf dein Knie klebt.«

Er nickte bloß, starrte aber auf irgendeinen Punkt auf dem Poster an der Wand. Es zeigte dümmlich grinsende alte Menschen. Irgendwas mit Krebsvorsorge oder so.

Die Minuten zogen sich wie Kaugummi. Im Wartezimmer saßen ungefähr zwanzig andere Leute, alle mit unterschiedlichen Wehwehchen. Niemand schenkte Jake und mir sonderlich viel Beachtung. Als endlich eine Schwester kam und mir ein Klemmbrett mit Kugelschreiber in die Hand drückte, seufzte ich erleichtert auf.

»Bitte ausfüllen«, sagte sie stumpf und verschwand, einfach wieder.

Was für ein beschissener Saftladen!

Ich überflog die Felder, die ich ausfüllen sollte. Mit jeder

Zeile sackte mein Magen tiefer. Ich hatte keine Ahnung, wie Jake versichert war. Ich hatte keine Versichertenkarte von ihm. Ich wusste nicht, wie sein Kinderarzt hieß. Ich wusste nicht einmal, ob er irgendwelche Allergien hatte, verflucht!

Wo steckte Grey? Wollte sie nicht nachkommen? Wo zum Teufel-

»Hey, Mann. Alles klar? Wart ihr schon beim Arzt?« Miles betrat das Wartezimmer und eilte sofort auf Jake und mich zu.

Ich schüttelte den Kopf. Anscheinend sah mir mein bester Freund die Überforderung an, denn er nahm mir Jake ab und hob den Zwerg auf seinen Schoß.

»Ich weiß das alles nicht«, stöhnte ich. Haareraufend starrte ich erneut zur Tür, als würde sie sich wie durch Zauberhand öffnen und Grey hereinkommen. »Ich weiß nicht, ob er schon mal operiert wurde oder allergisch auf Penicillin reagiert, verdammt!«

»Ganz ruhig, Mann. Füll einfach alles aus, was du weißt. Bis wir an der Reihe sind, ist Grey bestimmt schon hier.«

Mangels Alternativen nickte ich. Was sollte ich auch sonst tun. Mir war bewusst, dass ich ohne Grey in dieser ganzen Sache am Arsch war, aber *so*? So sehr brauchte ich sie?

Ich würde das niemals packen! Ich war kein Vater. Ich würde nie ein Dad für Jake sein, Gene hin oder her.

Fuck!

Am Ende stand nicht mehr als Jakes Name und sein Geburtsdatum auf dem Zettel und selbst das wusste ich nur, weil es in den Unterlagen gestanden hatte, die Lola mir vor ihrem Selbstmord geschickt hatte. Wie konnte man so unfähig sein wie ich? Wie konnte man das Ganze in so kurzer Zeit so grandios versauen?

Unfassbar!

»Beruhig dich, Josh«, riet Miles leise, aber nachdrücklich. »Niemand hat irgendwas davon, wenn du total ausflippst. Du hast nichts falsch gemacht und richtig reagiert. Und es geht ihm gut. Er ist nicht lebensgefährlich verletzt. Schlimmstenfalls hat er sich das Knie verdreht. Das ist nicht deine Schuld.«

»Das weiß ich«, herrschte ich ihn gedämpft an, damit der Zwerg nicht allzu viel mitbekam. Er musste ja nicht unbedingt mitkriegen, wie Onkel Josh gerade ausrastete, oder? »Was ich vorhin gesagt habe ... zu dem Arschloch-«

»Arschloch sagt man nicht«, warf der Knirps kaum hörbar ein. Als ich irritiert aufsah, schloss Jake gerade die Augen und kuschelte sich an Miles, als wäre er kurz vorm Einpennen. Tatsächlich gähnte er sogar.

»Ja«, sagte ich abwesend. Mein Hals fühlte sich ausgedörrt und trocken an. »Du hast recht, Kumpel. Das sagt man nicht.«

»Kommst du gleich mit, wenn der Doktor kommt, Dad?«

Mir stockte der Atem, kaum dass Jake das Wort ausgesprochen hatte. Mein Herz setzte aus, mir wurde kotzübel und plötzlich war ich totsicher, dass sich meine untere Körperhälfte bereits verflüchtigt hatte. Ich spürte meine Beine nämlich nicht mehr. Der Druck auf meinem Brustkorb war nicht auszuhalten.

»Ja, Kumpel. Mach ich.« Wo diese Worte herkamen und woher zur Hölle ich die Kraft nahm, sie auszusprechen, dann auch noch die Hand zu heben und Jake sanft übers Haar zu streicheln, war mir ein Rätsel.

Ein Blick in Miles' Gesicht reichte aus. Mein bester Freund war genauso perplex wie ich. Zu dumm, dass mir das auch nicht weiterhalf. Dabei, nicht total auszurasten, zum Beispiel.

Woher wusste er das? Wieso? Seit wann?

»Ich hole was zu trinken.«

Tatsächlich fühlte sich der Weg durch den Wartebereich zum Wasserspender an, als würde ich ihn schwebend zurücklegen. Es war mir nicht möglich, irgendeines von den tausend unterschiedlichen Gefühlen zu fassen. Ich war noch immer wütend, aufgekratzt und nervös, aber irgendwie ...

Dad.

Das Wort geisterte in Dauerschleife in all dem Chaos herum und das, was ich damit verband, fühlte sich alles andere als schlecht an. Jake wusste es. Woher auch immer - das spielte keine Rolle. Er wusste es und er hatte es zu mir gesagt und-

»Josh!«

Ich hörte meinen Namen, hob den Kopf und rannte geradewegs in Greys Handfläche, die sich alles andere als sanft an meine Wange schmiegte. Der Nachhall ihrer Ohrfeige war garantiert bis zum anderen Ende des Wartezimmers zu hören.

Mein Kopf flog von der Wucht zur Seite. Schmerz explodierte in meiner Wange und mein Schädel dröhnte, weil Grey mit aller Kraft zugeschlagen hatte.

Perplex starrte ich sie an, unfähig, irgendetwas zu sagen oder zu tun.

In Greys Augen glänzten Tränen. Sie hatte die Lippen so fest zusammengepresst, dass nur ein dünner Strich davon übrig blieb. Ihr Gesicht war kreideweiß. Schweißperlen standen ihr auf der Stirn. Noch ehe mein Hirn begriff, dass sie mir gerade mitten in einem überfüllten Wartezimmer im Krankenhaus eine geklebt hatte, fing sie an, zu zittern und zu schluchzen.

Instinktiv streckte ich die Hände nach ihr aus und zog sie an mich. Ich rechnete damit, dass sie sich wehren würde. Vielleicht sogar damit, dass sie wieder auf mich losging und versuchte, mich mit ihren niedlichen Fäusten zu vermöbeln, aber dazu war sie kaum mehr imstande. Im Gegenteil. Wie ein Häufchen Elend hing sie in meinen Armen, presste ihr tränennasses Gesicht an meine Brust und weil ich nicht wusste, was ich machen sollte, sah ich rüber zu Miles.

Mein bester Freund, der alles beobachtet hatte, sah auch nicht aus, als wüsste er, was hier gerade vor sich ging. Er zuckte nur unbeholfen mit den Armen und nickte runter zu Jake, der offenbar in der letzten halben Minute eingeschlafen war.

»Grey ...«

»Du blödes ... Arschloch«, schluchzte sie noch heftiger als zuvor. »Warum kannst du nicht die Klappe halten? Nur ein einziges Mal? Wieso?«

Ich schluckte schwer. »Es tut mir leid.«

Eine fadenscheinige, dumme Entschuldigung. Wir wussten beide, dass es mir nicht leidtat. Natürlich nicht.

»Ich hasse dich, Josh!« Das zu hören, tat irgendwie weh, wenn ich ehrlich war. Ihr resignierter Blick machte es auch nicht besser, als sie sich von mir wegdrückte und den Kopf hob. »Seit du da bist, ist alles noch komplizierter! Du verbreitest nur Chaos und Probleme! Vielleicht gehst du einfach zurück nach Los Angeles. Du willst das hier doch eh alles gar nicht. Geh und verpiss dich. Leb dein Single-Leben weiter und sei der egoistische Kotzbrocken, der du immer warst! Aber das hier kann ich echt nicht gebrauchen!«

»Du kannst mich nicht wegschicken«, knurrte ich zornig. »Warum? Weil ich unser Geheimnis ausgeplaudert habe und der Idiot jetzt weiß, dass du ihn betrogen hast?«

Jetzt war Grey diejenige, die aussah, als hätte ich ihr eine Ohrfeige verpasst. Ich hätte es nicht für möglich gehalten, aber ihr Gesicht wurde weiß wie die Wand und sie hatte die Augen so weit aufgerissen, dass sie fast aus den Höhlen traten.

»Du widerlicher, dreckiger Bastard! Du-«

»Hört auf!« Britany erschien wie aus dem Nichts hinter Grey und bekam den Arm ihrer Freundin gerade noch zu fassen, als Grey ausholte, als wollte sie sich dieses Mal richtig auf mich stürzen. »Sagt mal, habt ihr sie noch alle? Euer Sohn sitzt dahinten und ihr fetzt euch vor seiner Nase?« Kopfschüttelnd sah sie uns an, aber weder Grey noch ich rührten einen Muskel.

Schließlich entwich mir ein wütendes Schnaufen und ich straffte die Schultern. Ich wusste, dass ich meine nächsten Worte bereuen würde, noch ehe ich sie aussprach. Trotzdem tat ich es.

»Du kannst mich wegschicken, Grey. Kein Problem. Aber wenn ich gehe, nehme ich Jake mit mir. Ich bin nämlich sein Vater und du - du bist bestenfalls die Ersatzmutter. Finde mal einen Richter, der das anders sieht als ich.«

Damit drehte ich mich um, ließ die beiden sprachlosen Frauen einfach stehen und stapfte zu Miles. Ich nahm ihm den schlafenden Jake aus den Armen. Verbissen darauf bedacht, ihn nicht anzusehen und nicht mal zu atmen.

Es gab diese Momente. Die, in denen ich mich selbst hasste und in denen ich es nachvollziehen konnte, dass der Rest der Welt es auch tat. Mein Vater, meine Tante, vielleicht auch meine Mutter und sehr wahrscheinlich auch Grey. Aber das hier - der Moment, in dem ich das Wartezimmer des Krankenhauses mit meinem schlafenden Sohn auf den Armen durchquerte - war an Selbsthass und Ekel vor dem Menschen, zu dem ich manchmal wurde, nicht zu überbieten.

Ohne klaren Gedanken im Kopf lief ich ziellos durch den Flur. Die vorbeilaufenden Schwestern und Pfleger ignorierte ich. Ich sah niemanden an, starrte stur auf meine Füße und ersoff in meinem Hass auf den Kotzbrocken, den ich vorhin hatte raushängen lassen.

Grey würde mich hassen. Sie tat es bereits. Und jetzt hatte sie verdammt noch mal auch jedes Recht der Welt dazu, weil ich es komplett versaut hatte.

Alles!

Irgendwann steckte Miles seinen Kopf aus der Tür des Wartezimmers. In der Hand hielt er das Klemmbrett mit dem ausgefüllten Anmeldebogen. Lange sah er mich einfach schweigend an. Ich wusste, dass er sich bemühte, sich nicht anmerken zu lassen, was er von der Sache hielt, aber ich war auch sicher, dass er genauso enttäuscht über meinen ekelhaften Aussetzer war wie Brit und Grey. Mir ging es ja auch nicht besser. Der Selbsthass hatte in den letzten Minuten jedenfalls ein ganz neues Level erreicht. Kein Wunder, dass mich niemand ausstehen konnte und ich für alle nur ein Ärgernis war, oder?

»Soll ich ihn dir abnehmen? Du trägst ihn die ganze Zeit und Kinder können schwer werden.«

Ich schüttelte den Kopf, ohne meinen besten Freund anzusehen.

»Brit bringt Grey nach Hause. Wir denken, sie sollte heute Nacht vielleicht bei uns schlafen. Aber wenn wir hier fertig sind ... Also, du solltest ihr wenigstens sagen, was bei der Untersuchung herauskam.«

»Mach ich«, murmelte ich in Jakes Haar. Niemand hatte mir je gesagt, dass es beruhigend war, am Haar der eigenen Kinder zu riechen ...

»Was du vorhin gesagt hast ... War das dein Ernst? Du willst ihr Jake doch nicht wegnehmen, oder?«

»Natürlich nicht.« Ich seufzte tief, ehe ich stehenblieb und mich mit dem Rücken gegen die Wand lehnte. »Es ist mir rausgerutscht. Ich wollte nicht, dass es so eskaliert.«

Miles nickte. »Hab ich mir gedacht. Trotzdem musst du deine Wut besser kontrollieren, Mann. Du kannst nicht mehr alles sagen oder tun, wonach dir gerade der Sinn steht. Du hast jetzt Verantwortung.« Er deutete auf Jake. »Denk einfach immer daran, wie es für ihn ist. Wie es für den Knirps wäre, auch noch Grey zu verlieren, nachdem er gerade erst seine Mama verloren hat.«

Ich kaute auf der Innenseite meiner Wange und zwang mich, mich zu beruhigen. Noch mehr Wut über diesen Moralvortrag brachte mich nicht weiter, wenigstens damit hatte Miles recht.

»Ich habe nicht vor, ihn ihr wegzunehmen. Ich war-« Das

Wort, das sich mir auf die Zunge schlich, wollte ich nicht aussprechen. Darauf wären unausweichliche Gedanken an meinen Vater gefolgt. Was ich für ein Versager war. Was für eine Schande. Wie sehr er sich schämte, weil ich nichts auf die Reihe bekam und überhaupt ...

»Überfordert?«, half Miles ungebetenerweise nach und hatte selbstverständlich genau dieses Wort benutzt.

Ich nickte und unterdrückte das Bedürfnis, meine Faust in die Gipswand des Flurs zu graben.

»Kann ich verstehen. Echt. Mir wär's wahrscheinlich auch so gegangen. Aber Grey - meinst du nicht, dass das auch auf sie zutrifft? Ihr beide müsst zusammenhalten. Zusammenarbeiten. Als Team. Immerhin erzieht ihr gemeinsam ein Kind. Ja, es ist deins, weil du es gezeugt hast. Aber es ist auch ihrs, weil sie nun mal die einzige Mutter ist, die Jake geblieben ist. Es war mies, was du im Garten zu Kevin gesagt hast. Es wäre ihre Aufgabe gewesen, es ihrem Lover zu sagen, oder? Und das vorhin ... Oh, Josh. Ich an deiner Stelle würde mir schleunigst eine verdammt gute Entschuldigung einfallen lassen. Da bist du echt zu weit gegangen.«

Während mein bester Freund neben mir stand, die Hände in den Hosentaschen, und mir diesen Vortrag hielt, ohne von seinen Füßen aufzusehen, hörte ich ihm zu und zum ersten Mal, seit ich zurück war ... fragte ich mich, ob ich der Richtige hierfür war. Ob Dad all die Jahre nicht einfach recht gehabt hatte. Ob ich nicht doch nur - ein Versager war. Eine Schande für meine Familie, ein erbärmlicher Taugenichts, ein arrogantes Dreckschwein. Jemand, der weder Jake verdiente noch Grey noch irgendetwas hiervon.

Denn eigentlich war es genau so.

Grey

Das Licht auf der Veranda brannte, als ich auf dem Hof hielt. Ich starrte auf die Tür. Ich wusste, dass ich den Motor abstellen und aussteigen musste, damit ich schnell wieder verschwinden konnte, aber dazu hätte ich meine tauben Finger vom Lenkrad lösen müssen. Das schaffte ich nicht. Es war unmöglich, weil ich meine Hände gar nicht mehr fühlte. Genau wie meine Füße.

An die Fahrt konnte ich mich nicht einmal erinnern. Es grenzte genaugenommen also an ein Wunder, dass ich es heil hierher geschafft hatte, ohne einen Unfall zu verursachen.

Was wollte ich hier noch mal?

Ach, ja. Eine Zahnbürste wäre nett. Und vielleicht ein paar Klamotten zum Wechseln. Schließlich wusste ich nicht, für wie viele Tage ich aus meinem eigenen Haus verbannt war, oder?

Ja. Zu lustig.

Sieh dir an, wo ich gelandet bin, Lola. Ich stehe hier vor deinem Haus - Verzeihung, meinem Haus, starre auf die Tür und bin innerlich leer und genauso tot wie du. Und es ist deine Schuld. Ganz allein deine Schuld.

Oh, und die deines Ex-Freundes, den du ohne mich zu fragen, hergeholt und mir als Vater deines Kindes vor die Nase gesetzt hast.

Danke, Lola. Danke!

Fick dich und wenn du nicht schon tot wärst, würde ich dir jetzt den Hals umdrehen!

Wie viel Zeit verging, bis ich es wagte, meine eiskalten Finger zu bewegen und den Schlüssel umzudrehen, wusste ich nicht. Minuten. Vielleicht auch Stunden. Der Weg zur Veranda, über die drei knarzenden Holzstufen und die stellenweise maroden Dielen unter meinen Füßen fühlte sich an wie ein Spaziergang durch die Hölle.

Oben in seinem Zimmer schlief Jake, dem bei seinem Sturz im Garten Gott sei Dank nicht mehr passiert war, als eine riesige, tiefe Schramme am Knie. Nichts gebrochen, nichts verrenkt oder ausgekugelt. Eine Tatsache, die angesichts des anderen beschissenen Scheißhaufens, in dem ich bis zum Hals steckte, nur für mäßig Erleichterung gesorgt hatte.

Inzwischen war es kurz vor ein Uhr morgens. Ich hatte so lange gewartet, bis ich vor Müdigkeit die Augen kaum noch offenhalten konnte. Erst dann hatte ich mich auf den Weg hierher gemacht.

Hoffentlich schlief Josh. Oder, was ich zumindest in meiner Fantasie bevorzugen würde, schmorte im Höllenfeuer und durchlebte die schlimmsten Qualen, die man sich vorstellen konnte. Weil er ein Arschloch war. Ein mieser Drecksack. Ein verabscheuungswürdiges Insekt. Niederes Gewürm! Eine Wanze. Ja, ja genau! Eine ekelige, krabbelnde Wanze, auf die man einfach drauf trat. Dann gab es dieses widerliche knackende Geräusch, und -

Nein. Nein, Schluss damit!

Intensive und definitiv kreative Fantasien über die unzähligen verschiedenen Arten, Josh Groban aus meinem Leben auszuradieren, würden mich auch nicht weiterbringen. Am Endc würde ich bestimmt einen Fehler machen und man konnte mir den Mord an dem Arschloch nachweisen. Dann würde ich für den Rest meines erbärmlichen Lebens im Knast enden und Jake hätte niemanden mehr. Keine leibliche Mutter, keinen Volltrottel-Vater, keine Ersatzmutter, auch wenn ich in den Augen des hochwohlgeborenen Super-Dads da drin auch dafür nicht gut genug war.

Meine Hand zitterte unkontrolliert, als ich sie nach der Türklinke ausstreckte. Ich musste mich zwingen, tief durchzuatmen, bevor ich es wagte, die Tür zu öffnen. Mit angehaltenem Atem, weil ich Schiss hatte, das kleinste Geräusch könnte Josh wecken.

Lächerlich! Was hätte er tun sollen? Mich davon abhalten, mich in meinem eigenen verdammten Haus aufzuhalten oder meine Zahnbürste zu holen? In Jakes Zimmer zu gehen, ihn auf die Stirn zu küssen, während er schlief oder, wenn ich schon mal hier war, den Knirps zu kidnappen und mitzunehmen? Wenn ich mich beeilte, die ganze Nacht durchfuhr, mich von den Hauptstraßen fernhielt und aufpasste, dass uns niemand folgte ... dann könnte ich morgen früh vielleicht schon durch drei Bundesstaaten gefahren sein.

Wenn es doch nur so einfach wäre ...

Im Erdgeschoss brannte kein Licht, als ich es endlich über mich brachte, das Haus zu betreten. Der dezente Duft von Lasagne hing in der Luft, also hatte Josh für Jake wohl sein Lieblingsessen gemacht, nachdem die beiden aus dem Krankenhaus gekommen waren. Um den Schreck zu verdauen, hatten sie wohl auch auf dem Sofa einen Film angesehen und waren dabei eingeschlafen. Der Fernseher schaltete sich nach einer Weile von selbst aus, deswegen hatte ich sie nicht sofort gesehen, weil es so dunkel war.

Mein Hals schnürte sich zu, als ich das Licht in der Küche einschaltete und langsam ins Wohnzimmer ging. Vorsichtig darauf bedacht, nicht aus Versehen auf Jakes Dinos zu treten, die auf dem Boden verteilt lagen.

Ich hatte die beiden schon öfter so gesehen. So ... vertraut. Sie lagen eng aneinandergekuschelt auf der Couch. Unter der

Decke, unter der Josh sonst allein schlief. Jake schlief mit offenem Mund und sabberte Joshs Shirtärmel voll. Sein Gesicht wirkte entspannt und zufrieden, als würde er etwas Schönes träumen.

Mein Blick glitt zu Joshs Gesicht. Über die unschöne Wunde an seiner Augenbraue. Er hatte mir noch immer nicht gesagt, wie der Streit mit seinem Vater derart eskalieren konnte, damit er am Ende so aussah und so reagiert hatte, wie er es vorgestern getan hatte.

Seit all das angefangen hatte, hatte ich immer gedacht, Lola wäre die mit den Geheimnissen gewesen. Aber jetzt war ich mir da nicht mehr so sicher.

Josh war mir ein Rätsel.

Ein Teil von mir kochte noch immer vor Wut darüber, was er im Krankenhaus gesagt hatte. Dass ich nicht Jakes Mom war, wusste ich. Aber es hatte so wehgetan, ausgerechnet aus Joshs Mund zu hören, was ich auch wusste. Nämlich, dass ich im Grunde nichts war. Nichts.

Er hatte doch recht. Wenn Josh wirklich zurück nach Kalifornien ging und beschloss, Jake mitzunehmen ... konnte ich nichts dagegen tun.

Aber obwohl ich nicht wusste, wieso, war da auch noch etwas anderes in mir und das war Zuversicht. Vertrauen. Ein bisschen Verständnis und ein kleines bisschen Hoffnung darauf, dass trotz des ekelhaften Streites und all unseren Differenzen noch nicht alles verloren war. Dieser schwache Teil von mir redete sich nämlich inbrünstig ein, dass Josh es nicht so gemeint hatte. Dass es so war, wie Miles und Britany mir den ganzen Abend versichert hatten. Dass Josh einfach in Panik geraten und ausgeflippt war und dass er es eigentlich nicht so gemeint hatte.

Ich wollte das glauben. Ich wollte es so sehr, weil ich sonst nämlich noch mal durchgedreht wäre.

Aber was wenn nicht? Wenn Brit und Miles und meine

Zuversicht sich irrten und Josh es doch so gemeint hatte? Wenn er sich für besser hielt und tatsächlich machte, was ich ihm ohne zu überlegen ins Gesicht geschleudert hatte, und sich verpisste?

Aus einem Impuls heraus streckte ich die Hand nach einem Zipfel der Decke aus und zog sie ein Stück höher über Jakes halbnackten Arm. Der Moment, in dem Josh die Augen aufschlug, leicht zusammenzuckte und mich bemerkte.

»Grey«, stieß er heiser hervor.

»Schh!« Ich hielt mir schnell einen Finger an die Lippen, damit er Jake nicht weckte, dann realisierte ich erst, dass Josh überhaupt wachgeworden war. Sofort trat ich rückwärts die Flucht an.

Verdammt! Wieso war ich nicht einfach schnell nach oben geschlichen, hatte meine Zahnbürste und ein paar Klamotten geholt und mich wieder vom Acker gemacht?

»Warte!«

Natürlich kam er mir nach. Selbstverständlich hechtete er sofort vom Sofa. Keine Ahnung, wie er das halb verknotet mit Jake angestellt hatte. Selbstredend versuchte er, mich aufzuhalten. Und natürlich war mein ganzes beschissenes Leben inzwischen zu einem miesen Witz verkommen, denn das Universum hatte sich gegen mich verschworen, und so geriet ich im Flur ins Schlittern, weil ich auf irgendeinem dummen Spielzeug ausrutschte und beinahe mit voller Wucht auf meinem Arsch gelandet wäre, wenn Josh mich nicht rechtzeitig am Arm erwischt hätte. Und dem nicht genug, nein. Um die Farce perfekt zu machen, stürzten wir beide zu Boden. Nur, dass ich nicht auf meinem Arsch, sondern auf Josh landete, der mit einer Mischung aus Stöhnen und unterdrücktem Fluchen unter mir lag und sich den Hinterkopf hielt.

Unfassbar. Unglaublich, wie dumm und bescheuert das alles war, oder? Fast schon zum Schreien komisch!

»Grey«, keuchte Josh erstickt. »Ich - kriege keine Luft!«

Was wohl in erster Linie daran lag, dass ich mit meinem Unterarm auf seiner Kehle gelandet war. Beim Versuch, mich aufzurappeln, hatte ich zu viel Eigengewicht auf den Arm verlagert.

Ich wünschte, du würdest ersticken! Das würde ich am liebsten sagen und direkt danach selbst dafür sorgen, dass es auch passierte. Stattdessen biss ich die Zähne zusammen, raffte mich irgendwie auf, ohne ihn zu erwürgen, und stolperte dann zurück. Dummerweise war Josh nun zwischen mir und der Haustür. Vielleicht hätte ich einfach über ihn hinwegspringen können, doch ich zögerte eine Sekunde zu lange und so gelang es ihm, sich stöhnend wieder hochzukämpfen.

Mangels Alternativen - in erster Linie dem passenden Mordwerkzeug - flüchtete ich mich in die Küche. Mein Herz raste, mein Puls schoss durch die Decke und mir wurde so übel, dass ich mich am liebsten in den Abfallzerkleinerer in der Spüle übergeben hätte. Mit fest zusammengekniffenen Augen stand ich da, die Hände zu Fäusten geballt und an die Arbeitsplatte gelehnt, weil ich sonst einfach umgefallen wäre.

Ich spürte Josh an meinem Rücken. Ehe ich wusste, wie mir geschah, stand er so dicht hinter mir, dass kein Platz mehr zwischen mir und der Kante vor mir war.

Ein tiefes, verzweifeltes Schluchzen entwich mir, als mir klar wurde, dass ich zuließ, dass er mich berührte, weil er sofort seine Hand auf meinen Mund legte, um das Geräusch zu dämpfen.

»Schh, schh«, flüsterte er mir heiser ins Ohr. Er strich meine Haare zur Seite. Vergrub seine Nase in meiner Halsbeuge. Hielt seine Hand weiter auf meinem Mund, sodass ich gezwungen war, durch die Nase und seinen Geruch einzuatmen. Küsste meinen Hals ...

Heiße Tränen liefen über mein Gesicht. Es fühlte sich an, als würde ich in Flammen stehen und gleichzeitig in einem Schneesturm. Mir war kalt und heiß und ich fühlte mich schrecklich, aber zeitgleich war da auch noch etwas anderes, das weder zu mir noch zur Situation passte. Etwas, das ich mich nicht traute, zu beschreiben, weil es falsch war. So falsch ...

Als würde Josh spüren, dass ich zumindest meine Atmung wieder im Griff hatte und nicht mehr jede Sekunde völlig ausrasten würde, zog er seine Hand bedächtig von meinen bebenden Lippen. Langsam strich er mit den Fingerspitzen über meine Wange, meinen Unterkiefer, meinen Hals ... Als er sie auf fast grotesk zärtliche Weise um meine Kehle schloss, entwich mir ein Laut, den ich noch nie zuvor von mir gehört hatte. Ein verzweifeltes Wimmern. Gemischt mit Angst, Misstrauen und gleichzeitiger Leidenschaft, die mich auffressen und zerstören würde, wenn ich ihr keinen Einhalt gebot.

Ich konnte nicht. Ich konnte mich nicht aufhalten. Genauso wenig wie Josh, der sich vielleicht ein kleines bisschen besser unter Kontrolle hatte, sonst aber genauso wenig begriff, was hier gerade passierte wie ich.

Ich sah es in seinem Blick, als er mich vor sich drehte, sodass wir uns gegenüberstanden. Die gleiche Überraschung, das gleiche Unverständnis, das gleiche Begehren. Sein Atem ging genauso abgehackt wie meiner. Seine breite, muskulöse Brust hob und senkte sich schnell. Ich spürte seinen Herzschlag unter meinen Fingerspitzen, als ich die zitternde Hand hob. Sein ganzer Körper war angespannt. Hart wie Stein.

Als er den Mund aufmachte, schüttelte ich schnell den Kopf. Ich wollte seine Entschuldigungen nicht hören. Nicht jetzt. Nicht heute Nacht. Sonst wäre ich durchgedreht.

Stattdessen tat ich das Dümmste und Unerklärlichste, was mir einfiel: Ich stellte mich auf die Zehenspitzen, schlang die Arme um seinen Hals und küsste ihn.

Nicht sanft oder vorsichtig. Nicht auf die Art, auf die die netten Mädchen auf der Kinoleinwand küssten, weil sie nun mal süß und unschuldig wirken wollten. Nein. Ich mobilisierte all meine Willenskraft, um sämtliche hinderlichen Gedanken und Gewissensbisse schon im Keim zu ersticken. Dann drängte ich mich Josh entgegen, schob ihm die Zunge in den Mund und ließ meinen Körper für mich sprechen. Weil der dazu immerhin noch mehr zu sagen hatte als mein nutzloser Verstand.

Josh zögerte keine Sekunde. Er baute gerade genügend Gegendruck auf, damit ich ihn nicht umwerfen konnte, dann legte er seine Hände an meinen Hintern und setzte mich vor sich auf die Arbeitsplatte.

Ich schloss die Augen, als er seine Hand in mein Haar schob und mit der Zunge so quälend langsam über meine Unterlippe fuhr, dass mir ein leises Wimmern entwich. Ich wünschte mir, wir könnten alles, was heute passiert war, einfach streichen. So tun, als wäre nichts davon geschehen. Als hätten wir nicht all diese Dinge gesagt, die unverzeihlich waren und die nicht hätten gesagt werden dürfen. Ich wünschte, wir wären uns damals näher gekommen. In der Highschool. Lange bevor Josh und Lola zusammengekommen waren. Bevor Josh Lola auf dem Rücksitz meines alten Volvos geschwängert und sich dann verpisst hatte. Lange davor ...

Ich schmeckte meine Tränen, als er mich erneut küsste. Wieder und wieder, bis ich kaum noch atmen konnte.

Seine Berührungen waren sanft und hatten gleichzeitig etwas Raues, Besitzergreifendes an sich. Er löste sich nie länger als einen Sekundenbruchteil von meinen Lippen. Selbst dann nicht, als er anfing, Knopf für Knopf meiner Bluse zu öffnen. Er löste den Knoten an meinem Bauch. Streifte mir den Stoff von den Schultern. Küsste mich um den Verstand ...

Kleine Stromstöße wanderten über meine Haut, jedes Mal, wenn er mich berührte. Mir war heiß. Ich war so erregt, dass ich das Gefühl hatte, sterben zu müssen, falls er aufhörte.

Pathetisch, ja. Aber genauso fühlte es sich an, als er seine

Zähne in meinem Hals vergrub und mich das so anmachte, dass ich nicht verhindern konnte, dass ich leise seinen Namen stöhnte.

Als er sich das schwarze T-Shirt über den Kopf zog und dann zärtlich über meine Wange streichelte, öffnete ich die Augen und sah ihm ins Gesicht. Einen endlosen Moment lang rührte sich keiner von uns.

Es fühlte sich komisch und vertraut zugleich an. Aber war das wirklich ... schlecht?

Ich wusste es nicht. Ich wusste gar nichts mehr. Abgesehen davon, dass ich eigentlich wütend auf ihn sein und ihn hassen sollte. Nach allem was er heute gesagt und getan hatte.

»Es tut mir leid«, flüsterte er rau gegen meine Lippen, bevor er seine Stirn gegen meine lehnte. Sein Kuss war irgendwie ... traurig. Ich spürte seinen Kummer und wusste, dass er es ernst meinte. Einfach so. »Ich wollte das nicht sagen. Geh - nicht wieder weg. Bleib hier. Bei mir.«

»Oh, Josh.« Neue Tränen brannten in meinen Augen, als ich mein Gesicht gegen seine nackte Brust drückte und zuließ, dass er mich festhielt. Er streichelte über meinen Rücken und meinen Kopf und all das fühlte sich viel besser an, als es sein dürfte.

Das war der Moment, in dem ich ihn wegdrücken sollte. Aufstehen und gehen, weil es zwischen uns so viele Dinge gab, die nicht in Ordnung waren. So viel Misstrauen, Zweifel und Angst. Das sollte nicht zwischen uns stehen. Es war ungesund. Es war falsch. Es war schlecht für Jake, denn in erster Linie hatten wir die Verantwortung für ihn.

Aber ich ließ diesen Augenblick ungenutzt verstreichen. In dem Wissen, dass ich vielleicht alles nur schlimmer und komplizierter machte, wenn ich nicht aufhörte, Josh zu küssen.

Ich schaltete meinen Verstand und damit alle Zweifel wieder ab. Worte hätten ohnehin nicht ausreichend beschreiben können, was in mir vorging. Deswegen schickte ich meine

Hände auf Wanderschaft über seinen anbetungswürdigen Oberkörper und war sicher, dass er sich trotz allem genau so wohl fühlte wie ich.

Man sah Josh das jahrelange Footballtraining an. Seine Arme waren stark, seine Brust genauso muskulös wie sein flacher Bauch und ich hätte wirklich lügen müssen, wenn ich behauptet hätte, dass mich der Anblick eines solchen Körpers nicht auch so schon schwach gemacht hätte. Unabhängig von der Tatsache, dass Josh irgendetwas an sich hatte, was es mir unmöglich machte, ihm zu widerstehen. Dass dafür sorgte, dass ich mich so extrem zu ihm hingezogen fühlte, wie zu keinem anderen Mann zuvor ...

Irgendwann legte sich in meinem leergefegten Kopf ein Schalter um und es passierte etwas, das ich kaum für möglich gehalten hatte. Ich hörte auf, zu zweifeln. Wenigstens für diesen Moment in der Küche, als ich mir von Josh helfen ließ, die Shorts und das Höschen auszuziehen, ehe er seine Jeans öffnete und ein Kondom aus seiner Hosentasche zog.

Als er mich an sich zog, festhielt und mir endlich das gab, was ich gerade am meisten brauchte, spielte nichts anderes eine Rolle. Nur, dass er da war, gefühlvoll und leidenschaftlich mit mir schlief und mir dabei in keiner Sekunde das Gefühl gab, nur die zweite Wahl für ihn zu sein.

Ich erstickte meinen Aufschrei, indem ich meine Lippen fest auf seine heiße Haut presste, doch Josh schien es eilig zu haben. Mit jedem Stoß erhöhte er das Tempo, drang tiefer und tiefer in mich ein. Ich hätte ihn zügeln können. Vielleicht. Vielleicht wollte ich das aber auch nicht, weil ich genau das jetzt brauchte.

Sein Atem ging genauso schwer wie meiner. Ich krallte mich an ihm fest und verglühte förmlich in seinen Armen, weil er mich so fest hielt.

Es überraschte mich nicht wirklich, dass es nicht lange dauerte, bis wir fast gleichzeitig kamen. Als Josh soweit war, biss er in meinen Hals, genau wie beim ersten Mal. Und auch dieses Mal katapultierte mich die gigantische Welle aus reiner Erregung und Hingabe direkt in den Abgrund.

Ich flog und fiel und Josh fing mich auf. Es war unbeschreiblich. Fantastisch und atemberaubend, weil er mich Dinge fühlen ließ, die ich noch nie zuvor empfunden hatte.

Nur langsam fand ich zurück ins Hier und Jetzt. Von mir aus hätten wir ewig so hier stehenbleiben können. Also - er. Zwischen meinen Beinen, mein Gesicht fest an sich gedrückt, sodass ich seinem ruhiger werdenden Atem und seinem Herzschlag lauschen konnte.

Es war beruhigend. Schön. Fast perfekt.

Aber jeder perfekte Moment endete irgendwann. Unserer tat es, als er sich langsam aus mir zurückzog, ohne die Augen aufzumachen. Er umfasste mein Gesicht und küsste mich dann auf die Stirn, bevor er es fertigbrachte, mich anzusehen. Lange und schweigend.

»Ich fürchte, ich bin im Begriff, mich in dich zu verlieben«, flüsterte er schließlich heiser. Seine Stimme klang kratzig, als hätte er einen ziemlich riesigen Kloß im Hals.

Mein Magen schlug einen Purzelbaum nach dem anderen, gleichzeitig fühlten sich meine Handflächen feucht an und ich wiederholte den Satz gedanklich ein paar Mal, war aber nicht sicher, mich nicht doch verhört zu haben.

»Ich fürchte, ich bin auch im Begriff, mich in dich zu verlieben«, antwortete ich mit einem schwachen Lächeln und küsste ihn dann auf den Mundwinkel. Josh hatte sich seit Tagen nicht rasiert. Ich mochte das Gefühl seiner Bartstoppeln unter meinen Fingern. Etwas, an das ich mich gewöhnen könnte ...

Er hielt meine Hand fest und küsste meine Fingerspitzen, ohne mich aus den Augen zu lassen. »Wieso ist es dann trotzdem so oft kompliziert zwischen uns? Wieso bekriegen wir uns ständig, als ginge es hierbei um die territoriale Herrschaft auf dem gesamten Kontinent und nicht um das Wohl unseres Kindes?«

»Ich weiß es nicht, Josh. Es ist ... alles so viel auf einmal. Und vielleicht können wir einfach nicht anders?«

Er lachte leise und schüttelte den Kopf. »Hoffen wir, dass du unrecht hast, Honey. Wenn wir unsere zukünftigen Streits auch immer mit Sex lösen, kommen wir gar nicht mehr aus dem Haus.«

»Vielleicht hätte ich ja nichts dagegen«, grinste ich müde und rutschte dann von der Arbeitsplatte, als er mich losließ.

Meine Shorts und mein Höschen lagen auf dem Boden. Josh bückte sich danach, um sie mir zu geben, da rutschte der Zettel aus der Tasche, den ich in Anbetracht des Chaos von heute völlig vergessen hatte.

Sofort streckte ich die Hand danach aus und wollte ihn schnappen, bevor Josh ihn lesen konnte, doch er war schneller als ich.

»Was ist das?«

»Nichts!«, log ich und wagte einen erneuten Versuch. Wieder vergebens.

Josh war kein Idiot. Er wusste, dass ich etwas zu verbergen hatte, weil ich mich bemühte, genau das nicht zu zeigen. Als er den halb zerknüllten Zettel auseinanderfaltete, wurde mir übel.

Warum hatte ich ihn nicht mit den Fotos zusammen versteckt? Wie konnte ich nur so blöd sein? Verdammt!

»Grey ... wo hast du das her?« Noch während er las, was sein Vater geschrieben hatte, wurde er kreidebleich. »Scheiße! Wie - was für Fotos? Seit wann hast du den Zettel bei dir? Warst du dort?«

Die Heftigkeit seines Ausbruchs überraschte mich nicht wirklich. Trotzdem wich ich instinktiv zurück, als er das Papier zerknüllte und vor lauter Wut die Faust auf die Arbeitsplatte krachen ließ. Etwa an der Stelle, an der er mich vorhin erst gevögelt hatte.

Ich schluckte schwer. »E- ein Mann hat mir einen Umschlag gegeben. Gestern Abend, nach meiner Schicht. Er hat gesagt, er solle mir die besten Grüße vom Bürgermeister ausrichten, und dass ich heute Abend um zweiundzwanzig Uhr zu seinem Haus kommen sollte. Allein. Doch dann -«

»Kamen dir das Chaos heute Nachmittag und unser Streit dazwischen und alles andere wurde nebensächlich«, beendete er meinen Satz trocken und ich nickte.

Josh raufte sich die zerwühlten, ungestylten Haare, stieß noch eine Reihe weiterer Flüche aus und schien Mühe zu haben, nicht total auszurasten, was ich ihm nicht einmal verübeln konnte. Dabei hatte er ja noch nicht einmal die Fotos gesehen.

»Was will er von dir? Was ist auf den Fotos? Zeig sie mir!«

»Ich weiß nicht, was er will. Die Fotos sind oben in meinem Zimmer.«

Ich deutete mit zitternden Fingern auf die angelehnte Küchentür. Er wartete, bis ich mir das Höschen und die Shorts wieder angezogen hatte. Die Bluse zog ich erst gar nicht wieder über, weil ich mir - wenn ich schon oben war - auch gleich das Schlaf-T-Shirt überziehen konnte.

Josh folgte mir auf dem Fuß. Ohne sein Shirt, mit offener Hose, aber das schien ihn nicht zu kümmern. Über das Chaos in meinem Zimmer rümpfte er nicht einmal die Nase.

Ja, vielleicht war ich kein sonderlich gutes Vorbild für Jake, wenn es um Ordnung und so ging, aber das war mein Zimmer und normalerweise betrat Jake es auch nicht. Solange der Rest des Hauses immer sauber und ordentlich war - wen interessierte es, wie es in meinem Schlafzimmer aussah?

Ich zog den Karton unter dem Bett hervor, in dem ich den Umschlag mit den Fotos versteckt hatte.

Josh riss ihn mir förmlich aus der Hand, ließ die Abzüge in seine Hand fallen und starrte mit wachsendem Unglauben auf die Szene, die sich ihm in viel zu detaillierten Facetten offenbarte.

»Fuck!«

Zutreffender konnte man das kaum bezeichnen.

»Warum kommt der Wichser damit zu dir? Wieso erpresst er dich und nicht mich?«

Ich vergrub die Zähne in der Unterlippe und dachte einen Moment darüber nach. Das war eine ziemlich gute Frage. Oder? Was konnte ich Joshs Vater geben oder vielmehr was für ein Problem hatte er mit mir, dass er mich erpresste, anstatt seinen eigenen Sohn? Es wäre doch viel leichter, diese Bilder Josh zu geben und ihn damit zu zwingen, die Stadt wieder zu verlassen, oder? Warum ich? Wieso die Drohung auf meine Eltern bezogen? Warum war ich anscheinend ein größeres Ärgernis für den sauberen Herrn Bürgermeister als Josh? Das ergab keinen Sinn.

»Es sei denn«, überlegte ich laut, »er hat vor, dich auch zu erpressen. Vielleicht probiert er es erst bei mir, weil er ... keine Ahnung - Hemmungen hat? Immerhin bist du sein Sohn, oder?«

Ein Kommentar, der dafür sorgte, dass Josh mich ungläubig anglotzte, dann den Kopf in den Nacken warf und in schallendes Gelächter ausbrach, als hätte ich einen urkomischen Witz gemacht.

Er deutete auf die Verletzung über seiner Augenbraue. »Meinst du, dieser Umstand würde für meinen Vater irgendeine Rolle spielen? Ganz bestimmt nicht! Nein, es muss irgendetwas anderes sein. Etwas, das er für eine Bedrohung hält, weil er sonst nicht so offensiv vorgehen würde.«

»Offensiv? Geht das auch subtiler?«

Er schnaufte. »Klar. Normalerweise zahlt er nur Schmier- und Schweigegelder. Erpressung versucht er nur, wenn nichts anderes hilft. Oder war das nicht das erste Mal und er hat schon versucht, dich zu kaufen?« Er hielt die Fotos hoch und hob auffordernd die Brauen, doch ich schüttelte nur schnell den Kopf.

»Nein. Bisher hatte ich jedenfalls keine besonders hohen Zahlungseingänge auf meinem Konto, die ich nicht zuordnen konnte.«

»Hm.« Josh lief in meinem Zimmer auf und ab und schien angestrengt darüber nachzudenken, genau wie ich. Aber weder er noch ich hatten einen Geistesblitz, der uns offenbart hätte, was der Hintergedanke seines Vaters sein konnte, mit diesen Fotos ausgerechnet zu mir zu kommen. Ganz abgesehen von der Tatsache, dass dieses Druckmittel ab heute auch nur noch halb so viel wert war ...

»Kevin hat Schluss gemacht«, sagte ich irgendwann leise in die Stille und ließ mich auf die Bettkante fallen. »Damit hat dein Vater eigentlich doch gar keine belastenden Beweise für irgendwas. Oder?«

»Hat er das?«

Josh klang eher interessiert als bestürzt, aber das konnte ich ihm angesichts der neusten Entwicklung wohl kaum verübeln. Wahrscheinlich wusste er genau wie ich schon länger, dass es zwischen uns beiden irgendwann auf mehr hinauslaufen würde. Im Unterschied zu mir hatte er nur niemanden gehabt, den er damit verletzen konnte.

»Er hat gefragt, ob es wahr ist. Ob ich ihm irgendetwas beichten wollte. Ob zwischen dir und mir ... Na ja, du weißt schon.«

»Und? Du hast ihm die Wahrheit gesagt?«

Ich nickte, unterdrückte die latente Wut wegen heute Nachmittag aber so gut wie möglich. »Abstreiten hätte vermutlich nicht viel genützt, oder? Du warst ja schon sehr deutlich.« Das biestige Zähnefletschen konnte ich mir nicht gänzlich verkneifen. »Beim nächsten Mal spar dir diese kindischen Spielchen einfach. Es war nicht deine Entscheidung, ob und wann und wie ich es Kevin sage. Das war ganz allein meine Angelegenheit.«

»Es gibt kein nächstes Mal, Honey«, antwortete er ungerührt, trat dann ans Bett und schob seine Finger unter mein Kinn, ehe er mich flüchtig küsste. Selbstverständlich nicht ohne das selbstherrliche Grinsen im Gesicht. »Du gehörst jetzt mir. Und du brauchst nicht davon auszugehen, dass ich dir einen Grund geben würde, mich zu hintergehen.«

Darauf sagte ich besser nichts.

Josh

Es hatte sich noch nie so entspannt zwischen Grey und mir angefühlt wie jetzt. Das war irgendwie verrückt, aber offenbar musste es zwischen uns immer erst eskalieren und richtig knallen, bis wir einen Schritt vorwärtsmachen konnten.

Es war weit nach zwei Uhr morgens, aber müde fühlte ich mich nicht. Erschlagen und k.o. vielleicht, aber zum Schlafen war ich zu aufgewühlt.

Grey lag neben mir in ihrem Bett. Es schien ihr ähnlich zu gehen, denn sie malte mit dem Zeigefinger kleine Kreise auf meiner Brust, ohne sich zu rühren.

»Was machen wir denn jetzt, Josh? Ich habe deinem Vater nicht mal abgesagt. Wenn er jetzt seine Drohung wahrmacht?«

Mein Magen verknotete sich, aber ich zwang mich, ruhig zu bleiben. Sie hatte auch so schon Angst genug.

»Wird er nicht. Nicht sofort. Ich nehme an, er lässt uns beobachten. Er weiß vermutlich, dass Jake heute Nachmittag einen Unfall hatte und dass wir mit ihm im Krankenhaus waren. Und ich nehme an, er wird morgen früh eine weitere Nachricht schicken. Mit einem neuen Zeitpunkt. Rechne bloß nicht damit, dass er seinem Enkelsohn Blumen oder Spielzeug mit Genesungswünschen schickt.«

Nicht witzig. Fand offenbar auch Grey, denn sie lachte nicht und ging über den letzten Kommentar einfach hinweg.

»Und dann? Soll ich hingehen? Meinst du, er wird mir sagen, was er eigentlich von mir will und warum er so einen Aufstand macht? Warum tut er das?«

Ich seufzte leise. »Honey ... mein Vater ist ein machtgeiler Irrer. Die Wahlen stehen bald an. Noch gibt es nicht viele Menschen in der Stadt, die wissen, dass ich zurück bin und der Vater von Jake bin. Er will, dass das so bleibt. Denke ich.«

Sie schüttelte den Kopf, ohne ihr Gesicht von meiner Brust zu lösen. »Das ist unlogisch. Dann hätte er die Fotos auch dir geben und dich damit zwingen können, nach Los Angeles zurückzugehen. Ich bin doch gar keine Gefahr für ihn. Ich war von Anfang an bei Jake und Lola hat echt kein Riesengeheimnis draus gemacht, wenn sie jemand nach dem Vater des Kindes gefragt hat.«

»Das ... wusste ich nicht. Ich dachte, sie würde es nicht an die große Glocke hängen.«

Ein Kommentar, der Grey ein leises Kichern entlockte. Nicht ganz so amüsiert wie sonst. »Oh, doch. Wir haben dich leidenschaftlich gehasst und definitiv keinen Hehl daraus gemacht. Ich würde es viel merkwürdiger finden, wenn dein Vater gar nichts davon mitbekommen hat. Die Stadt ist winzig. Es wäre schon komisch, wenn er nicht zumindest davon gehört hätte.«

»Mir gegenüber hat er aber nie etwas davon erwähnt.«

Nachdenklich runzelte ich die Stirn und starrte an die Decke. Wir hatten die kleine Lampe neben dem Bett eingeschaltet und die Fotos zurück in den Karton getan. Nicht, dass es mir nicht grundsätzlich gefiel, Grey nackt zu sehen, aber unter diesen Umständen und aus den Händen meines Vaters eindeutig nicht.

Die Frage beschäftigte mich. Warum hatte Dad nie ein Sterbenswörtchen darüber verlauten lassen? Das ergab keinen Sinn. Weil er es liebte, mich an meinc Fehltritte und Defizite zu erinnern. Mir immer wieder unter die Nase zu reiben, was für ein Versager ich war, machte ihm Spaß. Die Tatsache, dass es Jake überhaupt gab, hätte eigentlich ein gefundenes Fressen für ihn sein müssen.

Und nicht nur das - wenn man den Gedanken weiterführte, könnte man sogar darüber nachdenken, wieso er meinen Fehltritt nicht für sich ausnutzte und einen auf Wohltäter und treusorgenden Großvater gemacht hatte. Solche Sachen passten perfekt in das Image, das er sich gern auf den Leib schrieb.

Er hätte Lola von Anfang an finanziell unterstützen können. Nicht, dass er je vorgehabt hätte, eine emotionale Sache daraus zu machen, schließlich besaß mein Vater kein Herz und Macht und Geld waren alles, was ihn interessierte. Aber *wenn* er das gemacht hätte, hätte ihm das in die Karten gespielt. Er hätte sich vor allem von all den alten Schachteln feiern lassen, während ich öffentlich der Buhmann gewesen wäre, weil ich meine schwangere Ex-Freundin sitzengelassen hatte. Dann wäre mein Vater der Held in der Stadt gewesen. Ein vermeintlicher Wohltäter, ein guter Mensch und überhaupt ...

Solche Clous passten zu meinem Vater. Er heuchelte etwas vor, das er nicht war und das hatte meistens funktioniert, denn schließlich war er ja zum Stadtoberhaupt gewählt worden, und wollte es sicherlich auch gern bleiben.

Warum also hatte er diese Karte nicht ausgespielt? Dass er nicht daran gedacht hatte, war ausgeschlossen. Mein Vater machte grundsätzlich nur das, was sich über kurz oder lang als gut für ihn erweisen würde.

Das konnte nur bedeuten, dass das Gegenteil - also die ganze Sache unter den Teppich kehren und ein Geheimnis daraus zu machen - im Endeffekt noch besser war als der Prestigebonus.

»Es muss einen Grund dafür geben, wieso er Lola und Jake die ganzen Jahre ignoriert hat«, sagte ich nach einem Moment Schweigen. »Wenn es stimmt, was du sagst, und die ganze Geschichte gar kein Geheimnis in der Stadt war, dann wusste mein Vater garantiert von Anfang an Bescheid.«

»Und was könnte der Grund sein? Wollte er nicht, dass er damit in Verbindung kommt?«

»Ich habe keinen Schimmer, Honey. Aber genau das sollten wir vielleicht herausfinden, oder? Wenn wir wissen, wieso mein Vater so ein reges Interesse daran hat, die ganze Sache unter den Teppich zu kehren, dann wäre das schon mal nicht schlecht.«

Grey gähnte herzhaft. »Vielleicht hatte er ein Verhältnis mit Lola und will deshalb nicht, dass sich irgendjemand näher damit befasst.« Sie hatte den Satz noch nicht ganz ausgesprochen, da fing sie schon an zu lachen. »Total bescheuert! Das wäre total ekelig.«

Aber ... war es das? So abwegig?

Lola hatte mich damals hintergangen. Eine Tatsache, die selbst Grey nicht mehr leugnete. Mit Typen, die nur etwas älter als ich gewesen waren. Aber was, wenn sie ihr Beuteschema ausgeweitet hatte? Wenn sie - aus welchem kranken Grund auch immer - auch Verhältnisse zu älteren Männern gehabt hatte?

Ich wog meine nächsten Worte gut ab, ehe ich vielleicht einen neuen Streit riskierte, weil ich eine Hypothese in den Raum warf, die jetzt auf einmal doch nicht mehr ganz so unmöglich war.

»Lola hatte nach Jakes Geburt doch bestimmt Beziehungen, oder?«

Grey schnaufte. »So würde ich das nicht bezeichnen, nein. Im ersten Jahr hatte sie tatsächlich gar nichts. Keine One-Night-Stands oder so. Als ich sie damals gefragt habe, wieso, da hat sie es auf die Geburt geschoben. Das kannst du ja nicht wissen, aber es war ... ekelig.«

»Ekelig?« Ich küsste ihre Stirn, damit sie mein Grinsen nicht sah. »Inwiefern?«

»Na ja, das war irgendwie nicht richtig ausgedrückt. Also, ich war damals dabei und ich fand es echt ekelig. Das ganze

Blut und Jake sah so zerknautscht aus und war so glibberig.«

Ich lachte. »Ich hab das Foto im Flur gesehen. Das, was direkt nach der Entbindung aufgenommen wurde. Ich fand dich da übrigens sehr hübsch, Honey. Und glibberig sah Jake auch nicht aus.«

Das gerahmte Foto hing an der Wand im Treppenhaus. Lola lag im Krankenhausbett und grinste sichtlich erschöpft in die Kamera, während Jake in ein dickes Tuch eingewickelt neben ihr lag und gähnte. Grey saß neben dem Bett und strahlte, die Hand zum Victoryzeichen erhoben. Wahrscheinlich waren die beiden Mädels damals wirklich glücklich gewesen, denn so hatten sie definitiv ausgesehen.

»Weil er da gerade gewaschen worden war«, erwiderte sie und streckte mir die niedliche Zunge raus. »Sei froh, dass du dir die ganze Nummer mit dem Kotzen, den Koliken und der Kacke ersparen konntest.«

»Bin ich aber nicht«, sagte ich ehrlich und meinte es auch so. »Ich hätte da sein müssen. Von Anfang an.«

Darauf erwiderte Grey nichts. Sie drehte den Kopf gerade weit genug, damit ich das Bedauern in ihrem Blick sehen konnte.

»Also ... zurück zum Thema«, räusperte sie sich nach ein paar Sekunden. »Die Geburt war anstrengend und hart. Lola ist mehrfach gerissen und musste genäht werden. Es hat ewig gedauert, bis sie ohne Schmerzen aufs Klo konnte, aber an Sex war für sie lange gar nicht zu denken. Sie hat gesagt, sie hätte tierische Schmerzen dabei gehabt. Deswegen hat sie so lange einen Bogen um Männer gemacht. Und danach ... Ich würde nicht sagen, dass sich ihr Verschleiß erhöht hätte, nein. Sie wusste, was sie wollte und wusste auch, wie sie sich das holte, aber das war's. Da war keiner bei, der ihr sonderlich viel bedeutet hätte.«

Darauf hatte ich eigentlich nicht hinausgewollt. Aber gut zu wissen. Mir war nicht klar gewesen, wie unschön so eine Geburt war und mit was man sich als Frau danach so herumschlagen musste ...

Gedanken, die ich lieber für mich behielt.

»Ich wollte eigentlich darauf hinaus, was das für Typen waren, mit denen sie was hatte. Waren die ... so alt wie wir? Jünger? *Älter?*«

»Hm. Älter. Alle älter. Ich hab nie was gesagt, ging mich ja auch nichts an. Aber bevor ich mit einem Kerl ins Bett gehe, der fast so alt ist wie mein Vater, lebe ich lieber zölibatär.« Sie rümpfte die Nase, als würde sie sich Lolas Liebhaber der Reihe nach vorstellen.

Aha. Interessant. Das bestätigte meine Überlegung, die ich bisher nicht näher definiert und lieber verdrängt hatte, auch wenn ich das am liebsten weiterhin tun würde.

Allein die Vorstellung, mein Vater könnte mit meiner Freundin-

Ekelhaft!

»Alles okay, Josh? Du siehst aus, als hättest du auf eine Zitrone gebissen.« Grey löste ihr Gesicht von meiner nackten Brust und schaute hoch in mein Gesicht.

»Ja, Honey. Alles bestens«, log ich, ohne mit der Wimper zu zucken. »Hat mich einfach interessiert.«

Was nützte es schließlich, Grey zu beunruhigen, wenn ich doch nichts weiter als ziemlich kranke Fantasien dazu hatte, wieso mein Vater wirklich so ein reges Interesse daran hegte, die Sache unter Verschluss zu halten? Wahrscheinlich spielte meine Fantasie einfach verrückt.

Lola hatte - soweit ich wusste - nie Kontakt mit meinem Vater gehabt. Er hatte unsere Beziehung missbilligt, mir verboten, mich mit ihr zu treffen und so hatten wir es eben heimlich gemacht. Wie unzählige Teenager im ganzen Land, schließlich gab es auch strenge Eltern. Konnten ja nicht alle Eltern so locker drauf sein wie die von Grey, oder?

Das, was sich mein offensichtlich übermüdetes Hirn da gerade zusammenbastelte, war eindeutig zu krank. Und selbst wenn nicht - selbst wenn Lola aus irgendwelchen perversen Gründen mal ausgerechnet was mit meinem Vater gehabt hatte - gab es keinerlei Beweise dafür. Sollte Dad also glauben, Grey könnte vermuten oder wissen, dass er und Lola ein Verhältnis gehabt hatten, und sollte demnach das der Grund für seinen Erpressungsversuch sein, dann wusste er offenbar nicht, dass wir längst das Ergebnis des Vaterschaftstests hatten. Grey wusste jedenfalls wirklich nichts davon, sollte es eine solche Affäre überhaupt gegeben haben.

Das war absurd.

Was also ... könnte sonst der Grund sein?

»Wir sollten Jake nach oben ins Bett bringen«, schlug Grey gähnend vor, die selbstverständlich nichts von meinen chaotischen Überlegungen mitbekommen hatte.

»Gute Idee.« Ich schluckte, als mir einfiel, dass es da ja noch etwas gab, das sie nicht wusste. Ein breites Grinsen breitete sich auf meinem Gesicht aus, als ich mich aus dem Bett quälte und aufstand. »Ich hab keinen Schimmer, woher, aber er ... Na ja, er hat mich Dad genannt. Heute im Krankenhaus. Er weiß es.«

Grey riss die Augen auf und setzte sich auf. »Was? Echt? Aber woher weiß er das? Ich dachte, du wolltest noch warten, bis wir ihm die Wahrheit erzählen.«

Ich zuckte mit den Schultern und zog mir das Shirt über, das ich vorhin achtlos neben das Bett geworfen hatte. »Keine Ahnung. Aber es fühlt sich irgendwie ... gut an.«

Sie lächelte, als ich mich bückte, um sie auf den Mundwinkel zu küssen. »Das freut mich, Josh. Und wahrscheinlich ist es egal, woher er es weiß. Vielleicht hat er es einfach aufgeschnappt. Oder er ist von selbst drauf gekommen, weil er nämlich ein kluges Kind ist.«

»Ist er!«, beteuerte ich und empfand zum ersten Mal, seit

diese ganze Geschichte angefangen hatte, echten Stolz. Ein verdammt gutes Gefühl!

*****

Es war kurz nach zwei Uhr mittags, als mein Handy klingelte und ich Greys Namen auf dem Display las.

Jake hockte im Badezimmer neben dem Mann vom Hausmeisterservice, den ich angerufen hatte, kaum dass sie das Haus vor ihrer Schicht im Restaurant verlassen hatte. Mit einer Mischung aus Skepsis und Neugier sah der Knirps dem Mann im blauen Overall dabei zu, wie er das Bad vermaß und sich alles Mögliche auf seinem Notizblock notierte. Ich hoffte darauf, dass die Renovierung schnell in Angriff genommen wurde. Und natürlich auch, dass Jake Grey gegenüber den Mund hielt, schließlich sollte es eine Überraschung werden.

»Hey, Baby«, meldete ich mich mit einem vermutlich ziemlich dümmlichen Grinsen, als ich die beiden kurz allein ließ und zum Telefonieren in den Flur ging. »Vermisst du mich schon?«

»Josh, du musst herkommen. Sofort!«

Äh, ja. Das war nicht ganz der Tonfall, den ich erwartet hatte. »Was ist los? Ist was passiert? Hat mein Vater-«

»Deine Mom ist hier!«, klärte sie mich auf und klang dabei mehr als nur ein bisschen gestresst.

»Was?«

Grey senkte die Stimme und schien den vorderen Bereich zu verlassen, im Hintergrund hörte ich ihren Vater, der dem Hilfskoch irgendetwas zurief. »Sie stand vor fünf Minuten plötzlich vor mir und wollte zu dir. Ich wusste nicht, was ich machen soll, aber ich wollte ihr nicht sagen, dass du bei mir wohnst. Kannst du - kannst du bitte herkommen und mit ihr reden?«

»Ja, klar! Ich komme sofort rüber. Was ist mit Jake?«

»Bring ihn mit, er kann in der Küche spielen.«

Ich versprach ihr, mich sofort auf den Weg zu machen und überlegte fieberhaft, was los war. Meine Mutter war im Restaurant bei Greys Eltern aufgetaucht - das war unmöglich!

Mein Vater war so freundlich, mich darauf hinzuweisen, dass ich nicht auf die Idee kommen sollte, mich ihr zu nähern. Während unserer kleinen Auseinandersetzung vor ein paar Tagen war sie nicht da gewesen, obwohl er auf der Fahrt nach Hause nicht müde geworden war, mir vorzukauen, wie sehr ich sie enttäuscht hatte und wie schrecklich sie sich wegen all dem fühlte. Meinetwegen.

Kaum, dass wir das Haus betreten hatten, hatte er gemeint, sie würde bereits schlafen und sich nicht wohl fühlen. Dann war der Streit auch schon losgegangen und wie das Ende vom Lied war, konnte ich immer noch im Spiegel sehen.

Ich hatte keinen Schimmer, wieso meine Mutter im *Goldenen Frosch* auftauchen sollte, aber ich hatte ein ganz mieses Gefühl dabei, den Handwerker wieder wegzuschicken und mich ein paar Minuten später zusammen mit Jake auf den Weg dorthin zu machen.

»Ist alles in Ordnung, Dad?«, fragte der Zwerg, der wie so oft ein viel feineres Gespür zu haben schien als man ihm zutrauen würde. Er musterte mich mit gerunzelter Stirn, als wir an der Straßenecke vor dem Restaurant hielten.

»Ja, Kumpel. Es ist alles in Ordnung, versprochen. Du kannst gleich ein bisschen mit Grandpa Chris spielen, okay? Ich muss etwas erledigen, aber danach könnten wir in den Spielzeugladen am Fluss gehen und mal gucken, ob die neue Dinos haben. Was meinst du?«

Jake strahlte mich an. »Au ja!«

So leicht war ein fast Fünfjähriger um den Finger zu wickeln. Unfassbar praktisch, nur dass ich mir spätestens in sieben bis zehn Jahren wohl etwas Neues einfallen lassen müsste.

Grey, die uns wohl schon durchs Fenster gesehen hatte, stieß die Tür auf. Tatsächlich wirkte sie blass und leicht verwirrt, was ich ihr kaum verübeln konnte.

»Geh doch schon mal vor, Jake. Ich komme sofort nach, ja?«

»Ok.« Jake drückte sich an ihr vorbei und lief direkt geradeaus auf die Schwingtür zu, ohne sich umzusehen.

»Danke, dass du so schnell gekommen bist«, raunte sie mir deutlich leiser zu. »Ich wusste nicht, was ich mit ihr machen sollte. Sie sitzt hinten am letzten Tisch und schaut nur aus dem Fenster. Sie ist mit einer älteren Frau zusammen gekommen, die sie wohl hergefahren hat. Und sie lächelt die ganze Zeit, Josh. Sie hat meine Mom vorhin sogar gefragt, ob ich mich auch schon so auf die Senior High freuen würde wie du. Als wären wir vierzehn.«

»Sie bringt ständig die Daten und Jahreszahlen durcheinander.« Die erstbeste Entschuldigung, die mir in den Sinn kam. »Als ich nach Kalifornien ging, glaubte sie, George W. Bush wäre noch Präsident.«

Weil es keinen Zweck hatte, das Unvermeidliche hinauszuzögern, gab ich Grey einen flüchtigen Kuss auf die Wange und ignorierte den seltsamen Blick, den ihre Mom mir danach zuwarf, weil sie uns selbstverständlich die ganze Zeit beobachtet hatte.

»Hi, Mrs. Harper«, grüßte ich sie mit einem falschen Lächeln, ohne stehenzubleiben.

Mein Blick fiel auf meine Mutter. Sie saß tatsächlich mit im Schoß gefalteten Händen am hintersten Fensterplatz und starrte raus auf die Straße. Sie musste mich und Jake gesehen haben, aber sie schaute nicht einmal auf, als ich mich ihr mit verknotetem Magen langsam näherte.

Lisa Franklin stand etwa einen Meter hinter ihr und nickte

mir zu. Klar. Die Physiotherapeutin meiner Mutter. Sie hatte sie gefahren. Und dass Lisa hier war, war nicht unbedingt ein gutes Zeichen. Es bedeutete nur, dass ich immerhin keine Todesängste ausstehen musste, falls ich mich mit der Frage befassen sollte, wie meine Mutter hergekommen war. Unfallfrei.

»Was machen Sie hier, Lisa?« Ich ging auf die ältere Frau zu, die mein Dad vor ein paar Jahren eingestellt hatte, um die ambulante Pflege meiner Mutter zu übernehmen. »Was ist passiert? Weiß mein Vater -«

»Mr. Groban weiß nicht, dass wir hier sind«, unterbrach sie mich leise. »Dein Vater ist nicht in der Stadt, Josh. Er ist auf eine Landwirtschaftskonferenz nach Milwaukee gereist und wird erst übermorgen zurückerwartet.«

Nun, das erklärte immerhin, wieso sich seit gestern Abend nichts gerührt hatte. Immerhin war Grey nicht zum verabredeten Zeitpunkt im Haus meiner Eltern erschienen, um sich dort aller Wahrscheinlichkeit nach von meinem Vater erpressen zu lassen.

»Was ist mit meiner Mutter?« Ich warf einen besorgten Blick zur Seite, war aber sicher, dass Mom nicht mal mit der Wimper gezuckt hatte, seit ich hier war. »Ist sie - geht es ihr schlechter?«

Lisa schüttelte erneut den Kopf. »Nein, momentan gibt es keine weiteren Schübe und das Stadium, in dem sich die Demenz befindet, hält sich stabil. Das ist erstaunlich, weil sie eigentlich schon viel weiter vorangeschritten sein müsste. Aber das ist auch nicht der Grund, aus dem wir hier sind.«

»Warum dann?«, herrschte ich sie deutlich zu ungeduldig an und biss mir dann auf die Zunge, weil Lisa schließlich nichts dafür konnte. Ohne die Frau mit den streng zurückgebundenen ergrauten Haaren wäre Mom immerhin nicht hier. Wer weiß, ob Dad mich zu ihr gelassen hätte, wenn ich in ein paar Tagen selbst versucht hätte, den Kontakt zu ihr aufzunehmen.

»Es geht um ...«

Lisa verzog das Gesicht und schaute Richtung Theke. Zum hinteren Teil, wo Jake stand. Geduckt und klammheimlich den Kopf um die Ecke der Bar gesteckt, als hätte er Angst, Ärger zu bekommen, wenn man ihn erwischte. Dabei konnte er von dort hinten höchstens zusehen, aber kein Wort verstehen.

»Er sieht aus wie er«, hörte ich Mom hinter mir sagen und fuhr erschrocken herum, weil ich gedacht hatte, sie würde immer noch aus dem Fenster schauen. »Wie er. Und wie du. Er ist so schön. So wunderwunderschön.«

Meine Zunge pappte an meinem Gaumen fest. Gleichzeitig schnürte sich mein gesamter Brustkorb zusammen und das Herz sackte mir in die Hose.

»Wie er? Mom? Was meinst du damit?«

»Josh«, sagte sie. »Du siehst so gut aus.«

Als ich kurzerhand den Stuhl ihr gegenüber nach hinten zog und mich setzte, lächelte sie. Ich griff nach ihren Händen. Sie waren eiskalt. Das Zittern war nicht nur spürbar, sondern auch sichtbar.

»Du bist so groß geworden. Ein richtiger Mann.« Die blasse Unterlippe meiner Mutter zitterte. Die Gesichtszüge entglitten ihr, doch sie fing sich, ohne eine Träne zu vergießen. »Lisa ... Ich - ich weiß nicht mehr -«

»Schon gut, Mary. Ich bin hier. Ich helfe Ihnen«, sprang Lisa meiner Mutter bei, stellte sich neben sie und tätschelte ihre Schulter.

Meine Verwirrung wuchs, als ich die Frauen nacheinander anstarrte. »Was geht hier vor?«

»Deine Mutter hat mich gebeten, dir dic ganze Geschichte zu erzählen, falls sie es vergisst oder nicht selbst schafft.«

»Die ganze Geschichte?«

Ich war sicher, mich demnächst übergeben zu müssen, weil ich auf einmal eine ziemlich genaue Vorstellung davon hatte, auf was das hier hinauslaufen würde.

Ich drückte die eisigen Finger meiner Mutter fester. »Mom. Sieh mich an, okay? Versuch es wenigstens. Versuch, mir zu erklären, was hier los ist.«

»Dein Vater ist ein Monster«, flüsterte sie, ohne den Blick von der Tischkante zu lösen oder gar das grotesk wirkende Lächeln aus ihrem Gesicht zu verbannen. »Er schläft mit einer jungen Frau. Sie ist ganz jung. So jung wie du. Es ist dieselbe Frau!«

Gleich traten mir die Augen aus den Höhlen. Meine Kinnlade war bereits auf dem Tisch gelandet, so entsetzt starrte ich meine Mutter an.

Also doch, war der erste Gedanke, der einen Sinn in dem Chaos ergab, das meinen Schädel bevölkerte. Dann wusste ich nur noch, dass ich das nicht konnte. Nicht allein.

»Sekunde«, stammelte ich, stolperte dann beinahe über meine Füße, als ich aufsprang und mich suchend nach Grey umsah. Sie musste dabei sein. Sie sollte es selbst hören.

»Josh?« Ich fand sie bei Jake in der Küche.

»Komm mit«, sagte ich knapp. »Bitte!«

Sie folgte mir ohne weitere Fragen zurück durch den Speiseraum und setzte sich auf den Stuhl am Fenster, den ich ihr zurückschob. Ein schwaches, durch und durch angespanntes Lächeln auf den Lippen, als sie Lisa und meiner Mom zunickte.

Lisa lächelte sie an, meine Mutter reagierte gar nicht. In der Hand hielt sie jetzt eine Papierserviette aus dem Spender, der am Rand des Tischs stand.

»Sie muss das auch hören«, erklärte ich möglicherweise eine Spur zu herrisch oder aufgebracht an Lisa gewandt, aber entschuldigen konnte ich mich auch später noch. »Bitte! Erzählen Sie uns endlich, was hier los ist! Mein Vater hat versucht, Grey zu erpressen. Warum?«

Lisa sah runter auf meine Mom, dann schaute sie wieder

mich an. »Weil dein Vater etwas in Miss Harpers Besitz - genauer gesagt in Miss Adams' Nachlass - vermutet, das ihn ... belasten könnte«, druckste sie herum und räusperte sich dann, als wäre es ihr unangenehm, dieses Thema zu besprechen.

Nun, da war sie nicht die Einzige. Nur dass jetzt, da das Thema erst angeschnitten war, kein Weg mehr daran vorbeiführte.

Unter der Tischplatte tastete Grey nach meiner Hand. Als wir unsere Finger verschränkten, fühlten sich ihre kalt und feucht an.

»Den Beweis für seine Affäre mit Lola.« Mehr eine Feststellung als eine Frage.

Wahrscheinlich hätte ich entsetzter oder schockierter oder wütender sein müssen, als Lisa gequält das Gesicht verzog und nickte.

»Dieselbe Frau«, flüsterte meine Mom, bevor ihre Physiotherapeutin den Mund aufmachen konnte.

Ihr Blick ruckte urplötzlich hoch und fixierte sich auf mich. So fest und unerschütterlich, als wäre sie in Sekundenbruchteilen wieder völlig klar im Kopf geworden.

»Jetzt weiß ich es wieder. Josh - du musst gehen. Geh und nimm das Kind und die Frau mit. Komm nicht wieder. Er wird wieder wütend werden!«

Während sie sprach, fingen ihre Hände so stark an zu zittern, dass sie die Serviette aus den Fingern verlor. Sie fiel zu Boden und meine Mutter riss sofort einen Haufen neuer Servietten aus dem Spender, ohne auch nur zu blinzeln.

»Hat er dir was getan, Mom?«

Grey zuckte zusammen, weil mich die Vorstellung so rasend vor Wut machte, dass ich unwillkürlich ihre Finger quetschte. Trotzdem zog sie ihre Hand nicht weg. Sie hielt meine fest. Ganz fest.

»Dein Vater hat deiner Mutter nie etwas getan, Josh. Ich

schwöre es! Ich bin jeden Tag dort und abgesehen davon, dass er sie meistens ignoriert, hat er ihr nie dasselbe angetan wie dir.« Lisa schaute auf die verheilende Wunde an meiner Augenbraue. »Ich arbeite jetzt schon einige Jahre für deine Familie. Selbst wenn ich nie selbst anwesend war ... ich wusste immer, dass du dir die vielen Verletzungen nicht beim Sport zugezogen hast.«

Ein Kommentar, der Grey urplötzlich ihre Faust auf den Tisch krachen ließ, sodass ich sie verwirrt von der Seite anstarrte. Der Zorn sprühte ihr förmlich aus den Augen.

Grey

Rasend vor Wut starrte ich die ältere Frau an, die Joshs Mom offensichtlich hergefahren hatte. Beim Reinkommen hatte sie noch freundlich gegrüßt und zwei Wasser bestellt, doch nun hatte ich ein unglaublich starkes Bedürfnis danach, ihr genau dieses Wasser ins Gesicht zu schütten.

»Sie wussten es und haben nie ein Sterbenswörtchen gesagt? Ist das ihr verfluchter Ernst?«

»Honey«, meldete sich Josh neben mir, doch ihn starrte ich genauso fuchsteufelswild an wie diese Pflegerin. Oder was auch immer sie eigentlich war.

»Nein, Josh! Dir mag das vielleicht normal vorkommen, keine Ahnung. Aber wenn ich irgendwo in einem Haushalt arbeite und weiß, dass da irgendetwas nicht stimmt, dann mache ich mein Maul auf!«

»Sie hat recht«, sagte Lisa und lächelte traurig. »Ich hätte etwas sagen müssen.«

»Aber? Lassen Sie mich raten - Sie wollten Ihren Job nicht verlieren?«

»Ja, ganz genau. Ich hatte zwei Kinder auf dem College. Das ist eine schlechte Ausrede und sicherlich keine Entschuldigung, aber es ist, wie es ist. Ihr beide habt jetzt auch ein Kind zu versorgen. Irgendwann werdet ihr es vielleicht verstehen. Das bedeutet aber nicht, dass es mir nicht schrecklich leidtut!«

»Niemand wollte Sie angreifen, Lisa«, meldete sich Josh zu Wort, aber eigentlich war es mir scheißegal, was er sagte. Er wusste, dass ich recht hatte.

Ich schnaufte verächtlich. Josh war eindeutig nicht dasselbe Arschloch, das Fountain City damals verlassen hatte. Er war nett. Zu nett, zu verständnisvoll, nicht wütend genug!

Ich wollte es nicht, aber seit mein Hintern die Sitzfläche des Stuhls berührt hatte und klar war, auf was dieses Gespräch hinauslaufen würde, musste ich mir ununterbrochen vorstellen, was ich getan hätte, wenn diese Dinge meinem Kind passiert wären. *Jake.*

Was ich getan hätte, wenn ihn jemand sein ganzes Leben lang unter Druck gesetzt und verprügelt hätte, wenn irgendetwas nicht so lief, wie es sollte ...

»Er sieht aus wie du«, meldete sich Joshs Mom zu Wort und sah ihren Sohn auf gruselig rührselige Weise an.

Ich hatte nie gefragt, wie sich diese Demenzerkrankung äußerte, unter der sie seit ein paar Jahren litt. Jetzt bereute ich es, weil ich nämlich nicht wusste, wie ich damit umgehen sollte.

»Ich hoffe so sehr, dass er von dir ist, Junge. Du wirst alles besser machen. Du wirst es gut machen. Du wirst ihn lieben, ich weiß es.«

»Mom«, seufzte Josh gequält. »Er ist von mir, okay? Wir haben einen Test gemacht.«

»So ein Test reicht nicht«, murmelte die andere Frau. »Ich habe extra einen befreundeten Arzt gefragt, als deine Mutter mir davon erzählt hat.«

»Sie hat es Ihnen erzählt? Wieso? Woher wusste sie davon?« Verwirrt runzelte ich die Stirn. Hatte Josh nicht mal erwähnt, dass er sicher war, dass sein Vater seiner Mutter gar nicht erzählt hatte, dass er überhaupt zurück in der Stadt war? Absichtlich? Damit er seine Mutter nicht besuchen und sie nicht nach ihm fragen konnte?

Je mehr ich über die total kranken Verhältnisse in dieser Familie nachdachte, desto mieser fühlte ich mich dabei, wie ich Josh am Anfang behandelt hatte. Oder früher, als ich noch gedacht hatte, er wäre ein Arschloch, das Lola grundlos schwanger sitzen ließ ...

»Mr. Groban hat mit seiner Schwester mehrfach darüber diskutiert, wie man mit der Situation verfahren sollte und Joshs Mutter hat diese Gespräche mitgehört. Manchmal hat sie Notizen gemacht, damit sie sie mir zeigen konnte. Miss Tiffany Groban war es, die vorschlug, einen Privatdetektiv damit zu beauftragen, irgendwelche belastenden Dinge gegen Sie aufzutreiben, Grey. Der Zweck des Ganzen war, Sie unter so großen Druck zu setzen, dass Sie eventuelle Beweise für die Sache zwischen Mr. Groban und Miss Adams aushändigen. Der nächste Schritt wäre gewesen, Josh dazu zu zwingen, die Stadt wieder zu verlassen. Notfalls mit Hilfe von Bestechungsgeldern an den zuständigen Richter beim Vormundschaftsgericht.«

»Das ist ein Scherz, oder?«

Kein Scherz. Ein Blick in Joshs Gesicht reichte, um das zu bestätigen. Jetzt war mir definitiv kotzübel. Joshs Vater hatte massig Kohle! Genug, um die halbe Stadt zu kaufen und garantiert würde es auch reichen, die passenden Leute zu schmieren, um unser Leben notfalls zu zerstören, wenn er nicht das bekam, was er wollte.

»Es gibt keine Beweise, die ich aushändigen könnte«, krächzte ich deutlich heiserer als zuvor. »Ich wusste nichts von einer Affäre zwischen den beiden, das schwöre ich! Und wenn, dann wäre Josh der Erste gewesen, dem ich das aufs Brot geschmiert hätte, als meine beste Freundin sich umgebracht hat!«

»Es tut mir leid, dass sie tot ist«, sagte Joshs Mutter mit einem verständnisvollen Lächeln. Auf einmal - keine Ahnung, wie das möglich war - wirkte sie vollkommen klar. Sie sah mir fest in die Augen, ohne zu blinzeln. »Sie war ein nettes Mädchen. Ich war einmal im Reisebüro, bevor mein Kopf noch mehr durcheinander geworden ist. Vor einigen Jahren. Ich wollte sie sehen. Sie ansehen und herausfinden, wer die Frau war, mit der mich mein Mann betrog. Und nicht nur mich ...« Sie schaute Josh an, dessen Gesicht inzwischen einer starren Grimasse glich.

Mir war all das hier schon zu viel. Wie würde es ihm da erst gehen? Sein Vater sollte mit seiner Freundin geschlafen haben. Während die beiden zusammen waren. Und jeder außer ihm schien davon gewusst zu haben.

Gott ...

Und zwischen all diesen auch so schon widerlichen Tatsachen und offensichtlichen Fakten geisterten die Fragen in meinem Kopf herum, die ich unbedingt laut stellen musste. Weil ich nämlich sonst wirklich ausgeflippt wäre!

»Warum? Warum hätte Lola ein Verhältnis mit einem doppelt so alten Mann haben und verheimlichen sollen? Und was hat das mit dem Test zu bedeuten? Wie meinen Sie das, dass der nicht reicht?«

Josh drückte meine Hand. Mit der anderen Hand fuhr er sich durchs Haar und sah aus, als würde er gleich neben den Tisch kotzen.

»Es bedeutet, dass der Test vielleicht ein falsches Ergebnis geliefert hat«, presste er so gequält heraus, dass sich mein Magen zu einem starren Klumpen zusammenzog. »Fuck!«

Die Frau - Lisa - nickte unglücklich. »Genau das. Wenn die potenziellen Väter so nah miteinander verwandt sind wie in diesem Fall, dann ist es möglich, dass die genetische Übereinstimmung bei den untersuchten Genen so ausgeprägt ist, dass das Ergebnis als eindeutig gilt. Würde man aber - wie normalerweise unter solchen Umständen - doppelt oder gar dreifach so viele Gene untersuchen, würden sich deutlich mehr Unterschiede aufzeigen und das wäre dann fast ein Beweis dafür, dass zwar ein verwandtschaftliches Verhältnis besteht, aber keins in der Konstellation Vater-Kind.«

»Also könnte dein Vater Jakes leiblicher-« Ich klappte den

Mund zu und sprach den Satz nicht zu Ende. Unmöglich. Ich schaffte es ja nicht einmal, mir das auch nur vorzustellen!

Wie abartig und widerlich war Lola bitte gewesen? Es war schon schlimm genug, den festen Freund mit anderen Typen zu betrügen, aber mit dessen Vater? Das war so unvorstellbar und krank für mich, dass ich es nicht schaffte, diese Überlegungen weiterzuführen.

»Mein Vater könnte der Erzeuger sein und demnach wäre ich der Bruder von Lolas Kind, ja«, fasste Josh so sachlich und fast schon kalt zusammen, dass ich nicht anders konnte, als ihn anzustarren.

So viel Mitgefühl und Verständnis ich auch für ihn empfand ... Nichts davon konnte ihm helfen oder den Schmerz in irgendeiner Weise wieder gutmachen, den ich in seinen Augen sah, als er mich anschaute.

Ich war kein Mensch, der an Gott, höhere Mächte, Schicksal oder diesen ganzen Kram glaubte. Wirklich nicht. Aber jetzt - wo ich ihn so sah und genau spürte, wie sehr er unter diesen Informationen und vermeintlichen Tatsachen litt - betete ich. Mir egal, wer oder was mich hörte. Scheißegal! Aber ich wünschte mir so sehr für Josh und Jake, dass sich das alles hier nur als Irrtum herausstellte. Ein schlechter Scherz des Universums. Reiner Zufall ...

Irgendwas, das verhinderte, dass Josh zusammenbrach. Denn das würde er tun, das spürte ich.

Nicht jetzt. Nicht sofort und schon gar nicht vor Zeugen. Aber danach. Wenn seine Mutter und diese Frau weg waren und wir beide allein. Dann würde er erkennen, in was für ein Trümmerfeld sein beschissener Vater sein Leben verwandelt hatte und austicken.

»Warum sollte sie so etwas tun«, flüsterte ich kopfschüttelnd. »Ich verstehe das nicht. Sie hat dich geliebt, Josh, das schwöre ich! Warum ausgerechnet dein Vater?«

»Mr. Groban hat-«

»Er hat sie bezahlt«, lächelte Mrs. Groban schief und sah mich an. »Tut man das nicht mit Huren? Sie bezahlen? Entschuldigung. Diese Frau war die Mutter meines Enkelkindes, oder?« Hilfesuchend schaute sie über ihre Schulter zu Lisa, als bräuchte sie die Bestätigung dafür, dass ihre offensichtlich wirren Gedanken korrekt waren.

Krank, wiederholte ich gedanklich tausend Mal. *Sie ist krank und dement und anscheinend auch verrückt! Sie weiß nicht, was sie sagt ...*

Nicht, dass ich Joshs Mom die Pest an den Hals wünschte, aber in diesem Moment war es verflucht schwer für mich, mir zu vergegenwärtigen, dass seine Mutter einen Dachschaden hatte. Nicht böse gemeint. Aber diese Krankheit - diese Demenz oder was auch immer - ließ diese Frau Sachen sagen, die sie früher wahrscheinlich nie so ausgedrückt hätte, weil sie grausam, kaltherzig und brutal für diejenigen waren, die sie sich anhören mussten.

»Ganz ruhig, Mary. Erinnern Sie sich daran, was Sie mir gesagt haben. Es war keine Affäre. Was ist wirklich passiert?« Die Frau redete beruhigend auf Joshs Mom ein. »Was ist passiert?«

»Hm«, machte Joshs Mom, legte den Kopf schief und runzelte die Stirn, als würde sie versuchen, sich an alles zu erinnern.

Keine Affäre - war aber alles, was ich hörte. Was denn dann, verflucht?

»Sie war ... betrunken«, murmelte Mrs. Groban. »Das Mädchen. Das hat er gesagt. Zu Tiff.«

Josh rutschte augenblicklich auf seinem Stuhl herum. »Was? Sie war betrunken? Lola? Und dann hat Dad-«

»Ja, genau«, bestätigte Lisa ruhig. »Ihr beide wart auf einer Party. Du und Lola. Sie hat sich danach in euer Haus geschlichen. Irgendwann in der Nacht musste sie wachgeworden und deinem Vater direkt in die Arme gestolpert sein.«

»Er hat sie - vergewaltigt?« Mit offenem Mund starrte ich die Therapeutin an, doch die zuckte nur mit den Schultern.

»Möglich. Wahrscheinlich. Inwieweit dieses Mädchen wusste, was mit ihr passierte, weiß ich nicht. Aber Mrs. Groban hat gehört, dass in den Unterhaltungen zwischen ihrem Mann und seiner Schwester Begriffe wie Alkohol und Schweigegeld gefallen sind.«

»Also hat dein Vater Lolas Betrunkenheit ausgenutzt. Anschließend hat er sich ihr Schweigen erkauft, damit sie nicht zu dir geht und ihn verpetzt. Klar. Lola hatte nie Kohle. Sie brauchte das Geld.« Ich wollte nicht lachen. Das ganze Thema war zum Heulen und wenn ich nicht genau gewusst hätte, dass es alles nur schlimmer gemacht hätte, wäre ich am liebsten ausgeflippt. So richtig, mit randalieren, Teller werfen, rumschreien, Haare raufen ... Dummerweise würde ich mir das für später aufsparen müssen, denn hinter mir hörte ich meine Mutter, die überdeutlich meinen Namen zischte.

Als ich mich umdrehte, sah ich Jake auf uns zulaufen. Er schien keine Lust mehr darauf zu haben, in die Küche abgeschoben zu werden und war meiner Mutter offenbar entwischt.

Scheiße!

Ich zupfte an Joshs Hemdärmel, um ihm zu verstehen zu geben, dass wir das Thema schnell wechseln mussten.

»Dad, mir ist langweilig«, beklagte er sich, als er auf Joshs Schoß kletterte. »Können wir gleich gehen?«

»Ja«, antwortete Josh. Er klang, als hätte er einen riesigen Frosch im Hals. »Wir - gehen sofort. Kannst noch ein paar Minuten warten, Kumpel?«

»Wer ist das?«, flüsterte Jake in Joshs Ohr und deutete gleichzeitig auf die beiden Frauen auf der anderen Seite des Tischs. Nicht wirklich leise oder subtil, aber so war das bei Kindern.

Angespannt saß ich daneben. Was würde Josh jetzt sagen?

Die Wahrheit?

»Das ist meine Mom, Kumpel«, erwiderte Josh mit einem gequälten Lächeln und deutete auf seine Mutter. »Also deine Grandma. Sie heißt Mary. Möchtest du Hallo sagen?«

»Er ist so wunderschön«, seufzte Joshs Mom und starrte Jake so selig lächelnd an, dass mir ganz anders dabei wurde. Nach allem, was wir gerade gehört hatten - nach den widerlichen, perversen Abgründen, die sich in Joshs Familie auftaten - saß diese Frau hier und strahlte diesen kleinen Jungen an, von dem wir immerhin vermuten mussten, dass er vielleicht gar nicht von Josh war.

Ich wusste nicht, wie es sich anfühlte, mit dieser Demenzerkrankung zu leben und nicht zu wissen, ob man morgens im Hier und Heute aufwachte oder irgendwo in der Vergangenheit. Ich hatte keinen Schimmer, wie es Joshs Mutter all die Jahre gelungen war, ihr Leben zu ertragen und ob sie sich vielleicht gerade deshalb in ihre Krankheit geflüchtet hatte.

Ich konnte mir zumindest vorstellen, dass es deutlich leichter war, sich in der Vergangenheit zu verlieren und dabei zu ignorieren, dass die Gegenwart der reinste Horror war. Bestimmt ...

Jake drückte verschämt sein Gesicht an Joshs Brust, nickte dann aber und streckte vorsichtig die Hand über den Tisch hinweg aus.

Mary Grobans Hand zitterte stark, als sie ihrerseits den Arm hob. Sie schüttelte Jakes Hand und lächelte, während ich betete, dass sie ja den Mund hielt.

Keine merkwürdigen Andeutungen oder Begriffe wie *Hure* oder *Monster* in Jakes Gegenwart - sonst hätte ich diese Frauen eigenhändig rausgeworfen!

»Guten Tag«, sagte sie. »Es freut mich, dich kennenzulernen.«

»Bist du meine Grandma?«, fragte Jake, wobei man ihm die Skepsis deutlich anhören konnte. »Warum hab ich dich noch nie gesehen?«

»Weil deine Grandma sehr krank ist, Jake«, mischte sich Lisa ein, weil Mary wohl nichts darauf zu sagen hatte. »Seit ich weiß, dass du zurück bist und um was es bei dieser ganzen Angelegenheit geht, habe ich die Medikamentendosis deiner Mom heimlich erhöht«, fügte sie leise an Josh gewandt hinzu. »Sie wollte Jake so gerne kennenlernen und so klar wie möglich sein. Ich hoffe, du hast Verständnis dafür.«

Josh nickte bloß.

»Wirst du wieder gesund?«

»Nein, mein kleiner Schatz. Ich werde nicht mehr gesund. Aber ich bin sehr glücklich, dass ich dich kennenlernen durfte. Vielleicht sehen wir uns mal wieder, ja?«

»Wirst du dann auch sterben? So wie meine Mommy? Das ist gemein! Das will ich nicht! Wieso sterben alle?« Jakes Gesicht lief knallrot an und er drückte sich erst von Josh weg, der ihn nicht schnell genug festhalten konnte. Der Junge rutschte von seinem Schoß und rannte dann quer durchs Restaurant auf die Küche zu.

Ich sprang auf, murmelte nur eine halbherzige Entschuldigung und drückte Josh wieder runter, der ebenfalls sofort aufgesprungen war. »Lass, ich mach das.«

Es tat mir leid, dass er so zwiegespalten war. Er wusste genauso wenig mit der Situation umzugehen wie ich, aber Jake begriff noch viel weniger von all dem hier. Ehrlichgesagt hatte ich keinen Schimmer, wie ich ihm erklären sollte, was eigentlich los war. So, dass er es verstand ...

Meine Mutter lächelte mich traurig an, als ich an ihr vorbeieilte. Sie hatte uns wahrscheinlich die ganze Zeit beobachtet.

Jake fand ich bei meinem Vater in der Küche. Er hatte das Kind auf die Arbeitsfläche gesetzt, auf der er sonst das Gemüse schnitt, und tröstete ihn. Die Hauptmittagszeit war bereits um, deswegen war es verhältnismäßig ruhig in der Küche.

»Ich lass euch zwei mal allein«, murmelte Dad, drückte dann knapp meine Schulter und verschwand um die Ecke.

»Jake«, sagte ich leise. »Was ist los, hm? Rede mit mir.«

Doch der Knirps schüttelte nur den Kopf. »Keiner sagt mir, was los ist«, beklagte er sich. Sein Kopf war hochrot, aber er schien wirklich angestrengt zu versuchen, seine Tränen zurückzuhalten. »Warum ist die Frau meine Grandma?«

»Sie ist Joshs Mom, Jake. Die Mom von deinem Dad. Deswegen ist sie deine Grandma, okay? Und du konntest sie bisher nicht kennenlernen, weil sie sehr krank ist.«

»Sie muss sterben. Wie Mommy. Und du? Und Dad? Müsst ihr auch sterben? Alle, die ich mag, sterben!«

Innerlich stöhnend rieb ich mir die Nasenwurzel. Manchmal war es wirklich nicht einfach, so mit Jake zu reden, dass er verstand, was man sagen sollte. Nicht nur, weil ich selbst keine Ahnung hatte, was all das wirklich zu bedeuten hatte. Es war unheimlich schwer, diese Sachen so zu erklären, dass ein Kind sie verstand. Das war mir nach Lolas Tod ja auch so grandios gelungen. *Nicht!*

»Josh und ich - wir sterben nicht, mein Schatz. Dein Grandpa Chris und Grandma Loreen müssen auch nicht sterben. Du musst nicht sterben. Irgendwann einmal. Wenn wir alt sind, dann passiert das, aber das dauert noch ganz, ganz lange, hast du verstanden?«

Ich streckte die Hände nach Jake aus und hoffte, dass er zuließ, dass ich ihn tröstete. Immerhin schlug er sie nicht weg. Ein Anfang.

»Deine Grandma Mary ist schon sehr lange sehr krank. Aber sie hat noch ein bisschen Zeit, bis sie auch gehen muss, okay? Ihr könnt euch bestimmt noch besser kennenlernen. Sie hat sich darauf gefreut, dich zu treffen.«

»Wirklich?«

Ich nickte. »Ja, ganz wirklich. Es tut ihr leid, dass es so lange nicht geklappt hat.«

»Sie ist nett, oder? Mag sie mich?«

»Ja. Ja, sie mag dich sehr gerne. Jeder mag dich gerne und hat dich lieb, Jake. Das darfst du nie vergessen, hörst du?«

»Und Mommy? Sie hat mich doch allein gelassen.«

»Mommy auch! Mommy hatte dich am allermeisten lieb. Genau wie Josh und ich, Jake. Mommy wollte dich nicht allein lassen, aber sie war auch sehr, sehr krank. Dein Dad und ich sind aber nicht krank. Wir lassen dich nicht allein, das verspreche ich dir!«

Endlich spürte ich, dass die unnatürliche Anspannung aus Jakes kleinem Körper wich. Seine winzigen Hände krallten sich in meine Bluse, dann weinte er los.

Beruhigend streichelte ich über seinen Rücken und seinen Kopf und hoffte inständig, dass Jake verstanden hatte, was ich ihm sagen wollte. Dass Sterben etwas Normales war, das jeder irgendwann tun musste. Aber dass das bei den meisten Menschen eben sehr lange dauerte, bis sie alt waren. Vor allem aber wollte ich, dass er begriff, dass Lola ihn geliebt hatte, denn das hatte sie. Und wie sie ihren kleinen Engel geliebt hatte, selbst wenn sie vielleicht die ganze Zeit über geahnt hatte, dass er vielleicht doch nicht Joshs Sohn war ...

Während ich in der Küche stand, Jake festhielt und seine Tränen trocknete, fragte ich mich, wie Lola das ausgehalten hatte.

Ernsthaft! Wenn es so passiert war, wie diese Physiotherapeutin annahm - dann hätte sie doch wenigstens mir gegenüber irgendetwas sagen können, oder? Ich war doch ihre beste Freundin gewesen! Wieso hatte sie mir nicht genug vertraut, um mir zu erzählen, dass Joshs Vater sie verführt hatte, als sie betrunken war? Warum hatte sie mir verschwiegen, dass er sich ihr Schweigen offenbar mit Geld erkauft und sie damit mundtot gemacht hatte?

Was Joshs Vater dazu bewogen hatte, die Freundin seines eigenen Sohnes anzufassen, war mir echt scheißegal. Dieser

Mann war an Abartigkeit nicht zu überbieten! Ein widerlicher, machtgeiler, kaltherziger und grausamer Mann wie er, hatte sich wahrscheinlich einfach an einem schönen, jungen Körper erfreut, ohne auch nur einen Gedanken daran zu verschwenden, was er seinem Sohn damit antat. Und letztlich auch seinem Enkel, denn irgendwann würde Jake älter werden und noch mehr Fragen stellen. Ich würde ihn nicht belügen, auf keinen Fall! Er würde die Wahrheit über seinen ekelhaft perversen Großvater erfahren, so wahr ich hier stand!

Jake hatte sich noch nicht ganz wieder beruhigt, als Josh hinter mir die Küche betrat. Er stellte sich neben mich und sah ziemlich mitgenommen aus.

»Sie sind gegangen. Ich habe mit Lisa ausgemacht, dass wir uns gegenseitig auf dem Laufenden halten und ich soll dir ausrichten, dass sie deine Wut versteht. Aber es tut ihr wirklich leid, dass sie nie etwas gesagt hat.«

»Und du glaubst ihr?«, murmelte ich bitter in Jakes blondes Haar, ohne Josh ins Gesicht zu sehen. »Ich schwöre dir, Josh! Wenn Jake solche Dinge passiert wären ...«

Den Rest des Satzes ließ ich bewusst im Dunkeln. Das war nicht der passende Moment, dieses Thema erneut durchzukauen.

»Ich weiß«, flüsterte er und ließ den Kopf hängen. »Meinst du, du könntest jetzt schon Feierabend machen? Ich meine ... Vielleicht bringen wir Jake gemeinsam nach Hause.«

»Ja, bestimmt. Ich sage meinen Eltern Bescheid.«

Ein letzter Kuss auf Jakes Stirn, dann ließ ich die beiden stehen und sah aus dem Augenwinkel gerade noch, dass Josh seinen Sohn hochhob und Jake die Arme um seinen Hals schlang.

Wenn dieses ganze Chaos um uns herum nicht bald verschwand, würde ich wirklich noch durchdrehen! Ernsthaft ... Am Anfang hatte ich noch gedacht, Lolas Tod und meine Trauer würden mir den Boden unter den Füßen wegreißen, aber alles, was seitdem geschehen war, stellte das eindeutig in den Schatten. Jedes Mal, wenn wir dachten, es könnte nichts mehr kommen, das uns noch überraschte, passierte genau das und alles wurde noch schlimmer und komplizierter.

Nicht auszuhalten.

Selbst Joshs Umarmung eine Stunde später half nicht. Wir hatten uns in die Küche zurückgezogen, doch weder Josh noch ich schienen die passenden Worte zu haben, um darüber zu reden. Über alles.

Jake saß vor dem Fernseher, schaute sich seine Lieblingssendung an und verarbeitete dabei hoffentlich, was heute passiert war.

Josh gab sich Mühe. Er beteuerte, dass alles gut werden würde und dass wir die Antworten auf die unzähligen offenen Fragen schon finden würden, aber ich glaubte ihm nicht. Ich glaubte nicht, dass er so überzeugt von seinen eigenen Worten war, wie er mir weismachen wollte.

»Hundert Riesen«, flüsterte er in mein Haar, ohne sich auch nur einen Millimeter zu bewegen. »Angeblich hat er ihr damals hunderttausend Dollar gezahlt, damit sie den Mund hielt. Cash. Hast du eine Ahnung, was sie damit gemacht hat?«

»Nein«, krächzte ich heiser. »Ich habe keine Ahnung.«

»Wenn das stimmt und es diesen Deal gab - dann muss sie es versteckt haben. Aber wo?«

Wieder zuckte ich nur hilflos mit den Schultern.

»Wie geht es dir, Josh?«, fragte ich, nachdem ich mich irgendwann von ihm gelöst und die Kaffeemaschine angeschmissen hatte. Leider war es für Tequila noch zu früh. »Und was ist mit deiner Mom? Ich wusste nicht, dass es ihr so schlecht geht.«

»Ich weiß nicht, wie es mir geht. Ganz ehrlich. Mir platzt gleich der Schädel! Am liebsten würde ich meinem Vater hinterher reisen und ihm den Arsch aufreißen!«

Nachvollziehbar. Ich wäre sofort dabei gewesen.

»Und meine Mutter ... Tja. Ich hab in den letzten Jahren immer mal wieder angerufen und mich bei Lisa danach erkundigt, wie es gesundheitlich um sie steht. Wir wussten, dass sie mit der Zeit immer mehr abbauen würde, aber ich dachte, ich hätte noch mehr ... mehr Zeit.«

»Du hast noch Zeit, Josh. Hast du gesehen, wie sie gestrahlt hat, als sie Jake gesehen hat? Kinder können Wunder bewirken«, flüsterte ich und küsste ihn dann zärtlich auf die Wange, bevor ich mich auf seinen Schoß ziehen ließ. »Wir müssen uns überlegen, wie wir deinen Vater in seine Schranken weisen können. Er darf uns Jake nicht wegnehmen. *Mir*. Das werde ich nicht zulassen, Josh! Und dann - danach ... können wir daran arbeiten, dass dein Verhältnis zu deiner Mom wieder besser wird. Sie soll Jake sehen können. Wenigstens so viel Zeit mit ihm verbringen, wie ihr noch bleibt ...«

»Ist das dein Ernst?«

»Natürlich! Warum denn nicht? Meinst du etwa, ich wäre nicht in der Lage, den Unterschied zwischen deiner Mutter und deinem Vater zu sehen? Er ist das Monster! Er ganz allein!«

Ein schwaches, fast trauriges Lächeln erschien auf seinen Lippen, als er die Hand hob und mir die Haare aus dem Gesicht strich. »Und genau das sorgt dafür, dass ich mich jeden Tag ein bisschen mehr in dich verliebe, Honey«, flüsterte er und küsste mich dann sanft. »Anscheinend ist es total egal, welche Steine man dir in den Weg legt - du fegst sie einfach zur Seite oder springst drüber hinweg. Ich wünschte manchmal, ich wäre nur ein kleines bisschen mehr wie du.«

Überrascht und gerührt küsste ich seine Schläfe und schüttelte den Kopf. »Du bist klasse, wie du bist, Josh. Wirklich. Es ist keine Schande, ein Studium abzubrechen oder eben kein Profifootballer zu werden. Erst recht bei einem Studienfach, das einem nicht liegt und ich meine ... hast du dir mal angesehen, wie wenig Studenten überhaupt so einen Vertrag nach dem College bekommen? Das wäre fast wie ein Lotteriegewinn. Es hat jedenfalls nichts damit zu tun, dass es dir an Talent oder Können mangeln würde.«

Er lachte auf. »Okay, können wir das Thema wieder wechseln? Du machst mich sentimental, Babe.«

»Was machen wir denn jetzt?«, fragte ich, nachdem ich eine Weile schweigend auf seinem Schoß gesessen und mit seinen Haaren gespielt hatte. Aus dem Wohnzimmer war Jakes Kindersendung zu hören, sonst nichts.

»Wir warten. Darauf, dass mein Vater dir einen neuen Termin nennt, an dem du dich mit ihm triffst. Oder - was noch besser wäre - wir finden die Kohle. Es geht ihm bei der Erpressung anscheinend nicht darum, dass die ganze Geschichte mit Jake unter Verschluss bleibt, sondern darum, dass niemand erfährt, dass er Lola offensichtlich vergewaltigt hat. Und ... möglicherweise geschwängert.«

»Hältst du das denn für möglich? Dass das in denselben Zeitraum fiel, als Jake gezeugt wurde?«

Es musste ja so sein. Seine Mom und diese Frau schienen sich da sicher zu sein, genau wie Joshs Vater. Sonst gäbe es keinen Grund für das ganze Theater, oder? Wenn Monate dazwischengelegen hätten ...

»Anscheinend ist es möglich. Keine Ahnung. Vor dem Abschluss waren wir ständig unterwegs. Immer gab es irgendwo eine Party und jedes Mal - na, ich muss dir kaum sagen, was für eine Schnapsdrossel Lola war, oder? Und dass sie jedes Mal nach den Partys bei mir gepennt hat, damit sich ihre Grandma keine Sorgen machen musste.«

Nein, das musste er mir nicht sagen. Ganz bestimmt nicht. Weil ich nämlich jedes Mal diejenige gewesen war, die ihren Kopf dafür hingehalten hatte, indem ich behauptete, Lola würde bei mir schlafen. Während sie in Wahrheit bei und mit Josh schlief.

Verdammt ... Wo kam dieser zynische Gedanke auf einmal her?

»Ich hätte nur nicht gedacht, dass so etwas dabei passieren konnte. Ganz ehrlich - wenn ich das gewusst hätte, hätte ich sie nie in mein Haus gebracht! Niemals!«

»Du konntest doch nicht wissen, wie pervers dein Vater ist, Josh«, widersprach ich sanft und riss mich zusammen. »Es war nicht deine Schuld. Du hättest sie nicht beschützen können.«

»Und was wenn doch?«

Sein Blick war todtraurig und mein Herz zog sich zusammen, weil ich es wirklich nicht ertragen konnte, ihn so zu sehen. Es war nicht seine Schuld. Nichts davon. Ich hoffte nur, dass er das auch irgendwann einsah und aufhörte, sich selbst für schlechter zu halten als er war.

»Ich liebe dich, Josh«, flüsterte ich heiser, bevor ich aufstand und nach nebenan zu Jake ins Wohnzimmer ging. »Jake tut es auch. Denkst du nicht, dass das anders wäre, wenn du ein anderer Mensch wärst? Du musst dich nicht zerfleischen und du hast keinen Grund, dir irgendetwas zu vergeben. Das habe ich auch inzwischen kapiert.«

Josh

Als ich an diesem Abend die Treppe runterging, saß Grey im Wohnzimmer auf der Couch. In der Hand hielt sie ein Glas Rotwein, auf dem Tisch vor ihr lag ein weißer Umschlag. Ungeöffnet.

»Schläft er?«, fragte sie und lächelte mich erschöpft an.

»Ja. Dieses Grüffelo-Buch kennt er in- und auswendig, aber trotzdem soll ich es ihm jeden Abend vorlesen.«

Ich goss Wein in das zweite Glas auf dem Tisch und setzte mich neben sie aufs Sofa.

»Ach, das ist nur eine Phase. Er hat Phasen, in denen er nur kurze Gute-Nacht-Geschichten hören will. Er hat welche, in denen er unbedingt Indianergeschichten hören will, aber das ist nichts gegen seine Oscar Wilde-Phase!« Sie lachte auf.

»Oscar Wilde? Ernsthaft?«

»Jap.« Sie lehnte sich gegen meine angewinkelten Knie, als ich ein bisschen umständlich auf dem Sofa herumrutschte. »Seine Lieblingsgeschichte ist die mit dem selbstsüchtigen Riesen. Ich habe keinen Schimmer, wieso. Es ist tragisch, melancholisch und irgendwie ... hm. Nicht unbedingt für einen Vierjährigen geeignet, aber bitte. Jake hatte schon immer seinen eigenen Kopf.«

»Ja, das glaube ich gern«, murmelte ich und küsste sie aufs Haar.

An Momente wie diesen könnte ich mich gewöhnen ...

Irgendwie war das verrückt, aber ich hatte mir noch nie Gedanken darüber gemacht, wie meine Zukunft aussehen sollte. Jedenfalls hätte ich nicht erwartet, dass sie *so* aussah.

Mit einem Kind, von dessen Leben ich vier Jahre lang nichts mitbekommen hatte und einer Frau zusammenzuleben, die mich aus tiefster Seele verabscheut hatte, als wir uns wieder begegnet waren. In dem Haus meiner Ex-Freundin zu wohnen, mich wirklich wie zu Hause zu fühlen und es zu genießen, dass es so gekommen war - das schien mir bis vor Kurzem noch absolut unmöglich zu sein.

In den letzten Monaten war ich plan- und ziellos von einem Tag in den nächsten gerauscht. Seit mir klar geworden war, dass ich überhaupt keine Ziele hatte und nur wusste, dass mein Leben auf keinen Fall so aussehen sollte, wie mein Vater es für mich vorgesehen hatte, war es irgendwie ... komisch. Ich würde nicht sagen, dass ich mich leergefühlt hatte oder so.

Ich hatte mich am Strand herumgetrieben, geflirtet, gevögelt ... Keine der Frauen hatte ich danach wieder angerufen, aber das war mir vermutlich von Anfang genauso klar gewesen wie ihnen. Ich war auf Partys gewesen. In Clubs und bei angeblichen Freunden, von denen sich bis heute keiner bei mir gemeldet hatte, um sich danach zu erkundigen, wo ich eigentlich steckte.

Das sagt doch eigentlich schon alles aus, oder?

Mein bisheriges Leben war ein Witz gewesen. Eine Farce, in der jeder seine Rolle spielte. Alles war darauf ausgelegt, den größtmöglichen Erfolg zu haben. Die besten Noten, die besten Abschlüsse, die besten Jobs, die besten Karrieren ...

Ich hatte das nicht mehr gewollt. Deswegen war ich ausgestiegen. Und der erste Schritt war die verschobene Prüfung gewesen, an die ich kaum noch einen Gedanken verschwendet hatte, seit ich wieder in Fountain City war. Eigentlich wusste ich längst, dass ich sie nie schreiben würde. Und, dass es nur eine Lösung dafür gab.

Etwas, das mir wahrscheinlich eher Angst machen sollte, weil das Unausweichliche damit nicht länger zu leugnen war: Ich *war* perspektiv- und planlos. Und danach auch eindeutig arbeitslos. Denn eine meiner ersten Amtshandlungen, sobald alle offenen Fragen geklärt waren und Grey und ich Gewissheit darüber hatten, wie es ab jetzt weitergehen sollte, wäre die Exmatrikulation.

Wozu an etwas Sinnlosem festhalten, wenn es doch nirgendwo hinführte?

Aber das waren Gedanken, die ich später noch mit Grey teilen konnte. Dann, wenn wir zur Ruhe gekommen waren, und wussten, wohin die Reise ging. Auch mit uns.

Denn zumindest das stand für mich fest: Ich liebte Jake auf fast schon abartig natürliche Weise, als wäre es Schicksal oder so. Oder als gäbe es die bedingungslose Liebe zwischen Eltern und ihren Kindern wirklich, von der ich zwar gehört, aber sie nie erlebt hatte. Jedenfalls nicht von meinem eigenen Vater. Und ich liebte Grey, was so ziemlich das Unverhoffteste und Verrückteste an dieser Sache war. Ausgerechnet sie, die mir die Pest an den Hals gewünscht hatte, als ich die Stadtgrenze überschritten hatte. Die es mir so unendlich schwer gemacht hatte. Die ich früher nie wahrgenommen hatte und heute wusste ich nicht einmal mehr, wieso eigentlich.

Grey war aufopferungsvoll, willensstark, stur und sie stand mit beiden Beinen fest im Leben. Außerdem war sie wunderschön. Ihre Gesichtszüge waren weich, ihre Lippen süß und zart und ihr Haar fühlte sich fantastisch an, wenn ich mit den Fingern hindurch glitt. Außerdem war sie heiß und sexy und ich konnte nicht genug davon bekommen, sie anzufassen, ihren anturnenden Geruch einzuatmen oder sie einfach nur anzusehen. Etwas, das ich stundenlang hätte tun können, ohne dass mir dabei langweilig geworden wäre. Sie lächelte, wenn sie an etwas Lustiges dachte, runzelte dir Stirn, wenn sie die Einkaufsliste durchging oder irgendwelche Pläne schmiedete und wenn sie mit mir schlief, fühlte es sich an, als wäre ich das Wichtigste für sie.

Ihre Augen strahlten, wenn sie Jake ansah. Inzwischen sah

sie mich auf ähnliche Weise an, was mir die Entscheidung nur noch leichter machte.

Ein komisches, aber keineswegs schlechtes Gefühl, so viel stand fest. In keiner Weise damit vergleichbar, was ich damals für Lola empfunden hatte, was wirklich verrückt war. Immerhin hatte ich immer gedacht, ich hätte Lola wirklich geliebt. Jedes Mal, wenn mir in den letzten Jahren eine Frau begegnet war, die mir gefallen hatte, hatte ich sie mit Lola verglichen. Deswegen war ich mir so sicher gewesen, dass es damals echte Liebe gewesen war.

Wie sehr ich mich doch geirrt hatte.

»Was ist in dem Umschlag?«, fragte ich nach ein paar Minuten leise und deutete auf den Tisch.

Grey zögerte. »Lolas Abschiedsbrief. Ich habe ihn bisher nicht gelesen. Ich ... konnte nicht.«

»Und warum jetzt?«

»Ich weiß es nicht. Mir war danach. Aber ich will das nicht allein machen.«

Sie lehnte sich vor und griff nach dem Briefumschlag. Ihr Name stand vorn auf dem Kuvert, sonst nichts.

»Hast du auch einen bekommen?«

»Äh, ja. So etwas in der Art.« Ich schluckte. »Er bestand aus einem einzigen Satz.«

»Der wie lautete?«, fragte sie neugierig und setzte sich vor mir in den Schneidersitz, sodass wir uns gegenübersaßen. Das Glas in einer, den Umschlag in der anderen Hand.

»*Es tut mir leid.*« Ich seufzte und zuckte mit den Schultern. »Mehr nicht.«

Grey runzelte die Stirn, schien aber nichts darauf sagen zu können. Sie nickte bloß, trank einen Schluck aus ihrem Glas und musterte mich mit diesem seltsamen Ausdruck, den sie manchmal bekam, wenn sie zwar etwas sagen wollte, aber nicht wusste, wie.

»Dann hat sie vielleicht nicht mehr zu sagen gehabt.«

»Äh, ja. Irgendwie hätte ich gedacht, nach allem, was passiert war, hätte ich mehr als eine plumpe Entschuldigung verdient. Sehe ich das falsch?«

»Ach, Josh. Anscheinend kanntest du sie doch nicht so gut, wie du gedacht hast. Lola hat sich grundsätzlich für gar nichts entschuldigt, nicht mal für ihren eigenen Tod. Glaub nicht, dass ich eine Entschuldigung bekommen hab, als ihr bei meinem Einzug hier eine Vase von meiner Großmutter runtergefallen ist. So war sie einfach. Am nächsten Tag hat sie mir eine neue Vase gekauft. Das war's. Lola halt.« Sie lächelte schief.

»Ja, nur dass es hier nicht um eine Vase geht, Honey«, erwiderte ich trocken.

»Ja, stimmt. Ich sage ja nicht, dass es fair war.« Sie kaute auf ihrer Lippe herum und starrte runter auf den Brief. »Ist das wirklich okay für dich, das mit mir zusammen zu machen? Ich meine ... es kann ja sein, dass da irgendwas Fieses über dich dr-«

»Ist es!«, unterbrach ich sie bestimmt, lehnte mich dann vor und küsste sie sanft. Erstaunlich eigentlich, aber Grey hatte eindeutig etwas an sich, das mich auf die Bremse treten ließ ... »Es ist okay. Nochmal umbringen kann ich sie schließlich nicht, oder? Also - mach ihn auf und lies vor.«

»Okay«, flüsterte sie heiser, schluckte dann schwer und stellte ihr Weinglas zurück auf den Tisch. Dann atmete sie tief durch und riss den Umschlag an der Seite auf.

Ich wartete, bis sie soweit war. Dem Anschein nach hatte Lola immerhin für ihre beste Freundin mehr Worte übrig gehabt als für mich, denn der Brief schien ziemlich lang zu sein.

»*Weine nicht, weil es vorbei ist, sondern lächle, weil es passiert ist!*«, las sie vor und lächelte dann. »Das ist ein Zitat von Doktor Seuss. Der, der den Grinch geschrieben hat, du weißt schon.«

»Wie passend«, kommentierte ich nicht ganz so zynisch wie befürchtet. Trotzdem warf sie mir einen bösen Blick zu, also hielt ich wohl doch besser die Klappe.

»Für meine liebste, größte, treuste, fröhlichste, liebenswerteste und absolut beste Freundin Grey.

Es tut mir leid.

Das wolltest du jetzt bestimmt hören, oder? Und du findest, dass ich eine grauenvolle Freundin bin - Verzeihung, war -, weil ich das nicht so wirklich ernst meine. Du bist wütend auf mich. Vielleicht hasst du mich sogar und wünschst mich zur Hölle.

Kann ich verstehen, Süße. Wirklich. Ich vermute, ich bin schon dort, wenn du diesen Brief liest, also - scheiß drauf. Scheiß auf alles.

Wir wissen beide, dass ich noch nie ein Mensch vieler Worte war und dass du zu diesem Zeitpunkt vermutlich nicht sonderlich aufnahmefähig bist, weil du zu sehr damit beschäftigt bist, mich noch zu verfluchen.

Ja, ich habe Mist gebaut. Ja, ich war feige und melodramatisch und ein fieses Miststück sowieso, weil ich wusste, dass ich sterben werde und es dir nicht gesagt hab.

Warum? Tja. Warum ...

Ich wollte nicht, dass du mich anders behandelst oder ansiehst. Ich wollte kein Mitleid von dir. Ich wollte nicht, dass du mir noch mehr Arbeit abnimmst als ohnehin schon. Ich wollte auch nicht, dass du wegen dieses dummen Tumors in meinem Kopf total durchdrehst. Ich weiß doch, wie überfürsorglich und aufopferungsvoll du sein kannst. Aber im Ernst Grey - irgendwann ist auch dein Maß mal voll. Die letzten vier Jahre habe ich nur überstanden, weil ich dich hatte. Was für eine Freundin wäre ich denn bitte gewesen, wenn ich dir mit der Nachricht meines baldigen Ablebens im Voraus noch mehr Kummer bereitet hätte?

Sorgenfalten stehen dir nicht und lassen dich vorzeitig altern, Süße. Wo willst du bitte einen Mann herbekommen, der dich noch heiraten will, wenn du mit Mitte 20 schon aussiehst, als hättest du 40 Jahre Sorge hinter dir? Und jetzt komm mir bloß nicht mit Kevin! Du weißt, dass das nicht ewig halten wird. Wehe, du verdrehst jetzt die Augen! Ich sehe dir vermutlich aus der Hölle zu, also wag es nicht, die Augen zu verdrehen.«

Grey, die bis hierher fast ohne Unterbrechung, längere Pausen oder gar Luft zu holen vorgelesen hatte, unterdrückte ein Schluchzen. Ihre Finger zitterten. Sie wandte den Blick ab, als konnte sie mich gerade nicht ansehen.

Ich wusste nicht, was ich machen oder sagen sollte, also tat ich nichts, schaute sie einfach an und schwieg. Sie tat mir leid, aber ich konnte ihr weder den Schmerz noch die Wahrheit abnehmen, die ihre beste Freundin schon lange vor ihr, mir oder Kevin gesehen hatte. Dass Grey und Kevin nicht zusammengepasst hatten und dass ich nicht der Einzige war, der diese Meinung vertreten hatte. Wenn Lola und ich auch nicht immer einer Meinung waren und unsere Beweggründe in dieser Hinsicht sicherlich unterschiedlicher Natur waren.

Irgendwann fasste sie sich wieder. Weit genug, um einen großen Schluck aus ihrem Glas zu trinken, ohne mich dabei anzusehen. Dann las sie weiter.

»Aber natürlich tust du es und vielleicht hast du recht und ich hab keine Ahnung. Vielleicht kenne ich dich aber auch besser, als du denkst.

Weißt du, was in solchen Situationen der Vorteil daran ist, tot zu sein?

Richtig! Man sieht einem Toten die schlechten Entscheidungen, Gedanken und Irrglauben eher nach als einem Lebenden. Derjenige ist ja tot, oder?

Ach egal. Ich schweife ab und weil ich in den letzten Wochen immer vergesslicher geworden bin, trinke ich noch einen Schluck aus deiner Tequilaflasche und versuche, mich zu konzentrieren. Gar nicht so leicht, denn das Ding in meinem Kopf ist inzwischen fast so groß wie ein Golfball und bald wird er auf meinen Sehnerv drücken und mein Sprachzentrum befallen.

Womit wir ja irgendwie wieder beim Thema wären. Also. Ich werde sterben - so oder so. Weder du, noch ich, noch Elvis können irgendetwas daran ändern, okay?

Aber ich allein wollte entscheiden, wie ich es tue und wann es passiert. Ganz bestimmt nicht in einem Krankenhaus, an Maschinen angeschlossen und dich und Jake neben mir, wenn ihr mich betrauert, bedauert und vermisst. Ich wollte dich so in Erinnerung behalten, wie du warst. Chaotisch, manchmal durcheinander, aber meistens mit einem Lächeln im Gesicht, weil du der fröhlichste Mensch bist, den ich kenne. Ja, selbst mit deinem ganzen, oft echt nervigen Sarkasmus.

Und ich wollte, dass Jake mich so in Erinnerung behält, wie ich bis heute war. Seine Mommy. Ohne Schläuche und Maschinen, denn ganz ehrlich ... Meinst du nicht, das hätte ihn eher traumatisiert? Könnte ich mir jedenfalls vorstellen und das will ich nicht. Nicht so.

Deswegen hoffe ich, dass du irgendwann nicht mehr wütend auf mich bist, wenn du an mich denkst.

Denk daran, was für ein Mensch ich davor war. Bitte. Also ... Falls das nicht zu viel verlangt ist, man weiß ja nie.

Immerhin wirst du nach meinem Ableben ziemlich schnell feststellen, dass ich nicht immer die ehrlichste und beste Freundin für dich gewesen war.

Hm. Schuldig im Sinne der Anklage.

Ich hatte meine Geheimnisse, Grey. Jede Frau hat ihre Geheimnisse und manche sind schmutzig.

Du hast auch eins, denn du kannst und willst dir partout nicht eingestehen, dass du Kevin nur benutzt, um dir mit eurer oberflächlichen, leidenschaftslosen Beziehung eine Art Erhohlungsreservat zusammenzubasteln, in das du dich zurückziehen kannst, wenn dir der Alltag mit deinem Job, mir und Jake zu viel wird. Irgendwann fliegt dir das um die Ohren, Süße. Zieh lieber schneller die Reißleine als zu spät und denk an die Sorgenfalten. Kein Mann will ein - ups. Wir wiederholen uns.

Eigentlich geht es hier ja um mein abartiges, dreckiges und ziemlich perverses Geheimnis, oder?

Du fragst dich bestimmt, was das sein soll. Du glaubst, du hättest mich gut genug gekannt, um zu wissen, dass ich niemals schlimme, gemeine Dinge hätte tun können.

Wie ... Josh damals vor fast fünf Jahren weismachen, dass ich unser Baby abgetrieben hätte, damit er verschwindet und nie wieder kommt.

Falls du jetzt entsetzt den Mund aufreißt - klapp ihn wieder zu, Süße. Ja, es ist meine eigene Schuld, dass Josh gegangen ist. Es ist auch mein Verdienst, dass er sich danach nie wieder gemeldet hat. Warum sollte er? Er war in dem Glauben, es gäbe kein Kind und du warst in dem Glauben, er wäre ein Arsch.

Gut, zugegeben ... der letzte Teil war nicht so richtig gut von mir durchdacht, schließlich wirst du sehr bald mit ihm konfrontiert werden, ob du willst oder nicht.

Egoistischerweise habe ich in den letzten Monaten seit meiner Diagnose immer wieder daran gedacht, dass es vielleicht noch nicht zu spät sein könnte. Für Jake, denn er hat doch einen Daddy verdient, oder? Wenn seine Mom tot ist, soll er dann nicht wissen, dass er noch einen Vater hat?

Aber denk nicht, dass ich die Entscheidung, Josh ins Boot zu holen, leichtfertig getroffen habe. Ich habe ihn beobachtet - also nicht wörtlich zu verstehen, bitte! Ich bin ja kein Stalker. Aber ich habe mich nach ihm umgehört und so herausgefunden, dass es mit seinem ach so tollen Studium nicht zum Besten steht. Vielleicht hat er ja Zeit und nichts Besseres zu tun. Und möglicherweise ist in ihm immer noch der Junge, den ich bis zum Abschluss so sehr geliebt habe, dass es mir das

Herz gebrochen hat, ihn gehen zu lassen, ohne ihm die Wahrheit sagen zu können.

Ah, ja. Das Geheimnis. Schmutzig. Ekelhaft. Pervers.

Kommen wir gleich zur Sache, sonst zieht sich das noch ewig und ich bin mir nicht sicher, wie aufnahmefähig du so kurz nach meinem Ableben bist.«

Grey brach ab, starrte runter auf das Papier in ihrer Hand und sah dann mich an, als würde sie jeden Moment einen Herzinfarkt bekommen. Sie schüttelte den Kopf, öffnete den Mund und klappte ihn wieder zu.

»Es ist wahr, oder?« Meine Stimme klang hohl. Als käme sie von weit her. Mein Kopf war auf einmal wie leergefegt und ich verspürte das ziemlich drängende Verlangen danach, aufzuspringen und mich zu übergeben.

Sie nickte. Eine Träne rollte über ihre geröteten Wangen, während sie mich einfach weiter anstarrte, als sehe sie durch mich hindurch.

Fuck!

»Es tut mir leid, Josh«, flüsterte sie heiser. »Es tut mir so leid!«

Anstelle einer Antwort trank ich mein Glas in einem Zug leer und füllte es sofort auf. Voll!

»Lies es vor. Bitte.«

Grey zögerte, protestierte aber nicht und atmete tief durch, genau wie ich. Dann setzte sie an der Stelle an, an der sie sich zuvor unterbrochen hatte und ich hörte, was wir längst vermutet hatten.

»Vielleicht erinnerst du dich noch an die vielen Partys zwischen den Prüfungen und dem Schulabschluss. Jedes Wochenende gab irgendwer eine Party. Wir haben in meinem Zimmer gesessen - du und ich -, uns gegenseitig geschminkt und die Haare gemacht. Das war die beste Zeit meines Lebens. Vor Jake. Jedenfalls habe ich danach immer bei Josh gepennt. Grandma war so spießig. Wenn sie gewusst hätte, dass ich einen Freund hatte ... Na ja. Aber auf den unvergleichlich guten Sex wollte ich eben nicht verzichten. Egoistisch, ich weiß.

Eines Abends schlief ich wieder bei Josh. Seine Eltern haben dieses gigantische Haus mit hundert Zimmern oder so. Er hat mir verboten, sein Zimmer zu verlassen, aber erstens hatte ich Durst und zweitens war ich eben nun mal furchtbar neugierig. Also bin ich die Treppe runtergeschlichen und hab die Küche gesucht. Alles war dunkel und still, ich hab mir nichts weiter dabei gedacht und ziemlich angetrunken war ich auch. Ich stand also so in der hammermäßigen Küche herum und hab an nichts gedacht, als das Licht hinter mir anging. Es war Joshs Vater, der mich direkt blöd angemacht hat, was mir einfiele, in sein Haus einzubrechen. Den Zwischenteil mit der Diskussion und anschließender Eskalation erspare ich mir hier und komme direkt zu der Stelle, an der ich mich bewegungsunfähig mit einer Hand auf meinem Mund und einer in meinem Genick auf dem Küchentisch wiederfand.

Das Verrückte daran ... Eine ganze Weile danach konnte ich mich nicht einmal daran erinnern, dass das überhaupt passiert war! Ich dachte, ich hätte es geträumt, bis nach und nach Erinnerungsfetzen zurückkamen, die damit begannen, dass mir der Drecksack irgendetwas in den Mund gesteckt und mich gezwungen hat, es runterzuschlucken. Pillen, glaub ich. Jedenfalls setzte die Wirkung schnell ein und alles verschwamm in meiner Erinnerung in dunklem Nebel.

Da du jetzt auch so schon schockiert sein wirst, meine Süße, erspare ich dir einfach die unschönen Details. Als ich irgendwann meine Erinnerungslücken an diese Nacht schließen konnte, war das auf jeden Fall alles andere als schön.

Ich habe jedenfalls den Mund gehalten und niemandem etwas gesagt. Anfangs nur aus reiner Angst, für verrückt gehalten zu werden. Ich meine ... es ging immerhin um Joshs Dad und ich war ja unbestreitbar betrunken. Wer hätte mir geglaubt? Josh sicher nicht und mal ehrlich ... Hätte ich ihm das antun sollen? Ihm sagen, dass sein perverser Vater in der Küche über mich hergefallen ist und mich vergewaltigt hat?

Ähm, nein. Mit der Reaktion hätte ich damals nicht leben können, ganz ehrlich.

Ich dachte, ich könnte es verdrängen und vergessen. Ich hatte eben Pech gehabt, das war alles. Es gibt tausende Frauen, denen das passiert. Ein paar zerbrechen an solchen Erfahrungen, aber du kennst mich, Grey. Ich war nie so. Ich hätte das weggesteckt und gut.

Dummerweise kam mir dann ein paar Wochen danach diese Sache mit der Schwangerschaft dazwischen.

Ich weiß, ich habe dir gegenüber immer unumstößlich behauptet, dass Josh der Vater war.

Nein, ich bin nicht stolz darauf, was ich getan habe. Weder darauf, dich belogen zu haben noch Josh. Aber selbst ich war nicht so bescheuert, nicht rechnen zu können, und so hielt ich es immerhin für möglich, dass er nicht der Einzige war, der dafür infrage kam. Und sonderlich begeistert war er auch nicht, aber das weißt du vermutlich noch.

Ich rechnete, überlegte und nahm meinen verbliebenen Stolz und meinen Mut zusammen und ging zu seinem Vater. Warum? Weil ... Na ja, er hat definitiv nicht daran gedacht, seine kleinen perversen Spermien aus meiner Vagina rauszuhalten, als er sich an mir vergangen hat. So viel hab selbst ich damals gecheckt.

Weil ich nicht wusste, was ich tun sollte, habe ich ihm gedroht, alles zu erzählen. Zunächst hat er natürlich geleugnet und alles abgestritten, aber ich war ja nicht nur dumm, sondern auch hartnäckig-dumm und verlangte einen Vaterschaftstest.

Natürlich wollte er das nicht. Klar.

Am Ende hat er mir hunderttausend Dollar dafür gegeben,

dass ich schwieg, niemandem ein Sterbenswörtchen erzählte und mir gedroht, mir das Leben zur Hölle zu machen, wenn ich Josh irgendetwas davon erzählte. Den Test wollte er trotzdem nicht machen.

Und ich? Tja, ich war die Dumme. Im wahrsten Sinne des Wortes. Ich hielt so viel Geld in der Hand und alles, was ich dafür tun musste, war Josh zu belügen, damit er ging und ich ihn nicht aufhielt.

Er wäre ohnehin nicht bei mir geblieben, weil er nicht geglaubt hat, dass er der Vater war. Wie hätte er da erst reagiert, wenn stattdessen sein eigener Vater als potenzieller Erzeuger im Raum gestanden hätte?

Hätte ich Joshs Zukunft zerstören sollen, obwohl ich es selbst nicht wusste und auch nicht beweisen konnte? Hätte ich die Zukunft meines eigenen ungeborenen Kindes zerstören sollen, indem ich das Geld nicht nahm und stattdessen einen aussichtslosen Kampf für Gerechtigkeit kämpfte?

So hatte ich immerhin das Geld, um Jake irgendwann aufs College zu schicken. Es lag in meiner Hand, dafür zu sorgen, dass mein Baby etwas aus sich machte und die Chance bekam, mehr zu werden oder zu schaffen als ich.

Falls du mich verurteilen willst, meine süße Grey, tu es. Du hast jedes Recht der Welt dazu. Ich war unehrlich, habe gelogen und betrogen und den Vater meines Sohnes um sein Kind gebracht.

Ich weiß nicht, wie Josh reagiert, wenn er die Wahrheit erfährt. Ich hoffe, dass er noch immer der Mensch ist, den ich damals geliebt habe, denn obwohl sein Vater ein dreckiger Bastard war und Josh wie einen Hund behandelt hat, war er ein toller, großartiger Mensch.

Jetzt, am Ende meines kurzen Lebens, weiß ich es zu schätzen, ihm begegnet zu sein. Genau wie dir, denn ihr beide wart für mich die wichtigsten und wertvollsten Menschen nach Jake.

Ich wünsche mir von ganzem Herzen, dass du dich eines Tages an die Freundin erinnerst, die ich früher war, und nicht an die vielen Fehler, die ich gemacht habe. Ich wünsche dir, dass du deinen Weg weiter gehst, immer so großartig, offenherzig, treu und gütig bleibst, wie du es immer schon warst und ein glücklicher Mensch wirst, Grey. Und für meinen Sohn - mein ein und alles und meinen größten Schatz - wünsche ich mir, dass du mich für den Rest deines Lebens so ersetzt, wie ich es hoffe, während ich dir diesen Brief schreibe. Sei seine Mutter, Grey, denn das warst du von Anfang an. Genau wie ich. Sei für ihn da. Liebe ihn so, wie ich es getan habe. Er braucht dich und ich weiß, dass du auch ihn brauchst, deswegen tue ich, was ich kann, damit ihr beide zusammenbleiben könnt.

Du wirst mir fehlen, Grey. In der Hölle wird es bestimmt nicht halb so spaßig ohne dich sein und ich vermute, hier unten werden wir uns auch nie begegnen, weil dein Platz eindeutig nicht hier ist. Was mir bleibt, ist die Erinnerung an dich. Bis in alle Ewigkeit.«

Je länger Grey las, desto brüchiger wurde ihre Stimme und desto trauriger, verzweifelter und bitterer klangen die Worte aus ihrem Mund. Sie brach nicht einmal ab, machte nie längere Pausen. Als wollte sie um jeden Preis verhindern, dass sie sich von ihren Gefühlen überwältigen ließ.

Ich wünschte, ich hätte behaupten können, dass mir das, was ich hörte, nichts ausmachte. Dass ich darüberstehen und es einfach hinnehmen könnte, weil ich - oder vielmehr ein Teil von mir - längst geahnt hatte, auf was all das hinauslief.

Aber das war nicht so.

Ich hörte Lolas Version der ganzen Geschichte und verbrannte innerlich vor Zorn auf meinen Vater, weil er genau das Monster war, als das meine Mom ihn bezeichnet hatte. Nur - schlimmer. Grausamer und widerlicher.

Er hatte sich an meiner Freundin vergangen, während ich

geschlafen hatte. Und dann - als sie ihn damit konfrontiert hatte und einen Vaterschaftstest hatte haben wollen, hatte er sich ihr Schweigen gekauft und ihr gedroht.

Ich hätte auch gerne behauptet, Lolas Entscheidung nicht nachvollziehen zu können. Einfach, weil ich es mir leichter vorstellte, sie zu hassen - über ihren Tod hinaus - als meinen Vater. Mein Vater war am Leben. Direkt vor meiner Nase. Alles, was er wollte, war ein makelloses Image und dass diese Geschichte niemals ans Tageslicht gezerrt wurde. Deshalb hatte er versucht, Grey zu erpressen und mir gedroht, mich zu enterben, falls ich diese Sache nicht auf sich beruhen ließ. Er wollte nicht, dass irgendjemand davon erfuhr, was für ein ekelhafter Bastard er war.

Als Greys leises, unterdrücktes Schluchzen durch das unangenehm hohe Fiepen in meinen Ohren drang, riss ich mich zusammen. Für sie, denn Lolas letzte Worte schienen sie härter getroffen zu haben, als ich mir überhaupt vorstellen konnte.

Grey und Lola - eine unzertrennliche Einheit seit dem Kindergarten.

Sie waren die besten Freundinnen gewesen, wären füreinander durchs Feuer gegangen und hätten alles für die andere getan. Und jetzt zu hören und auch zu akzeptieren, dass es eine Seite an ihrer besten Freundin gegeben hatte, die alles andere als schön war, war bestimmt hart.

»Sie hat es all die Jahre für sich behalten«, schluchzte sie an meinem Hals, als ich sie mit sanftem Nachdruck an mich zog. »Ich hätte ihr geglaubt! Ich hätte ihr geglaubt und ihr geholfen, damit wir irgendeinen Weg finden, dieses Schwein dafür büßen zu lassen! Wieso? Wieso hat sie mir nicht vertraut?«

»Ich denke nicht, dass es daran lag, dass sie dir nicht vertraut hat, Honey«, flüsterte ich in ihr Haar, streichelte weiter über ihren Rücken und spürte das Beben ihres Körpers dabei bis in die Zehenspitzen. Es zerriss mich, Grey so zu sehen. So hilflos und traurig. »Sie hat es nicht deinetwegen oder meinetwegen getan, sondern für Jake. Weil sie damals bestimmt gedacht hat, es wäre besser, einen Haufen Geld zu haben, als in einen Krieg zu ziehen, den sie doch nicht hätte gewinnen können.«

»Und was wenn doch?«, widersprach sie heiser. »Sie hat es ja noch nicht einmal probiert! Als dein Vater nicht sofort alles zugegeben hat, hat sie den leichten Weg gewählt und das Geld genommen! Dafür hat sie dich gehen lassen, Josh. Sie hat mich belogen und alle anderen auch.«

»Weil sie dachte, dass sie das Richtige tut. Und sie hat eingesehen, dass es nicht so war. Das ist es doch, was zählt. Oder nicht? Sie ist zur Vernunft gekommen und wollte alles geradebiegen. Deswegen hat sie diese Briefe geschrieben und dafür gesorgt, dass ich auch herkomme.«

»Und was, wenn du es nicht bist? Wenn du nicht Jakes Vater bist, sondern *dein* Vater? Oh, Gott! Ich will gar nicht darüber nachdenken, was dann passiert!«

Lola vermutlich auch nicht, dachte ich bitter. Sonst hätte sie genau das getan, was Grey gesagt hatte und gekämpft. Und ich wollte eigentlich auch nicht so genau über diese Möglichkeit nachdenken, nein.

Grey

»Als Sie anriefen und sagten, es sei unglaublich dringend und Sie bräuchten unbedingt heute noch einen Termin, dachte ich zuerst, Sie hätten sich inzwischen gegenseitig die Köpfe eingeschlafen. Wie schön, dass das nicht der Fall zu sein scheint.«

Mrs. Jenkins, die Notarin, die sich um Lolas Nachlass und ihre - und irgendwie ja auch um unsere - Angelegenheiten kümmerte, sah Josh und mich nacheinander an.

Wir hatten heute Morgen sofort angerufen, als ihr Büro öffnete. Weil wir gestern einfach nicht weitergekommen waren und noch immer nicht wussten, wohin uns Lolas Offenbarung am Ende bringen würde, hielt Josh es für sinnvoll, dass wir uns beraten ließen. Was vermutlich - rein objektiv - eine ziemlich gute Idee war.

»Tja«, warf Josh ein. »Wie Sie sehen, war Ihre Sorge unbegründet. Wir leben beide noch und wohnen sogar zusammen in Lolas Haus.«

»Ja, davon habe ich gehört. In einer kleinen Stadt spricht sich vieles eben schnell herum.« Die Notarin schmunzelte. »Wie auch immer. Was ist denn nun der Grund für Ihren dringenden Redebedarf? Der gerichtliche Termin wegen des speziellen Falls der Vormundschaftsregelung ist doch erst nächste Woche, wenn ich mich recht entsinne.« Sie fing an, in ihren Unterlagen zu kramen.

»Ja, ist er«, sagte ich schnell. »Aber darum geht es auch gar nicht. Also - wir wollen wissen, ob wir bei einem begründeten

Verdacht einen weiteren Vaterschaftstest ... sagen wir ... erzwingen könnten.«

Die Anwältin neigte den Kopf und runzelte die Stirn, schwieg aber einen Moment. »Also ... Nur damit ich Sie richtig verstehe ... Der Gentest hat ein ziemlich eindeutiges Ergebnis geliefert. Sie beide scheinen sich ja arrangiert zu haben und machen auf mich einen recht harmonischen Eindruck. Im Gegensatz zu unserer letzten Begegnung, meine ich. Und nun wollen Sie dieses ziemlich eindeutige Ergebnis anfechten? Warum?«

»Dann sagen wir, wir hätten den Verdacht«, Josh räusperte sich, »dass möglicherweise jemand mit sehr ähnlichen Genen wie ich ebenfalls als Erzeuger infrage kommen könnte.«

Mrs. Jenkins blinzelte.

Josh und ich schwiegen beharrlich.

Wir hatten uns darauf geeinigt, vorsichtig vorzugehen. Weil wir nicht wussten, wie dieses Gespräch verlaufen würde und weil uns die Beweise fehlten, das war ja das Problem. Man konnte nicht einfach so jemanden beschuldigen, etwas getan zu haben, das fünf Jahre zurücklag und dann keine Beweise dafür zu haben, oder? Alles, was wir hatten, war Lolas Abschiedsbrief. Wir waren nicht dumm - was war die Aussage einer Toten wert? Erst recht, wenn die Gegenseite zufällig der Bürgermeister der Stadt war?

»Okay«, sagte Mrs. Jenkins gedehnt und legte ihre Hände auf die Schreibtischplatte, die sie zuvor noch unter ihrem Kinn gefaltet hatte. »Sie können offen sprechen, Miss Harper. Das gilt für Sie beide. Ich stehe unter Schweigepflicht und alles, was in diesem Raum gesagt wird, bleibt auch vorerst in diesem Raum. Selbst wenn Sie sich selbst einer Straftat bezichtigen sollten, aber das nur so am Rande. Soweit ich informiert bin, Mr. Groban, haben Sie weder einen Bruder noch einen Cousin. Ist das korrekt?«

Josh nickte, sagte aber keinen Ton und biss auf der Innenseite seiner Wange herum. Er war genauso angespannt wie ich.

»Gehe ich also recht in der Annahme, dass Sie Ihren Vater als potenzielle Erzeuger von Jake Adams im Sinn haben?«

»Ja, Ma'am. Lola hat einen Abschiedsbrief hinterlassen. Darin hat sie ziemlich ... detailliert ... geschildert, was passiert ist. Und das ist der Grund, wieso wir Sie unbedingt sprechen müssen.« Ich tastete nach Joshs Hand und er drückte meine Finger, ohne sich zu rühren.

»Ich nehme an, nichts Einvernehmliches, weil Sie sonst nicht so herumdrucksen würden, richtig?« Die Brauen der Anwältin wanderten noch höher, als wir nickten. »Okay, also schön. Fakten. Wir haben kein Opfer, weil das verstorben ist. Wir haben - nehme ich an - keine Zeugen, weil wir sonst nicht auf diese Weise darüber reden würden. Wir haben kein Geständnis des Täters und wir haben keinerlei Beweise dafür, dass die Tat überhaupt begangen wurde. Hat Lola Adams das Ganze zufällig gefilmt? Oder einen Audiomitschnitt, auf dem deutlich zu hören ist, dass sie den Akt nicht wollte und keinerlei Einvernehmlichkeit dabei war?«

»Was?«

»Sie meinen, ob Lola ein Video davon gemacht hat, wie mein Vater sie vergewaltigt hat, während ich in meinem Zimmer geschlafen habe? Ist das Ihr verdammter Ernst?«

»Josh ...«

»Schon gut«, winkte Mrs. Jenkins ab, ohne mit der Wimper zu zucken. »Genau das meinte ich, Mr. Groban.«

»Nein«, warf ich hastig ein, bevor Josh den Mund wieder aufmachen konnte. »So einen Beweis gibt es nicht, deswegen sind wir ja hier.«

Die Anwältin verzog das Gesicht und schüttelte dann den Kopf. »Nun, dann werde ich Ihnen in dieser Hinsicht nicht weiterhelfen können. Miss Adams ist verstorben, somit kann sie ihre Aussage nicht selbst machen. Ein Abschiedsbrief - wie detailliert auch immer verfasst - wird vor keinem Gericht dieses Bundesstaates Bestand haben. Erstens hätte ihn jeder verfassen können, zweitens glauben Sie gar nicht, was die Leute sonst so in ihren letzten Worten niederschreiben. Letztlich wird das Wort einer Toten gegen das Wort eines unbescholtenen, beliebten und geachteten Mannes stehen. Ich drücke es mal ganz deutlich aus«, sagte sie und lehnte sich ein Stück vor. »Vergessen Sie das! Selbstverständlich können Sie Anzeige im Namen Ihrer verstorbenen Freundin erstatten. Selbstredend läuft der ganze juristische Apparat dann an und ganz sicher wird sich ein Staatsanwalt mit dem Fall Ihrer Freundin befassen. Er wird einen Blick auf die Fakten werfen, die Aussichtslosigkeit einer Klage des Staates Wisconsin gegen Steven Groban erkennen und die Akte beiseitelegen. Dort staubt sie ein, bis sie schlussendlich mangels Beweisen und/oder Glaubwürdigkeit - abgewiesen wird.« Sie klatschte urplötzlich in die Hände, sodass ich heftig zusammenzuckte und sie entgeistert anstarrte.

»Das ist es? Das soll die Gerechtigkeit sein, die in diesem Land so groß geschrieben wird?«, rief ich wütend. »Und Sie wollen da gar nichts tun?«

Mrs. Jenkins schnaufte. »Von nichts tun wollen kann keine Rede sein, Miss Harper. Ich zeige Ihnen nur den äußerst wahrscheinlichen Werdegang auf, den diese Sache nehmen wird.«

»Und sagen damit deutlich, dass wir keine Chance hätten, meinem Vater beizukommen«, warf Josh trocken ein. »Großartig.«

»Haben Sie noch andere Opfer vorzuweisen? Irgendwelche Freundinnen, Angestellten, sonst irgendwas ... Jemand, der sich über sexuelle Belästigung beschwert hätte, würde schon reichen.«

»Josh?« Auffordernd sah ich ihn an, doch nachdem er einen Moment darüber nachgedacht hatte, schüttelte er den Kopf.

»Nicht, dass ich wüsste.«

»Tja, dann ist es, wie es ist. Sie können diesen Weg einschlagen und ich könnte Sie selbstverständlich vertreten, auch wenn ich es vermutlich nicht tun würde, weil es hier immerhin um den Bürgermeister geht und weil ich meinen Ruf wirklich nicht gerne gefährde.«

»Sie nehmen echt kein Blatt vor den Mund, oder?«, blaffte Josh und funkelte sie an.

»Nein, Mr. Groban. Warum sollte ich das tun?«, antwortete sie fast kalt, lächelte dann aber. »Fountain City ist eine kleine Stadt. Ich lebe gerne hier und mein Ruf ist mir wichtig. Verlorene Fälle machen sich nun mal nicht gut in einem Portfolio, dafür werden Sie sicherlich Verständnis haben.«

»Das ist also kein Scherz, oder? Sie rechnen sich null Chancen aus?« Eigentlich kannte ich die Antwort längst. Warum fragte ich eigentlich so doof?

»So ist es. Und natürlich könnten Sie mit dem entsprechenden Kapital einen anderen Anwalt mit der Angelegenheit betrauen aber auch hier erhöhen sich Ihre Erfolgsaussichten nicht wirklich.«

Josh und ich starrten uns an, dann starrten wir die Anwältin an, die nachsichtig den Kopf schüttelte.

»Hören Sie, ich würde Ihnen gerne etwas anderes sagen. Aber Sie sind doch wohl hergekommen, um sich beraten zu lassen, oder? Und das tue ich. Ich rate Ihnen wegen mangelnder Erfolgsaussichten von einer Klage ab. Niemand sagt, dass das System fair ist. Es tut mir leid.«

»Gibt es irgendeinen anderen Weg, um meinen Vater zu einem Vaterschaftstest zu zwingen?«

Josh sah alles andere als zufrieden mit dieser Antwort aus, dabei wusste ich ziemlich sicher, dass er die Antwort auf diese

Frage eigentlich gar nicht kennen wollte. Natürlich nicht. Vielleicht wusste er es selbst nur noch nicht ...

»Nein, Mr. Groban. Das versuche ich ja, Ihnen zu erklären. Wenn Ihr Vater nicht freiwillig einem Test zustimmt, dann wird das auch nichts. Eher werde ich die nächste Präsidentin der Vereinigten Staaten.«

»Das wird er nie tun«, flüsterte ich und schüttelte mutlos den Kopf. »Er hat versucht, mich zu erpressen. Kann man damit zumindest erreichen, dass er anderweitige Schwierigkeiten bekommt?« Ich zog den zusammengefalteten Zettel aus meiner Handtasche und reichte ihn der Anwältin über den Tisch.

Während sie las, versuchte ich, Josh dazu zu bewegen, mich anzusehen, aber er starrte stur auf seine Füße, als wäre ihm all das hier zu viel.

»Tja, das wäre ein Anfang. Allerdings bekäme er dafür höchstens eine Bewährungs- und vielleicht noch eine Geldstrafe. Vorausgesetzt, dieser Brief stammt wirklich von Mr. Groban, womit wir wieder beim alten Dilemma wären. Sie müssen es beweisen können.«

»Ich kann das nicht«, murmelte Josh fast so undeutlich, dass ich ihn kaum verstand. »Ich kann unmöglich hierbleiben, Honey. Wenn mein Vater der Erzeuger von Jake ist - ich kann nicht in derselben Stadt leben und dieselbe verschissene Luft atmen wie dieses Schwein! Er hat sich an Lola vergangen. Er hat versucht, dich zu erpressen.«

»Ganz zu schweigen von dem, was er dir angetan hat«, hätte ich am liebsten gesagt, aber das hätte uns auch nicht weitergebracht. Die Anwältin hatte vorhin, als wir ihr Büro betreten hatten, schon einen Blick in sein Gesicht geworfen und sich vermutlich längst ihren Teil dazu gedacht.

»Sie könnten versuchen, einen inoffiziellen Test zu machen«, schlug Mrs. Jenkins vor. »Der hat vor Gericht keinerlei

Bestand, aber Sie beide ... Sie hätten immerhin die Gewissheit.«

»Vielleicht ist das eine Idee, Josh. Wir müssten uns nur irgendwas von deinem Dad besorgen. Haare oder so. Und dann lassen wir den Test machen und wissen dann, was Sache ist.«

Irgendwie ... Ich hatte das Gefühl, ihn gar nicht zu erreichen! Ich hasste es, ihn so zu sehen. Als hätte er sich und uns und Jake längst aufgegeben, dabei war das doch überhaupt nicht wichtig. Jake würde sein Sohn bleiben, wenn wir nichts unternahmen. Und wenn dieser Test das Ergebnis des ersten Tests unterstrich ... dann würde alles gut werden!

Das Beratungsgespräch bei der Anwältin endete ungefähr so, wie ich befürchtet hatte: unbefriedigend. Aber immerhin wussten wir jetzt wenigstens, dass wir auf legalem Weg keine Chance hatten, dem sauberen Bürgermeister beizukommen.

Wäre Lola noch am Leben, wäre das vielleicht etwas anderes, aber so ...

»Ich bringe dich noch zur Arbeit, Honey«, sagte Josh, als wir das Bürogebäude verließen und raus auf die Straße traten.

Es war schwül und heiß. Mit ein bisschen Glück würde es in den kommenden Tagen regnen, aber darauf verließ ich mich lieber nicht.

»Willst du nicht ... Komm doch einfach mit mir und hilf ein bisschen in der Küche aus. Was meinst du? Mein Dad wollte dich eh fragen, ob du nicht bei uns im Restaurant anfangen willst. Du müsstest dir doch bald ohnehin einen Job suchen.«

Oh, verdammt! Ich klang dermaßen verzweifelt, dass mir schon vom Zuhören schlecht wurde.

Wie kam das jetzt rüber? Als wäre ich eine gestörte Irre, die klammerte oder Schiss hatte, dass sich ihr Freund umbringt, während sie arbeitet?

Nicht, dass mein Kopfkino wirklich so krass wäre, aber

Josh wirkte nicht so, als wäre es eine gute Idee, ihn in den nächsten Stunden allein zu lassen. Er war bleich, hatte die Kiefer so fest zusammengepresst, dass seine Wangenknochen hervorstachen und mit hängenden Schultern gefiel er mir auch nicht. Aber ich wusste nicht, was ich sagen oder tun sollte, damit er sich besser fühlte.

Dass ihm der Ausgang des Gesprächs auch nicht gefallen hatte, war mehr als deutlich.

»Josh, sieh mich an.« Ich blieb stehen und packte ihn am Kragen. Dass uns die Leute in der Bäckerei sehen konnten, vor der wir standen, war mir egal. »Bitte, mach keine Dummheiten. Du willst nicht gehen. Du willst nicht einfach verschwinden, ohne Klarheit zu haben.«

Genau das. Genau das ging in seinem Kopf vor und ich dumme Kuh - merkte es erst jetzt. Erst, als er meinem Blick auswich und überall hinschaute - aber nicht in meine Augen.

»Wenn du es wagst, dich einfach zu verpissen, dann -«

»Dann was?«, brüllte er und stieß mich zurück, sodass ich ihn loslassen musste. »Was willst du dagegen machen? Mich einsperren? Zwingen, zu bleiben? Super, Honey. Probier es. Aber ich will viel lieber, dass du mitkommst, Grey! Komm einfach mit mir und wir lassen diese verschissene Drecksstadt hinter uns!«

»Aber weglaufen ist keine Lösung, Josh! Das hat dir damals nicht weitergeholfen. Wieso denkst du, dass es heute anders wäre? Und wo sollen wir hingehen? Nach Los Angeles? Dahin, wo du doch auch nicht sein willst?«

»Ist mir egal, wohin. Hauptsache weg!«

»Ich kann aber nicht gehen!« Frustriert schüttelte ich den Kopf. »Ich habe ein Leben hier, Josh. Ich habe einen Job. Meine Familie braucht mich und Jake - der braucht dich!«

»Ich will euch aber bei mir haben. Euch beide!«

»Ich bin aber niemand, der den Kopf in den Sand steckt und tut, als wäre nichts gewesen, Herrgott! Du kannst nicht einfach abhauen, wieso kapierst du das nicht?«

Ich wusste, wie verzweifelt ich mich anhörte, aber dagegen konnte ich nichts tun. Josh meinte es bitterernst - das wurde mir klar, als ich ihn ansah, bevor ich einen Schritt auf ihn zu wagte.

»Bitte, Josh. Sieh mich an. Wir schaffen das. Gemeinsam. Du bist nicht allein. Du musst keine Angst davor haben, dass wir das nicht packen, okay? Ich lasse nicht zu, dass-«

»Was? Was lässt du nicht zu? Dass er unser Leben zerstört, noch bevor es überhaupt angefangen hat? Er wird weiter versuchen, uns zu erpressen, Honey. Und irgendwann kommt er vielleicht auf die Idee, dass ihm Blutsbande nur noch einen Dreck wert sind und dann? Willst du riskieren, dass mein Vater wirklich alle seine Karten ausspielt? Dass er dafür sorgt, dass sie uns Jake wegnehmen?«

»Das kann er nicht«, widersprach ich leise. Meine Stimme zitterte genau wie meine Hand. »Das kann er nicht tun, Josh! Egal wie sehr er es vielleicht will, aber dein Vater steht nicht in allem über dem Gesetz.«

»Du bist eine Träumerin, Grey.« Sein Blick wurde immer abweisender, seine Stimme kälter, bis er schließlich den Kopf schüttelte und einen Schritt rückwärts machte. »Er hat sich an deiner besten Freundin - meiner Freundin - vergangen und wird dafür nicht einmal zur Rechenschaft gezogen. Er hat sich Lolas Schweigen mit hundert Riesen gekauft. Und jetzt, wo er Angst haben muss, dass ihn seine eigene Perversion einholt - versucht er, uns zu zerstören. Mein Vater ist ein grausamer Mensch. Ein Monster! Und er wird - nicht - aufhören!«

Ich riss den Mund auf, um zu widersprechen, doch da drehte Josh sich einfach um und stapfte in die entgegengesetzte Richtung davon.

Ich hätte ihm nachlaufen können. Noch mal versuchen, ihn aufzuhalten. Ihn notfalls auf Knien anbetteln ...

Aber ich tat es nicht.

Ich war aufgewühlt, durcheinander, verletzt und so hilflos wie in diesem Moment hatte ich mich erst einmal gefühlt - auf Lolas Beerdigung. Doch das hier war etwas anderes. Ich konnte Josh nicht zwingen, zu bleiben, und ich konnte ihm nicht helfen, klarzusehen, wenn er es nicht wollte.

Er war tief verletzt und enttäuscht und wenn ich ehrlich war ... Ich konnte ihn verstehen. Ich konnte nachvollziehen, wieso er es nicht ertragen konnte, in dieser Stadt zu bleiben. Ständig in der Nähe des Mannes, der ihm schon das ganze Leben zur Hölle gemacht hatte und der nie damit aufhören würde. Selbst wenn die beiden keinen Kontakt hätten und sich nie über den Weg liefen ... Steven Groban würde immer wie ein Gespenst in Joshs Kopf herumgeistern und wahrscheinlich konnte er nicht einmal etwas dagegen machen. Jedenfalls nicht, solange dieser Mann schalten und walten konnte, wie es ihm gefiel und dabei alles um sich herum niederwalzte. Selbst seine eigene Familie.

Ich fühlte mich ausgelaugt und innerlich leer, als ich eine halbe Stunde später den *Goldenen Frosch* betrat. Ich kam zu spät, aber wen kümmerte das. Den Weg hierher war ich zu Fuß gelaufen. In der brütenden Mittagshitze. Einfach, um den Kopf freizukriegen, nur dummerweise hatte es nichts genützt.

Alle paar Minuten starrte ich auf mein Handy, als würde das irgendetwas nützen. Als würde ich damit einen Anruf von Josh erzwingen können oder unsere Probleme lösen oder auch nur zu ihm durchdringen ...

Manchmal hatte ich bei Josh das Gefühl, gegen eine Wand zu reden. Und manchmal - so wie heute - offenbarte sich das ganze Ausmaß dessen, was er sonst sehr gut zu verstecken wusste. Selbst vor mir.

Josh versuchte immer, nach außen cool und gelassen zu wirken. Er mimte das egoistische Arschloch, weil er sich in dieser Rolle sicher fühlte. Und er trieb mich absichtlich in den

Wahnsinn, damit ich zu abgelenkt war, um hinter seine Fassade zu sehen. Dahinter war er nämlich im Arsch und am Ende, weil er es nicht schaffte, seinem Vater die Stirn zu bieten. Weil er - genau jetzt - schon wieder in alte Muster zurückfiel und lieber den Schwanz einzog, als um das zu kämpfen, was er wirklich wollte.

Als ich Stunden später nach Hause kam, lag auf dem Küchentisch ein Notizzettel. Josh war mit Jake zum Einkaufen gefahren. Wenigstens war er nicht abgehauen, war mein erster zynischer Gedanke dazu. Der Zweite befasste sich wie schon den ganzen Tag mit der Frage, wie ich ihn dazu bewegen konnte, sich zu beruhigen.

Die beiden hatten jede Menge Chaos im Wohnzimmer zurückgelassen. Nicht weggeräumte Spielsachen lagen auf dem Boden, auf dem Couchtisch lag ein halb fertiggestelltes Puzzle.

Als ich anfing, aufzuräumen, fiel mein Blick auf Lolas Abschiedsbrief. Er lag unter dem Karton mit dem Puzzle.

Verbitterung und Wut wechselten sich ab, als ich ihn in die Hand nahm. Ich vermisste sie. Ich vermisste sie so schrecklich, dass es mir das Herz noch einmal brach, als ich ihn abermals las. Wahrscheinlich war es keine gute Idee, das zu tun, aber ich konnte nicht anders. Den Brief in der Hand, setzte ich mich aufs Sofa. Zeile für Zeile brannten meine Augen mehr, bis ich die Tränen nicht mehr zurückhalten konnte. Wozu? Ich war allein im Haus, also durfte ich heulen und schreien und ausrasten, denn genau das tat ich, als ich am Ende angelangt war.

Ich packte den Umschlag, in dem der Brief gesteckt hatte, zerknüllte ihn, faltete ihn wieder auseinander und zerknüllte ihn noch mal, bevor ich ihn durchs halbe Wohnzimmer pfefferte.

Ich war so wütend. So stinkwütend auf alles und jeden!

Eine Weile saß ich einfach da, ließ die Tränen laufen und

dachte an nichts. Jedenfalls an nichts, das länger als eine Sekunde in meinem Kopf blieb, bevor es wieder verschwand und von etwas neuem abgelöst wurde.

Lola und ich in der Grundschule. Lola und ich bei einem Schulausflug in der Fünften. Lola und ich, als wir uns im Jungenklo an der Middle School versteckt hatten, um Tommy Weet zu beobachten, weil er angeblich so einen großen Penis gehabt hatte. Das erste Mal, dass ich live einen Penis gesehen hatte, der nicht meinem Vater gehörte. Irgendwie ekelig, aber der Gedanke ließ mich unwillkürlich grinsen.

Sie war meine beste Freundin gewesen. Wir hatten alles zusammen gemacht, waren unzertrennlich gewesen. Aber jetzt gerade fühlte es sich zum ersten Mal seit ihrem Tod an, als wäre sie hier. Als wäre sie irgendwie immer hier bei mir und würde mich beobachten ...

Total verrückt! Ich fing schon an, Gespenster zu sehen ...

Als ich mich wieder einigermaßen gefasst hatte, seufzte ich und wischte mit den Handballen die Tränen von meinem Gesicht. Ich konnte mich schlecht hängenlassen und von Josh erwarten, dass er den Kopf aus dem Sand zog, oder?

Ich stand auf und griff nach dem zerknüllten Umschlag in der Ecke mit der Standuhr, die Lolas Grandma gehört hatte. Sie funktionierte nicht, trotzdem hatten wir sie behalten. Eigentlich ein ziemlich scheußliches Ding. Vielleicht sollte ich sie in den Keller ver-

»Was zur Hölle ...«, entwich mir, als ich das Papier unwillkürlich entknitterte. Der Umschlag war weiter eingerissen, sodass ich direkt auf das sehen konnte, was in winzig kleiner Handschrift im Inneren stand. Offenbar hatte Lola nicht nur einen Brief hinterlassen.

Geh zur Bank, Süße. 22062013

kiss

Bank. Was zum Teufel sollte das? Ich hatte doch längst Zugriff auf Lolas Konto und das war nichts drauf. Und die

Nummer? Was hatte es damit ... Ein Schließfach!

Oh, Gott!

Die Gedanken überschlugen sich auf einmal in meinem völlig überforderten Schädel, aber trotzdem dämmerte mir gerade, was ich hier in der Hand hielt und was ich finden würde, wenn ich dieses Schließfach aufmachte.

Das Geld! Die einhunderttausend Dollar, die Joshs Vater ihr gezahlt hatte, damit sie Josh belog und ihn gehen ließ ... Verdammt!

Meine Finger zitterten, als ich mein Smartphone entsperrte und Joshs Nummer wählte, die Gott sei Dank bereits auf der Kurzwahl gespeichert war.

Es klingelte. Einmal. Zweimal.

Geh ran, Josh! Geh - ans verdammte -

Das Klingeln erschien mir plötzlich näher zu sein, aber ich begriff nicht sofort, wieso, bis die Haustür hinter mir aufging und Josh und Jake hereinkamen. Das Handy klingelte in seiner Hosentasche, aber er konnte nicht drangehen, weil er beide Hände brauchte, um die Einkaufstüten ins Haus zu tragen.

Als sich unsere Blicke trafen, sah er mich verwirrt an. Ich machte das Handy wieder aus und strahlte, wartete aber voll Ungeduld, bis Jake, der mir im Vorbeigehen nur einen flüchtigen Kuss auf die Wange gab, außer Hörweite war.

»Ich hab es gefunden«, sagte ich und quiekte dann begeistert. »Ich weiß, wo das Geld ist! Wenn wir das haben, können wir den Spieß vielleicht umdrehen, Josh!«

Josh starrte mich an, als käme ich von einem anderen Planeten. Doch dann dämmerte ihm offenbar, dass ich vielleicht recht hatte und dass wir das wirklich zu unserem Vorteil nutzen könnten, wenn wir es richtig anstellten.

»Das ist-«

»Wahnsinn, oder?« Ich grinste. Dass ich dabei vielleicht

schon wieder ein paar Tränen verdrückte, tat ja nichts zur Sache. Als er die Tüten auf den Boden stellte, mich an sich zog und schließlich küsste, fiel jede Menge Anspannung von mir ab. Es fühlte sich befreiend und gut an. So, als hätten wir vielleicht wirklich eine klitzekleine Chance.

Josh musste nicht gehen. Er musste nicht weglaufen! Er konnte seinem Vater die Stirn bieten und ich würde verdammt noch mal alles dafür tun, ihm dabei zu helfen!

Josh

Jake zupfte an meinem Hemd und deutete aufgeregt auf die Hebebühne im rechten Teil der Werkstatt, die Miles und seinem Dad gehörte. »Dad, darf ich gucken, wie das Auto von unten aussieht?«

Ich grinste. »Klar. Aber pass auf, dass du Mr. Goodman nicht im Weg bist, ja?«

»Klaro!« Er rauschte ab, als Miles sich ein schmutziges Tuch von der Werkbank schnappte und seine ölverschmierten Hände daran abputzte.

»Hey, Mann. Was verschafft mir die Ehre eures hochwohlgeborenen Besuchs?«, fragte er über den laut aufgedrehten Song der *Imagine Dragons* hinweg, der gerade im Radio gespielt wurde. Ein uralter Gettoblaster, den Miles schon gehabt hatte, als wir noch die Schulbank drücken mussten. Für Musik hatte Miles immer verdammt viel übrig gehabt. Genau der Grund, aus dem ich heute Nachmittag hergekommen war.

Mit den Händen in den Hosentaschen nickte ich zum gigantischen Radio im Regal hoch. »Ich brauche deine Hilfe, aber niemand darf davon erfahren.«

Miles' Grinsen bröckelte minimal. »Ich mach aber keine krummen Sachen mehr, Mann! Ich werde Vater und hab Brit versprochen, dass ich nie wieder ein Auto klaue!«

»Wer sagt, dass du ein Auto für mich klauen sollst?«, erwiderte ich leicht amüsiert. »Nicht, dass ich mir noch ein Auto leisten könnte, wenn mein Dad mich enterbt, aber so weit ist es noch nicht.«

Miles hatte in der Highschool eine Phase gehabt, in der er

sich etwas zu viel mit seinen Cousins herumgetrieben hatte. Die entstammten dem nicht ganz so anständigen Teil der Familie Goodman. Wenn man knapp bei Kasse war, war es eben verlockend, sich das nötige Geld auf anderem Wege zu besorgen, anstatt es zu verdienen. Als Miles Dad Wind davon bekam, hatte er seinem Sohn zum ersten Mal in seinem Leben Hausarrest verpasst. Oh, und geschrien. So laut, dass ich damals sicher gewesen war, ihn in meinem Zimmer zu hören, aber vielleicht hatte ich mir das auch nur eingebildet.

Miles Dad war cool und hatte seine Söhne nie schlecht behandelt. Er hatte ihnen viel durchgehenlassen, ihnen vertraut und letztlich hatte sich das - bis auf Miles rebellische, sehr kurze Phase - auch erziehungsmäßig ausgezahlt. Ich wünschte, ich hätte so ein gutes Verhältnis zu meinem Vater gehabt. Etwas, um das ich meinen besten Freund schon immer beneidet hatte.

»Ich brauche dein tragbares Aufnahmegerät. Für Tonaufzeichnungen«

»Wofür? Hast du nicht das iPhone 5000 oder so? Das Neuste vom Neusten?«

»Ja«, sagte ich ungeduldig und zog ihn ein Stück vor die Garage, in der Mr. Goodman Jake gerade erklärte, wie man einen Auspuff festschweißte. Oder so was Ähnliches. »Aber ich brauche eine Rückversicherung. Für den Notfall, falls - was weiß ich! Der Ton macht manchmal Probleme, seit Jake das Handy neulich runtergefallen ist.« Ich biss die Zähne zusammen. »Bitte!«

»Klar! Du kannst es haben. Wenn du mir sagst, wofür du es brauchst. Pornos dreht man normalerweise mit einer Kamera. Nur vom Stöhnen-«

»Ich werde meinen Vater zur Rede stellen«, unterbrach ich seinen blöden Witz. »Wir haben das Geld gefunden. Ich werde es ihm vor die Nase halten und ihn damit hoffentlich zwingen, zu gestehen.«

Meinem besten Freund entgleisten die Gesichtszüge. »Was? Bist du bescheuert? Was soll das denn bringen? Ich dachte, ihr könnt ihn nicht zwingen, so einen Test zu machen, oder?«

»Können wir auch nicht. Mir ist klar, dass er deswegen nicht zustimmt und dass das auch nicht als Beweis reichen würde. Aber ich hoffe, dass ich ihn wenigstens aus der Fassung bringen kann. Es reicht mir schon, wenn ich ihn dazu bringe, uns in Ruhe zu lassen! Und ich will eine Haarprobe oder irgendwas von ihm besorgen. Damit kann ich einen inoffiziellen Test machen lassen. Dann hätte ich wenigstens die Gewissheit, verstehst du?«

»Und Grey? Was sagt sie dazu?«

Ich seufzte. »Das wäre dann der nächste Punkt. Sie darf es nicht erfahren. Falls der Test beweisen sollte, dass er es ist ... Ich will nicht, dass sie mich dann nur noch so ansieht, als würde sie in Mitleid ertrinken. Das würde immer zwischen uns stehen. Selbst wenn sie es nicht wollte - sie würde sich immer fragen, ob ich genau deswegen nicht doch eines Tages wieder verschwinde, weil ich das Kind meines Vaters als mein eigenes großziehen würde. Aber wenn ich es bin - dann sage ich es ihr natürlich und es wäre ein Gespenst weniger, das uns aus der Vergangenheit verfolgt.«

Miles, der bereits die Hand ausgestreckt hatte, als wollte er mir mitfühlend auf die Schulter klopfen, zog sie wieder zurück. Wahrscheinlich, weil ihm auch gerade auffiel, dass sich Ölflecken nicht sonderlich gut auf einem Fünfhundert-Dollar-Hemd machten. Wie gut, dass ich mir zukünftig wohl nicht mehr so viele Gedanken darüber machen musste, denn von einem Gehalt als Koch konnte man sich teure Klamotten nämlich nicht leisten.

»Ich finde es nicht gut, dass du sie nicht von Anfang an einbeziehst, aber hey - ist nicht meine Entscheidung.« Er presste die Lippen zusammen und tat, als würde er einen Reißverschluss davor zuziehen. »Ich schweige wie ein Grab, versprochen.«

»Danke!« Erleichtert rang ich mir ein Lächeln ab. »Ich will nur, dass er uns in Ruhe lässt! Es spielt keine Rolle, wie sehr ich ihn hasse und mir wünsche, dass er zur Hölle fährt. Er ist nun mal da und dagegen kann ich nichts machen, aber man kann sich zumindest aus dem Weg gehen, oder?«

Miles musterte mich einen Moment, dann grinste er und deutete eine seiner albernen Verbeugungen an, mit denen er sich früher manchmal über mich lustig gemacht hatte. »Sehr weise gesprochen, Mylord. Aus deinem großkotzig-arroganten Ich von damals wird ja noch ein richtiger Mann ... Dass ich das noch erleben darf ...«

Sein theatralisches Seufzen ging in ein Keuchen über, als ich ihm dafür einen Hieb mit dem Ellbogen verpasste. Einen Moment alberten wir herum, genau wie damals in der Schule und es fühlte sich gut an. Als wäre zumindest ein Großteil der Last von meinen Schultern gefallen, weil ich endlich beschlossen hatte, etwas zu tun. Vielleicht war es nicht die optimale Lösung, aber was sollte ich denn sonst machen? Schließlich konnte ich keinen Killer auf meinen eigenen Vater ansetzen, oder?

Wobei ich mir die Möglichkeit vielleicht vorbehalten sollte, falls das Arschloch nicht auf meinen Deal einging ...

»Und wie steht's zwischen euch beiden? Dir und Grey? Hängt der Haussegen wieder gerade?«

Ich folgte Miles wieder ins Innere der Werkstatt. Er steuerte auf eines der Regale an der Wand zu und kramte darin herum.

»Ja, ich denke, der Haussegen hängt gerade.«

»Muss ja, wenn ich mir dein dümmliches Grinsen so angucke ... Fehlt nur, dass du sabberst, Mann. So hast du nicht mal

Lola damals angeguckt und das war für alle schon kaum auszuhalten.«

»Manchmal frag ich mich, wieso ich Grey damals nie wahrgenommen hab. Ich meine, sie war immerhin Lolas beste Freundin, oder?«

Miles zuckte mit den Schultern, was echt bescheuert aussah, weil er halb in diesem Schrank steckte. »Keine Ahnung. Liebe halt. Man weiß nie, wo sie hinfällt. Ah, da ist es.«

Als Nächstes drückte er mir das Aufnahmegerät in die Hand, das ich haben wollte. Es war kleiner, als ich es in Erinnerung gehabt hatte, was gut war! An einem Kabel hing das Mikrofon, das man mit etwas Geschick bestimmt unauffällig am Hemdkragen oder so befestigen konnte. Der Rest passte locker in die Hosentasche. Sehr gut!

»Danke, Mann.«

»Keine Ursache. Aber Josh ... Nochmal muss ich mir deine Visage mit Veilchen echt nicht angucken, also sieh zu, dass du ihm nicht zu nahe kommst.«

»Ich pass schon auf mich auf«, grinste ich schief, ließ es aber bleiben, als ich ins ernste Gesicht meines besten Freundes sah.

»Ich hab nie kapiert, wieso du nie zurückgeschlagen oder dich gewehrt hast«, sagte Miles, als wir Jake und Mr. Goodman eine Weile schweigend zugesehen hatten.

Mein Sohn ließ sich alles zeigen und erklären und aus Erfahrung wusste ich inzwischen, dass das einiges an Geduld erforderte. Denn wenn Jake erst mal angefangen hatte, seine Fragen zu stellen, dann hörte er auch nicht mehr auf. Er war ein kluges, wissbegieriges Kind.

Etwas, das ihm irgendwann im Laufe seines Lebens noch mal sehr nützlich sein würde, denn zumindest in dieser Hinsicht war ich mit Lola einer Meinung: Jake sollte eine gute Ausbildung bekommen. Er sollte auf jedes College gehen dürfen, das er wollte und ich würde alles dafür tun, ihm das zu ermöglichen. Nach *seinen* Vorlieben und Talenten! Was er wirklich machen wollte, was ihn interessierte und nur ihn. Niemand sollte ihm aufdiktieren, wie er sein Leben führte, und wenn es das Letzte war, was ich tat! Ich war ziemlich sicher, dass Grey auch in diesem Punkt mit mir einer Meinung war. Wie in überraschend vielen anderen Dingen.

»Weil er mein Vater ist«, antwortete ich zögernd. »Könntest du deinen Dad schlagen? Selbst wenn er dich verprügelt? Keine Ahnung ... Meine Mom hat immer gesagt, dass sie sich wünscht, dass ich ein guter, ehrlicher Mann werde. Irgendwann. Und klar - ich hätte es tun können. Vielleicht hätte er es danach nie wieder getan. Vielleicht hätte ich ihn aus Versehen auch so schwer verletzt, dass ich ihn umbringe und mir das Problem damit für immer vom Hals geschafft. Aber dann wäre ich doch nicht besser gewesen als er, oder?«

»Gutes Argument.« Miles schluckte, nickte dann aber. »Du wolltest nicht so sein wie er. Kann ich verstehen. Und ich bin echt froh, dass du nicht bist wie er, das kann ich dir sagen. Wegen Jake und so, du weißt schon.«

Ja, ich wusste, was er meinte. Und nein ... Bevor ich mich auf dasselbe Niveau begab wie mein Vater, wäre ich lieber gegangen. Damit Jake nicht so aufwachsen musste wie ich. Ich war nicht wie mein Vater geworden und hatte auch nicht vor, je etwas daran zu ändern.

* * * * *

Es war halb neun, als ich mit einem Glas zehn Jahren altem Single Malt auf die Terrasse hinter dem Haus meiner Eltern trat.

Ich hatte gewartet, bis Lisa ging. Um zwanzig Uhr endete ihre Schicht und ich hatte von der Straße aus gesehen, dass sie das Anwesen meiner Eltern verließ.

Mit dem Zweitschlüssel, der unter dem Blumenkübel auf der Fensterbank vor dem Küchenfenster lag, hatte ich mir Zutritt zum Haus verschafft. Das wäre nicht so leicht gewesen, wenn mein Vater nicht grundsätzlich ein Problem damit hatte, sich Zahlen zu merken. Hochzeits- oder Geburtstage, zum Beispiel. Oder den Code, der die Alarmanlage außer Kraft setzte.

In den letzten Jahren war er nicht geändert worden. Mein Glück.

Wahrscheinlich würde Dad ausrasten, wenn er sah, dass ich mich an seiner heißgeliebten Schnapssammlung bedient hatte. Er würde auch ausrasten, wenn er mich sah, weil ich unangekündigt hier war. Aber ganz bestimmt würde er ausrasten, wenn er die Fotos des Geldes sah, das Grey und ich im Schließfach in der Bank gefunden hatten, nachdem sie Lolas Zimmer auf der Suche nach dem Schlüssel auf den Kopf gestellt hatte. Er hatte in einer Schmuckschatulle gelegen. Versteckt zwischen dem Schmuck, den Lola von ihrer Mom und ihrer Grandma geerbt hatte und den Jake irgendwann bekommen sollte. Dann konnte er die Frau seines Lebens damit glücklich machen, denn das hätte Lola vermutlich gefallen.

Irgendwie war es merkwürdig, dass ich ganz ruhig war. Ich dachte, ich müsste aufgewühlter sein. Vielleicht sogar Angst haben, weil ich immerhin vorhatte, den Spieß umzudrehen und meinem Vater zu drohen.

Auch das würde ihm nicht gefallen, so viel stand fest.

Aber ich fühlte mich nicht aufgewühlt, empfand keine Angst und fürchtete mich auch nicht davor, dass sich so etwas wie beim letzten Mal wiederholen könnte.

Ich wusste, dass das nicht passieren würde. Ich wusste, dass mir nichts passierte. Und ich wusste auch, dass ich derjenige war, der nun alle Trümpfe in der Hand hielt. Zumindest die Entscheidenden.

Als ich ihn schließlich hinter mir hörte, atmete ich ganz ruhig und tief ein, ohne mich umzudrehen.

»Was willst du denn hier, Junge?«, blaffte er mich an, aber seine Verwirrung war deutlich hörbar. »Wieso bist du in meinem Haus? Warum bist du noch nicht wieder in L.A., so wie ich es dir nahegelegt hatte?«

»Nahegelegt? So nennst du das, Dad? Wow.«

Das Mikro war eingeschaltet. Ich hatte ewig vor dem Spiegel gestanden und so lange daran herumgefummelt, bis ich sicher war, dass es nicht zu sehen sein würde.

Ich drehte mich um und sah meinem Vater direkt ins Gesicht. Er trug ein akkurat gebügeltes Hemd. Maßanzug, was auch sonst. Das Jackett hing über einer Stuhllehne im Esszimmer, er war gerade dabei gewesen, seine Krawatte zu lockern.

Die Irritation war ihm deutlich anzusehen. Wahrscheinlich fragte er sich, wie ich überhaupt ins Haus gekommen war.

»Was willst du?«, bellte er erneut, fast schon gewohnt kalt. »Ich dachte, ich hätte mich deutlich ausgedrückt! Wenn du nicht verschwindest und die ganze Angelegenheit auf sich beruhen lässt, war's das mit deinem Erbe. Dann war's das auch mit deinem Lotterleben, denn dann ist der Geldhahn ab sofort zu.«

Ein Kommentar, der mich beinahe mitleidig den Kopf schütteln ließ. Er kapierte es einfach nicht.

»Du hast mich damals nur weggeschickt, damit du dich nicht mit mir befassen musstest und damit du aller Welt erzählen kannst, was für ein tolles Studium und was für eine großartige Karriere ich anstrebe. Es ging dir bloß darum, schalten und walten zu können, wie du willst und ganz nebenher noch die Tatsache zu unterschlagen, dass du dich an meiner Freundin vergriffen hast. Vergewaltigung nennt man das, Dad. Dafür geht man heutzutage in den Knast, wusstest du das nicht?«

Für einen Sekundenbruchteil weiteten sich die Augen meines Vaters und ich war sicher, kleine Schweißperlen auf seiner Stirn glänzen zu sehen. Im Laufe der Jahre waren ihm die Haare ausgefallen. Die Geheimratsecken und die grauen Strähnen ließen ihn alt aussehen.

Doch Steven Groban wäre nicht er selbst, wenn er sich nicht genauso schnell wieder fangen könnte. Schließlich wäre er nie so weit gekommen, wenn er nicht wüsste, wie man sich perfekt verstellt und aller Welt vorheuchelt, man wäre jemand, der man gar nicht war.

Meinem Vater ging das Wohl der Stadt genauso am Arsch vorbei wie seine eigene Familie. Alles, was er wollte, war Macht und noch mehr Geld, aber er kaschierte diese unschönen Tatsachen, indem er sich bei den Bürgern der Stadt als netter Kerl darstellte. Jemand, der ihre Belange ernst nahm, sich bemühte und zuhörte. Dass er davon in Wahrheit nichts tat, sahen die Leute nicht.

Aber vielleicht irgendwann. Eines Tages würden sie vielleicht genauer hinsehen und erkennen, dass sie ein Monster als Stadtoberhaupt eingesetzt hatten.

Vielleicht auch nicht. Wer weiß. Deswegen war ich schließlich nicht hier.

»Das sind ernste Anschuldigungen, Junge«, erwiderte er trocken. »Ich hoffe, du hast Beweise dafür, ansonsten wäre das nämlich eine böswillige Unterstellung. Verleumdung. Das ist auch strafbar, aber vielleicht wusstest du das nicht.«

Ich lachte auf. »Aber klar doch. Droh mir nur, Dad. Es hat dich ja noch nie geschert, dass ich dein Sohn bin und keiner deiner Angestellten oder Untergebenen, nicht wahr? Aber weißt du was? Du freust dich zu früh. Ich habe nämlich Beweise.«

Ich zog den Abzug aus der Tasche, den ich vorhin im Supermarkt am Fotoautomaten gemacht hatte. Die Tasche, in die Lola das ganze Geld gestopft hatte, war deutlich zu erkennen. Genau wie die Dollarnoten. Zwanziger und Fünfziger in rauen Mengen.

»Hunderttausend Dollar dafür, dass Lola Adams mir gegenüber eine Abtreibung zugibt, die nie stattgefunden hat. Hunderttausend dafür, dass sie schweigt und nie ein Sterbenswörtchen darüber verliert, was in dieser einen Nacht hier bei uns in der Küche passiert ist. Etwa zwei Wochen vor unserem Schulabschluss und damit genau der Zeitpunkt, der noch in den möglichen Zeugungszeitraum fiel. Ich denke«, sagte ich so gelassen und eiskalt, dass ich mir selbst fast unheimlich war, »dass man anhand der Nummern auf den Geldscheinen zurückverfolgen könnte, dass du dieses Geld von der Bank geholt hast. Bitte, Dad. Erklär mir, wie das passiert ist? Du hast Lola in der Küche gesehen, gemerkt, dass sie betrunken war - und dann?«

Oh, man. Ich würde noch so sarkastisch werden wie Grey, denn genau so hörte ich mich an.

»Vorsicht, Junge! Selbst wenn ich dieses Geld an Lola Adams weitergeleitet haben sollte, bedeutet das nicht automatisch, dass es Schweigegeld ist. Ich könnte es ihr gegeben haben, weil mein missratener Sohn einfach abgehauen ist, als er von der Schwangerschaft seiner Flittchen-Freundin erfuhr. Wer hätte es dir verübeln können? Wenn man der angebliche Vater des Kindes einer Hure sein soll ... Dafür hätte jeder Verständnis gehabt.«

Mein Vater spielte gut, das ließ sich nicht abstreiten. Natürlich. Diese Art von Spielchen spielte er wahrscheinlich seit Jahren und hatte darin deutlich mehr Erfahrung als ich.

Er blieb ganz ruhig und gelassen, denn zumindest das wusste ich aus Erfahrung - seine zur Schau gestellte Gleichgültigkeit und die Ruhe waren nur Farce. Unter der Oberfläche brodelte es längst. Unter anderen Umständen wäre er auch schon auf mich losgegangen. Dad hatte es noch nicht getan, weil ich nicht so reagierte, wie er zweifellos erwartet hatte. Denn weder redete ich normalerweise auf diese herausfordernde Art mit ihm, noch hätte ich es gewagt, ihn überhaupt zu provozieren. Eine neue Erfahrung für uns beide. Yeah.

»Vielleicht habe ich dieses Geld also aus reiner Nächstenliebe und Mitleid gezahlt, weil das arme, arme Mädchen sonst mittellos gewesen wäre. Immerhin bist du ja auf und davon, nicht wahr? Die ganze Stadt hat sich das Maul über uns zerrissen! Darüber, was für ein erbärmlicher Feigling du doch warst. Anfangs hatte ich noch Angst um unseren Ruf, aber es stellte sich schnell heraus, dass man deine Mutter und mich genauso bemitleidete wie diese Hure. Immerhin waren wir als arme Eltern mit einem missratenen Sohn wie dir geschlagen, der nicht zu seiner Verantwortung stand und alles und jeden im Stich ließ. Nun. Die Wogen glätteten sich erstaunlich schnell und die Sache geriet in Vergessenheit, nachdem die Schlampe das Geld genommen hatte. Was sie damit gemacht hat, war mir egal, solange sie unser kleines Geheimnis für sich behielt. Und letztendlich hätte ihr ohnehin niemand geglaubt.«

Mir wurde übel, aber mir das anmerken zu lassen, käme an diesem Punkt einer Kapitulation gleich. Ich durfte keine Schwäche zeigen. Nicht jetzt, nicht vor ihm! Deswegen atmete ich langsam und kontrolliert und zwang mich, mich zu beruhigen.

Ich dachte an Jake, für den ich das hier letztlich tat. Und an Grey, ohne die ich vermutlich nicht den Mut gefunden hätte, mich herzuwagen. Selbst ohne ihr Wissen. Ich machte es für sie. Für meine Familie. Für unsere Zukunft, die ich nicht damit verbringen wollte, mich ständig umzudrehen und darauf zu warten, dass mein Vater zum Schlag gegen uns ausholte ...

»Denkst du das, ja? Tja. Ich habe ihr geglaubt. Ich habe sofort geglaubt, dass ausgerechnet du dich an ihr vergangen hast. Während ich im selben Haus geschlafen habe, du dreckiger Bastard! Wie pervers und krank bist du eigentlich? Nicht nur, dass du Mom betrügst, weil sie dir wegen ihrer Krankheit nicht mehr das geben konnte, was du willst - du betrügst auch mich! Ich habe Lola geliebt und das wusstest du, Dad!«

»Liebe - das ich nicht lache! Du weißt doch überhaupt nicht, was das ist, du kleiner Scheißer! Stellst dich hier hin und fantasierst über solche Dinge, als wüsstest du alles und als wärst du das tragische Opfer. Das Flittchen hat mitgemacht, Junge. Ob du das wahrhaben willst oder nicht! Anfangs brauchte sie vielleicht eine kleine Ermutigung, aber mit ein bisschen Nachhilfe konnte sie gar nicht genug bekommen. Rede dir ruhig ein, dass deine kleine Freundin keine Hure war, Junge. Am Ende hat sie das Geld nämlich doch genommen. So viel zur großen Liebe, was?«

Das Gesicht meines Vaters war inzwischen knallrot angelaufen und seine Faust zitterte. Trotzdem blieb er am selben Fleck stehen und auch ich rührte mich nicht.

Für diesen Mann hatte ich nicht einmal mehr Ekel übrig. Ich sah ihn an und sah - nichts. Eine Ratte. Ein widerliches Stück Scheiße! Genau das war er nämlich.

»Du hast ihr Drogen gegeben und gehofft, dass sie sich nicht erinnern würde, stimmt's? Und dann - als sie es doch getan hat, hast du sie zum Schweigen gebracht, indem du ihr gedroht hast! Damit, mich fertigzumachen, weil du nämlich wusstest, dass sie mich auch geliebt hat.«

Mein Vater gab ein verächtliches Schnaufen zum Besten. »Oh, bitte. Theatralik liegt dir nicht, Junge. Ich weiß immer noch nicht, was dieser ganze Auftritt eigentlich soll! Verschwinde aus meinem Haus, oder ich sorge dafür, dass du das Sorgerecht für den kleinen Bastard schneller verlierst, als du gucken kannst.«

»Wag es nicht, so über meinen Sohn zu sprechen!«, fuhr

ich ihn an, die Faust schneller in die Höhe gerissen, als ich für möglich gehalten hätte.

Ich hätte es tun sollen. Ich hätte den Moment nutzen sollen, in dem ich die geballte Wut und all den aufgestauten Zorn der letzten dreiundzwanzig Jahre durch meine Adern fließen spürte. Ich hätte meinem verhassten Vater all das heimzahlen können, was er mir in den letzten Jahren angetan hatte und bei Gott - ich hätte es genossen, ihm dieses ekelhafte Grinsen aus dem Gesicht zu prügeln.

Ich tat es nicht.

Ich wusste nicht, was in diesem Moment mit mir passierte, aber ich sah Lola vor mir. Lola mit achtzehn Jahren, als sie vor mir gestanden und mich angelächelt hatte. Mit diesem traurigen Ausdruck, den ich damals nicht verstanden hatte, weil ich viel zu froh über das gewesen war, was sie sagte.

»Ich habe es wegmachen lassen. Du kannst gehen, wenn du musst.«

Das waren ihre Worte gewesen und alles, was mir damals dazu eingefallen war, war erleichtert zu seufzen. Ich war gegangen und mehr als vier Jahre nicht zurückgekehrt. Ich hatte sie im Stich gelassen, aber sie ... Letztlich hatte sie nicht nur sich selbst und Jake durch ihre Lüge geschützt, sondern auch mich.

Vielleicht hatte sie geahnt, was passieren würde. Vielleicht hatte sie gewusst, dass es die Hölle auf Erden geworden wäre, wenn ich bei ihr geblieben wäre. Möglicherweise hatte sie auch gewusst, dass es uns am Ende so oder so zerstört hätte.

Selbst wenn alles anders gekommen wäre ...

Wir wären nie glücklich geworden. Ich hätte sie nicht glücklich machen können, weil ich mich immerzu gefragt hätte, was passiert wäre, wenn ich doch gegangen wäre, denn das Leben in dieser Stadt war die Hölle für mich gewesen. Sie hätte mich nicht glücklich machen können, denn das, was ich damals wirklich gebraucht hatte, war Freiheit gewesen. Und

Jake ... der hätte Eltern gehabt, die einander vielleicht am Anfang geliebt hatten, sich aber nach und nach auseinandergelebt und doch in Verbitterung wegen all der unerfüllten Hoffnungen und Träume getrennte Wege gegangen wären.

Vielleicht hatte Lola all das kommen sehen. Vielleicht auch nicht.

Letztlich spielte es keine Rolle, denn sie war tot und alles, was mir geblieben war, war das Kind, das ich ohne die letzten vier Jahre nicht so würde lieben können, wie ich es heute tat.

Es war absurd, aber in diesem Moment - der, in dem ich entschied, die Faust sinken zu lassen und mich nicht so zu verhalten wie er - begriff ich, dass mich genau diese verpassten Jahre zu einem besseren Mann gemacht hatten. Ich bekam die Chance, alles besser zu machen. Ein besserer Mensch zu sein, über der Vergangenheit zu stehen und die gleichen Fehler nicht auch zu machen.

Was für ein Vater wäre ich, wenn ich jetzt nicht das Richtige tat?

»Ja, nur zu, Junge! Tu es und schlag mich, wenn du meinst, du könntest es. Denkst du, das macht dich stärker? Oder zu einer weniger großen Schande? Meinst du, du wärst besser als ich?«

»Nein«, unterbrach ich die hohntriefende Ansprache meines Vaters kalt und ließ die Faust endgültig sinken. »Ich bin nicht wie du. Ich werde niemals so sein wie du. Ich habe es nicht nötig, mich an Feiglingen zu vergreifen, die selbst ihren eigenen Kindern ihre Macht demonstrieren müssen, indem sie sie schlagen! Die einzige Schande in dieser Familie bist du, Dad!«

Es fühlte sich verdammt gut an, das zu sagen. Hätte ich nicht gedacht ...

»Verschwinde sofort aus meinem Haus, oder ich schwöre bei Gott, dass du deinen kleinen Bastard nie wiedersiehst!« Das Gesicht meines Vaters sah aus wie eine angeschimmelte

Tomate. Schweißflecken hatten sich unter seinen Armen gebildet und jeder Muskel seines leicht untersetzten Körpers war angespannt, als er durchs Wohnzimmer auf die Diele deutete. »Verpiss dich!«

Ich schluckte alles herunter, was ich am liebsten gesagt hätte. Dann griff ich in meine Hosentasche und zog das iPhone heraus, das ich parallel zu Miles' Gerät für die Aufnahme benutzt hatte. Nur zur Sicherheit.

Einen Atemzug später war die Stimme meines Vaters erneut im Zimmer zu hören, nur, dass er sich dieses Mal vermutlich nicht so gerne selbst reden hörte wie sonst.

»... stellst dich hier hin und fantasierst über solche Dinge, als wüsstest du alles und als wärst du das tragische Opfer. Das Flittchen hat mitgemacht, Junge. Ob du das wahrhaben willst oder nicht! Anfangs brauchte sie vielleicht eine kleine Ermutigung, aber mit ein bisschen Nachhilfe konnte sie gar nicht genug bekommen. Rede dir ruhig ein, dass deine kleine Freundin keine Hure war, Junge. Am Ende hat sie das Geld nämlich doch genommen. So viel zur großen Lie-«

Die Tonqualität war in Ordnung. Jedenfalls gut genug, damit ich mit wachsender Genugtuung zusehen konnte, wie das ungesunde Rot in der Visage meines Vaters immer blasser wurde, bis er genau die gleiche Farbe hatte wie die Wand hinter ihm. Kreideweiß. Das stand ihm ziemlich gut, fand ich.

»Mach dir keine Umstände, Dad. Die Aufzeichnung ist längst versendet. Keine Sorge«, setzte ich mit einem unfassbar befriedigenden Grinsen nach. »Ich werde es niemandem zeigen, der dir - sagen wir ... Schwierigkeiten bereiten könnte. Wenn - und jetzt hör mir gut zu - wenn du Grey und mich in Ruhe lässt! Weder wirst du sie weiterhin belästigen oder erpressen, noch wirst du dich ihr oder ihren Eltern nähern. Sehe ich dich auch nur ein einziges Mal in der Nähe meines Sohnes, landet diese Aufnahme direkt auf dem Schreibtisch des Generalstaatsanwaltes. Und wenn du es noch einmal wagst, mich zu bedrohen, dann sorge ich dafür, dass du die längste Zeit Bürgermeister in dieser verschissenen Stadt gewesen bist. Mit faulen Eiern und Gelächter werden sie dich aus der Stadt treiben, so wahr mir Gott helfe!«

So. Wenn das nicht deutlich genug war ...

»Was fällt dir ein«, zischte er, als hätte er es noch immer nicht geschnallt.

Das Whiskeyglas, das ich vorhin neben mich auf die Anrichte gestellt hatte, trank ich ungerührt leer, ohne meinen Vater aus den Augen zu lassen. Er sah aus, als würde er jeden Moment explodieren, aber wir wussten beide, dass er mich nicht aufhalten würde. Ich würde mein Elternhaus als freier Mann verlassen. Ohne ihn als ständigen, dämonischen Schatten im Rücken, denn er hatte verloren.

»Mach's gut, Dad. Ich hoffe, du wirst dich auf deinem Sterbebett an diesen Abend erinnern. Es wird der Letzte gewesen sein, an dem wir uns gegenübergestanden haben. Denk an meine Worte. Halte dich von uns fern, oder beim nächsten Mal stehen wir in einem Gerichtssaal und du wirst auf der Anklagebank sitzen.«

Tatsächlich hielt er mich nicht auf. Sein Mund klappte auf und wieder zu, doch statt der giftigen Galle, die er sonst versprühte, entwich ihm nicht mehrmals heiße Luft.

Ich zählte die Schritte bis zur Eingangstür, hielt den Atem an und als ich die Schwelle übertrat, fühlte ich mich frei.

Grey

»Keine Filme, von denen er Albträume bekommt! Keinen Saft vor dem Einschlafen, vergesst das Zähneputzen nicht und denkt daran, dass er diesen Stoffhund -«

»Grey, meine Süße, jetzt entspann dich mal! Er war doch schon öfter bei uns«, lachte Brit, als sie mit einer Hand die Reisetasche entgegennahm, die ich für Jake gepackt hatte und mit der anderen ihren Bauch festhielt. Der war inzwischen riesig, aber das war auch kein Wunder, wenn man statt einem gleich zwei Babys bekam. Eine Riesenüberraschung für uns alle, als Britany und Miles uns vor knapp einer Woche berichtet hatten, dass da hinter dem einen Baby noch ein zweites schlummerte, das sich bisher vor dem Ultraschallgerät versteckt hatte.

»Ja, aber noch nie über Nacht und jetzt habt ihr ihn gleich zwei Nächte«, beschwerte ich mich halbherzig und schaute runter auf den Hof, wo Miles gerade damit beschäftigt war, Jakes Kindersitz in seinen Wagen einzubauen.

»Wir schaffen das schon. Mach dir keine Sorgen. Und wenn er doch Heimweh oder so bekommt ... wir können ihn sofort nach Hause bringen.«

Nicht ganz so überzeugt sah ich noch mal wehmütig zu Jake, der aufgeregt zwischen Josh und seinem besten Freund herumsprang.

Es war das erste Mal, dass Jake woanders schlief. Also - abgesehen von meinen Eltern. Aber heute Morgen war der Brief des Labors gekommen und Josh und ich hatten lange darüber geredet, wie wir diesen Moment handhaben würden. Schließlich waren wir zu dem Schluss gekommen, den Brief allein aufzumachen. Ohne Jake. Das hatte nichts mit ihm zu tun, aber für den Fall ...

»Wir werden ihn nicht mit Süßkram vergiften, ihm keine Albträume mit gruseligen Filmen bescheren und ihn am Leben erhalten, ich versprech's. Aber ihr müsst uns versprechen, uns Bescheid zu geben, sobald ihr so weit seit. Du weißt schon.«

Ich nickte und umarmte Brit. »Danke! Wir melden uns sofort, wenn wir es wissen.«

»Das hoffe ich.« Sie grinste schwach und schüttelte ihre frisch geschnittene Lockenpracht. »Puh, es ist heiß! Ich muss aus der Hitze. Meldet euch, ja?«

Ich sah zu, wie Jake von Josh in seinen Kindersitz gesetzt wurde. Zum Abschied gaben sich die beiden ein High-Five, was irgendwie zu einer Art Ritual bei ihnen geworden war. Josh beugte sich in den Wagen und küsste Jake auf die Stirn, dann schlug er die Hintertür zu. Sie wollten zuerst in den Zoo fahren, um Jake abzulenken. Mindestens eine Nacht würde Jake bei ihnen bleiben. Hoffentlich ging das gut.

»Du machst dir zu viele Sorgen, Honey«, grinste Josh, als er die Verandastufen hochstieg. Einen Arm um meine Taille geschlungen, winkte er den Dreien nach, bis sie vom Hof gefahren waren, dann zog er mich an sich und umfasste mein Gesicht. »Alles wird gut, versprochen!«

Wir wussten beide, dass er nicht Jakes erstes Auswärtswochenende meinte. Auf dem Küchentisch lag unser ungeöffnetes Schicksal. Ganz platt und theatralisch gesprochen. Der Inhalt würde die Wahrheit über das letzte Geheimnis offenbaren, das Lola mit ins Grab genommen hatte und uns gleichzeitig die Gewissheit liefern, die wie ein Gespenst über uns schwebte. Ohne, dass wir es wollten, aber dagegen konnten wir wenig machen. Es zu ignorieren, klappte halt nicht ewig.

Ein Gedanke, der mich wahrscheinlich nicht so nervös machen sollte, aber genau das tat er. Was, wenn der Brief genau das offenbarte, was Josh und ich befürchteten? Was, wenn wir nicht damit umgehen konnten, obwohl wir so oft und so lange darüber geredet hatten, was wir in so einem Fall tun würden?

Letztlich wusste niemand, wie Josh darauf reagieren würde, wenn sich hier und heute herausstellte, dass sein persönlicher Albtraum nie ein Ende nahm. Ich wusste auch nicht, wie ich dann reagieren würde.

Ganz ehrlich ... Ich hatte eine Scheißangst davor, den Brief aufzumachen. Fast so viel wie Josh, der alles dafür tat, sich genau diese Angst nicht anmerken zu lassen.

Es war über eine Woche her, seit wir alle Proben eingeschickt hatten. Haare von Josh, Jake und Joshs Vater, die er heimlich aus dem Haus geschmuggelt hatte, als er sich ohne mein Wissen dort mit ihm getroffen hatte.

Zehn Tage, in denen wir nichts vom sauberen Herrn Bürgermeister gesehen oder gehört hatten. Keine weiteren Briefe, keine Drohungen, nichts.

Nein, ich war nicht begeistert gewesen, als ich Josh noch in derselben Nacht zur Rede gestellt hatte, weil Britany nichts davon wusste, dass Josh und Miles eine Abmachung darüber gehabt hatten. Darüber, wo er sich an diesem Abend *angeblich* aufgehalten hatte. Ich hatte durch puren Zufall mit ihr telefoniert und so herausgefunden, dass Miles zu Hause auf der Couch saß. Von Josh keine Spur. Zu dumm, dass ich nicht lockergelassen hatte, bis er mit der Sprache rausgerückt war.

Zugegeben ... Auch wenn ich es im ersten Moment nicht gewesen war - ich war stolz auf Josh. Weil er es gewagt und sich seinem Vater entgegengestellt hatte, obwohl das bestimmt alles andere als leicht für ihn gewesen war. Und dann auch noch allein.

Was, wenn es anders gelaufen wäre? Wenn der Bürgermeister wie früher auf seinen Sohn losgegangen wäre? Josh hätte nicht zurückgeschlagen, selbst wenn er es beteuert hatte. So war er nicht. Gewalt lag ihm nicht. Auch wenn er früher ein Playboy und ein arroganter Mistkerl gewesen war. Josh war ein sanfter, freundlicher Mensch, der vieles genau hinter diesen Dingen versteckt hatte, die er andere sehen ließ. Es war viel leichter, sich in einer Rolle zu verstecken, die sich nach und nach entwickelt hatte, als aus alten Verhaltensmustern auszubrechen und der Mensch zu sein, der man sein wollte.

Seit Josh wieder hier war, lernte er, wie das ging. Tag für Tag mehr. Für Jake und letztlich auch für sich selbst, denn Josh hatte auch gelernt, was für ein Mensch er *nicht* sein wollte: So einer wie sein eigener Vater. Das musste er lernen, wenn er ein Vorbild für seinen eigenen Sohn sein und ihm irgendwann beibringen wollte, was es wirklich bedeutete, ein Mann zu sein. Nämlich nicht, seine Familie zu unterdrücken, sich rücksichtslos an die Spitze zu kämpfen und dabei jeden Funken Menschlichkeit zu verlieren.

Manchmal reichte das schon. Ein Funke, ein Blick, ein Moment oder ein tiefer Atemzug und man erkannte, wie falsch man eigentlich gelegen hatte. Mit allem, bei dem man sich so sicher gewesen war.

»Willst du das wirklich, Josh?«, flüsterte ich mit einem Kloß im Hals, als er seine Stirn gegen meine lehnte und mich einen sehr langen Moment einfach festhielt. »Wir müssen das nicht machen. Wir können den Brief verbrennen und verlieren nie wieder ein Wort darüber.«

»Darüber habe ich nachgedacht. Ehrlich. Aber ich ... Ich denke, wir müssen das tun. Wir brauchen die Gewissheit, Grey. Du genauso wie ich.«

»Du hast die Vaterschaft doch längst anerkannt. Es würde sich nichts ändern, wenn wir ihn nicht aufmachen«, versuchte ich es erneut, und wusste eigentlich nicht einmal, wieso. Warum war ich jetzt - da es soweit war - nervöser als in dem Moment, in dem wir die Proben weggeschickt hatten? Das war doch bescheuert ...

»Es wird sich nichts ändern«, versprach er leise und streichelte dabei sanft mit dem Daumen über meine Wange, ohne die Augen aufzumachen. »Aber dann wissen wir es. Ich will es wissen, Honey. Ich könnte nicht damit leben, wenn ich mich immer wieder fragen würde, wie es wäre, wirklich diese Gewissheit zu haben. Das lässt sich irgendwie nicht erklären, sorry.« Er lachte auf, doch sein Lachen klang eingerostet und hohl, weil er es erzwang.

»Okay. Dann tun wir es. Bringen wir es einfach hinter uns und dann ... sehen wir weiter.«

Er nickte, schob seine Hand unter mein Kinn und küsste mich. »Ich liebe dich!«

»Ich liebe dich auch, Josh. Kein Testergebnis der Welt würde irgendetwas daran ändern. Und Jake - er wird dein Sohn bleiben, egal was passiert. Er sieht aus wie du, er ist wie du, er verhält sich wie du und er hat sogar den gleichen Humor, was echt manchmal schräg ist. Ihr beide ... Ihr gehört einfach zusammen. Bitte vergiss das nicht!«

»Das werde ich nie vergessen«, versprach er inbrünstig, atmete dann langsam aus und straffte sich. »Komm.«

Ich folgte ihm mit weichen Knien zurück ins Haus, ließ mich in die Küche und anschließend auf seinen Schoß ziehen, als er sich an den Küchentisch setzte und nach dem Umschlag griff. Seine Hand zitterte kaum merklich, aber er hatte sich besser unter Kontrolle, als es mir an seiner Stelle ergehen würde.

»Der Moment der Wahrheit«, sagte er, versuchte dabei anscheinend, witzig zu sein, und grinste. Zu blöd, dass er mich noch nie hatte täuschen können.

Ich schwieg und rührte mich nicht. Er musste das tun, also

ließ ich ihm die Zeit, die er brauchte, um sich zu sammeln.

Letztendlich war es kurz und schmerzlos. Josh riss den Umschlag an der Seite auf, zog das Schreiben des genetischen Instituts heraus und faltete es auseinander, bevor er es auf den Tisch legte und die Hand darüber schob, ohne hinzusehen.

»Sieh mich an und sag mir noch mal, dass sich nichts ändert. Zwischen uns, Honey. Ich werde Jakes Vater bleiben, ich verspreche es. Aber du ... kannst du damit leben? Wenn es mein Vater ist?«

»Warum fragst du das, Josh?« Meine Stimme klang kratzig, fast erbärmlich heiser. Mein Magen war schon seit dem Vormittag ununterbrochen verknotet und inzwischen konnte ich es kaum noch erwarten, wieder richtig tief zu atmen. »Das haben wir doch besprochen. Für mich würde sich nichts ändern. Nur, dass wir es Jake eines Tages sagen müssten, weil er ein Recht darauf hat, die Wahrheit zu kennen.«

Josh sah mir lange und tief in die Augen, dann nickte er und las vor.

»Sehr geehrter Mr. Groban,

hiermit teilen wir Ihnen mit, dass wir nach der Analyse des von Ihnen eingesandten genetischen Materials ein Ergebnis vorliegen haben.

Die eingesandten Proben von S.G. zu J.A. zeigen geringfügige Übereinstimmungen in einem verwandtschaftlichen Verhältnis, jedoch ist eine biologische Vaterschaft durch die untersuchten Genmarker praktisch ausgeschlossen.

Die eingesandten Proben von J.G. zu J.A. zeigen hohe Übereinstimmungen bei allen abgeglichenen Genmarkern. Eine biologische Vaterschaft gilt damit als erwiesen.«

Der letzte Satz hing sekundenlang in der Luft, breitete sich in meinem Schädel aus und hinterließ etwas darin, das sich komisch anfühlte, aber nach all dem Chaos wahrscheinlich nicht passender sein könnte: Leere. Wohltuende, befreiende Leere, die alle Ängste einfach wegspülte.

Ich starrte auf das Schreiben des Labors, sah dann Josh an und wieder auf den Brief, bis ich wirklich begriff, was da stand. Es war vorbei. Es war eindeutig. Es war -

»Ich bin es«, flüsterte Josh heiser, blinzelte dann und sah aus, als könnte er es nicht fassen. »Das heißt das doch, oder? Dass der Spuk jetzt vorbei ist?«

Ich nickte heftig, lachte und fiel ihm um den Hals. »Ja, das heißt es. Es ist vorbei, Josh! Du bist Jakes Dad! Oh, Gott!«

»Ich bin's«, raunte er erneut in mein Ohr, als er mich so fest an sich zog, dass ich kaum Luft bekam, aber das war egal. So was von egal! »Ohne dich ... hätte ich das nicht gepackt, Honey. Danke!«

»Oh, Josh. Das ist doch Schwachsinn!« Ich löste mich weit genug von ihm, um sein Gesicht in meine Hände zu nehmen und ihn anzusehen. »Du brauchst niemanden. Du hast das ganz allein geschafft. Du hast gekämpft und gewonnen! Du bist tausendmal besser als dein Vater und du wirst ein großartiger Dad für Jake sein. Ich weiß es.« Den Rest flüsterte ich, weil ich das Gefühl hatte, meine Stimme würde jeden Moment brechen.

»Ich liebe dich«, flüsterte er zurück.

Als er mich an sich zog, küsste und ich den salzigen Geschmack von Tränen auf der Zunge schmeckte, wusste ich, dass es nicht nur meine waren.

Aber das war nicht schlimm, denn diese Tränen waren etwas Gutes. Sie bedeuteten Zukunft. Hoffnung. Verstehen. Loslassen. Vergeben.

Ich saß in der Küche im Haus meiner toten, besten Freundin. Auf dem Schoß des Mannes, den sie geliebt hatte, und zwar so sehr, dass sie ihn wegschickte, um ihn zu schützen. Des Mannes, den ich liebte und für den ich mir von ganzem Herzen wünschte, dass er seinen Weg ging. Natürlich mit mir an seiner Seite, denn alles andere wäre schließlich geheuchelt gewesen, oder?

Aber ein Wunsch war nicht automatisch ein Ausdruck des Zweifels. Ich zweifelte nicht mehr. Weder an Joshs Liebe für mich, noch an seinem Willen, sein Leben in den Griff zu bekommen und erst recht nicht an seiner tiefen Hingabe für Jake, die sich Tag für Tag mehr entwickelte, fester wurde und das Band zwischen ihnen untrennbar verflocht.

Josh bekam die Chance, alles besser zu machen als sein Dad und ich wusste genau, dass er das auch schaffen würde.

Jake würde mit einem großartigen Vater aufwachsen, der ihm zeigte, was es bedeutete, ein Mann zu sein. Er würde sich für immer der bedingungslosen Liebe seiner Eltern sicher sein können. Auch meiner.

Und ich?

Ich wollte nirgendwo anders sein als hier. An keinem anderen Ort. Mit keinem anderen Menschen an meiner Seite, denn so unvorstellbar es am Anfang für mich auch gewesen war ... Josh war das Beste, das mir je passiert war.

Epilog

Manchmal reichte ein einziger Funke aus, um alles zu verändern. Der Tod beendete nie nur ein einziges Leben, sondern zerstörte viel zu oft auch das derer, die zurückblieben. Doch wenn man genau hinsieht und ganz genau hinhört ... dann kann man spüren, dass sie immer noch da sind. In unseren Herzen.

Lola würde für immer bei mir sein, genau wie bei Josh und Jake, denn wir würden sie nie vergessen. Niemals.

Das Ergebnis des zweiten Vaterschaftstests machte den Weg frei für unsere gemeinsame Zukunft. Ohne die Schrecken aus Joshs Vergangenheit, ohne meine Ängste davor, all das nicht allein schaffen zu können und ohne Zweifel wuchsen wir zusammen. Ergänzten uns. Funktionierten als Team genauso gut wie als Familie, denn an diesem Tag damals waren wir endgültig dazu geworden.

Manchmal hatte ich das Gefühl, Lola würde - von wo auch immer - zusehen. Natürlich nicht von der Hölle aus, so ein Quatsch. Nur, weil Lola in ihrem Abschiedsbrief ihren manchmal miesen Sinn für Humor noch mal zur Geltung gebracht hatte, bedeutete das ja noch lange nichts, oder?

Nein. Sie würde auf irgendeiner Wolke im Himmel hocken, den Champagner schlürfen, den wir uns nie hatten leisten können und sich darüber kaputtlachen, dass Jake seinen Vater in allen Videospielen schlug, die er an unserem ersten Weihnachtsfest als Familie geschenkt bekam.

Sie würde genau wie wir ein paar Rührungstränen verdrücken, als Josh an Jakes sechstem Geburtstag einen Hundewelpen im Tierheim gekauft hatte, den Jake Will taufte. So hieß nämlich Lolas Dad.

Lola würde auch - genau wie wir - erleichtert, zynisch, und ganz bestimmt auch hämisch reagieren, wenn sie hörte, dass gegen Joshs Vater gute eineinhalb Jahre später ein riesiges Korruptionsverfahren eingeleitet wurde und der saubere Bürgermeister im Zuge dessen nicht nur alles verlor - sondern auch mit Pauken und Trompeten in den Knast wanderte. Für eine sehr, sehr lange Zeit.

Und als Joshs Mom schließlich starb, nachdem sie noch fast zwei wundervolle Jahre mit ihrem Enkel verbracht hatte, würde Lola auf ihrer Wolke sitzen und für sie singen, denn Lola hatte wahnsinnig gerne gesungen.

Sie würde uns immer zusehen, daran glaubte ich ganz fest. Sie würde beobachten, wie der Vater ihres Kindes zu einem guten, ehrbaren Mann wurde. Ein Vorbild für ihren Sohn. Jemand, der diese Bezeichnung verdiente. Sie würde auch sehen, dass ich alles dafür tat, die Lücke zu schließen, die sie in Jakes Leben hinterlassen hatte. Ich würde sie nie ersetzen können und das wollte ich auch gar nicht. Aber ich war für Jake da, liebte ihn wie mein eigenes Kind und würde Himmel und Hölle für ihn in Bewegung setzen, denn genau das war es, was zählte.

Nein. An dem Tag, an dem Lola starb, hatte ich nicht daran geglaubt, dass wir all das schaffen würden. Ich hatte mir nicht vorstellen können, wie es weitergehen sollte. Ich konnte das Ende unseres Weges nicht sehen und das hat mir Angst gemacht. So große Angst, dass ich beinahe übersehen hätte, was direkt vor mir lag: Eine Zukunft, vor der man sich nicht fürchten musste, weil wir alles schaffen konnten, wenn wir nur hart genug dafür kämpften und daran glaubten, dass es funktionierte.

Das hatte es. Und der Weg war hier nicht zu Ende, denn das Leben war schließlich ein Abenteuer, das höchstens endete, wenn man aufgab und das hatten wir nicht getan. Wir hatten nicht aufgegeben. Niemals!

Ich stand im Bad, das wir letztes Jahr endlich renoviert hatten, und schaute in den Spiegel. Meine Wangen waren gerötet, das Herz schlug schnell in meiner Brust und ich pustete mir den Pony aus der Stirn, den Britany mir am Wochenende geschnitten hatte. Sie fand, dass er mein Gesicht besser zur Geltung brachte. Josh meinte, das wäre nicht nötig, weil ich auch so schon aller Welt zeigen würde, wie glücklich er mich machte.

Spinner ...

Ich lächelte mein Spiegelbild an und dachte an meine beste Freundin. Den Menschen, mit dem ich jetzt - in genau diesem Moment - am liebsten auf der Welt geredet hätte.

Lola ... Josh hat vorhin um meine Hand angehalten. Meinst du, das wäre der passende Moment, um ihm zu sagen, dass er noch mal Daddy wird?

Das hätte ich ihr gesagt, wenn sie vor mir gestanden hätte und wahrscheinlich hätten wir gleichzeitig angefangen, vor Freude auf und ab zu hüpfen und dabei zu quieken wie hyperaktive Teenager.

Vielleicht saß Lola ja jetzt auf ihrer Wolke und tat genau das. Ich hoffte es. Ein Gedanke, der mich grinsen ließ, weil ich mir das ziemlich gut vorstellen konnte, als ich die Augen schloss.

Und, Süße? Wie war deine Antwort? Sag schon, was du gesagt hast!

Was denkst du denn, hm?

Happy End

Printed in Great Britain
by Amazon